Franka Rubus

Die Blutgabe



atb aufbau taschenbuch

FRANKA RUBUS, Jahrgang 1983, wuchs in einer kleinen Stadt am Teutoburger Wald auf. Sie hat Biologie studiert und legt nun ihren ersten Roman vor. Derzeit lebt Franka Rubus in Bielefeld.
www.franka-rubus.de

In einer nicht allzu fernen Zukunft ist die Menschheit beinahe ausgestorben. Seit im frühen 21. Jahrhundert eine rätselhafte neue Vampirrasse die Welt überschwemmte, ist die Zahl der Vampire enorm gestiegen. In den Machtkampf zwischen ursprünglichen und neuartigen Vampiren gerät der junge Mensch Red September, der loszieht, um seine verschollene Geliebte zu suchen. Er schließt sich Extremisten an, die sich zum Ziel gesetzt haben, alle neuartigen Vampire auszurotten. Von ihnen lässt er sich zu einem Vampirjäger ausbilden, doch dann muss Red feststellen, dass seine Geliebte längst selbst zum Vampir geworden ist. Er steht nun vor einer schweren Entscheidung: Seine Geliebte zu erlösen, oder aber selbst ein Vampir zu werden …

Franka Rubus

# Die Blutgabe

Roman

atb aufbau taschenbuch

FSC
Mixed Sources
Product group from well-managed
forests and other controlled sources
Cert no. SA-COC-001819
www.fsc.org
© 1996 Forest Stewardship Council

ISBN 978-3-7466-2684-0

Aufbau Taschenbuch ist eine Marke
der Aufbau Verlag GmbH & Co. KG

1. Auflage 2011

Umschlaggestaltung Henkel/Mediabureau Di Stefano, Berlin
unter Verwendung eines Fotos von
© plainpicture arcance/Trigger Image
Autorenfoto © Annette Klein
Druck und Binden CPI – Moravia Books, Pohořelice
Printed in Czech Republic

www.aufbau-verlag.de

*Für Benni,*
*ohne den es dieses Buch nicht gegeben hätte.*

*Und für Franco,*
*ohne den es ein ganz anderes Buch wäre.*

# Auftakt: Am Anfang der Nacht

*Letztendlich ist der Tod doch genauso ein Witz wie das Leben.*

Babel Tower Shopping Center, Kenneth, Missouri

Das Licht zahlloser Scheinwerfer, Laternen und Leuchtreklamen färbte den wolkenzerfressenen Nachthimmel in fahlem Orange. Ein schwüler Sommerwind trieb Feinstaub und Smog in Böen vor sich her und schlug Wellen im trägen Brei der großstädtischen Geräuschkulisse.

Auf dem Dach des größten Einkaufszentrums von Kenneth standen zwei Vampire in der letzten Abenddämmerung und beobachteten das Leben, das weit unter ihnen durch die Straßen floss. Keiner von beiden sprach. Mit regloser Miene starrte Kris auf die langsam erwachende Stadt. Er wusste längst, was Hannah ihm sagen wollte.

Es hatte keinen Sinn mehr zu warten. Die Flucht aus der OASIS war schiefgegangen. Er musste die Suche von vorn beginnen. Einen anderen Menschen mit Wahrem Blut finden.

Niemand kannte diese Wahrheit besser als Kris.

Aber die Worte, um sie zu beschreiben, waren zu bitter, als dass er sie hätte in den Mund nehmen wollen. Also schwieg er, während die Geräusche der riesigen Stadt zu seinen Füßen ungerührt weiter gegen die Hochhäuser brandeten und in winzigen Tröpfchen zu ihm heraufspritzten. Der Wind rieb an seinen Wangen und zerrte an seinen Haaren.

Auch Hannah brach das Schweigen nicht. Vermutlich ahnte sie, wie hart dieser Rückschlag ihn traf. Und wenn sie es ahnte, dann wusste sie auch, dass es in dieser Lage keinen Trost für ihn gab.

»Ich muss gehen«, murmelte Kris, als sie alle lautlosen Worte ausgetauscht hatten und es nichts mehr zu denken gab.

»Halt die Augen offen. Trotz allem.«

Er erhielt keine Antwort. Aber er brauchte auch keine.

Mit einem Satz sprang er vom Dach, glitt durch die dicke warme Luft den weiten Weg nach unten und verschwand in den pulsierenden Schatten der nächtlichen Großstadt. Mischte sich unter die gesichtslosen Vampire, die mit leeren Augen durch die Straßen trieben und verbarg seinen Zorn und seine Enttäuschung in der anonymen Menge vor Hannahs Blick.

Er konnte nicht mit ihr reden. Ihr nicht erklären, warum der Stachel diesmal so tief steckte.

Er wäre nur in Versuchung gekommen, ihr mehr über die Wahrheit zu erzählen.

# ERSTER TEIL: RED SEPTEMBER 38.07

*Ein Mensch ist mehr als nur sein Blut.*
*Ein Bluter ist mehr als nur ein Mensch.*

# Kapitel Eins

## Organized Accommodation System for Imperiled Species, Missouri

*»Weißt du, wie sie diese Farm nennen? Sie nennen sie OASIS …«*

Gemeinsam mit seinen Mitbewohnern aus dem Wohnblock Rot stand Red September 38.07 auf dem Hof und sah zu, wie die sieben Transporter im letzten Abendlicht durch das Tor rollten. Hinter den Wagen konnte er ein Stück blauvioletten Himmel sehen. Darunter eine lange, geteerte Straße – und am Horizont ein Meer von winzigen Lichtern.

Red atmete tief ein und wischte sich die schweißfeuchten Hände an seiner Hose ab. Flüchtig fragte er sich, ob es wohl stimmte, was man sich erzählte: Dass jedes einzelne Licht ein Haus in einem Ort namens »Stadt« war. Ein Ort, an dem mehr als eine Million Vampire lebten. Für Red eine schier unvorstellbare Zahl. Hier auf der Farm wohnten nicht einmal zehntausend Menschen in den sieben Wohnblocks und der Aufzuchtstation. Konnte es so große Orte, so viele Häuser auf einem Fleck geben? Allein die Vorstellung ließ ihn schwindeln. Aber bald würde er es ganz genau wissen. Heute noch würde er es mit eigenen Augen sehen.

Nervös schob er das Relacinbonbon mit seiner Zunge von einer Wange in die andere und spürte mit einiger Erleichterung das Kribbeln, mit dem der entspannende Wirkstoff durch seinen Körper rann. Gut, dass ihm noch rechtzeitig der Gedanke gekommen war, eine Handvoll Bonbons aus der Blutabnahme mitzunehmen. Ganz ließ sich die Nervosität auch mit dem Relacin nicht vertreiben. Aber glücklicherweise war Red nicht der Einzige, der damit zu kämpfen hatte. Kein Mensch konnte beim Anblick der finsteren Gestalten, die aus den Führerkabinen sprangen, seine Angst unterdrücken. Angespanntes Schweigen lag drückend über dem Hof, und niemand wagte auch nur zu husten, bis sich die Tür des Verwaltungsgebäudes hinter den Transporterführern geschlossen hatte.

Red atmete tief durch und ließ den Blick über seine Kameraden schweifen, wie so oft in letzter Zeit. Und wie jedes Mal spürte er, wie er bei ihrem Anblick ein bisschen ruhiger wurde. Hunderte von Menschen in einheitlich grüngrauer Kleidung und mit glattrasierten Köpfen. Am rechten Oberarm trugen sie die roten Armbinden ihres Wohnblocks.

Keine einzige blaue war dabei.

Und selbst wenn sich eine an diesem Abend auf den Hof verirrt hätte, wäre es doch nicht die gewesen, die er sich zu sehen wünschte.

Blue March 35.11 war nicht hier.

Sie hatte die Farm verlassen, um einem Vampir zu folgen. Und darum würde auch Red gehen. Er würde sie nicht einen Tag länger dort draußen alleinlassen. Dieser Gedanke besiegte die Angst. Jedes Mal.

Der Aufseher, der den Transporterführern ebenfalls nachgesehen hatte, wandte sich wieder zu den wartenden Menschen um und klatschte dreimal laut in die Hände.

»Also, ihr wisst, was zu tun ist. An die Arbeit!«

Mit dumpfem Grollen hob sich das Tor zum Blutlager, und Red reihte sich in den Tross ein, der in die Halle strömte. Wie all die Male zuvor nahm er seinen Platz neben einer der großen Kisten ein und wartete darauf, dass sich die Transportschienen unter der Decke zu den Ladeflächen der OASIS-

Fahrzeuge ausfuhren. Die Arbeitsschritte waren einfach und immer gleich: Die Karabinerhaken der Tragevorrichtung in die dafür vorgesehenen Ösen einhängen, per Knopfdruck den Hebemechanismus aktivieren und die so in der Schwebe hängende Kiste bis zu den Transportern schieben. Dort nahm sie ein zweiter Arbeiter in Empfang, um sie nach Ladevorschrift zu stapeln.

Red spürte, wie sein Mund austrocknete und seine Lippen spröde wurden. Da half es auch nichts, dass er versuchte, sie mit der Zunge zu befeuchten. Es würde alles gutgehen, wiederholte er in Gedanken. Es *musste* gutgehen. Er hatte es so genau geplant. Es konnte nicht schiefgehen.

Während seine Kameraden mit der Arbeit begannen, bewegte sich Red vorsichtig an der Kistenreihe entlang und zählte stumm. Fünf Kisten pro Stapel. Immer fünf. Im Gedränge des ersten Arbeitsgangs würde niemand bemerken, wie er in den hinteren Teil der Halle verschwand. Dorthin, wo die Schatten dichter waren …

Atemlos drückte Red sich in die Dunkelheit und beobachtete das Gewimmel in der Nähe des Tors. Ständig erwartete er, den Aufseher vor sich auftauchen zu sehen. Doch nichts geschah. Red hatte das Gefühl, dass Tausende winziger Käfer durch seinen Körper krabbelten. Er hatte nicht viel Zeit. Jetzt oder nie.

Seine Finger zitterten trotz des Relacins, als er sich am Verschluss einer Kiste zu schaffen machte, die von dem spärlichen Licht unberührt war. Er fühlte mehr, was er tat, als dass er es sah, und es dauerte eine quälende Ewigkeit, bis das Schloss aufsprang.

Schwarz glänzten ihm die Blutbeutel entgegen, als er den Deckel anhob.

Red warf einen hektischen Blick zum Tor hinüber. Vermisste man ihn mittlerweile? Nein. Alle waren vollauf damit beschäftigt, die anstrengende Beladung so schnell wie möglich hinter sich zu bringen. Der Eingangsbereich war schon fast leer. Bald würden die Arbeiten im hinteren Teil der Lagerhalle fortgesetzt werden.

Hastig griff Red mit beiden Händen nach den Beuteln und schob die oberste Lage so weit wie möglich an den Kistenrand, bis eine schmale Mulde entstanden war. Ein allerletztes Mal sah er zum Eingangsbereich hinüber und vergewisserte sich, dass niemand ihn beobachtete.

Dann atmete er tief durch und stieg in die Kiste. Unter ihm wölbten und spannten sich die Blutbeutel. Das kleine Heizelement, das die Luft in der Kiste auf siebenunddreißig Grad erwärmte, drückte sich schmerzhaft gegen seine Hüfte. Red biss die Zähne zusammen. Es würde eng werden. Aber es würde gehen. Vorsichtig schob er eins der Bonbonpapiere aus seiner Hosentasche zwischen die Verschlusshaken und hoffte, dass es ausreichen würde, um ihm ein Entkommen zu ermöglichen.

Dann schloss sich die Dunkelheit um ihn.

Eine ganze Weile geschah nichts. Er konnte nichts hören und erst recht nichts sehen. In der Wärme klebten Reds Hose und sein T-Shirt schon nach kurzer Zeit schweißnass an seinem Körper. Die Luft war so schwer, dass er sie kaum einatmen konnte, und beinahe hätte Red dem Drang nachgegeben, den Deckel noch einmal einen Spaltbreit anzuheben.

Doch dann drang ein Geräusch an seine Ohren, das ihn mitten in der Bewegung erstarren ließ: Mit scharfem Klacken wurden die Karabinerhaken in die Ösen seiner Kiste eingehängt. Red hielt den Atem an. Ein Ruck ging durch die Schwärze. Dann begann die Kiste sacht zu schaukeln. Ganz in seiner Nähe, nur durch den Kunststoff gedämpft, hörte er angestrengtes Schnaufen. Jemand schob die Kiste vorwärts. Die Blutbeutel unter ihm quietschten, als sie sich aneinanderrieben, und er spürte die Flüssigkeit darin hin und her schwappen. Red presste die Hände gegen die Seitenwände, spannte alle Muskeln an und bemühte sich, sein Gewicht möglichst gleichmäßig zu verteilen. Er mochte sich kaum vorstellen, was geschehen würde, wenn die Beutel unter seinem Gewicht platzten und das Blut herausliefe.

Doch der Kunststoff hielt stand. Zumindest für den Moment.

Dann plötzlich – viel früher, als er erwartet hatte – hörte das Schwanken auf: Der, der die Kiste schob, war stehen geblieben. Red stockte der Atem. War er entdeckt worden? Er wünschte sich nun verzweifelt, er könnte irgendwie an die Relacinbonbons in seiner Hosentasche gelangen.

»Verdammt, ich kann nicht mehr«, hörte er eine Männerstimme sagen. »Eine verflixte Kiste ist schwerer als die andere.«

»Wir haben's ja gleich«, antwortete eine zweite Stimme. »Denk immer nur an das Lohnessen.«

Der erste Sprecher knurrte.

»Red December 36.12. Red May 31.04. Bitte nicht stehen bleiben«, erklang in diesem Moment eine dritte Stimme. Reds Herz machte einen erschrockenen Satz. Der Aufseher! »Immer weitergehen, wir sind bald fertig.«

Das Schaukeln setzte wieder ein, heftiger diesmal, und begleitet von einem weiteren Knurren. Red wagte, vorsichtig aufzuatmen. Dann aber erschütterte ein erneuter Ruck sein Gefängnis – und mit Entsetzen spürte Red, wie unter ihm die Blutbeutel nachgaben. Er sackte ein Stück tiefer, und einer der Beutel platzte mit einem dumpfen Ploppgeräusch. Warme Feuchtigkeit bespritzte Reds Gesicht und durchtränkte seine Kleider. Kurz darauf ertönte noch einmal das Klacken der Karabinerhaken.

Dann war alles wieder still.

Noch immer wagte Red nicht, sich zu rühren. Er hatte keine Ahnung, ob die Kiste dicht halten würde oder ob das Blut längst aus den Ritzen nach draußen rann. Er hörte die Arbeiter rumoren. Ängstlich lauschte er auf das Poltern, mit dem die Kisten aufeinandergestellt wurden. Was, wenn er sich verzählt hatte? Wenn seine Kiste nicht ganz oben stand? Dann würde er hier drin ersticken. Schon jetzt war kaum noch Sauerstoff in seinem Gefängnis, und am liebsten wäre er augenblicklich nach draußen gestürzt. Aber es gab kein Zurück.

Red schloss die Augen und dachte an Blues Gesicht. An ihren Körper. Ihre Stimme. An das Versprechen, das er ihr gegeben hatte. Er würde sie nicht dort draußen alleinlassen. Sie brauchte ihn. Bald würde er sie wiedersehen. Der Gedanke machte es ihm erträglicher, zu bleiben, wo er war.

Endlich hörte er, wie sich die Tür des Transporters mit einem Krachen schloss. Der Motor begann zu grollen. Weitere Blutbeutel zerplatzten unter Reds Gewicht, als der Wagen anfuhr. Und in diesem Moment spürte er ein völlig irrationales Gefühl in sich aufsteigen:

Freude.

Er war auf dem Weg.

Auf dem Weg in das, was Blue »Freiheit« genannt hatte.

Auf dem Weg zu ihr.

Red wartete, bis die Luft in der Kiste so knapp wurde, dass er es nicht mehr aushielt. Dann hob er behutsam den Deckel an.

Im Inneren des Transporters war es stockfinster. Red schob sich ein Relacinbonbon in den Mund und versuchte, sich zu orientieren, indem er sich die Anordnungen für Transporterbeladung ins Gedächtnis rief. Vier Kistenstapel standen auf jeder Seite der Ladefläche. Dazwischen blieb ein schmaler Gang frei. Als Red seinen Arm nach links ausstreckte, ertastete er eine Metallwand, ebenso hinter sich. Rechts von sich spürte er den glatten Kunststoff eines weiteren Kistendeckels. Er befand sich also ganz hinten links. Bis zum Boden mochten es etwa zweieinhalb Meter sein. Die Stapel würden ihm als Wände dienen, zwischen denen er sich abstützen konnte – so war zumindest der Plan. Mit ein bisschen Vorsicht konnte er vermutlich hinunterklettern und zur Tür gelangen, ohne zu viel Lärm dabei zu machen. Und dann würde ihm nichts anderes übrig bleiben, als noch während der Fahrt aus dem Transporter zu springen. Red fühlte sich nicht richtig wohl bei diesem Gedanken. Wenn der Transporter doch bloß ein Fenster gehabt hätte, damit er sehen konnte, wie nah sie dem Lichtermeer am Horizont schon gekommen waren! Aber das wäre des Glücks wohl zu viel gewesen.

Langsam schob er den Deckel so weit zurück, dass er sich auf die Knie aufrichten konnte. Dann kroch er mit winzigen Schritten auf die Kiste neben ihm und noch ein Stück weiter, bis er die Kante erreichte. Als seine Hand ins Leere griff, hielt er inne. Vorsichtig streckte er sich und tastete nach dem gegenüberliegenden Stapel. Red war nun froh, dass er sich im vergangenen Sommer mehr an der Kletterwand als im Kraftraum aufgehalten hatte. Trotzdem verlor er mehr als einmal fast den Halt, und es schien ihm Stunden zu dauern, bis er endlich den vibrierenden Grund der Ladefläche unter den Füßen spürte.

Eine kurze Weile blieb er stehen, um zu verschnaufen. Ob sie wohl mittlerweile in der Stadt waren? Zumindest weit genug entfernt von der Farm mussten sie inzwischen sein, dachte Red. Er sollte sich besser beeilen, sonst kamen sie noch am Zielort an, bevor er den Transporter verlassen hatte. Noch immer blind tastete er sich an den Kisten entlang und war erleichtert, als er schließlich die Tür erreichte.

Ein letztes Mal rief er sich Blues Gesicht ins Gedächtnis.

Dann drückte er den Griff herunter.

Grelles Licht blendete ihn. Der Fahrtwind riss ihm die Tür aus der Hand, und Red schwankte. Wie schnell sie waren! Er hatte die Transporter bisher nur langsam rollen sehen. Dass sie eine solche Geschwindigkeit aufnehmen konnten, hatte Red nicht gewusst. Bei voller Fahrt abzuspringen, würde noch bei weitem unangenehmer werden, als er befürchtet hatte. Aber er hatte keine Zeit darüber nachzudenken. Hinter ihnen fuhr noch ein weiteres Fahrzeug. Endlose Augenblicke lang starrte Red direkt in das bleiche, entgeisterte Gesicht des Fahrers.

Und dann sprang er.

Die Fliehkraft schleuderte ihn aus dem Gleichgewicht. Seine Schulter krachte hart auf den Asphalt. Ein scharfer Schmerz durchzuckte ihn, als sein Körper sich mehrfach überschlug und gegen den Bordstein prallte. Lautes Hupen dröhnte durch die von blassen Lichtern erhellte Nacht. Dicht an Reds Kopf donnerten die Räder des Transporters vorbei, bevor das Fahrzeug mit kreischenden Bremsen zum Stehen kam. Ohne noch einen Gedanken an den Schmerz zu verschwenden, sprang Red auf die Füße und stolperte vorwärts, rannte auf einen Spalt zwischen zwei Gebäuden zu, in dem undurchdringliche Schwärze Schutz versprach. Türen krachten hinter ihm auf und schlugen wieder zu. Aufgeregte Stimmen wurden laut, aber Red sah sich nicht um. Er rannte – rannte, wie er noch nie in seinem Leben gerannt war und wusste doch mit schrecklicher Gewissheit, dass er keine Chance hatte zu entkommen. Er war nur ein Mensch. Sie konnten ihn sehen, egal wie dunkel es war. Sie konnten ihn riechen. Sie konnten ihn spüren.

Die Schatten verschluckten ihn. Seine Füße stolperten über Hindernisse, die er nicht erkennen konnte.

Die Stimmen hinter ihm wurden leiser. Verfolgten sie ihn nicht?

Red rannte weiter.

Andere Fahrzeuge hupten. Reifen quietschten auf dem Asphalt.

Der Atem stach in Reds Lungen. Aber er hielt nicht an, tauchte immer weiter ein in die schützende Dunkelheit, hetzte durch die finsteren Gassen, obwohl er seine Füße kaum noch spürte. Hastig bog er um eine Ecke, dann um noch eine – und fand sich im nächsten Moment unvermittelt auf einem Hof wieder, der von hohen Häusern umgeben war.

Keuchend wurde er langsamer. Was nun? Wohin? Völlig außer Atem blieb er schließlich stehen und lauschte.

Der Hof lag still in bleichem Licht. Schatten hingen in den schmalen Treppenaufgängen. Von den aufgeregten Rufen hinter ihm war nichts mehr zu hören. Nur von weit entfernt drangen Stimmengewirr und das Klappern vieler Schritte an seine Ohren.

Eine Million Vampire. Die Stadt. Er hatte sie erreicht. Aber wohin sollte er sich jetzt wenden? Wie sollte er Blue finden?

Ängstlich warf Red einen Blick zurück in die Gasse, aus der er gekommen war. Niemand war zu sehen.

Warum verfolgten sie ihn denn nicht?

Oder konnte er sie einfach nur nicht hören?

Der Gedanke, umzukehren und einen anderen Weg zu suchen, schnürte ihm die Kehle zusammen. Aber hier konnte er nicht bleiben. Nicht mitten auf dem Hof, wo ihn jeder sofort sehen würde. Und einen anderen Ausweg konnte er nicht entdecken. Mit zaghaften Schritten näherte sich Red dem Eingang der Gasse. Die Dunkelheit schien ihm nun bei weitem nicht mehr so schützend wie zuvor. Ein eisiger Luftzug trieb eine Gänsehaut auf seine Arme, als er ein weiteres Mal in die Finsternis eintauchte. Schatten umgaben ihn, die unheimlich lebendig schienen. Jeder Schritt hallte dumpf von den Häuserwänden wider.

Bewegte sich da nicht etwas?

Red ging schneller, in der Hoffnung, dem nervösen Kribbeln in seinem Nacken zu entkommen.

Waren das nicht glühende Augen, die ihn anstarrten?

Die Schatten schienen immer näher zu rücken, je weiter er in das Labyrinth der Gassen vordrang. *Nicht stehen bleiben*, dachte Red, *bloß nicht stehen bleiben!* Ziellos bog er mal nach rechts ab, ein anderes Mal nach links, nur um nicht anhalten zu müssen. Wie groß war denn diese Stadt? Irgendwann musste er doch irgendwo ankommen!

Ein gellendes Kreischen ganz in seiner Nähe ließ ihn zusammenfahren – von links, aus der Straße, in die er gerade hatte einbiegen wollen. Ein kehliges Fauchen folgte, ein Grunzen und Quieken, dann ein dumpfer Aufprall.

Wie erstarrt blieb Red stehen.

Was war das gewesen?

Da war es wieder!

Knurren und Lechzen hallte dumpf von den Hochhausfassaden wider. Red presste sich dicht gegen eine schmutzige Hauswand, ganz nah am Eingang der Gasse. Sein Herz raste. Kalter Schweiß rann seinen Nacken hinab. Doch der Drang, zu wissen, was dort vor sich ging, war stärker als die Angst. Vorsichtig spähte er um die Ecke.

Zwei schattenhafte Gestalten wälzten sich ineinander verschlungen am Boden zwischen Müll und Unrat. Waren das wilde Tiere? Es war zu dunkel für Reds Augen. Doch er erkannte, dass eine der Gestalten allmählich die Oberhand gewann. Sie packte den Kopf ihres Gegners und schmetterte ihn wieder und wieder auf den Asphalt, jeder Schlag begleitet von triumphierendem Keuchen und einem dumpfen Knacken.

Saure Galle stieg Reds Kehle empor, und ihm wurde schwindelig. Er grub seine Fingernägel in den spröden Putz der Wand hinter ihm, bis es schmerzte.

In diesem Moment sprang ein Schatten mit unglaublicher Geschwindigkeit direkt auf ihn zu. Reds Herz setzte einen Schlag aus. Entsetzt schrie er auf und riss die Arme nach oben, um sich zu schützen.

»Halt's Maul!«, fauchte eine barsche Frauenstimme. Eine eiskalte Hand schloss sich wie Eisenspangen um sein Handgelenk, und im nächsten Moment wurde Red mit unmenschlicher Kraft vorwärts gezerrt, fort von der Kreatur, die in diesem Augenblick ein schreckliches Geheul anstimmte. Seine Füße verließen den Boden, und er hörte sich selbst wie am Spieß schreien. Für einen Moment noch sah er die Gasse unter sich kleiner werden; er strampelte und kämpfte gegen den Griff an – bevor ein Schlag auf seinen Kopf alle Lichter ausschaltete.

# Kapitel Zwei

## Im Untergrund von Kenneth, Missouri

*»Namen müssen etwas ganz Ungeheuerliches sein. Stell dir vor, es gäbe keinen einzigen Red September außer dir!«*

Red erwachte mit Kopfschmerzen und dem Gefühl, einen vollkommen wirren Traum gehabt zu haben. Um ihn war es dunkel. Die Nacht war noch nicht vorbei.

Schläfrig tastete er neben sich, in der unbestimmten Erwartung, einen warmen Körper vorzufinden. Doch stattdessen berührte er nur feuchten Stein.

Keuchend fuhr er in die Höhe und unterdrückte gleich darauf einen Schrei, als ein greller Schmerz durch seine Schulter fuhr. Die Überraschung brachte ihn schneller in die Wirklichkeit zurück, als seine Gedanken folgen konnten. Wo war er? Und was war passiert? Angestrengt versuchte er, mit seinem Blick die Dunkelheit zu durchdringen. Er schien sich in einer Art Tunnel zu befinden. Wasser tröpfelte von den Wänden. In den Ecken raschelte es.

In diesem Moment stach ihm ein Lichtstrahl in die Augen. Erschrocken riss er den unverletzten Arm hoch.

»Ach, sieh an.« Ein raues Lachen erklang jenseits des Lichts. »Ich dachte schon, du wachst gar nicht mehr auf.«

Red schnappte nach Luft. Diese Stimme! Das war doch … Seine Kehle wurde ihm eng. Kein Zweifel. Der Schatten aus der Gasse! Und … wo waren dann …?

Das Lachen ertönte erneut. Das Licht verschwand aus seinen Augen und richtete sich auf ein schmales Gesicht. »Hab dich ganz schön erschreckt, was?«

Red blinzelte verblüfft. Der Stimme nach zu urteilen, hatte er eine Frau im mittleren Alter erwartet. Stattdessen beleuchtete die Lampe das Gesicht eines Mädchens von vielleicht fünfzehn Jahren.

Sie grinste breit und entblößte dabei ein Paar spitzer Eckzähne.

»Brauchst keine Angst zu haben. Hier bist du sicher. Ich bin Hannah. Wir warten schon seit 'ner Ewigkeit auf dich. Hast ganz schön lange gebraucht.«

Red schluckte trocken. Sie war ein Vampir! Und sie hatte ... auf ihn *gewartet*?

Hannah lachte. »Nun guck nicht so dämlich. Du suchst doch die *Bloodstalkers*, oder etwa nicht?«

Red glaubte, nicht mehr atmen zu können.

Die *Bloodstalkers*.

Das Wort vibrierte in seinem schmerzenden Kopf, bis es mit einem unhörbaren Geräusch zerplatzte.

Der Vampir, dem Blue gefolgt war, war ein *Bloodstalker* gewesen.

*Blue*, dachte Red und hatte plötzlich das Gefühl, vor Erleichterung zusammenbrechen zu müssen. Er war in Sicherheit. In Sicherheit!

*Du hast dein Versprechen gehalten.*

Das Vampirmädchen sah ihn noch immer unverwandt an. Sie wartete auf eine Antwort.

»Bist du ... bist du ein *Bloodstalker*?«, würgte Red hervor.

»Aye.« Hannahs Gesicht entspannte sich, und sie zwinkerte ihm zu. »Hattest echt Glück, dass ich in der Nähe war. Die haben ja ordentlich Lärm gemacht, weil sie ihre Blutkonserven nicht allein lassen wollten. Sonst hätten die dich ganz fix wieder eingefangen, das kannst du mal glauben. Und dann wärst du noch fast diesen verdammten Biestern in die Arme gelaufen.« Wieder lachte sie. »War schon 'ne abgefahrene Aktion. Céleste wird dich mögen.«

»Céles …«, begann Red, doch Hannah schnitt ihm sofort das Wort ab. »Ich darf dir keine Fragen beantworten. Versuch's erst gar nicht.«

Red war augenblicklich klar, dass jede weitere Bemühung zwecklos sein würde. Aber es war ihm im Grunde auch nicht wichtig. Er hatte es tatsächlich geschafft! Er war nur noch ein paar Schritte von Blue entfernt! Dieses Vampirmädchen konnte ihn zu ihr bringen, und wenn das bedeutete, dass er den Mund halten musste, dann würde er das tun.

»Wir sollten los.« Hannah knipste die Lampe aus und stand auf. »Bist du soweit okay?«

Red nickte und mühte sich auf die Füße. Jeder Knochen tat ihm weh, aber das war ihm egal.

»Ist es weit?« Er hörte seine Stimme aufgeregt zittern.

Hannah lachte. »Keine Sorge. Ist nur so'n Gucken, dann sind wir schon da. Hier unten ist kein Weg weit. Komm.«

Sie wandte sich um und lief weiter in den Tunnel hinein.

Red folgte ihr eilig und spürte, wie ihm mit jedem Schritt leichter ums Herz wurde.

Nicht mehr weit. Nicht mehr lange.

Dann würde er Blue wieder im Arm halten.

## Kapitel Drei

Insomniac Mansion, Kenneth, Missouri

*»Ich möchte sie sehen, diese ›Alte Welt‹!«*

Es sollte sich herausstellen, dass Hannah unter »nicht weit« etwas ganz anderes verstand als Red. Ihr Vampirkörper kannte keine Ermüdung, und sie fand sich in dem verzweigten Tunnelsystem auch dann noch mit schlafwandlerischer Sicherheit zurecht, als Red sich längst hoffnungslos verloren fühlte. Der Schlafmangel, die Strapazen der Flucht und nicht zuletzt die Verletzungen, die er sich beim Sprung aus dem Transporter zugezogen hatte, forderten ihren Tribut an seiner Kraft. Doch Hannah lief immer weiter, bis Red das Gefühl hatte, seit Anbeginn seines Lebens hinter ihr durch die Dunkelheit marschiert zu sein. Verbissen klammerte er sich in Gedanken an Blue, schlurfte und stolperte weiter, obwohl er längst nichts mehr wahrnahm außer dem kleinen Stück Fußboden direkt vor ihm.

Und dann endlich blieb Hannah stehen – so unerwartet, dass Red in sie hineinlief.

Hannah drehte sich zu ihm um und musterte ihn spöttisch.

»Endstation.«

Zum ersten Mal seit einer Ewigkeit hob Red den Kopf, um sich umzusehen. Der Tunnel war zu Ende. Er hörte einfach auf, abgeschlossen von einer Wand aus dem gleichen feuchten Stein, den Red nun seit Stunden unter den Füßen gehabt hatte.

Red hätte gern gefragt, was sie hier wollten, aber er verkniff es sich. Er durfte auf keinen Fall riskieren, dass Hannah ihn am Ende doch nicht weiter mitnahm, weil er zu viele Fragen stellte.

Hannah nickte ihm zu und grinste. Dann drehte sie sich wieder zur Wand. Ihre Hände tasteten die Ritzen zwischen den Steinen ab – bis es unter ihren Fingern knackte. Ein Kratzen und Kreischen, das sich anhörte wie Fingernägel auf einer Schiefertafel, ertönte über ihnen. Unter der Decke schob sich eine Klappe zur Seite, und eine Leiter wurde langsam zu ihnen heruntergelassen. Durch die Öffnung fiel flackerndes Licht in den Tunnel, spiegelte sich in den Pfützen und überzog die Wände mit einem orangeroten Schimmer.

Hannah deutete auf die Leiter. »Na los, hoch mit dir.«

Red biss sich auf die Lippe. Die Leiter war sicherlich zwei Meter lang, und es erschien ihm unmöglich, seinen geschundenen Körper zum Klettern zu zwingen, so durchgefroren und steif, wie er war.

Eine Hand legte sich auf seinen Rücken.

»Keine Panik«, sagte Hannah. »Ich pass' schon auf, dass du nicht runterfällst.«

Red atmete tief durch. Er hatte eine Vampirin bei sich, die ihm helfen würde. Was konnte ihm schon passieren? Entschlossen griff er nach der Leiter und setzte den Fuß auf die erste Sprosse. Ein stechender Schmerz schoss durch seine verwundete Schulter. Aber er hielt sich fest und kletterte weiter, den Blick immer auf das erleuchtete Rechteck über ihm gerichtet. Unter sich hörte er, wie Hannah ihm folgte. Der Gedanke, dass sie ihn notfalls vor einem Sturz bewahren würde, tröstete ihn ein wenig.

Und dann endlich war er oben, kroch auf allen Vieren aus

dem Loch heraus, bevor er platt mit dem Bauch auf den Boden fiel und einfach liegen blieb.

Kerzenlicht erhellte den Raum. Die Fliesen, auf denen er lag, waren trocken und sauber. Durch ein Bogenfenster blinzelte der Mond.

Mit einem tiefen Seufzen streckte Red alle Viere von sich. Er hatte es geschafft.

Er war geflohen.

Und er war in Sicherheit.

Mit einem leichtfüßigen Sprung kam Hannah aus dem Loch und hockte sich neben ihn.

»Hey.« Sie stieß ihn mit einem spitzen Finger in die Seite. »Du kannst jetzt nicht schlappmachen. Hoch mit dir, Céleste wartet.«

»Wer ist denn nun Céleste?«, nuschelte Red, ohne sich zu rühren. Er hatte nicht das Gefühl, aufstehen zu können, selbst wenn er es gewollt hätte.

Hannah seufzte. »Die Chefin.« Ihre Stimme klang ungeduldig. »Sie erwartet dich. Also krieg jetzt gefälligst deinen Arsch hoch.«

Ohne noch eine Antwort abzuwarten, packte sie ihn beim Kragen und zerrte ihn mit einem Ruck in die Höhe. Red stöhnte auf, als seine Knochen gegen die grobe Behandlung protestierten. Aber Hannah interessierte das nicht im Geringsten. Wie schon Stunden zuvor schlossen sich die Eisenklammern ihrer Finger um sein Handgelenk.

»Nur noch ein paar Treppen.« Ganz plötzlich klang ihre Stimme wieder fürsorglich. »Dann hast du's hinter dir.«

Red wagte nicht einmal mehr, zu seufzen. Er wollte nicht zu Céleste. Er wollte nur zu Blue und sich neben ihr in ein Bett legen. Aber wenn diese Céleste die Anführerin der

*Bloodstalkers* war, führte der Weg dorthin offenbar nur an ihr vorbei. Er musste sie überzeugen, ihn in die Organisation aufzunehmen. Aber sie würde ihn schon nicht wegschicken, versuchte Red sich selbst zu beruhigen. Schließlich erwarteten sie ihn, wie Hannah sagte.

Ohne weiteren Widerstand ließ er zu, dass das Vampirmädchen ihn hinter sich herzog.

Doch als sie durch die Tür auf den Gang traten, vergaß Red vor Staunen auf einen Schlag alle Schmerzen und Erschöpfung. Mit offenem Mund blieb er stehen.

Weiß verputzte Wände schwangen sich von eleganten Bögen getragen zu einer hohen Decke hinauf. Zu beiden Seiten flackerten unzählige Kerzen und tauchten den Flur in ein unstetes Licht voller bizarrer, zuckender Schatten. Der Boden war mit weißen und schwarzen Kacheln ausgelegt, in denen sich die Flammen spiegelten. Und leise, wie aus weiter Ferne, hingen die Töne eines Liedes in der Luft. Ein Lied, das so traurig war, dass Red plötzlich Tränen in seinen Augen brennen fühlte.

Hannah war ebenfalls stehen geblieben und lauschte. »Das ist Célestes Musik.« Ihre Augen glitzerten. »Schön, oder?«

Red wurde die Kehle eng, und er konnte nur nicken. In seinem ganzen Leben, das wusste er sicher, hatte er noch nie etwas Schöneres gehört. Das Lied weckte eine Sehnsucht in ihm, die ihm zugleich vertraut und fremd erschien. Es rief und lockte und verwirrte ihn, zog ihn mit einer unwiderstehlichen Macht vorwärts, während er gleichzeitig nichts lieber getan hätte, als bis ans Ende seines Lebens an diesem Fleck zu stehen und zu lauschen.

Er wusste nicht, wie viel Zeit vergangen war, als der Druck von Hannahs Fingern ihn in die Wirklichkeit zurückholte.

»Na komm. Du wirst das schon noch oft genug zu hören kriegen. Da, sie ist sowieso fertig.«

Red starrte sie benommen an, ohne ihren Worten recht folgen zu können. Fertig? Er lauschte. O ja … die Musik war verstummt. Red fröstelte. Plötzlich war ihm kalt.

Während er sich einmal mehr von Hannah führen ließ, hatte er das Gefühl, gerade aus einem wirren Traum aufgewacht zu sein. Er fühlte sich seltsam leer, wie ausgebrannt. Mehr als einmal ertappte er sich dabei, wie er versuchte, sich an die Melodie des Liedes zu erinnern. Aber es gelang ihm nicht. Nur die Sehnsucht, die er bei ihrem Klang gespürt hatte, war noch da. So deutlich, dass es schmerzte. So deutlich, dass alle anderen Schmerzen davon völlig ausgelöscht wurden.

Red folgte Hannah bis zum Ende des Flurs, wo sie eine Tür aus dunklem Holz öffnete.

Eine weitläufige Halle lag vor ihnen. In ihrer Mitte schwang sich eine breite Treppe nach oben und führte auf eine Galerie hinauf. Gegenüber der Treppe befand sich die Eingangstür, durch deren Buntglasfenster das Mondlicht verzerrte Muster auf den Boden malte. Ein Kronleuchter mit mindestens fünfzig erloschenen Kerzen hing in den Schatten über ihnen. Und über allem lag eine schwere, trockene Stille, in die Red sich so sehr das Lied zurück wünschte.

Sie stiegen die Treppe hinauf und liefen die Galerie entlang, von der mehrere Gänge abzweigten und sich in den Schatten verloren. Schließlich blieb Hannah vor einer weiteren Tür stehen. Reds Herz begann, wild zu klopfen. Er hätte nicht sagen können, woher er diese Sicherheit nahm. Aber er spürte mit jeder Faser seines Körpers, dass sich hinter dieser Tür die Quelle der Musik befand. Ein Zittern lief durch seine Glieder.

Hannah ließ ihn los und warf ihm einen letzten Blick zu. Dann drückte sie die Türklinke herunter.

Eine weiße Gestalt hob sich leuchtend gegen das schwarze Rechteck der Nacht hinter dem Fenster ab. Silberblondes Haar floss über entblößte Porzellanschultern und ein Kleid aus heller Seide. Sie hatte ihnen den Rücken zugewandt.

Und erst als sie sich voneinander lösten und ein Schatten lautlos zu Boden glitt, erkannte Red, dass es in Wahrheit zwei Gestalten waren.

Langsam drehte die Frau sich um. Obwohl Red ihre Augen nicht sehen konnte, spürte er ihren Blick mit einer solchen Kraft, dass ihm ein Schauer über den Rücken lief.

»Ah. Der Mensch aus der OASIS.«

Der Klang ihrer Stimme ließ die Melodie von Neuem erklingen. Die Sehnsucht glühte in Reds Innerem auf und jagte warme Schauer über seine Haut.

»Ich danke dir, Hannah. Chase, Liebes. Geh mit Hannah. Ich will unseren Gast begrüßen.«

Der Schatten am Boden bewegte sich. Richtete sich auf und kam auf schwankenden Beinen zum Stehen. Red hörte schweren Atem und roch herben Schweiß. *Ein Mensch!*, dachte er und spürte, wie ein langer Blick ihn traf. Doch unter den Augen der Vampirin fiel es ihm schwer, sich darauf zu konzentrieren.

Dann fiel die Tür hinter Hannah und dem Menschen ins Schloss.

Red war mit Céleste allein.

Mit langsamen Schritten kam die Vampirin auf ihn zu, bis sie direkt vor ihm stand. Reds Atem wurde flach. Aus der Nähe konnte er ihre Augen sehen – zwei tiefe, schwarze Seen in der Dunkelheit. Ihre Finger legten sich wie Federn unter sein Kinn und strichen über die nackte Haut auf seinem Kopf.

»Wie heißt du?«

Red schluckte. Seine Stimme klang rau in seinen Ohren.

»Red September 38.07.«

»Red.« Céleste lächelte. »Willkommen bei uns, Red. Du bist endlich frei.«

Reds Knie zitterten. Er konnte nicht mehr lange stehen. Nicht unter diesem Blick.

Céleste musterte ihn nachdenklich. »Eins wundert mich nur«, murmelte sie. »Kris sagte, er hätte eine Frau erwartet.« Sie schüttelte den Kopf und lächelte erneut. »Wie dem auch sei. Ich freue mich, dass du hier bist.«

Red hörte ihre Worte kaum. Was machte es schon aus, was sie sagte, solange sie nur sprach? Solange er nur die Musik hören durfte, die in jeder Silbe klang und ihm das Gefühl gab, zu schweben …

Doch dann setzte in seinem Kopf etwas aus, als wäre in einen seiner Gedanken ein kleines Loch gebrannt worden. Was hatte sie gerade gesagt?

Eine Frau … erwartet?

Eisig rann ein Tropfen Angst über seinen Nacken. Eine Frau … eine Frau … Blue …? Red kniff die Augen zusammen, um sich von diesem Blick, dieser Stimme loszureißen.

»Ich …« Seine Zunge wollte ihm kaum gehorchen. »Blue … ich suche Blue March.«

Céleste hob verwundert die schmalen Brauen. »Wen?«

Alles Gefühl kehrte mit einem Schlag in Reds Glieder zurück. Er taumelte unter der plötzlichen Last.

»Blue«, wiederholte er und spürte, wie sich sein Magen zusammenzog. »Blue March 35.11. Sie wartet hier auf mich.«

Célestes Stirn kräuselte sich. Ihre Finger verschwanden aus Reds Gesicht. »Ach, so ist das.« Sie sah ihn mitleidig an. »Tut mir leid, Kleiner. Eine Blue haben wir hier nicht gesehen.«

Red spürte seine Beine unter sich nachgeben. Blue war nicht hier? Aber wie konnte das sein? Sie hatte doch versprochen …

Kräftige Arme fingen ihn auf und stützten ihn. Sanft legte sich Célestes Hand in seinen Nacken. Red ließ sich kraftlos gegen ihre Schulter sinken. Das war doch nicht möglich! Was war nur geschehen? Wo war Blue? Was war ihr zugestoßen?

»Armer Red«, wisperte Céleste an seinem Ohr. »Nach allem, was du auf dich genommen hast.«

Ein trockenes Schluchzen stieg Red die Kehle hinauf. Die Verzweiflung erwürgte ihn.

»Lass mich dir helfen.« Céleste streichelte seinen Rücken. »Hab keine Angst.«

Red hob den Kopf. Seine Augen brannten. Das Lied in ihrer Stimme war so tröstlich …

»Kannst du sie finden?« Die Worte kamen nur gebrochen über seine Lippen.

Ein Lächeln ließ das Gesicht der Vampirin erstrahlen. »O nein.« Sie strich ihm über die Wange. »Nicht ich, Liebes. Du wirst sie finden. Wenn du nur bei uns bleibst.« Erneut zog sie ihn an sich. Red spürte ihre weichen Lippen an seinem Hals. Ein Schauer durchlief ihn. So nah. So warm. Und zugleich so kalt.

Die Melodie ihrer Musik war in ihm, floss wie Glut durch seine Adern.

»Bleib bei uns. Bei mir«, wiederholte Céleste. Red fühlte,

wie sich ihr Mund auf seiner Haut zu einem Lächeln verzog. Ein winziger Schmerz, wie von Nadelstichen, durchzuckte ihn. Er keuchte, schwankte auf weichen Knien. Doch Céleste hielt ihn noch immer fest in ihren Armen. Als sie zärtlich an seinem Hals zu saugen begann, durchströmte Red ein Gefühl, das ihn gleichzeitig erschreckte und erregte. Kribbelnd rann es durch seinen Körper und füllte ihn mit Licht. *Sie nimmt mein Blut*, erkannte er und erschauerte. *Sie trinkt von mir!*

Dann gingen seine Gedanken unter in dem berauschenden Strom, der ihn mit immer größer werdender Kraft mit sich riss. Für einen Augenblick noch stieg Angst in ihm auf, und er versuchte, sich aus dem Griff zu befreien – gegen die Macht anzukämpfen, die ihn zu verschlingen drohte. Doch seine Glieder zuckten nur schwach. Zitternd gab er nach.

Und ertrank in Célestes Lied.

# Kapitel Vier

## Insomniac Mansion, Kenneth, Missouri

*»Du wirst mich nicht verraten, oder? Du wirst mir doch folgen, Red? Versprich es mir. Ich könnte es nicht ertragen, dort draußen ohne dich sein zu müssen.«*

Als er wieder zu sich kam, kündigte vor dem Fenster ein altrosafarbener Schleier bereits den Morgen an.

Neben ihm, so nah, dass er die Wärme ihres Körpers spüren konnte, saß Céleste und hielt seine Hand. Als Red die Augen aufschlug, teilten sich ihre Lippen zu einem Lächeln.

»Ah, du bist wach. Das ist gut.« Geschmeidig erhob sie sich. Im Licht der Dämmerung erkannte Red, dass ihre Iris nicht schwarz war, wie er geglaubt hatte, sondern von einem tiefen Blau, das aus einer Quelle in ihrem Inneren heraus zu leuchten schien. Noch nie hatte Red eine so schöne und zugleich furchteinflößende Frau gesehen. Wortlos starrte er zu ihr hinauf.

»Beim ersten Mal ist es immer überwältigend. Ruh dich noch etwas aus.« Céleste strich die schimmernden Haare über die Schulter zurück. »Ich werde Claire sagen, dass du hier bist.«

Red fühlte sich nicht in der Lage, ihr zu antworten. Mit Mühe brachte er ein Nicken zustande. Obwohl sie sich nur einen einzigen Schritt von ihm entfernt hatte, schienen nun Meilen zwischen ihnen zu liegen. Und obwohl sein Verstand ihm zuschrie, dass er vor ihr fliehen sollte, sehnte sich sein Körper mit jeder Faser danach, erneut von ihr berührt zu werden. Erneut zu fühlen, wie sie sein Blut trank. Reds Atem zitterte, und er kämpfte gegen das Verlangen an, die Hand nach ihr auszustrecken.

Céleste beobachtete ihn belustigt, als könne sie seine Gedanken lesen.

»Wir werden uns bald wiedersehen«, versprach sie und strich ein letztes Mal über seine Wange, bevor sie sich abwandte.

»Willkommen bei den *Bloodstalkers*, Red September.«

Eine ganze Weile noch blieb Red auf dem Sofa liegen. Nach und nach verklang auch Célestes Melodie in seinem Inneren und ließ ihn mit einem seltsamen Gefühl der Leere zurück. Das Altrosa vor dem Fenster färbte sich allmählich in Gold und Blau. Red tastete in seinen Hosentaschen und stellte resigniert fest, dass keine Bonbons mehr darin übrig waren. Dabei hätte er gerade jetzt etwas Relacin gut gebrauchen können. Denn mit der fortschreitenden Ernüchterung kehrten auch die Gedanken in seinen Kopf zurück. Schmerzhafte Gedanken. So viel war in den letzten Stunden geschehen. So weit war er gekommen – und doch hatte er nichts erreicht. Blue war nicht bei den *Bloodstalkers*. Sie hatte ihn nicht erwartet, wie sie es verabredet hatten. Stattdessen war er hier, in diesem Haus, in dem alles so uralt zu sein schien wie seine Herrin selbst. Red wusste, wenn er nur die leiseste Chance haben wollte, Blue jemals wiederzusehen, würde er keine Wahl haben, als hier zu bleiben. Wenn er doch bloß wüsste, ob ihr etwas zugestoßen war! Die Angst lag wie ein Stein in Reds Magen. Blue hatte über die Welt hier draußen ja ebenso wenig gewusst wie er. Vielleicht irrte sie seit Wochen in der Stadt umher und versuchte, die *Bloodstalkers* zu finden. Oder jemand hatte sie gesehen, und sie hielt sich nun versteckt. Oder …

Das Bild der kämpfenden Kreaturen in der Gasse stieg vor Reds innerem Auge auf und jagte einen Schauer über seinen Rücken.

Nein.

So etwas durfte er nicht denken.

Und die Vampire hatten sie sicher auch nicht erwischt, sonst hätten sie sie sicher zur Farm zurückgebracht. Blue musste noch irgendwo in der Stadt sein. Und Red würde sie finden. Schließlich hatte er jetzt Vampire auf seiner Seite. Und er würde alles tun, was sie von ihm wollten, wenn sie ihm dafür halfen, Blue aufzuspüren.

Entschlossen setzte er sich auf. Er musste Céleste noch einmal aufsuchen und sie danach fragen. Je früher er mit der Suche begann, desto besser. Blue musste fürchterliche Angst haben, so ganz allein dort draußen.

Als er aufstand, wurde ihm schwarz vor Augen. Red schwankte und hielt sich im letzten Augenblick an der Sofalehne fest. Nur allmählich verging der Schwindel, und der Fußboden hörte auf, hin und her zu schaukeln. Schwer atmend blieb Red eine Weile neben dem Sofa stehen, bis sich auch sein Magen beruhigt hatte. Vielleicht musste er es doch ein bisschen langsamer angehen lassen, dachte er – und stellte im nächsten Moment überrascht fest, dass seine Schulter aufgehört hatte zu schmerzen. Nur ein leichtes Ziehen erinnerte noch an den Sprung aus dem Transporter. Ungläubig starrte Red auf seine Arme. Auch die Schürfwunden waren verheilt. Ob das Célestes Verdienst war?

Das hohe Bogenfenster auf der anderen Seite des Raums zog seinen Blick wie magisch an. Das Parkett quietschte unter seinen Sohlen, als er mit vorsichtigen Schritten hinüberging.

Was er sah, nahm ihm beinahe den Atem. Das Haus der *Bloodstalkers* stand auf der Spitze eines Berges, zu dessen Füßen sich wie ein bizarrer Teppich eine schier unendliche Anzahl von Gebäuden in verschiedensten Größen und Formen ausbreitete. Eine blasse Morgensonne blinzelte über die Dächer und tauchte die grauen Steine in ein mattgoldenes Licht.

Red starrte mit offenem Mund, unfähig, den Blick abzuwenden. Das also war die Stadt? Die Heimat der Vampire? Er wusste nicht, was er sich vorgestellt hatte, wenn er auf der Farm an »draußen« gedacht hatte. Aber diese Aussicht war überwältigender, größer und einschüchternder als alles, was Red jemals erwartet hätte – und so ganz anders als das, was er in der Nacht erlebt hatte.

Er wusste nicht, wie lange er dort gestanden und gestaunt hatte, als er hörte, wie sich auf dem Flur Schritte näherten. Erschrocken wandte Red sich um, mit dem eigenartigen Gefühl, bei etwas Verbotenem ertappt worden zu sein. Kurz darauf klopfte es – und noch bevor er darauf reagieren konnte, betrat eine Frau das Zimmer. Reds von Neuem in Aufruhr geratener Magen beruhigte sich ein wenig, als er erkannte, dass er es hier mit einem Menschen zu tun hatte. Keine Eisenklammern wie bei Hannah. Keine Musik wie bei Céleste. Nur ein Mensch wie er.

»Guten Morgen«, sagte die Frau. Sie mochte etwa dreißig Jahre alt sein, hatte eine drahtige Figur, ein spitzes Gesicht – und einen wirren, mausbraunen Haarschopf.

»Guten Morgen.« Red bemühte sich um ein Lächeln und zwang sich, das Unbehagen hinunterzuschlucken, das ihn beim Anblick des Gestrüpps auf ihrem Kopf überkam. In Reds Welt hatten bisher nur die Vampire Haare gehabt –

Menschen wurden geschoren. Jemanden wie diese Frau mit einem wuchernden Haarschopf zu sehen, verlieh ihr in Reds Augen etwas Wildes. Etwas Fremdes und Gefährliches. Aber er konnte wohl kaum darauf hoffen, dass sich die Menschen hier in naher Zukunft seiner Lebensweise anpassen würden. Im Gegenteil. Er würde einer von *ihnen* werden müssen.

Er erinnerte sich nun auch daran, dass Céleste angekündigt hatte, jemandem Bescheid zu geben. »Bist du Claire?«

Die Frau nickte. »Und du musst Red September sein. Du bist aus der OASIS, stimmt's?« Sie beäugte ihn mit unverhohlener Neugier.

Red dachte an die Transporter, mit deren Hilfe er geflohen war. *OASIS – Lebensmitteltransport*, hatte auf den Seitenwänden gestanden. Der Name klang nicht nach seinem Zuhause, aber Claire konnte nichts anderes gemeint haben.

Er nickte zögernd.

»Red September 38.07, um genau zu sein«, sagte er.

Claire runzelte verwirrt die Stirn. »Achtunddreißigsieben?«

Red schluckte. Hier draußen war wirklich alles anders.

»Ein Code«, erklärte er schnell. »Es bedeutet, dass ich das siebte Kind war, das im September des Jahres 2238 in Wohnblock Rot geboren wurde.«

»Ach so?« Claire hob zweifelnd die Brauen, und Red begriff, dass seine Erklärung sie eher noch mehr verwirrt haben musste. Sie schüttelte den Kopf. »Na ja, Red wird wohl reichen.«

Red wusste nicht, was er darauf antworten sollte. Vermutlich hatte sie recht.

»Céleste sagt, ich soll dir dein Zimmer zeigen.« Claire fuhr sich mit den Fingern durch die Haare. »Und du hast wohl sicher Hunger.«

Unwillkürlich legte Red die Hand auf seinen Magen. Erst jetzt fiel ihm auf, dass es stimmte. Es schien ewig her zu sein, dass er zuletzt etwas gegessen hatte. Am Tag vor seiner Flucht hatte er vor Anspannung kaum etwas herunterbekommen. Außerdem war er fast die ganze Nacht auf den Beinen gewesen.

»O ja«, sagte er und merkte, noch während er sprach, dass es viel enthusiastischer klang, als er vorgehabt hatte.

Ein schmales Lächeln erschien auf Claires Lippen – das erste, das Red auf ihrem Gesicht sah. Es zauberte winzige Lachfältchen in ihre Augenwinkel.

»Ja, dann komm. Ich zeige dir dein Zimmer, dann kannst du dich waschen und umziehen. Chase hat ein paar seiner Sachen für dich gestiftet, bis du eigene bekommst.«

Red horchte auf. Chase? Das war der Mann, der in der Nacht bei Céleste gewesen war. Jetzt, nachdem er es selbst erlebt hatte, wusste Red natürlich auch, was er dort getan hatte. Céleste hatte von ihm getrunken. Und bevor er aus dem Raum gegangen war, hatte Chase ihn angesehen. Red wünschte sich, er könnte sich besser daran erinnern, doch die Situation war ihm nur verschwommen im Kopf geblieben. Er hätte nicht sagen können, wie Chase aussah. Nicht einmal, wie groß er war. Nichtsdestotrotz war Red dankbar, dass er von ihm Kleider bekommen würde. Seine eigenen waren mittlerweile steif vor verkrustetem Blut, außerdem schmutzig und an mehreren Stellen zerrissen. Und auch er selbst musste einen schrecklichen Anblick bieten, verschwitzt, müde und dreckig, wie er war. Bereitwillig folgte er Claire, die ihn über die Galerie ein Stück zurück den Weg führte, den Red wenige Stunden zuvor bereits mit Hannah gegangen war.

Im langsam kräftiger werdenden Tageslicht herrschte in der Eingangshalle eine vollkommen andere Atmosphäre als bei Nacht. Red konnte die Details im Schmiedewerk des Kronleuchters sehen, die ihn mehr elegant als bedrückend wirken ließen. Das Licht, das durch das Buntglasfenster in der Tür fiel, schmückte die Kacheln mit kräftigen Farben.

»So, da wären wir«, sagte Claire nach einer Weile und blieb vor einer Tür stehen. »Moment – ich hab's gleich.« Sie wühlte in den Taschen ihrer weiten Hose und fischte schließlich einen kleinen Metallstift heraus, der an einem Ende eine Art Öse aufwies, am anderen einen seltsam gezackten Aufsatz. »Ist natürlich noch nicht viel drin. Musst auch noch putzen.« Sie hielt Red den Metallstift entgegen. »Hier ist dein Schlüssel. Wie du vielleicht erraten hast, mag Céleste es altmodisch.«

»Schlüssel?«, echote Red verblüfft und vergaß ganz, die Hand auszustrecken. Auf der Farm hatte es kaum verschlossene Türen gegeben. Und für die wenigen, die es gab – wie beispielsweise das Wohngebäude der Vampire –, wurden Fingerschlüssel verwendet. Red wusste nicht, wie es funktionierte, aber die Vampire brauchten nichts weiter zu tun, als den Finger vor eine kleine Lampe zu halten, damit die Tür sich öffnete. Von solchen Metallstiften hatte er allerdings noch nie gehört.

Ein zweites Lächeln, ein wenig breiter als das erste, erhellte Claires Gesicht für einen Augenblick. »Ach so. Verstehe. In der OASIS habt ihr wahrscheinlich nur so supermoderne Technik. Pass auf, ich zeig dir, wie das geht.« Sie steckte den Metallstift ins Schloss und drehte ihn ein Stück weit herum. Es knackte, und die Tür sprang auf. Claire trat zur Seite. »Bitte sehr.«

Hinter der Tür lag ein kleines Zimmer, das bis auf ein Bett und einen Kleiderschrank leer war. Die Möbel waren aus dem gleichen dunklen Holz wie die Türen und mit eleganten Schnitzereien verziert. Vor dem Bett lag ein dicker Läufer, von dem Staubwolken aufstiegen, als Red darüberlief. Insgesamt machte der Raum den Eindruck, als wäre er seit Jahren nicht betreten worden. Doch auf dem Bett lag ein Stapel säuberlich gefalteter Kleidungsstücke.

»Auf jeden Fall gibt es hier elektrisches Licht«, sagte Claire von der Tür her und knipste demonstrativ einen Schalter an und wieder aus. »Das Bad ist am Ende des Flurs. Wenn du fertig bist, kannst du dir in der Küche was zu Essen holen. Ist gleich der Raum rechts neben der Treppe im Erdgeschoss.«

Red wandte sich zu ihr um.

»Danke«, sagte er und fühlte sich in diesem Moment tatsächlich unendlich dankbar. Nichts war hier wie auf der Farm. Aber jetzt, wo er in diesem Raum stand, der sein eigener werden sollte, hatte er zumindest das Gefühl, dass es nicht ganz so schlimm werden würde, wie er befürchtet hatte.

Die Fältchen um Claires Augen vertieften sich.

»Keine Ursache. Wir sehen uns später.«

Mit diesen Worten zog sie die Tür hinter sich zu, und Red war einmal mehr allein. Aber immerhin fühlte er sich in diesem Augenblick nicht mehr ganz so verloren.

# Kapitel Fünf

## Insomniac Mansion, Kenneth, Missouri

*»Ich frage mich, wie die Menschen dort draußen sind. Wie sie leben und was sie essen. Und ob sie sehr viel anders sind als wir.«*

Schon während er die Treppe ins Erdgeschoss hinunterging, hörte Red das leise Klappern von Geschirr und roch den Duft von frischem Kaffee. Sein leerer Magen begann zu grollen, und er beschleunigte seine Schritte. Erst, als er direkt vor der Tür stand, hielt er inne.

Er würde jetzt nicht in die Kantine auf der Farm gehen, wurde ihm schlagartig bewusst. Dies hier war eine fremde Küche. Und da drin war jemand.

Vielleicht Claire.

Vielleicht aber auch jemand ganz anderes.

Red schluckte nervös. Claire war freundlich zu ihm gewesen. Aber wenn es nun nicht Claire war – was sollte er dann sagen?

Guten Morgen, vermutlich.

Und dann?

Essen. Dann würde er essen.

Er drückte die Klinke herunter und betrat die Küche.

Ein Mann stand neben der Kaffeemaschine an die Arbeitsplatte gelehnt. In der Hand hielt er einen dampfenden Becher, und neben ihm stand ein Brett mit einem seltsam gelben, dicken Pfannkuchen darauf. Die dunklen Haare des Mannes hingen so weit in sein Gesicht, dass sie ihm wie ein wirrer Vorhang über die Augen fielen. Er mochte Mitte zwanzig sein, hatte scharfe Wangenknochen und eine vorspringende Nase, die einen leichten Knick aufwies, als sei sie schon einmal gebrochen gewesen. Die hellblauen Augen hinter dem Haarvorhang wirkten stechend und musterten Red eindringlich.

»Guten Morgen«, sagte Red.

Der Mann zog einen Mundwinkel nach oben. Red war sich nicht sicher, ob es ein Lächeln hatte sein sollen.

»Ich bin Red September 38.07«, fügte er schnell hinzu.

Der Mann nahm die Information mit einem knappen Nicken zur Kenntnis.

»Chase«, sagte er, und sein Tonfall machte augenblicklich klar, dass er darüber hinaus nicht an einer Unterhaltung interessiert war.

Red schluckte nervös. Das also war Chase. Der Mann, dessen Kleider er trug. Erneut versuchte Red, sich an ihre Begegnung in der Nacht zu erinnern, aber vergeblich. Er sah nur Célestes Augen vor sich.

»Ich … also, Claire hat gesagt, ich könnte hier frühstücken.«

Chase nahm ein Stück Pfannkuchen von seinem Brett und schob es sich gemächlich in den Mund.

»Klar«, sagte er, als er gekaut und geschluckt hatte, ohne Red dabei aus den Augen zu lassen. Er machte eine unbestimmte Handbewegung in Richtung des Kuchentischs. »Kannst du.«

Unsicher trat Red näher an den Tisch heran. Tatsächlich standen mehrere Schüsseln darauf – aber ein Frühstück wie dieses hatte Red noch nie gesehen. Auf der Farm hatte es eine große Auswahl von Brot mit verschiedenen Belägen gegeben, dazu Eierkuchen, Müsli, Joghurt, Obst und Gemüse.

Hier hingegen gab es nur die gelben Pfannkuchen, dazu mehrere Sorten Marmelade, eine Kanne Kaffee und eine Schüssel mit Aprikosen. Milch konnte Red auch keine entdecken. Dabei mochte er Kaffee nur mit viel Milch.

Chase beobachtete ihn immer noch.

Zögernd nahm Red eine Tasse und ein Frühstücksbrett. Vielleicht sollte er besser später wiederkommen? Dieser Blick machte ihn nervös. So würde er keinen Bissen hinunter bringen. Obwohl sich sein Magen schon vor Hunger verknotete, war Red kurz davor, den Raum fluchtartig zu verlassen.

In diesem Moment öffnete sich jedoch die Tür, und eine junge Frau betrat die Küche. »Guten Morgen zusa …«

Verdutzt blieb sie stehen und musterte Red erstaunt.

»Oh, na so was. Guten Morgen! Bist du der Neue?« Sie machte einen energischen Schritt auf ihn zu und streckte ihm die Hand entgegen. »Ich bin Sarah.«

Red schluckte trocken und schloss seine Finger um ihre. Sarah war wohl Anfang zwanzig und hatte so große Brüste, dass es ihm schwerfiel, ihr Gesicht genauer zu betrachten, obwohl es durchaus hübsch war. Red war sich sicher, noch nie so grüne Augen gesehen zu haben wie Sarahs, und ihre Züge waren weich und ebenso betont weiblich wie ihre Figur. Ihr Händedruck jedoch war kräftig, und an ihren Fingern und in ihrer Handfläche spürte Red dicke Schwielen.

»Ich bin Red …«, brachte er heraus – und verstummte, als ein breites Lächeln auf Sarahs Gesicht erschien. Red hätte nicht genau sagen können, woran es lag, aber mit einem Mal hatte er das seltsame Gefühl, dass es richtiger klang, wenn er den Rest seines Codes wegließ.

Keine Monatsangabe.

Kein Jahr.

Keine laufende Nummer.

Nur Red.

»Freut mich, Red.« Sarah drückte seine Hand noch einmal und ließ sie dann los.

Es dauerte einige überraschte Augenblicke, bis er es begriff.

Ein Name.

Es war gar kein Code.

Es war ein Name.

Red, so hatte Céleste ihn genannt. So hatte Blue ihn genannt, wenn niemand zuhörte. Nachdem sie den Vampir getroffen und etwas über »Namen« gelernt hatte: Ein Name beschrieb eine einzige, einzigartige Person.

Vampire hatten Namen.

Aber wilde Menschen offensichtlich auch.

»Mich auch«, schaffte es Red zu murmeln, noch immer ein wenig verwirrt von dem, was gerade so unerwartet in seinem Kopf vor sich ging. Aus dem Augenwinkel sah er ein spöttisches Grinsen auf Chase' Gesicht erscheinen.

Sarah warf inzwischen einen Blick auf Reds leeres Frühstücksbrett. Sie hatte offenbar nichts von seiner Erkenntnis mitbekommen.

»Nimm die Kirschmarmelade«, riet sie. »Die passt gut zu den Maisfladen.«

Maisfladen also, berichtigte Red sich selbst im Stillen. Keine Pfannkuchen.

Er nickte folgsam und legte einen Fladen auf sein Frühstücksbrett, um ihn mit Marmelade zu bestreichen, wie er es bei Chase gesehen hatte. Dann goss er Kaffee in seine Tasse, obwohl ihm klar war, dass er keine Milch bekommen würde. Der Kaffee war stark und schmeckte bitter. Aber die Wärme tat Reds aufgewühltem Magen gut.

Während er und Sarah sich an den Tisch setzten und mit dem Frühstück begannen, wusch Chase sein Geschirr in einem Metallbecken.

»Und?« Er warf einen Blick über die Schulter und sah Red unter seinem Haarvorhang hervor aus schmalen Augen an. »Kommst du heute schon mit zu Tony? Oder musst du dich noch ausruhen?«

Er sagte das in einem so herausfordernden Tonfall, dass für Red sofort klar war: Wer auch immer dieser Tony sein mochte – er würde auf jeden Fall zu ihm gehen. Hastig schüttelte er den Kopf.

»Nein, ich komme mit. Klar.« Red wurde den Eindruck nicht los, dass Chase im Stillen über ihn lachte, und er verspürte plötzlich das eigenartige Bedürfnis, zu beweisen, dass er es verdient hatte, hier zu sein.

Sarah streckte sich und seufzte. »Ach, immer diese Arbeit ... Ich wünschte, es wäre schon wieder Wochenende.«

Chase lachte kurz und trocken auf und erntete dafür einen scharfen Blick.

Red sah verwundert von einem zum anderen.

Chase aber stellte ungerührt sein Brett und seine Tasse auf ein Abtropfsieb und hob ein letztes Mal spöttisch den Mundwinkel. »Dann sehen wir uns also später – Farmer.«

Mit diesen Worten verschwand er durch die Hintertür in den sonnendurchfluteten Garten.

Red und Sarah blieben in der Küche zurück, die plötzlich seltsam still und leer schien.

*Farmer.* Das Wort hallte in Reds Ohren nach und hinterließ ein unangenehmes Gefühl in seinem Bauch. Red verstand nicht ganz, was Chase damit gemeint hatte – bestimmt nicht nur, dass er von der Farm kam. Aber er mochte den Tonfall nicht, in dem er das Wort benutzte. So viel zumindest war sicher.

»Kümmere dich nicht darum, was der redet«, sagte Sarah, als hätte sie erraten, was in Reds Kopf vorging. »Chase ist ein Mistkerl. Er hat keine Ahnung von gar nichts.«

Red sah sie überrascht an. Dann aber fühlte er, wie sich ein Lächeln in seine Mundwinkel stahl. Vermutlich hatte Sarah ebenso wenig Ahnung wie Chase. Aber sie stellte sich mit ihren Worten auf Reds Seite, und er fühlte sich gleich ein bisschen besser.

»Danke.«

Sarah erwiderte sein Lächeln. »Keine Ursache. Und wenn du dich noch nicht fit genug fühlst, um zu Tony zu gehen – dann lass dich bloß nicht provozieren, hörst du?«

Red biss sich auf die Unterlippe.

»Also um ehrlich zu sein … weiß ich gar nicht, wer Tony überhaupt ist«, gab er zu. »Aber ich denke schon, dass ich fit bin«, fügte er schnell hinzu.

Sarah hob überrascht die Brauen. Dann lachte sie.

»Ach so. Na ja – er ist der, der uns für die Außeneinsätze ausbildet. Klettern, springen, rennen und so. Und Bluter schießen natürlich.«

Red hörte schlagartig auf zu kauen. Hatte er gerade richtig gehört?

»Außeneinsätze?« Sein Herz begann, wie wild zu schlagen. »Du meinst, ihr geht regelmäßig in die Stadt?«

*Wo die Vampire sind?*

*Wo Blue ist?*

Sarah schob den letzten Rest ihres Fladens in den Mund

und spülte ihn mit dem letzten Schluck Kaffee hinunter. »Na klar«, meinte sie. Vor Aufregung wäre Red am liebsten sofort aufgesprungen und losgestürmt, doch Sarah schien das gar nicht zu bemerken. Sie stand auf und trug ihr Geschirr zum Spülbecken.

»Jeden Freitag. Aber das erkläre ich dir später.« Sie griff nach der Türklinke. »Also, ich gehe jetzt nach oben und ziehe mich um. Wenn du wirklich mitmachen willst beim Training, komm in einer Stunde zum Übungsgelände. Und sei bloß nicht zu spät. Tony wartet nicht gern.«

Red nickte und zwang sich, ruhig zu bleiben. Außeneinsätze! Er würde nach draußen gehen, in die Stadt, und dann konnte er auch nach Blue suchen! Er selbst! Das hatte Céleste also gemeint!

Sarah lächelte ihm noch einmal zu. »Gut, dann bis später.« Leise zog sie die Tür hinter sich zu.

Red blieb noch etliche Augenblicke sitzen und starrte auf den halb aufgegessenen Fladen und den Kaffee, der langsam kalt wurde.

Außeneinsätze … Er würde so schnell wie möglich alles lernen, was er brauchte, um bald mitgehen zu können – worin auch immer diese Einsätze bestehen mochten. Er musste unbedingt zu diesem Tony. Heute, egal wie müde er sich noch fühlte …

In diesem Moment fiel ihm auf, dass er Sarah nicht gefragt hatte, wo das Übungsgelände überhaupt war. Hastig warf Red einen Blick auf die Uhr. Dann stürzte er entschlossen den nur noch lauwarmen Kaffee hinunter. Fünfundfünfzig Minuten. Das musste reichen, um dieses Übungsgelände zu suchen.

Er würde auf keinen Fall zu spät kommen.

# Kapitel Sechs

Insomniac Mansion, Kenneth, Missouri

*»Es muss doch seltsam sein, sich mit Vampiren anzufreunden, meinst du nicht? Glaubst du, dass das überhaupt geht?«*

Der Garten hinter den sauber gepflegten Gemüse- und Kräuterbeeten war ebenso verwildert, wie Red die menschlichen Bewohner des Hauses bisher empfunden hatte. Feuchtes Sonnenlicht hing zwischen den Zweigen und tropfte in hellen Flecken auf den schmalen Pfad, der ihn durchs dichte Unterholz führte.

Als Red sich noch einmal umwandte und zurückblickte, sah er zum ersten Mal das Haus der *Bloodstalkers* von außen. Es war ein Gebäude, wie Red, der nur die symmetrischen Kastenbauten der Farm kannte, noch nie eins gesehen hatte. Es hatte nur zwei Stockwerke und ein spitzes Dach, das mit schmutzig braunen Schindeln gedeckt war. Ein schmaler Turm erhob sich an der Vorderseite. Dort hatte er Céleste getroffen, wenn ihn nicht alles täuschte. Reds Magen zog sich leicht zusammen, wie in einer schwachen Erinnerung an die Musik der Vampirin und die Sehnsucht, die sie in ihm geweckt hatte. Er fragte sich, wann er sie wiedersehen würde. Und ob sie noch einmal von ihm trinken würde …

Energisch riss er sich von dem Gedanken los und setzte seinen Weg fort. Er konnte nicht ewig hier stehen bleiben. Er musste dieses Übungsgelände finden.

Der Pfad endete schließlich recht abrupt zwischen zwei Ginsterbüschen. Als Red die Zweige zur Seite schob, öffnete sich der Blick auf einen großen Sandplatz. Verschiedene merkwürdige Gerätschaften waren über die weitläufige Fläche verteilt aufgebaut, die entfernt an die Sportanlagen der Farm erinnerten. Am Rand des Platzes stand eine alte, aber offensichtlich gut gepflegte Hütte.

Das musste es sein, dachte Red erleichtert. Er hatte kaum damit gerechnet, das Gelände so schnell zu finden. Er war höchstens eine Viertelstunde unterwegs gewesen.

Unschlüssig machte er ein paar Schritte auf die Fläche hinaus. Niemand war zu sehen – natürlich nicht, es war ja noch viel zu früh. Ob er einfach warten sollte? Auf der anderen Seite des Platzes entdeckte er einen zweiten Pfad, der wieder ins Dickicht hineinführte. Red überlegte. Es konnte sicher nicht schaden, sich noch ein wenig in der Umgebung umzusehen. Genug Zeit hatte er schließlich.

Kurzentschlossen überquerte er die Sandfläche und tauchte erneut in das grünliche Zwielicht zwischen den hohen Bäumen.

Aber er kam nicht besonders weit.

Schon nach wenigen Metern machte der Pfad einen scharfen Knick. Und hinter dem Gebüsch, das den Wegrand säumte, sah Red die Mauer aus moosbewachsenen Steinen, die den Garten begrenzte.

Als hätte jemand Gewichte an seine Füße gebunden, wurden seine Schritte langsamer, bis er schließlich stehen blieb.

Beinahe hätte er gelacht.

Mauern.

Hier gab es sie also auch.

Dabei waren sie es, vor denen er geflohen war. Die Erinnerung schnürte Red die Kehle zusammen. Blue und er – wie oft hatten sie vor den Mauern der Farm gestanden? Mauern, die hinter all den Annehmlichkeiten, den Sportanlagen, den

Parks und stillen Wäldern so weit entfernt schienen, dass kaum ein Mensch sich wirklich bewusst war, dass es sie gab? Und doch waren sie da, hielten die Bewohner der Farm gefangen und schürten Blues Zweifel. Blue hatte ihr Leben lang gezweifelt. An allem. Seit Red sie kannte. So sehr, dass sie schließlich dem Druck nachgab und in die Freiheit floh, von der sie immer geträumt hatte. Red glaubte nicht, dass jener Vampir, dem sie gefolgt war, noch viele Worte gebraucht hatte, um sie zu überzeugen.

Er legte eine Hand an die sonnenwarmen Steine. Tränen brannten hinter seinen Augenlidern. Er war sich nie ganz sicher gewesen, ob Blue recht hatte, als sie sagte, die Vampire auf der Farm seien schlecht und wollten die Menschen nur ausnutzen. Er war ihr gefolgt, weil er sie nicht hatte allein lassen wollen. Und nun war er hier.

Allein.

An einem Ort hinter Mauern, den er nicht verlassen konnte. Zumindest nicht, wenn er eine Chance haben wollte zu überleben. Red machte sich nichts vor. Wäre Hannah nicht gewesen, wäre seine Flucht vermutlich nicht so erfolgreich verlaufen.

So also sah Blues Freiheit in Wirklichkeit aus.

Red lehnte den Kopf an die Mauer. Seine Knie waren weich, als wäre sein eigenes Gewicht zu schwer, um es zu tragen.

Es ergab alles keinen Sinn.

Eine Träne tropfte auf seinen Schuh.

Er konnte doch nicht einmal sich selbst helfen. Wie konnte er da hoffen, Blue zu retten?

Red ballte die Fäuste, bis es schmerzte.

Nein, dachte er, er würde nicht aufgeben. Es konnte nicht alles umsonst gewesen sein!

Er musste sie retten.
Er würde stark werden.
Irgendwie.

Als er zum Übungsgelände zurückkehrte, waren Chase und Sarah bereits dort. Und sie waren nicht allein. Red zählte vier weitere Menschen: Claire und drei Männer, die sich mit gedämpften Stimmen unterhielten. Doch als Red sich der kleinen Gruppe näherte, verstummten die Gespräche.

Sechs Augenpaare musterten ihn.

Neugierig.

Abschätzend.

Misstrauisch.

Nur Sarahs Blick war freundlich.

»Da bist du ja.« Claire zog eine Uhr aus der Tasche und warf einen Blick darauf. Von ihrem Lächeln am Morgen war nichts mehr zu sehen. »Knappes Timing.«

Und wie um ihre Worte zu bestätigen, öffnete sich, noch während sie sprach, die Tür der Hütte.

Heraus kam ein wahrer Hüne von einem Mann, sicherlich doppelt so breit wie Red und gute eineinhalb Köpfe größer. Seine Haut war dunkel und glänzte matt im Sonnenlicht. Er kam mit großen Schritten auf sie zu und baute sich direkt vor Red auf. Schwarze Augen sahen auf ihn herunter, ohne ein einziges Mal zu blinzeln, und Red fühlte sich schrumpfen unter dem starren Blick. Niemand sagte ein Wort. Doch auch so wusste Red, dass dies Tony sein musste – und dass er ganz bestimmt kein Mensch war.

»Du bist Red September«, stellte der Mann mit einer Stimme fest, die wie fernes Donnern klang.

Red nickte und zwang sich, den stechenden Augen zu begegnen, ohne zur Seite zu sehen, obwohl er sich in Wahrheit am liebsten in irgendeinem Loch verkrochen hätte. Sekundenlang starrten sie sich an – bis Tony schließlich mit einem Schnaufen die Nasenflügel blähte und die Daumen in die Gürtelschlaufen hakte. Sein kantiger Kiefer schob sich grimmig nach vorn. »Na gut«, knurrte er und entblößte schimmernde Fangzähne. »Woll'n mal seh'n, wie du dich machst. Scheinst ja ein ganz kräftiger Bursche zu sein.«

Red nickte beklommen. Er war sich nicht sicher, was von ihm erwartet wurde. Aber er würde sein Bestes geben.

Tony klatschte in die Hände. »Also los, ihr müden Witzfiguren! Zwei Runden um den Platz und dann auf den Parcours, aber ein bisschen zügig! Claire mit Bruce, Michael mit Will, Red mit Sarah! Chase, du gehst heute solo! Kommt in die Gänge, oder ich mach euch Beine!«

»Aye, Sir!«

Gehorsam setzten sich die Menschen paarweise in Trab. Chase, der vorn lief, setzte sich schon nach wenigen Metern von der Gruppe ab. Aber auch die anderen legten ein beeindruckendes Tempo vor. Obwohl Red immer von sich geglaubt hatte, gut trainiert zu sein, spürte er schon nach wenigen hundert Metern, dass er diese Geschwindigkeit nicht lange durchhalten konnte.

Sarah neigte sich im Laufen zu ihm herüber. »Mach mir einfach alles nach«, flüsterte sie. »Das schaffst du schon.«

»Brauchst du eine Extraeinladung, Sarah?« Tonys Stimme dröhnte über den Platz wie Paukenschläge. »Bring deine fette Kiste in Bewegung, aber dalli!«

Sarah zischte wütend und beschleunigte ihren Schritt, dass Red ihr kaum noch folgen konnte. Mit zusammengebissenen Zähnen lief er weiter. Schweiß rann ihm in die Augen.

Schon jetzt waren sie weit hinter den anderen abgeschlagen, und er ahnte, dass Sarah nur seinetwegen hinter den anderen zurückblieb.

Chase hatte seine zweite Runde beendet und die erste Station des Parcours erreicht: einen Steg von nicht einmal einer Fußbreite, der über einen Graben mit schmutzigem Wasser führte. Ohne sein Tempo nennenswert zu verlangsamen, rannte er darüber hinweg, ohne auch nur einmal zu schwanken.

»Lauf ruhig«, keuchte Red zwischen zwei Schritten, als Sarah erneut langsamer wurde, um ihn aufholen zu lassen.

»Sei still.« Auch auf ihrer Stirn erschienen erste Schweißperlen. »Wir sind ein Team!«

Die anderen vier hatten mittlerweile ebenfalls den Steg erreicht. Die zwei Männer hatten Claire und ihren Partner überholt. Doch sie verloren Zeit, weil sie beide zugleich als Erstes versuchten, den Steg zu betreten.

»Teamwork!«, brüllte Tony. »Strafrunde!«

Die Gesichter der Männer verzogen sich gequält, als sie noch vor dem Hindernis abbogen und begannen, eine Extrarunde um den Platz zu laufen.

Sarah warf Red einen vielsagenden Blick zu und zog das Tempo wieder an. Nur kurz nach Claire und ihrem Partner kamen sie am Steg an. Sarah lief vorn. Es bereitete ihr ähnlich wenig Schwierigkeiten wie Chase, das Hindernis zu überqueren. Red war im Balancieren nie gut gewesen, aber er hatte keine Zeit, darüber nachzudenken. Eine Strafrunde würde er nicht durchhalten, das wusste er. Mit einem großen Schritt war er auf dem Steg, mit einem zweiten fast in der Mitte – und beim dritten fiel er.

Der Graben war nicht tief, aber doch tief genug, dass das brackige Wasser über ihm zusammenschlug.

Hustend und spuckend kam er wieder an die Oberfläche – und sah eine Hand direkt vor seinem Gesicht. »Los, raus!«, keuchte Sarah. »Denk nicht drüber nach. Mach weiter.«

Red ergriff ihre Hand. Ihm war schwindelig. Der Sturz hatte ihn aus dem Rhythmus gebracht. Das Atmen stach in seinen Seiten, und seine Lungen brannten. Aber noch wollte er nicht aufgeben. Nicht, nachdem Sarah sich so für ihn eingesetzt hatte. Ein Stück entfernt sah er Claire ihrem Teamkollegen dabei helfen, eine gut zweieinhalb Meter hohe Wand zu erklimmen. Chase war schon längst nicht mehr zu sehen.

Red holte japsend Atem. Klettern. Darin war er gut. Das würde er noch schaffen. Das *musste* er noch schaffen.

Stolpernd bewegte er sich vorwärts. Nur noch einen Schritt, dachte er, und noch einen und noch einen …

Und er schaffte es.

Mit Sarahs Hilfe überwand er die Mauer. Er folgte ihr auf dem Bauch kriechend unter einem tief hängenden Maschendrahtnetz hindurch, rappelte sich auf die Knie und war bereit, noch weiter und weiter zu laufen – als ihm sein Körper nicht mehr gehorchte. Seine Beine gaben nach, kaum dass er auf den Füßen stand. Erneut versuchte er, aufzustehen – vergeblich. Er war am Ende.

»Red – raus!«, hörte er Tonys Stimme über das Rauschen in seinem Kopf hinweg. »Sarah – Solo!«

Red schaffte es nicht einmal mehr, aufzusehen, um Sarah nachzublicken. Kein einziges seiner Glieder gehorchte ihm noch.

Dann fühlte er sich von riesigen Händen gepackt und in die Höhe gehoben. Tony warf ihn sich wie einen nassen Sack über die Schulter und trug ihn zurück zum Ausgangspunkt vor der Hütte, wo er ihn überraschend sanft wieder auf den Boden legte. Diesmal auf den Rücken. Red keuchte und japste noch immer. Die Luft wollte einfach nicht so schnell in seine Lungen, wie er es nötig gehabt hätte. Bläuliche Lichtpunkte tanzten vor seinen Augen. Die Welt um ihn herum flirrte und schwankte, und der Himmel über ihm begann sich an den Rändern schwarz zu verfärben.

»Ruhig, Junge.« Eine der riesigen Hände legte sich auf seinen Brustkorb. »Ganz ruhig.«

Nur allmählich kehrte das Gefühl in Reds Glieder zurück, und die Furcht, mit gefüllten Lungen ersticken zu müssen, wich.

»Hier, trink!« Aus den Augenwinkeln konnte er eine Wasserflasche in Tonys Hand erkennen. Reds Mund war eine einzige Wüste, trotz des Sturzes in den Graben. Er müsste es nur schaffen, sich hinzusetzen …

Entschlossen mobilisierte er seine letzten Kräfte und richtete sich auf.

»Gar nicht schlecht fürs erste Mal. Jetzt aber langsam.« Tony drückte ihm die Flasche in die zitternden Hände und stützte seinen Kopf, der immer zu weit nach hinten kippen wollte.

Kühl rann das Wasser seine Kehle hinab, und sofort fühlte sich Red wieder viel mehr wie ein lebender Mensch.

»Bleib noch sitzen, bis die anderen hier sind. Dann machen wir weiter.«

Weiter? Es gab noch mehr zu tun? Red hatte das Gefühl, keinen Finger mehr rühren zu können, ohne tot umzufallen.

Mit noch immer zitternden Händen umklammerte er die Wasserflasche. Sein Atem wollte sich kaum beruhigen. Er war immer stolz auf seine Ausdauer gewesen. Aber das hier war Wahnsinn! Wie konnte es sein, dass es den anderen nichts ausmachte?

In diesem Augenblick hörte er hinter sich Schritte und schweres Atmen. Tony neben ihm sah auf und blickte aus schmalen Augen über Red hinweg. »Acht Minuten und zwei. Neue Bestzeit.«

Es klang ganz und gar nicht zufrieden.

Chase ließ langsam die Luft aus seinen Lungen entweichen und begann, vor der Hütte hin und her zu gehen. Nun konnte auch Red ihn sehen. Ein wenig neidisch sah er ihm zu. Chase war außer Atem, ja. Und er triefte vor Schweiß. Aber er hatte den Parcours in Bestzeit bestanden. Und obwohl er sich verausgabt hatte, schien sein Körper noch immer eine gewisse Grundspannung zu besitzen – als ob er im Notfall sofort wieder aktionsbereit sein könnte. Red wusste, er selbst musste froh sein, wenn er gleich wenigstens aufstehen konnte.

Nach und nach erreichten auch die anderen die Hütte: Erst Claire und ihr Partner, dann Sarah – sie hatte viel aufgeholt, dachte Red beeindruckt. Den Schluss bildeten die beiden Männer, die durch ihre Strafrunde viel Zeit und Kraft verloren hatten. Alle keuchten und schwitzten, und es war offensichtlich, dass sie am Rande der totalen Erschöpfung waren. Aber zumindest standen sie noch.

Tony erhob sich und zog dabei wie beiläufig Red mit auf die Füße. Reds Knie waren wie aus Pudding, aber wenigstens trugen sie ihn.

Tony musterte einen nach dem anderen mit seinem starren Blick.

»So«, grollte er. »Was habt ihr zu eurer Verteidigung zu sagen?«

Die Menschen schwiegen betreten. Verblüfft sah Red zu Tony auf. Das verstand er nun wirklich nicht. Waren die anderen nicht gut gewesen? Nicht einmal Chase?

»Claire. Bruce.«

»Aye.«

»Zu langsam.« Tony knurrte. »Teamwork war gut. Aber sobald man euch zwei in ein Team steckt, verwandelt ihr euch in Nacktschnecken! Nächste Woche wird das anders, damit das klar ist!«

»Ja, Sir.«

»Will. Michael. So ein beschissenes Teaming hab ich lange nicht gesehen. Am liebsten würde ich euch noch drei Runden rennen lassen für diesen Bockmist.«

Die beiden Männer, die die Strafrunde hatten laufen müssen, sahen betreten zu Boden. Ihr Atem hatte sich noch immer nicht ganz wieder beruhigt.

»Sarah – der Anfang mit Red war gut. Was danach kam, war ein bisschen flachbrüstig für deine Verhältnisse.« Tony grinste anzüglich, und Red sah, wie Sarah sich auf die Lippe biss und die Arme über ihrem Busen verschränkte.

»Und – Chase ...« Tony zog den Namen in die Länge wie einen Seufzer. »Wärst du nicht so ein arroganter kleiner Scheißer, wärst du Teufel noch mal richtig gut, ist dir das klar? Du hättest locker die sieben fünfundfünfzig schaffen können, wenn du dich beim Endspurt ins Zeug gelegt hättest. Chase! Hör auf, dich mit Bestzeiten zufrieden zu geben, verdammt noch mal!«

Chase kniff die Lippen zusammen. »Aye, Sir«, sagte er, aber es klang verbissen.

Tony schnaubte. »Gut. Dann ab zum Schießplatz.«

Verwirrt blieb Red noch einen Moment stehen, während

sich die anderen in Richtung des Dickichts auf den Weg machten. Tony hatte gar nichts zu ihm gesagt … ob das gut war? Oder war er so schlecht gewesen, dass es sich nicht lohnte? Andererseits … vorhin hatte er ihn noch gelobt. Aber Red wünschte, er hätte das auch vor den anderen getan.

Eine Hand legte sich auf seine Schulter. »Na los, beweg dich.«

Red zuckte zusammen. Tonys grober Tonfall wollte so gar nicht mit der freundlichen Berührung zusammenpassen.

Gehorsam tat Red, wie ihm befohlen.

Tony ging mit gewichtigen Schritten neben ihm her. Seine schweren Stiefel wirbelten Staub auf. »Schon mal eine Waffe in der Hand gehabt?«, fragte er plötzlich.

Red sah ihn überrascht an. Eine Waffe? Von diesem Wort hatte er noch nie gehört.

»Was … ist denn eine Waffe?«, fragte er vorsichtig.

Tonys Gesicht verdüsterte sich. »Ah. Hätte ich mir denken können.« Er schüttelte den Kopf. »Wirst schon sehen. Aber …« Er blieb stehen und hielt Red an der Schulter zurück. »Lass mich dich was fragen, Kleiner. Ist dir überhaupt klar, was hier von dir erwartet wird?«

Red antwortete nicht sofort. Ohne jede Vorwarnung war bei Tonys Frage ein Bild von Blue in seinem Kopf aufgetaucht. Eine Erinnerung an den Tag, an dem sie dem Vampir an der Mauer begegnet war.

*Ihre Augen strahlen. Ihre Wangen sind vor Erregung gerötet.*

*»Er sagt, es gibt glückliche Menschen dort draußen, Red! Menschen, die mehr sind als nur Nahrungsquellen! Menschen, die frei sind!«*

Der Vampir. Er hatte Blue von den *Bloodstalkers* erzählt. Und er hatte gesagt, dass sie für etwas kämpften, das sie die »Rückkehr der Alten Zeit« nannten – eine Zeit, in der Menschen und Vampire gleichberechtigt miteinander gelebt hatten. Soviel also wusste Red. Aber ihm war nur zu klar, dass diese Aussage nicht im Geringsten erklärte, was von ihm erwartet wurde.

»Nein«, sagte er also wahrheitsgemäß. »Ehrlich gesagt nicht.«

Tony seufzte düster und warf einen knappen Blick zu dem Gebüsch, in dem die anderen Menschen verschwunden waren. »Na schön. Ich mach's kurz.« Er räusperte sich. »Also vor allem anderen merk dir eins, Kleiner: Es gibt da draußen nicht nur Vampire wie uns. Wir sind hier die Guten, okay? Von uns hast du nichts zu befürchten. Wir sind *für* die Menschen. Aber da sind auch die anderen. Die *Bluter.*« Tony spuckte das Wort aus wie ein fauliges Stück Fleisch. Red wurde allein von dem Klang übel. Bluter schießen. Richtig. Das hatte Sarah gesagt, und Red hatte nicht die Spur einer Ahnung gehabt, was damit gemeint war. Aber jetzt, wo Tony sich zu ihm herunterbeugte, bis sein Gesicht auf gleicher Höhe mit Reds war, stand ihm der unheimliche Kampf, den er in der nächtlichen Stadt beobachtet hatte, wieder deutlich vor Augen. Konnte das sein? Waren *das* Vampire gewesen?

Tonys Stimme grollte tief und bedrohlich in seiner Kehle, dass sich Reds Nackenhaare unwillkürlich aufrichteten.

»Sie sind der Feind, Red. Denk immer dran: *Die Bluter sind der Feind.* Unser Feind. Und eurer auch. Sie sind keine echten Vampire, verstehst du, auch wenn in ihren Adern Vampirblut fließt. Sie sind wahnsinnige, abartige Bestien, die nur eins in den hässlichen Köpfen haben – zu töten, egal ob

Mensch oder Vampir. Diese Biester sind unnatürlich. Bösartig. Widerwärtig. Sie sollten nicht einmal *existieren*. Und deshalb musst du, wenn du einer von uns werden willst, helfen, dieses Gezücht auszurotten. Da unten in der Stadt laufen Tausende von denen rum. Wenn die dich kriegen, bist du selbst ein Bluter, bevor du piepen kannst. Und darum wirst du von mir lernen, wie man sie vernichtet. Klar?«

»Aye ... Aye, Sir.« Red wusste nicht, was er tun sollte, als die Antwort zu geben, die er von den anderen gehört hatte. Sein Nacken kribbelte noch immer, auch nachdem der riesige Vampir ihn längst wieder losgelassen hatte. Die Stadt – sie war noch viel gefährlicher, als er es sich je hätte vorstellen können. Und er sollte Bluter *vernichten*? Wenn er alles richtig verstanden hatte, waren das doch Vampire! Was konnte ein Mensch wie er denn gegen *Vampire* ausrichten?

Tony klopfte ihm auf den Rücken. »So gefällt mir das«, sagte er. »Stellst keine unnützen Fragen. Jetzt aber weiter!«

Red nickte folgsam, zu benommen, um noch etwas zu erwidern. Gemeinsam folgten sie einem weiteren Pfad durch wucherndes Gestrüpp auf einen zweiten Sandplatz, der stellenweise mit Sägespänen bestreut war. Die anderen Menschen warteten bereits.

Red sah sich um. In verschiedenen Entfernungen hingen Puppen von entfernt menschlicher Form an dicken Stahlstangen. Sonst nichts. Wenn ihn hier eine weitere sportliche Übung erwartete, dachte Red, dann musste es eine sehr ungewöhnliche sein.

Tony steckte inzwischen einen dieser merkwürdigen Metallstift-Schlüssel in das Schloss einer Holzkiste, deren Deckel sich kurz darauf knarrend öffnete.

Einer nach dem anderen griffen Reds menschliche Kameraden hinein und holten seltsame Gegenstände aus Metall hervor.

*Waffen*, dachte Red. *Ob das Waffen sind? Und damit kann man Vampire angreifen?*

Tony kam mit einer der Waffen zu Red herüber und drückte sie in seine Hände. Sie war schwer, viel schwerer, als sie aussah.

»Ihr anderen fangt schon an. Und ich will keine Fehlschüsse sehen!« Tony fletschte die Zähne. Dann wandte er sich wieder an Red.

»Du nimmst die Lady dort an der Seite.« Er deutete auf eine Puppe, die etwas abseits in relativ geringer Entfernung stand. »Aber erstmal – laden!« Er griff in einen Beutel, der an seinem Gürtel hing, und fischte eine Handvoll kleiner Kegel hervor. »Hier. Die nennen wir Patronen. Und die müssen da rein.« Er tippte auf eine trommelförmige Wölbung unter dem langen Lauf der Waffe.

Eine Serie von Detonationen, in so schneller Folge, dass er sie nicht zählen konnte, fuhr Red durch die Glieder. Erschrocken drehte er sich um. Die anderen Menschen hatten sich in einer Reihe aufgestellt und die Waffen auf die Puppen gerichtet. Rauch kräuselte sich aus den Läufen, und jeden Knall begleitete ein kurzes Aufblitzen an der Mündung. Reds Unterkiefer fiel herab, und seine Augen wurden groß – als ihn unerwartet ein Schlag ins Gesicht traf.

»Sieh mich gefälligst an, wenn ich dir etwas zeige!«, raunzte Tony und riss ihm die Waffe aus der Hand.

Red biss sich auf die Lippe und spürte, wie sich seine Wange rötete. Das Krachen hinter ihm war verstummt – nur um kurz darauf von Neuem wieder einzusetzen. Bei jedem Knall zuckte Red vor Schreck zusammen. Was passierte denn da bloß? Er konnte sich kaum auf die Handgriffe konzentrieren, die Tony ihm demonstrierte. Und zuhören, was der Vampir sagte, konnte er schon gar nicht.

»Jetzt du.« Tony schüttelte die Kegel wieder aus der Trommel und reichte Red die Waffe samt Patronen zurück.

Red schluckte und versuchte sich zu erinnern, was Tony getan hatte. Musste er jetzt erst diesen Hebel umlegen? Oder erst diesen Haken lösen? Tony beobachtete ihn mit grimmigem Blick, und Reds Finger begannen vor Nervosität zu zittern.

»Ich weiß nicht mehr …«, begann er zaghaft, doch Tony schnitt ihm mit einem Knurren das Wort ab.

»Erst der Hebel. Dann der Haken. Schneller!«

Red tat, was er konnte. Endlich schaffte er es, die Trommel zu öffnen und die Patronen einzulegen.

Doch kaum hatte er sie wieder geschlossen, grollte es erneut in Tonys Kehle.

»Noch mal. Und diesmal Tempo!«

Ergeben gehorchte Red. Tony ließ ihn die Patronen noch an die zwanzig Mal einlegen und wieder entfernen, bis er nicht einmal mehr hinsehen musste, um die Bewegungen korrekt auszuführen. Das Knallen hinter ihm hörte er kaum noch.

Endlich nickte Tony.

»Gut. Warte.«

Er ging an Red vorbei und baute sich am Rand des Schießplatzes auf. »Executives – FEUER STOP!«

Seine Stimme übertönte die Schüsse um ein Vielfaches.

Stille senkte sich über den Platz.

Die Puppen hingen in Fetzen an ihren Stangen. Reds Hand verkrampfte sich nervös um den Griff der Waffe, aber am liebsten hätte er sie von sich geworfen. Er tat es nur nicht, weil er fürchtete, sie würde explodieren, wenn er auch nur eine falsche Bewegung machte. Deshalb blieb er stehen und wagte kaum zu atmen.

Mit schweren Schritten ging Tony vor den Menschen auf und ab.

»Also, Jungs.« Sein Blick blieb ein wenig länger an Claire und Sarah hängen. »Ich hoffe, ihr seid ordentlich warm. Macht euch noch 'ne Runde locker. Hannah und Kris werden gleich hier sein. Und ich will, dass ihr sie diesmal fertig macht, kapiert? Nicht so 'ne Lachnummer wie beim letzten Mal, kriegt ihr das in eure kleinen Schädel?«

Red horchte auf. Hannah und Kris? Die Namen kannte er doch!

Hannah, das war das Mädchen, das ihn hergebracht hatte. Und Kris …

*»Kris sagte, er hätte eine Frau erwartet.«*

Célestes Worte klangen in Reds Kopf nach. Sie hatte Blue gemeint. Kris hatte *Blue* erwartet. Also konnte er nur …

Reds Herz begann zu flattern. Er musste es sein. Ganz bestimmt. Blues Vampir. Gleich würde er ihn mit eigenen Augen sehen.

»Red!« Das Donnern von Tonys Stimme riss ihn aus seiner Grübelei.

»Aye, Sir!«

»Komm her!«

Ein Kloß bildete sich in Reds Kehle. Der Gedanke, sich hinter die Schusslinie zu stellen, gefiel ihm ganz und gar nicht. Mit unsicheren Schritten tappte er zu Tony hinüber.

»Dann wollen wir dir mal zeigen, wie das geht. Bruce – vortreten!«

»Ja, Sir!« Der Mann, der auf dem Parcours Claires Partner gewesen war, reckte sein Kinn nach vorn und trat einen Schritt aus der Reihe der Menschen heraus. Er war jung, etwa in Reds Alter, also noch keine zwanzig Jahre alt. Alles an ihm war lang und dünn, sogar seine Haare, die in einem schmalen Zopf über seinen Rücken fielen.

»Grundposition einnehmen!«, kommandierte Tony.

Bruce hob die Waffe und richtete sie mit beiden Händen auf einen der Stäbe, an denen zuvor die Puppen gehangen hatten.

»Entsichern!«

Bruce zog einen Hahn zurück.

»FEUER!«

Bruce' Finger spannte sich um den Abzug. Es krachte, und Funken schlugen aus der Stahlstange.

Tony sah auf Red hinunter. »Alles gesehen?«

Red schluckte und nickte dann schnell, obwohl er nur eine vage Ahnung hatte, was Bruce getan hatte. Aber das zu sagen, wagte er nicht.

Tony klopfte ihm kurz auf die Schulter. »Dann zurück zu deiner Puppe. Wenn ich das Zeichen gebe, versuch, sie zu treffen. Sonst nichts, verstanden?«

»Verstanden!«, beeilte sich Red zu versichern. Aber er fühlte sich äußerst mulmig, als er zu der Puppe hinüberging – der einzigen, die noch heil geblieben war.

»So, und da wir heute einen Frischling bei uns haben«, fuhr Tony inzwischen fort, »nutzen wir die Gelegenheit, eure mickrigen grauen Zellen mal wieder in Schwung zu bringen. Claire!«

»Ja, Sir!«

»Woran erkennt man einen Bluter?«

»Gelbe Augen, weiße Haut, doppelt verlängerte Eckzähne«, kam die Antwort wie aus der Pistole geschossen.

»Gut.« Tony sah zu Red hinüber. »Hör genau zu und schreib dir das hinter die Ohren. Michael!«

Ein stämmiger Mann mit einem Gesicht wie eine Kraterlandschaft trat nach vorn. »Aye!«

»Was sind die verwundbaren Stellen bei einem Bluter?«

»Hals, Augen und Herz.«

»In genau dieser Reihenfolge.« Tony nickte zufrieden.

Wieder wandte er sich an Red. »Wenn du draußen bist, denk dran. – Und woran erkennst du, dass ein Bluter zu stark für deine Waffe ist? Chase?«

Beim Aussprechen des letzten Namens war Tonys Stimme scharf geworden, so dass Red unwillkürlich zusammen zuckte.

Er sah Chase blass werden. Seine Lippen pressten sich zu einem dünnen Strich zusammen, und sein Adamsapfel zuckte, als müsse er etwas Zähes hinunterschlucken.

Angespanntes Schweigen senkte sich über die kleine Gruppe.

»Daran, dass er mit mir spricht.« Die Worte quälten sich gedehnt aus Chase' Hals. Er hatte den Unterkiefer vorgeschoben, dass die Sehnen hervortraten.

»Und daran, dass er einen Namen hat.«

»Sehr richtig.« Tonys Stimme klang düster. »Vergiss das niemals.«

Chase rührte sich nicht. Sprach auch nicht mehr. Er atmete schwerfällig, als hätte er Schwierigkeiten, die Luft in seine Lungen zu zwingen.

»Ja, Sir«, murmelte er schließlich und senkte den Blick.

Tony nickte grollend.

In diesem Moment ertönte über ihnen ein Zischen.

Red hob verwirrt den Kopf, blinzelte gegen das Licht – und hielt bei dem Anblick den Atem an.

Zwei Silhouetten zeichneten sich hoch in der Luft gegen den grellen Kreis der Sonne ab. Mit einer geradezu wahnsinnigen Geschwindigkeit rasten sie dem Erdboden entgegen, bevor sie auf dem Platz aufkamen und in einer Wolke aus Staub verschwanden.

Red unterdrückte ein Husten und blinzelte gegen den Sand an, der sich in seinen Augen festsetzen wollte. Erst nach einer halben Ewigkeit legte sich der Staub, und er konnte die Lider weit genug heben, um durch einen schmalen Spalt hinauszusehen.

Im Zentrum der Wolke stand Hannah und winkte ihm grinsend zu.

Aber Red konnte nur auf ihren Begleiter starren, der neben ihr gelandet war.

Blues Vampir.

Kris.

Das war er also.

Er war hochgewachsen und schlank, aber nicht so mager wie Hannah. Seine schwarzen Haare waren kurz geschnitten, und Red meinte, noch nie ein so ernstes Gesicht gesehen zu haben.

*»Er war wunderschön, Red. Und irgendwie … dunkel.«*

»Wurd' ja auch Zeit«, knurrte Tony ungehalten.

»Sorry, Chef.« Hannahs Tonfall machte augenblicklich klar, dass es ihr kein bisschen leidtat. »Hab verschlafen. Kann auch gleich losgeh'n.«

Tony brummte ärgerlich und wandte sich an die wartenden Menschen. »Denkt daran, was ich gesagt habe. Macht sie fertig.«

Er räusperte sich und hob die Stimme. »Auf eure Positionen! Sarah zu Chase! Red, du achtest auf mein Kommando!«

Die Menschen liefen los und verteilten sich in Paaren über den Platz. Nur Red blieb stehen. Seine Hand um den Griff der Waffe wurde langsam glitschig vor Schweiß und erinnerte ihn daran, wie nervös er war.

»Moving Targets – MOVE!«, brüllte Tony.

Kris und Hannah sprinteten los, so schnell, dass Red kaum mit den Augen folgen konnte.

»Executives – FEUER!«

Das Knallen der Waffen zerriss die Luft. Red blieb der Mund offen stehen. Fassungslos sah er zu, wie Hannah und Kris durch die Luft schossen, an allen Orten gleichzeitig zu sein schienen und ohne Mühe den Geschossen auswichen.

»RED! FEUER, HAB ICH GESAGT, VERDAMMT NOCH MAL!«

Erschrocken fuhr Red herum. Richtig, er hatte auf die Puppe schießen sollen. Seine Arme zitterten, als er zu zielen versuchte, wie er es bei Bruce gesehen hatte.

Der Abzug spannte sich unter seinen Fingern.

Ein Krachen zerriss seine Ohren, und ein gigantischer Rückstoß brachte ihn aus dem Gleichgewicht. Red taumelte rückwärts und konnte gerade noch verhindern, auf dem Hinterteil zu landen. Seine Arme waren taub und kribbelten schmerzhaft.

Doch die Puppe war noch immer unversehrt.

Entgeistert starrte Red auf die Waffe. So viel Kraft – in so einem kleinen Ding.

»FEUER!«, donnerte Tony.

Red biss die Zähne zusammen und hob die Waffe erneut. Diesmal würde er auf den Rückstoß vorbereitet sein. Er drückte noch einmal ab. Und noch einmal. Und noch einmal.

Er hatte keine Ahnung, ob er etwas traf. Oder ob er auch nur in die richtige Richtung zielte. Vor lauter Staub und Sägespänen konnte er nichts mehr sehen.

Sieben Schuss waren in der Waffe, das wusste er mittlerweile.

Seine Arme begannen zu schmerzen, als ob sie im nächsten Moment abfallen wollten.

Und dann schrie jemand auf.

Red wirbelte herum und sah Kris aus dem Himmel stürzen.

Weitere Patronen aus verschiedenen Richtungen schlugen in seinen Körper ein – und erst jetzt erkannte Red, was wirklich geschah, wenn eine Kugel ihr Ziel traf: Sie explodierte.

Und zerriss ihr Opfer von innen.

Blut spritzte bis zu Red herüber.

Dann fiel auch Hannah mit einem entsetzlichen Kreischen.

Red starrte.

Starrte.

Starrte auf das, was von den beiden Vampiren übrig war.

Saure Gallenflüssigkeit stieg seine Kehle hinauf. Das Donnern der Schüsse war verstummt.

Vorsichtig näherten sich die Menschen den Vampiren. Auch Red ging einige Schritte näher heran, obwohl er fürchtete, sich übergeben zu müssen. Schon jetzt konnte er kaum atmen, ohne zu würgen.

Hals, Augen und Herz, hatte Michael gesagt.

In Kris' Kehle, dort, wo der Adamsapfel hätte sein sollen, klaffte ein Loch mit fransigen Rändern, aus dem stoßweise Blut hervorquoll und den grauen Sand rot färbte. Weitere Kugeln waren in seine Schulter, seinen Magen und seine Hüfte eingeschlagen.

Hannah bot einen noch schrecklicheren Anblick. Jemand hatte ihr linkes Auge getroffen. Die Explosion hatte ihr Gesicht in eine blutige Masse verwandelt.

Red presste sich die Hand auf den Mund, als ein Stück halb verdauter Fladen seine Kehle hinauf rutschte. Was hatte das zu bedeuten? Warum hatte Tony diesen Befehl gegeben?

Red sah sich nach dem großen Vampir um und entdeckte ihn am Rand des Platzes, wo er mit grimmig verschränkten Armen zu ihnen herüberstarrte.

»Autsch ...«, ertönte in diesem Moment eine Stimme am Boden. Red zuckte zusammen. Was zum Teufel ...!

Hannah rührte sich und betastete vorsichtig ihr Gesicht.

Red traute seinen Augen nicht. Die Vampire lebten noch! Und ...

*»Aber dann sah ich, dass er blutete. Und dass seine Wunden sich ganz von selbst wieder schlossen.«*

Blue hatte davon erzählt. Sie hatte mit angesehen, wie Kris sich selbst heilte. Für Red war das schon damals unvorstellbar gewesen. Aber es selbst mitzuerleben, war noch viel unglaublicher.

Die Löcher in den Körpern der Vampire verschwanden, als wären sie nie da gewesen. Selbst Hannahs Auge war nach wenigen Sekunden vollkommen wiederhergestellt. Nur noch das Blut auf ihrer Haut und der zerfetzten Kleidung erinnerte daran, mit welcher Gewalt die beiden aus dem Himmel geholt worden waren.

Tony war nun ebenfalls herangetreten.

»Das war nicht schlecht«, meinte Hannah, während sie aufstand und sich den Staub von den Kleidern klopfte. Sie nickte Bruce anerkennend zu. »Hast mich voll erwischt, Brucie-Herzchen.«

Bruce' Ohren röteten sich, aber Red konnte nicht genau sagen, ob es vor Verlegenheit über das Lob oder aus Ärger über den Kosenamen war.

Auch Kris erhob sich jetzt und ließ den Blick über die Menschen schweifen.

O ja. Blue hatte recht gehabt. Red fröstelte, obwohl die Sonne nach wie vor hoch am Himmel stand. Alles an Kris schien irgendwie dunkel zu sein, selbst seine bleiche Haut. Und selbst seine Stimme.

»Insgesamt hat es ein bisschen lange gedauert.« Er sprach leise, doch das bewirkte nur, dass ihm jeder der Menschen umso aufmerksamer lauschte. »Aber dafür habt ihr bei jedem von uns einen tödlichen Treffer gelandet.« Er nickte Chase und Sarah zu. »Exzellentes Teamwork.« Einer seiner Mundwinkel zog sich zu einem schiefen Lächeln nach oben. »Ich sehe, du hast ungeahnte Gentleman-Qualitäten, Chase.«

Red sah ein verkniffenes Grinsen auf Chase' Gesicht erscheinen.

»Ich dachte, wenn ich dich so nah am Herzen verletze, wärst du abgelenkt genug, dass du deinen Hals für Sarah offen lässt. Und ich hatte recht.«

*Hals, Augen, Herz*, wiederholte Red im Stillen. *In dieser Reihenfolge.*

Wider Willen war er beeindruckt und auch ein bisschen neidisch. Er selbst hätte die Vampire nicht einmal mit den Augen verfolgen können – ganz zu schweigen davon, sie mit einem Schuss an einer bestimmten Körperstelle zu treffen.

Hannah und Kris unterhielten sich flüsternd. Schließlich nickten sie.

»Wir schlagen diese Woche Chase und Bruce für den Einsatz in den Dirty Feet vor«, sagte Kris. »Bruce als Schützen, Chase als Teamer.«

Tony nickte, als wären das auch seine eigenen Überlegungen gewesen.

»Den Rest überlassen wir wie immer dir.« Hannah grinste. »Oh – und *Red* …« Sie lachte das grobe Lachen, das Red aus der Nacht im Tunnel noch deutlich im Gedächtnis geblieben war. »Mach nicht so'n langes Gesicht, Kleiner. Fürs erste Mal hast du 'ne ganz ordentliche Zerstörung angerichtet.«

Verwirrt sah Red sich um. Als sein Blick auf die Puppe fiel, blieb einmal mehr an diesem Tag sein Mund offen stehen: An dem Stab hing nichts weiter als ein paar Stofffetzen, und die Sägespäne hatten sich in einem beachtlichen Umkreis verteilt. Man hätte nicht einmal mehr nachvollziehen können, wo die Schüsse eingeschlagen waren, so gründlich hatte er die Puppe vernichtet.

Hannah konnte sich vor Lachen über sein verdutztes Gesicht kaum beruhigen. Und sogar Tony schmunzelte in sich hinein.

»Ich würde sagen, damit kann man arbeiten«, kommentierte Kris und ließ seinen dunklen Blick für wenige Augenblicke auf Red ruhen. Red spürte einen Schauer über sein Rückgrat fließen. »Aber für heute soll es genug sein.«

Der Vampir nickte Hannah zu, und die beiden verließen den Platz – zu Fuß diesmal und in einer geradezu menschlichen Geschwindigkeit.

Red sah ihnen nach, bis sie zwischen den Büschen verschwunden waren. Er war noch immer verwirrt von dem, was gerade geschehen war, und sein Magen rebellierte bei der Erinnerung an den Anblick der zerfetzten Vampire. Doch gleichzeitig verstand er plötzlich nur zu gut, warum Blue von Kris so beeindruckt gewesen war.

Gemeinsam mit den anderen legte er seine Waffe zurück in die Kiste, bevor Tony sie sorgfältig verschloss.

»Also, das war deutlich besser als gestern«, knurrte der große Vampir. »Aber denkt bloß nicht, dass ich mit eurer Faulheit zufrieden bin! Das wird nächste Woche anders, damit das klar ist!« Er schnaufte. »Und viel Erfolg für die nächsten Tage«, fügte er in etwas freundlicherem Ton hinzu.

Dann schulterte er die Kiste, als wäre sie ein Sack Federn, und stapfte in Richtung des Trainingsplatzes davon.

Sarah reckte sich und stöhnte. »Ah, war das anstrengend! Ich brauche jetzt unbedingt ein heißes Bad!«

Red konnte ihr im Stillen nur beipflichten. Das war genau das, was auch er bitter nötig hatte. Auf dem Weg zurück ins Haus bemerkte er schon, wie ein bösartiger Muskelkater von jedem einzelnen Teil seines Körpers Besitz zu ergreifen begann. Wenn er das jeden Tag so durchziehen musste, dann war er innerhalb von einer Woche ein totales Wrack, dachte er – und ärgerte sich gleich darauf über sich selbst. Er sollte nicht so viel jammern. Sonst würde er Blue niemals eine Hilfe sein. Ein unbestimmtes, dumpfes Angstgefühl zerrte mit einem Mal an seinem Magen. Nein, er hatte wirklich keine Zeit, sich selbst zu bemitleiden. Er musste sehr schnell sehr viel besser werden, damit er auf Außeneinsätze gehen durfte. Nach allem, was er heute erfahren hatte, war es dort unten in der Stadt lebensgefährlich – und die Vampire, die Blue einfangen und zur Farm zurückbringen konnten, noch das geringste Übel, das ihr zustoßen konnte.

Die Bluter.

Red schauderte, als er an Tonys Worte zurückdachte. Wenn so eine Bestie Blue fand, bevor er sie finden konnte …

Der Gedanke zerriss ihm das Herz in winzige Teile.

Er brauchte Hilfe.

Und zwar schnell.

# Kapitel Sieben

Insomniac Mansion, Kenneth, Missouri

*»Wer bist du? - Du blutest ja.«*

Mit geschlossenen Augen saß Kris auf dem Sofa in seinem Zimmer und starrte in die Dunkelheit jenseits seiner Lider.

In seinem Schoß hielt er eine Blutkonserve. Ihre Wärme floss über die Haut an seinen Beinen und seinen Händen. Und obwohl die Sommersonne draußen hoch am Himmel stand und die Luft in dem kleinen Raum trotz geschlossener Vorhänge brütend heiß war, ließ Kris sie liegen, wo sie war.

Er war müde. Und ihm war kalt. Aber er war zu hungrig, um zu schlafen, und er konnte sich nicht überwinden, die Blutkonserve zu trinken oder seine Quelle zu rufen.

Nicht, nachdem er heute zum ersten Mal Red September gesehen hatte.

Der Mensch aus der OASIS.

Gerade als Kris gedacht hatte, alle Mühe wäre vergeblich gewesen, war er hier aufgetaucht. Einfach so.

Er war nicht das Mädchen, das er sich gewünscht hatte. Aber …

Ein Kribbeln zog durch Kris' Magen, als er an den Jungen dachte, wie er an diesem Morgen vor ihm gestanden hatte – die Waffe noch in der Hand und voller Angst um die Unsterblichen, die er tot geglaubt hatte.

Konnte es sein? War es möglich, dass auch er Wahres Blut hatte?

Kris hielt die Augen geschlossen und sah die Szene immer wieder vor sich, betrachtete jedes Detail und jede Regung in dem jungen Gesicht.

Red September.

Kein Zweifel. Sein Wille war stark. Aber was bedeutete das für sein Blut?

Um das herauszufinden, würde er trinken müssen.

Als ein fremder Gedanke zart seinen Geist berührte und um Einlass fragte, schreckte Kris auf.

Er bat sie nicht herein. Das war bei ihr nicht nötig. Nur einen Augenblick später füllte Céleste den Raum mit ihrer Anwesenheit. Ihre durchscheinende Haut schimmerte. Ihre Augen glühten. Als sie sich neben ihn auf die Sofakante sinken ließ, konnte Kris den Schweiß und das Blut zweier Menschen an ihr riechen.

Chase.

Und *jemand anderes*.

Hatte sie etwa …?

Kris richtete sich auf. Speichel sammelte sich in seinem Mund.

Kein Zweifel. Er erkannte den Geruch wieder. Sie hatte es getan. Sie hatte ihre eigenen Regeln verletzt und noch vor der offiziellen Prüfung von Red September getrunken.

Kris' Magen zog sich kribbelnd zusammen.

Célestes Lächeln schwebte leicht durch den Raum wie eine Daunenfeder.

»Du hattest recht.«

Ihre Lippen bewegten sich kaum. Ihre Stimme durchdrang die Stille, ohne sie zu brechen.

»Verzeih mir. Es hat sich gelohnt, in die OASIS einzudringen.« Ihr Lächeln vertiefte sich. Ihre Augen schlossen sich kurz, wie in einer süßen Erinnerung.

»Er ist wundervoll, mein Lieber. Er hat Wahres Blut. Und er ist von unserem Stamm.«

Von ihrem Stamm. Von *seinem* Stamm. Kris starrte Céleste wortlos an, kaum fähig, zu begreifen, was sie sagte.

Das war besser. Viel besser als das Mädchen.

Nicht für die *Bloodstalkers*. Aber für ihn.

»Wann wirst du ihn aufnehmen?« Seine Stimme bebte. Er konnte es nicht verhindern.

Céleste lachte. Kein Laut kam dabei über ihre Lippen, und doch vibrierte jede Faser in Kris' Körper in dem hellen Klang. Ihre Hand strich liebevoll über seine Wange.

»Mach dir darum keine Sorgen. Du solltest Geduld lernen.«

*Kalt.*

Trotz der Wärme ihrer Haut und ihrer Stimme war sie kalt. Kris spürte, wie es einem Eiswürfel gleich seinen Nacken hinabglitt.

Céleste zwinkerte ihm zu. Lächelte noch immer. Aber da war ein Missklang in ihrem Lied, der Kris die Kehle zuschnürte.

»Du hast mich mit diesem Menschen sehr glücklich gemacht.«

Heimtücke.

Entgeistert starrte er sie an, als er begriff, was sie plante.

»Nein.« Seine Stimme kratzte rau in seinem Hals. »*Nein.* Bitte …«

Er würde betteln. Er würde flehen und sich demütigen, wenn er das musste. Er *brauchte* diesen Jungen! So viel hatte er dafür riskiert, war an Bluthunden und Elitewächtern vorbei in die OASIS eingedrungen, um einen Menschen mit Wahrem Blut zu finden. Sie konnte ihm Red September nicht wegnehmen wollen. Nicht schon wieder …

Aber Céleste lächelte nur immer weiter. Zart legten sich ihre Lippen auf seine Stirn.

»Geduld. Und keine Sorge, mein Herz. Morgen Abend ist er einer von uns.«

Sie erhob sich. Ein letztes stummes Lachen brachte die Luft zum Klingen. Federleicht strich ihre Hand über Kris' Wange. »Deine Konserve wird kalt, mein Bester.«

Und wie ein kühler Windhauch war sie aus dem Zimmer verschwunden.

Mit aller Kraft packte Kris die Konserve und warf sie an die Wand, dass das Plastik riss und das Blut die hell gemusterte Tapete hinab lief.

Konserven.

*Konserven!*

Sie widerten ihn an.

Schwer atmend ließ Kris sich in die Sofakissen zurücksinken. Er musste Will rufen.

Er *musste* Will rufen, weil er dringend trinken musste.

Aber er wollte nicht.

Er konnte nicht.

Er wollte Wahres Blut. Und das hatte Will nicht.

Kris atmete tief durch und schloss die Augen. Zwang sich energisch zur Ruhe.

Und rief nach Will.

# Kapitel Acht

## Insomniac Mansion, Kenneth, Missouri

*»Ein bisschen Angst habe ich schon. Du nicht?«*

Am Abend saßen Red und Sarah auf dem Sofa in einem Raum, den sie als »Gemeinschaftsraum« bezeichnet hatte, und tranken Kräutertee, der vor allem nach Wasser schmeckte. Auch Chase war dort, aber er saß ein wenig abseits in einem Sessel, las ein Buch und schien auch jetzt nicht interessierter an einer Unterhaltung als am Morgen.

Obwohl er sich am Nachmittag tatsächlich für eine gute Stunde in die Badewanne gelegt und danach eine ganze Weile geschlafen hatte, war Red elendig müde. Gleichzeitig tat ihm jeder einzelne Knochen so weh, dass er kaum still sitzen konnte. Und zu allem Überfluss waren, als sein Kopf erst angefangen hatte, die vielen neuen Eindrücke zu verarbeiten, eine Menge Fragen aufgetaucht. Darum war er froh, auf seiner Suche nach einem Abendessen ausgerechnet Sarah beim Küchendienst angetroffen zu haben. Bei ihr hatte Red das Gefühl, dass sie zumindest nichts dagegen hatte, mit ihm zu reden. Ärgerlich nur, dass auch Chase bei ihnen war. Denn obwohl er ihm ohne jeden Kommentar schon wieder einen Satz Kleidungsstücke zur Verfügung gestellt hatte, war er doch der Letzte, den Red etwas gefragt hätte.

Und so schwieg er eine ganze Weile und trank nur seinen Tee, bis er schließlich entschied, dass er die Antworten trotz allem wissen wollte. Was kümmerte es ihn denn, was

Chase von ihm dachte? Es war ja nicht seine Schuld, dass er keine Ahnung von der Welt hier draußen hatte.

»Sag mal, Sarah … kann ich dich was fragen?«

Sarah hob überrascht den Blick. Dann lächelte sie. Sie hatte ein hübsches Lächeln. Überhaupt war sie die Einzige, die hier wirklich lächelte, dachte Red. Zumindest, was die Menschen betraf.

»Na klar kannst du fragen«, sagte Sarah. »So viel du willst.«

Red lächelte dankbar zurück. »Danke. Also …« Er hielt inne und überlegte, wie er seine dringlichste Frage am geschicktesten formulieren sollte.

»Du hast ja gesagt … also, beim Frühstück hattest du ja diese Außeneinsätze erwähnt, die jeden Freitag stattfinden. Habe ich das richtig verstanden, dass wir dann in die Stadt gehen und Vampire erschießen?«

Sarah hob die Brauen. »Nicht irgendwelche Vampire.« Ihre Stimme klang halb belustigt, halb streng. »Bluter. Keine echten Vampire. Das ist ganz wichtig.«

Red schluckte und nickte schnell. »Ja, das meinte ich, entschuldige bitte. Aber ich habe eben gedacht – sie *sind* doch Vampire, oder? Macht es denn dann einen Sinn, auf sie zu schießen? Kris und Hannah haben …«

Red verstummte, als er plötzlich Chase' Blick im Nacken spürte.

Auch Sarahs Gesicht wirkte von einer Sekunde zur nächsten seltsam angespannt.

Nervös leckte sich Red über die Lippen. Hatte er etwas Falsches gesagt?

Endlose Augenblicke sprach niemand ein Wort.

»Bluter … sind anders als echte Vampire«, antwortete Sarah schließlich. Ihre Stimme klang freundlich wie immer.

Doch als sie lächelte, wirkte es angestrengt. »Sie können sich nicht heilen. Nicht die jungen.« Sie wechselte einen Blick mit Chase, der noch immer unverwandt zu ihnen herüberstarrte. Dann sah sie wieder zu Red.

»Du musst dir unbedingt merken, woran du einen Bluter erkennst. Und wie du merkst, dass er zu stark für dich ist. Ein bisschen hast du ja heute schon gehört.« Erneut warf sie einen Blick zu Chase. Aber der hatte seine Augen wieder hinter dem Buch verborgen, obwohl Red hätte schwören können, dass er sie trotzdem beobachtete.

Was mochte da vorgefallen sein? Der Zwischenfall auf dem Schießplatz fiel Red wieder ein. Was war denn mit Chase?

Er hätte es zu gern gewusst. Aber das war eine Frage, die er nun wirklich nicht zu stellen wagte.

»Natürlich, wenn ein Bluter sabbernd auf dich zuspringt und dich beißen will, dann überlegst du nicht mehr lange«, fuhr Sarah schließlich fort. »Aber wenn du dir nicht sicher bist – dann frag ihn auf jeden Fall nach seinem Namen.«

Red runzelte die Stirn. Das alles verwirrte ihn mehr, als er eingestehen mochte.

»Warum ausgerechnet nach seinem Namen?«

»Na ja.« Sarah lehnte sich zurück und nippte an ihrem Tee, ganz offensichtlich bemüht, sich wieder zu entspannen. »Genau weiß ich auch nicht, wie das läuft. Aber fest steht, dass junge Bluter wahnsinnig sind. Sie haben kein Bewusstsein wie wir oder wie die echten Vampire. Und wir vermuten, dass sie in diesem Stadium auch keine Erinnerung daran haben, wer sie mal waren.«

*Stadium*, dachte Red. Das klang wie eine Krankheit. Und nach allem, was er bisher gehört hatte, war es das wahrscheinlich auch.

Sarah seufzte und drückte sich tiefer in die Kissen. Red hatte den unbestimmten Eindruck, dass sie keine große Lust mehr hatte, über das Thema zu reden. »Jedenfalls sind junge Bluter bislang die Einzigen, gegen die wir mit unseren Waffen etwas ausrichten können. Wenn sie älter werden, werden sie nach und nach wieder klar im Kopf. Allerdings auch viel stärker. Sie können sich dann heilen, so wie du es heute bei Kris und Hannah gesehen hast. Und dann – tja. Dann hat es wirklich keinen Sinn mehr, auf sie zu schießen. Genau wie du sagst.«

Red schwieg. Sein Herz hatte ein wenig unruhig zu klopfen begonnen. Er war sich nicht sicher, wie er ihren Blick deuten sollte. Bisher war er so mit seinen Fragen beschäftigt gewesen, dass er ihre Oberweite fast vergessen hatte. Aber jetzt, wo sie sich so betont lässig in die Polster schmiegte, waren ihm ihre Brüste plötzlich wieder sehr bewusst. Red war sich beinahe sicher, dass das ihre volle Absicht gewesen war. Seltsamerweise hatte er dabei aber nicht das Gefühl, dass sie ihn ernsthaft mit in ihr Zimmer nehmen wollte, und das verwirrte ihn. Ein Ablenkungsmanöver?

Red schluckte und sah Hilfe suchend zu Chase hinüber. Es war alles so ungewohnt in diesem Haus. Auf der Farm hatte er Blue in jeder Frau gesehen, die ihm begegnet war. Sarah aber hatte nichts von ihr. Überhaupt nichts.

In diesem Moment sah Chase erneut von seinem Buch auf und musterte ihn hinter seinem Haarvorhang mit spöttischem Blick.

»Mach dir nicht zu viele Gedanken. Tony wird dir das alles noch mal haarklein erzählen – falls du irgendwann soweit sein solltest, auf einen Außeneinsatz zu gehen.«

*Falls du* jemals *soweit sein solltest.*

Der Satz hing unausgesprochen in der Luft, und Red hatte das Gefühl, als hätte Chase ihm ganz nebenbei mit aller Kraft in den Magen geboxt.

Sarah richtete sich auf und warf Chase einen scharfen Blick zu. »Halt die Klappe. Fürs erste Mal war er ziemlich gut, das weißt du genau.«

Chase lachte trocken. »Na sicher. So gut, dass du ihn in Schutz nehmen musst.«

Sarah schnaufte und starrte Chase zornig an. Auch Red fühlte, wie es in seinem Inneren leise zu rumoren begann. Aber insgeheim musste er Chase Recht geben – und diese Erkenntnis lähmte seine Wut. Er war erbärmlich gewesen. Das war nicht zu leugnen.

»Du solltest dir vorerst lieber um andere Dinge Sorgen machen.« Chase klappte das Buch zu und klemmte es zwischen die Armlehne und das Sitzpolster seines Sessels. »Zum Beispiel um deine Aufnahmeprüfung.«

»Aufnahmeprüfung?« Red richtete sich alarmiert auf. Was denn nun wieder für eine Prüfung? War er denn nicht schon Mitglied der *Bloodstalkers*? Eine Prüfung – und was, wenn er nicht gut genug war? Nach seiner kläglichen Vorstellung auf dem Übungsplatz heute erschien ihm das mehr als wahrscheinlich.

Sarah warf Chase einen weiteren verärgerten Blick zu und winkte ab. »Ach, hör nicht auf Chase. Die Vampire wollen nur herausfinden, für wen du am besten als Quelle geeignet bist. Lass dich bloß nicht verrückt machen.«

Chase schnalzte mit der Zunge. »Sie könnten entscheiden, dass er für niemanden geeignet ist.«

»So ein Quatsch. Schön blöd wären sie.«

Red sah unbehaglich von einem zum anderen. In ihm tobten die widersprüchlichsten Empfindungen, und ihm wurde ein wenig flau in der Magengegend. Also würde seine Aufnahme doch nicht von seinen sportlichen Leistungen abhängig gemacht werden. Das immerhin war gut. Aber ... Quelle? Hieß das etwa ...?

»Die Vampire trinken regelmäßig von euch?« Er hörte, wie belegt seine Stimme klang. Die Erinnerung an das berauschende Gefühl, das ihn durchströmt hatte, als Céleste sein Blut nahm, presste ihm für einen Moment alle Luft aus den Lungen.

»Sag nicht, du hast dich noch nicht gefragt, wo die anderen gerade sind.« Chase hob vielsagend die Brauen. »Kris und Hannah haben heute viel Blut verloren.«

Red spürte, wie sein Mund trocken wurde vor Aufregung. Er würde einem Vampir als Nahrungsquelle zugeteilt werden! Wenn nun Céleste diejenige war ...

Gänsehaut kroch über seine Arme, und sein Magen zog sich kribbelnd zusammen.

*Lass es Céleste sein*, flehte er stumm. *Bitte, lass es Céleste sein!*

»Red?« Eine Hand legte sich auf sein Knie. Red hob verwirrt den Kopf. Sarah sah ihn durchdringend an, und ihm wurde bewusst, dass sie ihn etwas gefragt haben musste, von dem er kein einziges Wort mitbekommen hatte.

»Oh ... Entschuldigung«, murmelte er verlegen. »Was hast du gesagt?«

Sarah seufzte. »Du Ärmster. Der Tag hat dich ganz schön mitgenommen, was?«

»Nein, also ... das geht schon.« Red versuchte ein klägliches Lächeln.

»War auch nicht so wichtig. Ich war nur neugierig, ob ...«

Sarah räusperte sich und wurde ein wenig rot. Ihr schien die Frage nun beinahe peinlich zu sein. » ... na ja, ob das Blut den Menschen in der OASIS wirklich mit Maschinen abgesaugt wird.«

Red sah sie verblüfft an. Damit hatte er nun wirklich nicht gerechnet. Aber natürlich – für Sarah war so ein Gedanke vermutlich genauso seltsam wie für ihn selbst die Tatsache, dass die Vampire direkt von den Menschen tranken. Und im Prinzip stimmte es ja, was sie sagte. Die Blutabnahme auf der Farm wurde maschinell gesteuert. Nur klang es aus ihrem Mund so grob. Gar nicht nach den gemütlichen Liegen in der Entnahmelounge, auf denen Red sich eigentlich recht gern aufgehalten hatte. Aber er hatte keine Ahnung, wie er das erklären sollte.

Ein verächtliches Schnaufen ertönte aus Chase' Richtung. »Na, ich geh schlafen.«

»Ja, tu das.« Sarah lächelte, doch es war nicht ihr echtes Lächeln. Es wirkte geradezu angriffslustig. »Gute Nacht.«

Ebenso gut hätte sie *»Hau bloß ab!«* sagen können, dachte Red. Eine fast greifbare Spannung knisterte mit einem Mal in der Luft zwischen Chase und Sarah, und Red fühlte sich plötzlich sehr unwohl.

»Ich ... also ich bin auch ziemlich müde.« Er stand auf.

Sarah starrte ihn überrascht an, und das schlechte Gewissen, das ihn augenblicklich überkam, hätte Red beinahe dazu gebracht, sich wieder hinzusetzen.

»Hab ich was Falsches gesagt?«

Red schüttelte hastig den Kopf. »Nein, ich ... ich bin wirklich müde. Und ... und ich möchte jetzt nicht über die Farm sprechen. Ein anderes Mal, ja?«

Sarah runzelte verwirrt die Stirn. »Ja ... dann. Schlaf gut.«

»Du auch«, sagte Red und hatte plötzlich das Gefühl, sich entschuldigen zu müssen. Aber er wusste nicht, wie. Also wandte er sich ohne ein weiteres Wort um und verließ gemeinsam mit Chase den Raum. Beinahe fühlte es sich an wie eine Flucht, und erst als sich die Tür hinter ihnen geschlossen hatte, wurde Red bewusst, dass er den Atem angehalten hatte.

Schweigend stiegen sie die Treppe in der Eingangshalle hinauf, die nun wieder in geisterhafte Schatten getaucht war.

Am Ende der Stufen jedoch blieb Chase plötzlich stehen und wandte sich um.

Überrascht verhielt Red ebenfalls in seinem Schritt. In der Dunkelheit konnte er Chase' Augen nicht erkennen.

»Respekt«, sagte Chase und nickte ihm ernst zu.

Red öffnete den Mund und schloss ihn wieder. Hatte er gerade richtig gehört? Und war das wirklich Chase, der da vor ihm stand?

Doch, dachte er, es musste so sein. Ganz verrückt war er noch nicht. Aber was sollte er nun antworten? Ein schnödes »Danke« schien ihm bei weitem nicht ausreichend, um auszudrücken, wie sehr er das Lob zu schätzen wusste – auch wenn er sich nicht sicher war, worauf Chase gerade anspielte.

»Hast dich heute ganz gut geschlagen.«

Red nickte nur – das »Danke« wollte ihm einfach nicht über die Lippen.

Chase musterte ihn eine ganze Weile schweigend, als warte er auf eine Antwort. Doch schließlich schien er zu begreifen, dass Red wirklich nichts zu erwidern wusste. Er lachte sein trockenes Lachen. Es klang spröde und verhalten in der schweren Stille.

»Willkommen bei den *Bloodstalkers*, Red September.«

Mit diesen Worten wandte er sich um und verschwand in den Schatten der Galerie.

Eine Weile noch, bevor er sich auf den Weg in die andere Richtung machte, stand Red reglos auf seinem Platz. Sah Chase hinterher, obwohl er schon längst nicht mehr zu erkennen war – und dachte darüber nach, womit er sich diesen Respekt plötzlich verdient hatte. Und welche Bedeutung es haben mochte, dass Chase die gleichen Worte gewählt hatte wie Céleste, um ihn bei den *Bloodstalkers* willkommen zu heißen.

# Kapitel Neun

## Insomniac Mansion, Kenneth, Missouri

*»Am liebsten hätte ich dich ganz für mich allein. Ich will, dass keine andere dich je wieder berühren darf!«*

In dieser Nacht schlief Red wie ein Stein und erwachte am nächsten Morgen mit dem Gefühl, dass in jeder einzelnen seiner Muskelfasern eine winzige Nadel steckte. Die Sonne schien bereits mit kräftigen Strahlen durch einen Spalt zwischen den vergilbten Gardinen und stach Red mit spitzen Fingern in die Augen, als er die Lider hob.

*Tony*, war sein erster Gedanke.

Erschreckt setzte er sich auf. War er zu spät? Taumelnd kam Red auf die Füße und unterdrückte ein Stöhnen, als seine Muskeln gegen die Belastung protestierten.

*Jammere nicht! Du musst zum Training.*

Er nahm sich keine Zeit, um ins Bad zu gehen. Hastig warf Red sich die Kleider über und stolperte die Treppe hinunter, obwohl er das Gefühl hatte, sich vor Schmerz kaum aufrecht halten zu können. Zu spät kommen bedeutete Strafrunden. Ganz bestimmt.

Hinter der Tür zur Küche hörte er Stimmen.

Schwer atmend blieb Red stehen. Erleichterung durchflutete ihn. Sie waren noch da. Dann war er doch nicht zu spät.

Er wischte sich über die noch vom Schlaf verklebten Augen und bemühte sich um einen gefassten Gesichtsausdruck.

Dann betrat er die Küche.

Am Tisch in der Mitte des Raumes saßen Claire und einer der Männer, die gestern auf dem Parcours die Strafrunde hatten laufen müssen. Red glaubte sich zu erinnern, dass sein Name Will war. Bei seinem Eintreten drehten die beiden sich um, und im gleichen Augenblick überkam Red das unangenehme Gefühl, ein vertrauliches Gespräch unterbrochen zu haben.

»Guten Morgen«, sagte er so unbefangen, wie er eben konnte.

»Was machst du denn schon hier?« Claire hatte die Stirn in leichte Falten gelegt.

Red spürte, wie sich ein Kloß in seinem Hals bildete.

»Ich wollte nicht zu spät zu Tony kommen«, entgegnete er und hörte erschreckt, wie schroff seine Stimme klang. Wie ein kleiner Hund, der kläffen musste, um sich zu verteidigen, dachte er. »Es gibt keine Uhr in meinem Zimmer.«

Claire und Will wechselten einen Blick, den Red nicht deuten konnte. Dann erschien ein schwaches Lächeln auf Claires Gesicht. »Ach so. Aber du musst doch heute gar nicht zu Tony. Hat dir das denn keiner gesagt?«

Red starrte sie entgeistert an. »Was? Aber …« Jetzt verstand er wirklich gar nichts mehr. Ohne dass er etwas dagegen tun konnte, begann hilflose Wut in Reds Magen zu zucken. Er hatte genug davon, ständig verwirrt zu sein und sich immer wieder wie der letzte Dummkopf fühlen zu müssen, kaum dass er glaubte, langsam Fuß in dieser neuen Welt zu fassen. Es war nicht fair. Warum konnten diese Menschen ihm nicht einfach erklären, was er zu tun oder zu lassen hatte? Was hatte er ihnen denn getan? Mit einem Mal überkam Red heftiges Heimweh nach dem unkomplizierten Leben auf der Farm, wo die Menschen gelassen und freundlich waren und wo niemand dem anderen zu misstrauen brauchte.

Aber diese Welt lag nun Meilen von ihm entfernt.

Claire schüttelte den Kopf. Ihr Gesicht wirkte plötzlich müde. »Es ist Mittwoch«, erklärte sie schlicht, wobei sie ihr Lächeln nur mit Mühe aufrecht hielt. »Heute haben wir Nahkampftraining bei Kris und Hannah. Aber da musst du auch nicht hin.«

»Wegen der Aufnahmeprüfung, verstehst du?«, schaltete Will sich ein. Und wenigstens in seinem Blick konnte Red etwas erkennen, das mit viel gutem Willen als Mitgefühl zu deuten war.

Die Aufnahmeprüfung. Richtig. Davon hatten Chase und Sarah am Vorabend auch gesprochen. Offenbar wussten alle Bescheid. Nur er selbst hatte keine Ahnung.

Es war einfach nicht fair.

Red starrte Claire und Will einige Augenblicke lang schweigend an und spürte, wie sich graue Resignation langsam in ihm ausbreitete. Nein. Er verstand nicht. Aber er hatte jetzt auch keine Lust mehr, zu fragen.

»Ach so«, sagte er nur, und am liebsten wäre er einfach gegangen. Aber diese Blöße wollte er sich nicht geben. Also ging er zur Kaffeemaschine, um sich eine Tasse zu füllen. Das Plätschern der braunen Flüssigkeit klang laut in der angespannten Stille.

»Ruh dich aus.« Claires Stimme war kaum mehr als ein Flüstern. Red hielt inne.

War das Traurigkeit, die in ihren Worten mitschwang?

Er drehte sich um.

Für einen kurzen Moment pressten sich Claires Lippen zu einem dünnen Strich zusammen, als seien ihr die Worte unangenehm.

»Ist vielleicht das letzte Mal.«

Ein Lächeln streifte flüchtig ihr Gesicht. Dann stand sie auf. Will folgte ihrem Beispiel.

»Bis später, Red.«

Mit eiligen Schritten verließen die beiden die Küche. Ihr Geschirr ließen sie einfach stehen.

Allein mit sich und seinen Gedanken erschien Red der Tag unendlich lang. Mehr als eine Stunde verbrachte er damit, ziellos den Garten zu durchstreifen, wobei er den Schießplatz und den Parcours mied, um nicht versehentlich den anderen Menschen zu begegnen. Er wollte niemanden sehen. Und niemanden sprechen. Trotz Claires letzter Worte war er tief in seinem Inneren noch immer verletzt. Außerdem ging ihm die Aufnahmeprüfung nicht aus dem Kopf. War sie also heute? Worin bestand sie? Würde er sie bestehen? Und was das Wichtigste war: *Wollte* er das überhaupt?

*Ruh dich aus*, hatte Claire gesagt, und vermutlich war das ein kluger Rat gewesen. Aber Red wusste, er würde so schnell keine Ruhe mehr finden.

Er kehrte in sein Zimmer zurück, weil er nicht wusste, wo er sonst hingehen sollte. Die alte Matratze knarzte und quietschte, als Red Schuhe und Strümpfe abstreifte und sich in die muffig riechenden Kissen fallen ließ. Neben seinem Kopf krabbelte eine kleine Spinne die Wand hinauf, aufgeschreckt von den unerwarteten Bewegungen auf dem Bett. Red folgte ihr mit den Augen und beobachtete, wie sie bis zur Decke empor kletterte, wo sie regungslos verharrte.

Er gehörte hier nicht her, dachte er und knüllte einen Deckenzipfel auf seinem Bauch zu einem Ball zusammen. Er war keiner von diesen Menschen und wollte es auch nicht sein. Auch Blue würde es hier nicht gefallen.

Red drückte das Gesicht in die Kissen und zog die Knie eng an den Körper. Allmählich formte sich ein Entschluss in seinem Kopf.

Er würde gehen, sobald er konnte.

Die *Bloodstalkers* verlassen.

Blue finden, egal, was es kostete.

Und mit ihr an einem Ort leben, wo es keine Mauern gab.

Der Gedanke war tröstlich und hüllte Red ein wie eine warme Decke.

Auch die Spinne über ihm schien sich inzwischen beruhigt zu haben und begann, in der Ecke ein Netz zu spinnen.

Und während Red ihr dabei zusah, bemerkte er gar nicht, wie seine Lider ihm schwer wurden, langsam zufielen und er, ohne sich dessen bewusst zu sein, in einen leichten Schlaf hinüberglitt.

Als er wieder aufwachte, hing dunkelviolettes Abendlicht wie ein Vorhang vor seinem Fenster. Red hätte nicht sagen können, was ihn geweckt hatte. Aber er fühlte sich hellwach wie schon seit Monaten nicht. Seine Wahrnehmung erschien ihm seltsam klar und überdeutlich. Die Konturen der Schnitzerei an seinem Bettpfosten traten trotz der Dunkelheit mit stechender Schärfe hervor. Er konnte die einzelnen Fasern des Kissenbezuges erkennen und den Staub unter seinem Bett riechen. Die Luft war erfüllt mit flüsternden Stimmen, deren Worte Red nicht verstehen konnte. Als er versuchte, genauer hinzuhören, wurde das Flüstern drängender, tanzte um ihn der Luft wie leichter Wind.

*Red!*

Ein Frösteln überlief ihn, und die Härchen an seinen Armen stellten sich auf.

Sanft streichelten die Stimmen seine Haut.

*Red …*

Vorsichtig setzte er sich auf. Lauschte. Horchte.

Ein Kichern mischte sich in das Flüstern.

*Komm, Red …*

Reds bloße Zehen berührten den Läufer. Je länger er lauschte, desto mehr schienen die flüsternden Stimmen zu einer einzigen zu verschmelzen. Einer Stimme, die rief und lockte und ein schmerzlich vertrautes Gefühl in ihm wachrief. Eine Stimme, nach der er sich sehnte, seit er sie zum ersten Mal gehört hatte.

Céleste rief nach ihm. Und sie sang ihr Lied – an diesem Abend nur für ihn.

Wärme breitete sich in seinem Inneren aus. Alle Verzweiflung und Bitterkeit schienen mit einem Mal wie ausgelöscht, aufgesaugt von einem unbeschreiblichen Glück, das ihn wie helles Licht durchfloss.

Céleste rief nach ihm. Sang für ihn. *Berührte ihn …*

Red konnte sie spüren, ohne sie zu sehen. Sein Körper bewegte sich wie von selbst, als würde er von einer unsichtbaren Hand gezogen. Und als sei er den Weg schon oft gegangen, wanderte er wie im Traum die Galerie entlang und bog in einen Flur ein, der im tiefen Schatten lag. Nur an seinem Ende war ein Licht. Warmes, freundliches Licht, das ihn anzog wie eine Motte. Eine Tür, die einen Spalt offen stand …

Kerzen hießen ihn flackernd willkommen und warfen ihren zuckenden Schein auf eine schmale Holztreppe.

Von dort kam die Musik. Dort wartete sie auf ihn.

Die Tür fiel hinter Red ins Schloss.

Célestes Hand war verschwunden – und mit ihr die Musik.

Red kämpfte gegen die Angst an, die mit einem Mal wieder nach ihm greifen wollte. Er rüttelte an der Klinke – vergeblich.

Es gab kein Zurück. Die Tür war verschlossen.

Mit zaghaften Schritten stieg Red die knarrenden Stufen hinauf.

Am Ende der Treppe erstreckte sich ein enger Korridor, der ebenfalls von Kerzen beleuchtet wurde. Zwei Türen gingen auf jeder Seite von ihm ab – doch Red spürte, dass sein Ziel noch weiter über ihm lag. Dort, am Ende der Wendeltreppe, die in den Turm hinaufführen musste …

*Bleib nicht stehen!*

Die Stimme war wieder da und umschmeichelte ihn lockend. Sie war jetzt so nah, dass Red jedes Wort ohne Mühe verstehen konnte.

*Komm zu uns. Du hast es bald geschafft. Aber das letzte Stück des Wegs musst du allein gehen. Nur aus eigenem Willen und eigener Kraft kannst du uns erreichen.*

Red schluckte die Angst herunter, die als hartnäckiger Klumpen in seiner Kehle gesessen hatte. Es war doch sein eigener Wille! Sein Entschluss stand ihm nun wieder deutlich vor Augen. Dies war die Prüfung, wurde ihm schlagartig klar. Er war bereits mitten darin. Er musste sie bestehen, damit er lernen konnte. Lernen – und Blue finden.

Und obwohl sein Herz noch immer aufgeregt flatterte, stieg er mit festem Schritt die Wendeltreppe hinauf.

Silbernes Mondlicht beleuchtete matt die vier Gestalten, die in der Kammer unter dem Dach des Turms auf ihn warteten.

Céleste.

Hannah.

Tony.

Und Kris.

Befangen blieb Red auf der Schwelle stehen, ohne sich unaufgefordert näher an die Vampire heranzuwagen. Die Luft im Raum war getränkt mit uralter Macht, die die Gestalten umgab wie eine dunkel schimmernde Aura. Céleste allein hob sich von den anderen ab, leuchtete in ihrem eigenen Licht wie eine Elfenbeinperle inmitten ihrer Schwestern aus schwarzem Glas. Sie lächelte und winkte ihn näher.

»Du bist gekommen.«

Der leise Klang ihrer Stimme brachte die stille Luft zum Schwingen, und Red spürte, wie ihr Lied ihn erneut gefangen nahm. Es hatte keinen Sinn, sich dagegen zu wehren, und er wusste es – wollte es auch gar nicht versuchen.

»Also hast du dich entschlossen, bei uns zu bleiben?« Céleste lächelte noch immer, und tief in seinem Inneren spürte Red, dass diese Freude rein und ehrlich war.

Er nickte, ohne zu zögern. »Ja, das habe ich.« Verglichen mit ihrer klang seine Stimme dünn und zerbrechlich.

Céleste trat noch näher an ihn heran.

»Das freut mich, Red«, sagte sie leise, ohne ihren Blick von seinem zu lösen. »Dann wird es jetzt Zeit, dich bei den *Bloodstalkers* aufzunehmen – falls du bereit bist, den Bund, den du dadurch knüpfen wirst, einzugehen – mit allen Pflichten und Vorzügen, die dadurch zu deinen werden. Willst du das?«

Red wusste, er hätte fragen sollen, worin diese Pflichten bestanden – oder auch nur, was die Vorzüge sein würden. Aber die Worte entglitten ihm, bevor er sie fassen konnte. Es war nicht wichtig, begriff er. Es würde an seiner Entscheidung nichts ändern.

Er schluckte trocken. »Ja«, flüsterte er.

Célestes kühle Hand griff nach seiner. »Dann werden wir dich jetzt prüfen.« Ihre Stimme war nicht mehr als ein Wispern, doch es schien direkt in Reds Kopf zu erklingen, ihn vollkommen auszufüllen, bis für nichts anderes mehr Raum in ihm war als für den Klang ihrer Worte.

Sie führte ihn zu einer Liege, die an der Wand unter dem Fenster stand, und bedeutete ihm, sich auf den Rücken zu legen. Mit weichen Gliedern folgte Red ihrer Aufforderung. Céleste sah auf ihn herab. Ihre noch immer zu einem Lächeln entblößten Zähne glänzten im Mondlicht. Dann glitten ihre Finger langsam in seinen Kragen, wo sie für endlos scheinende Momente auf seiner Halsschlagader liegen blieben.

»Stark bist du«, murmelte sie, bevor sie sich zu ihm herunterbeugte und die Lippen auf seine Haut legte, wo kurz zuvor noch ihre Finger gewesen waren. Red spürte, wie er vor Erwartung zu zittern begann. Als er endlich die Nadelstiche ihrer Zähne spürte, entwich ihm ein erregtes Stöhnen, das ihn selbst erschreckte. Für einen wundervollen Augenblick füllte ihr Lied ihn mit goldenem Licht. Doch Céleste löste sich von ihm, noch bevor der Rausch ihn mit sich reißen konnte, und stieß ihn zurück in die Kälte der Turmkammer.

»Hannah«, wisperte sie und trat mit einem lautlosen Schritt beiseite.

Hannahs Gesicht tauchte über Red aus der Finsternis ins Mondlicht. Ihre schmalen Züge wirkten in den Schatten uralt und ernst. Mit ihren eisigen Fingern griff sie nach Reds Handgelenk, wie schon so oft zuvor – doch diesmal führte sie es zum Mund. Während sie ihre Zähne in seine Haut grub und zu saugen begann, ließen ihre Augen die seinen nicht einen Moment lang los. Ein brennender Schmerz durchfuhr

Red für den Bruchteil einer Sekunde – und dann war ihm, als ob sein Innerstes erstarrte. Das Gefühl hatte nichts gemeinsam mit dem rauschenden Fluss von Célestes Musik. Es war kalter, scharfer Stahl, der jede Faser seines Körpers durchdrang und von innen zu zerschneiden drohte.

Red biss die Zähne zusammen und unterdrückte einen Schrei. Hannahs Blick hielt ihn eisern fest. Red keuchte und fühlte, wie ihm der Schweiß ausbrach. Sein Körper zuckte und wand sich, ohne dass er etwas dagegen tun konnte – bis Hannah ihn endlich wieder losließ.

Röchelnd fiel er auf die Liege zurück.

Céleste war noch immer neben ihm. Ihre Finger strichen beruhigend über seinen Kopf und linderten den Schmerz.

»Tony«, rief sie leise.

Eine Hand schien Reds Lungen zusammenzupressen, um ihm keine Luft zum Atmen darin zu lassen. Wenn Hannah schon so furchterregend war – welche Gewalt musste dann Tony haben? Der Schatten des riesigen Vampirs ragte bedrohlich über ihm auf. Seine Hand an Reds Hals war so groß, dass er ihm mit einer einzigen Bewegung das Genick hätte brechen können. Doch sein Griff war unerwartet gefühlvoll. Und als er begann, an Reds Hals zu saugen, da war es ihm, als würde sein eigenes Herz zu übernatürlicher Größe anwachsen. Wie tiefe Trommelschläge brachte es seinen Körper in Schwingung und trieb glühende Energie durch seine Adern. Red selbst schien immer kleiner zu werden, je größer sein Herz wurde, und je mehr Energie es durch seine brennenden Glieder pumpte. Sein Atem dröhnte in seinen Ohren, und für einen schrecklichen Augenblick fürchtete Red, vollkommen zu verschwinden, bis er nur noch Herz und Atem sein würde – als es auch schon wieder vorbei war.

Das Mondlicht war dunkel geworden. Die Sicht verschwamm vor Reds Augen, während er zusah, wie Tony zurücktrat. Sein Körper schien nur noch aus Musik und Stahl und Feuer zu bestehen, und er konnte seine Glieder nicht mehr spüren.

»Halte durch, Liebes«, hörte er Célestes Stimme dicht an seinem Ohr – zärtlich, besänftigend und so wunderschön, dass Red am liebsten geweint hätte. »Kris wird sehr vorsichtig mit dir sein. Dir wird nichts geschehen.«

Red konnte Kris nicht einmal sehen. Er spürte nur noch, wie die Schatten sich näherten und das Mondlicht langsam auslöschten.

Dann umfing ihn Dunkelheit. Warm und weich und tröstlich. Für einige wundervolle Augenblicke hatte Red das Gefühl, in ein samtiges, schwarzes Tuch gehüllt zu sein. Niemand konnte ihm hier etwas anhaben. Nichts konnte ihn hier verletzen …

Schließlich verging auch dieser Eindruck, und Red fiel.

Haltlos. In ein tiefes. Leeres. Endloses.

Nichts.

# Kapitel Zehn

## Insomniac Mansion, Kenneth, Missouri

*»Ich glaube, die Vampire sind uns Menschen ähnlicher, als man denkt. Und gleichzeitig sind sie so erschreckend anders …«*

Als Red wieder zu sich kam, war er zurück in seinem Zimmer.

Über ihm hatte die Spinne ihr Netz vollendet. Draußen hatte der Tag längst begonnen, und wie auch an den letzten Tagen war der Himmel strahlend blau, ohne eine einzige Wolke am Horizont. Dennoch war es Red, als hinge eine sanfte Dunkelheit über dem Raum, die ihm irgendwie vertraut vorkam – und als er sich schwerfällig aufsetzte, um sich umzusehen, erkannte er auch, warum.

Auf einem Stuhl in der Ecke des Raumes saß Kris und sah aufmerksam zu ihm herüber.

Für einen Augenblick hatte Red das merkwürdige Gefühl, dass er sich erschrecken sollte – tat es aber nicht.

Kris lächelte. »Guten Morgen, Red.«

»Guten Morgen«, murmelte Red verwirrt und versuchte vergeblich, die Erinnerungsfetzen, die aus der letzten Nacht in seinem Kopf geblieben waren, in eine sinnvolle Reihenfolge zu bringen. Was war da nun genau geschehen? Alle Vampire hatten von ihm getrunken, und er hatte befürchtet, sterben zu müssen – mehr bekam er beim besten Willen nicht mehr auf die Reihe.

Da war noch mehr gewesen, er war sich ganz sicher. Céleste … sie hatte noch etwas gesagt. Etwas, das ihm wichtig erschienen war. Aber so sehr er es auch versuchte, er konnte die Information nicht mehr abrufen. Und am Ende – bevor ihm alles entglitten war – hatte sie Kris' Hand in seine gelegt.

Er war Kris zugeteilt worden. Kris. Nicht Céleste.

Red war darüber zugleich verzweifelt und erleichtert. Er hatte sich so sehr danach gesehnt, dass Céleste von ihm trank, dass es ihm beinahe Tränen in die Augen trieb, wenn er daran dachte, dass sie das nun vermutlich niemals wieder tun würde.

Dennoch hatte er sich in Kris' Dunkelheit so sicher gefühlt. Céleste hatte die richtige Entscheidung getroffen, das spürte Red deutlich. Auch wenn es ihn noch so sehr schmerzte.

Kris beobachtete ihn noch immer aus seinen schwarzen Augen.

»Ich lasse dich gleich wieder allein«, erklärte er, als wolle er Red beruhigen. »Ich wollte nur sicherstellen, dass es dir gut geht.«

Red nickte und zwang ein Lächeln auf sein Gesicht.

»Danke.« Seine Stimme kratzte in seiner Kehle, die rau war, als hätte er tagelang Durst gelitten. »Ich bin in Ordnung, glaube ich.«

»Ja, das bist du«, stimmte Kris zu. Eine Weile betrachtete er Red nachdenklich.

»Ich freue mich, dass du meine Quelle sein wirst«, sagte er schließlich. »Wie Céleste sagte – du bist sehr stark. Vielleicht sogar noch stärker als deine Freundin.«

Red spürte seinen Atem für einen Moment stocken. Richtig! Kris wusste ja von Blue!

»Ich ...« Er biss sich auf die Lippe und brach ab.

»Du bist nur wegen ihr hier, ich weiß.« Kris' Stimme klang sanft. »Wir alle wissen das. Aber das macht nichts.«

Red holte überrascht Luft. »Ihr alle?«, fragte er entgeistert. »Aber wie …«

»Nur die Vampire.« Kris lächelte. »Keine Sorge. Was du den anderen Menschen über dich erzählst, bleibt deine eigene Sache. Aber Céleste hat natürlich mit uns über dich gesprochen.«

Red spürte, wie sich ein Kloß in seiner Kehle bildete.

»Ich … ich muss sie unbedingt finden!«, brach es plötzlich aus ihm hervor, ohne dass er sich dagegen wehren konnte. Mit einem Mal hatte er ein überwältigendes Verlangen danach, die ganze Angst, Sehnsucht und Verzweiflung, die ihn seit Monaten quälten, mit jemandem zu teilen. Kris kannte Blue. Er hatte gewollt, dass sie Teil der *Bloodstalkers* wurde. Er würde ihn verstehen. »Ich habe es ihr versprochen!«

Kris sah ihn nachdenklich an. »Sie bedeutet dir sehr viel«, stellte er leise fest.

Red holte tief Atem. Er konnte keine Worte finden, die beschrieben hätten, wie viel Blue ihm wirklich bedeutete oder was sie für ihn war. Aber Kris schien es auch so zu begreifen. In seinen Augen sah Red die Wärme und das Mitgefühl, das er in den letzten Wochen seit Blues Verschwinden so dringend gebraucht hätte – auch wenn er sich dessen bis eben nicht einmal bewusst gewesen war.

»Ich muss sie finden«, wiederholte er. »Sie muss da draußen noch irgendwo sein. Ich darf nicht zu lange warten, verstehst du? Ich … ich habe Angst … Ich muss …« Er brach ab, bestürzt von den Worten, die sich seinen Hals hinauf nach oben drängten. Beinahe hätte er verraten, dass er plante, wieder fortzugehen! Aber das durfte er natürlich nicht, ganz egal, wie freundlich Kris zu ihm war. Wenn die Vampire davon erfuhren, würden sie Red am Ende nicht helfen. Und Red brauchte diese Hilfe. Unbedingt. Er konnte es nicht allein schaffen.

Kris schien sein Stocken zum Glück nicht zu verwundern. Er antwortete nicht sofort, sondern wandte nur den Blick ab, um aus dem Fenster zu sehen.

»Ich weiß nicht, ob es dich beruhigt«, sagte er schließlich leise. »Aber ich kann dir sagen, dass in Kenneth recht viele wilde Menschen leben. Sie haben ihren eigenen Weg gefunden, sich gegen die Bluter zur Wehr zu setzen und sich vor den Jägern zu verbergen, die sie auf die OASIS bringen wollen. Wenn deine Blue bei ihnen Schutz gefunden hat – dann ist sie mit hoher Wahrscheinlichkeit noch am Leben.«

Red starrte ihn wortlos an. Sein Herz begann, aufgeregt zu pochen. Das war mehr, viel mehr, als er zu hören gehofft hatte. Blue war bei den wilden Menschen in der Stadt. Sie musste einfach dort sein. Red weigerte sich, einen anderen Gedanken zuzulassen.

»Allerdings«, fügte Kris mit ruhiger Stimme hinzu, »wird es dann auch schwieriger, sie zu finden. Wie gesagt, diese Menschen sind darauf spezialisiert, sich vor Vampiren zu verbergen. Und sie sind sehr gut darin.«

Es gelang Red nur mühsam, sich von seiner Euphorie loszureißen. Schwierig! Nichts war zu schwierig, so lange es nicht unmöglich war! Trotzdem nickte er und bemühte sich, vernünftig zu bleiben. Aber sein Entschluss, so schnell wie möglich zu lernen und in der Stadt überlebensfähig zu werden, stand nun umso fester. Schließlich war er kein Vampir. Er würde sie schon finden.

Kris lächelte, als könne er Reds Gedanken an seinem Gesicht ablesen.

»Und natürlich«, fuhr er sanft fort, »erwarten wir von dir, dass du als Allererstes deine Pflichten als Executive der *Bloodstalkers* erfüllst – jetzt, da du endgültig zu uns gehörst.«

Red nickte hastig. Ihm war alles recht, wenn es ihm nur half, Blue bald wiederzusehen.

»Und ... es macht euch gar nichts aus, dass ich nur ihretwegen bei euch bin?«, fragte er vorsichtig. Dieser Gedanke erschien ihm seltsam, nach allem, was er bisher über die *Bloodstalkers* erfahren hatte.

Kris seufzte. »Wir können von euch Menschen nicht erwarten, dass ihr die gleichen Ziele verfolgt wie wir.« Er hob die Schultern. »Um ehrlich zu sein, verhält es sich sogar so, dass kein Einziger von euch aus echter Überzeugung dabei ist. Also hab kein schlechtes Gewissen. Solange du mit vollem Einsatz die Aufgaben der Exekutive erfüllst – mit welchem Ziel auch immer –, bist du bei uns herzlich willkommen.«

Red runzelte verwundert die Stirn. Diese Enthüllung war neu und warf ein völlig anderes Licht auf die Menschen, denen er hier begegnet war. Dann lebten sie also gar nicht bei den *Bloodstalkers*, weil sie für eine Rückkehr der »Alten Zeiten« kämpfen wollten, so wie Blue es immer gesagt hatte? Das erklärte natürlich einiges. Aber was taten sie dann hier?

Red schob den Gedanken beiseite. Welchen Grund auch immer sie hatten; es war nicht seine Sache. In jedem Fall war er dankbar, dass er sich nicht zu verstellen brauchte. Er konnte sich ganz auf sein Ziel konzentrieren – und dafür würde er bereitwillig so viele Bluter auslöschen, wie die Vampire es von ihm verlangten.

Nachdenklich starrte Red auf seine Hände. Unter diesen neuen Umständen war das Leben bei den *Bloodstalkers* vielleicht doch nicht so übel, wie er gedacht hatte.

Und möglicherweise hatte Freiheit auch gar nichts mit Mauern zu tun …

Kris war inzwischen aufgestanden und näher ans Bett herangetreten. »Wenn du möchtest«, sagte er langsam, »können wir zwei miteinander an deiner Schusstechnik arbeiten. Ich denke, es ist wichtig, dass du bald auf Außeneinsätze gehen kannst.«

Red starrte ihn ungläubig an. »Du willst mich trainieren? Ehrlich?«

Kris hob die Schultern. Das Lächeln, mit dem er Red betrachtete, wirkte beinahe mitleidig. »Nun ja, ich denke, mehr kann ich vorerst nicht für dich tun.«

Red war wie vom Donner gerührt. »Danke«, murmelte er. Mehr fiel ihm beim besten Willen nicht zu sagen ein. Vor seinem geistigen Auge sah er Kris, wie er pfeilschnell durch die Luft jagte. Kris, der den Kugeln aus sechs Waffen gleichzeitig ohne Mühe auswich. Wenn er Red nicht beibringen konnte, wie man schoss, wer dann?

Kris hob ein wenig belustigt die schmalen Brauen.

»Zunächst solltest du dich aber noch eine Weile ausruhen«, meinte er und nickte ihm zu. »Du hast heute Nacht viel Blut verloren.«

Widerwillig musste Red ihm Recht geben. Wenn er ehrlich zu sich selbst war, fühlte er sich kaum kräftig genug, um aufrecht zu sitzen. Trotzdem konnte er nichts gegen die Enttäuschung tun, die sich in ihm ausbreitete.

Kris seufzte und ließ sich auf die Bettkante sinken. »Komm her«, sagte er und fasste Red an der Schulter. »Ich denke, ein wenig kann ich dir helfen.«

Ein seltsames Gefühl rann bei seiner Berührung durch Reds Körper. Die Art, wie Kris ihn anfasste, hatte etwas unbestreitbar Intimes an sich. Es verwirrte Red, einem anderen Mann derart nahe zu sein – trotzdem ließ er widerstandslos zu, dass Kris ihn an sich zog. Das ihm mittlerweile bekannte Stechen der Zähne in seiner Haut ließ ihn kurz zusammenzucken. Doch Kris trank nicht, sondern verharrte nur etliche Sekunden bewegungslos, bevor er sich behutsam von Red löste. Und nur wenige Augenblicke später durchströmte Red ein vertrautes Prickeln. Ein Prickeln, von dem er nicht gedacht hatte, dass er es je wieder spüren würde.

»Relacin!«, keuchte er überrascht.

Kris nickte und erhob sich. »Ein Stoff, der im Vampirspeichel enthalten ist. Er beschleunigt die Zellregeneration. Für den Gebrauch in der OASIS wird er synthetisch hergestellt und in Form von Bonbons verabreicht. Aber wozu der Aufwand? Ich bin ja hier. Das echte Relacin ist außerdem weitaus länger wirksam, weil es nicht so schnell abgebaut wird.«

Red wusste darauf nichts zu sagen. Er spürte bereits, wie das Relacin ihn schläfrig machte. Stärker als die Bonbons. Viel stärker.

»Schlaf jetzt besser«, sagte Kris und wandte sich zur Tür. Red konnte ihn lächeln hören. »Morgen sehen wir uns wieder. Und dann erzählst du mir von deiner Freundin.«

Reds Gedanken trieben davon. Er konnte sie nicht festhalten.

Um ihn war es dunkel und warm.

Es gab nichts, wovor er sich fürchten musste.

Er war zu Hause.

Dumpf hörte er noch, wie die Zimmertür sich öffnete und wieder schloss.

Dann hatte der Schlaf ihn eingeholt.

# Kapitel Elf

## The Highest Place, Insomniac Mansion, Kenneth, Missouri

*»Gleichberechtigung von Menschen und Vampiren? Das klingt großartig … Meinst du das wirklich ernst?«*

Die Luft im Turmzimmer war so schwer und dicht, dass man sie mit einem Messer hätte schneiden können. Ein Gewitter hing am Horizont zwischen dem Himmel und der Stadt. Doch über Insomniac Mansion war der Himmel noch blau.

Kris stand auf der sonnigen Seite des Raums, den Rücken gegen die Wand gelehnt. Neben ihm warteten Tony und Hannah darauf, dass die Anführerin der *Bloodstalkers* von Kenneth die Besprechung eröffnete.

Die Schattenseite des Zimmers beanspruchte Céleste für sich allein.

Ihr Haus.

Ihr Privileg.

Kris konnte sich nicht erinnern, dass ihn diese Überheblichkeit früher je gestört hätte. Aber die Zeiten hatten sich geändert.

»Also.« Nicht einmal die Musik in Célestes Stimme konnte die Leichtigkeit in die Schwüle des Nachmittags zurückbringen. Und selbst ihr Lächeln geriet verhalten. »Fangen wir an! Wo stehen wir in diesem Monat? Tony?«

Der riesige Vampir verschränkte die Arme vor der Brust. »Sie machen sich gut«, brummte er. »Bis auf Will und den Neuen sind alle kurz davor, die nächste Leistungsstufe zu erreichen.« Er schwieg einen Augenblick und kniff die Lippen zusammen, als könne er sich nur schwer durchringen, zu sagen, was ihm noch auf dem Herzen lag.

»Und was Sarah betrifft: Ihre Blutqualität hat sich verdammt stark verbessert. Ende des Jahres ist sie soweit.«

Céleste hob interessiert die Brauen. »Ach, wirklich. Ist das so? Dann sollten wir aber schleunigst einen Ersatz für sie finden. Sonst wird sie warten müssen.«

Tonys breite Stirn legte sich in tiefe Falten. Kris ahnte, was er dachte. Mit seinen fast dreihundert Jahren war Tony alt genug, um eine ganze Weile ohne eine Quelle auszukommen. Seine Blutgabe, die Manipulation von Energie, war gut ausgebildet, und er hatte sie vollständig unter Kontrolle.

Er brauchte kein Blut. Nicht unbedingt.

Tony knurrte – ein Geräusch, das dem fernen Grollen des Gewitters in nichts nachstand. »Ersatz oder nicht. Sie ist soweit. Sie kann von Michael trinken, bis wir eine Quelle für sie finden. Warum unnötig warten und sie verbrauchen, so wie …«

»Psst!«

Céleste legte den Finger auf die Lippen. Die schwere Luft vibrierte unter der Kraft ihrer Gedanken. Von einem Augenblick zum nächsten wurde Tonys Miene schlaff. Was immer er noch hatte sagen wollen, verklang ungehört.

Céleste schüttelte mit einem neckischen Lachen den Kopf. »Aber, aber, Tony, du wirst mir doch keine Vorwürfe machen wollen.«

Der Klang ihrer Stimme, plötzlich glockenhell und süß, drehte Kris den Magen um. Hannah neben ihm bewegte sich unruhig. Célestes Kraft war im Augenblick auf keinen von ihnen gerichtet. Aber Kris spürte trotz der Hitze eine Gänsehaut über seinen Rücken kriechen.

»Wir sind uns doch alle einig, dass ich am besten weiß, wann der richtige Zeitpunkt für eine Wiedergeburt gekommen ist. Warum sollen wir uns darüber streiten?« Célestes Augen strahlten in sanftem Licht, während sie sprach. Sie war so freundlich. So herzlich. Und sie hatte so recht …

Er konnte nicht aufhören, so zu empfinden.

*Sie hatte recht.*

Das war das Schlimmste an ihr, dachte Kris und würgte die Übelkeit hinunter. Sie war so mächtig, dass er sich kaum gegen ihren Einfluss wehren konnte, obwohl er wusste, dass er beeinflusst wurde.

Tony und Hannah hatten es leichter. Ihnen geschah es einfach, und sie merkten es erst, wenn es schon längst vorbei war – wenn sie es überhaupt merkten. Aber Kris war vom selben Stamm. Sein Blut trug dieselben Cofaktoren wie das ihre. Seine Gabe war die gleiche, nur weniger entwickelt.

Er *wusste*, was sie mit ihm tat.

Und dass sie ihn eben deshalb an der kurzen Leine hielt. Seit der Sache mit Red erst recht.

»Wir dürfen nicht vergessen«, fuhr Céleste inzwischen fort, »dass die Rekrutierung neuer Mitglieder für die *Bloodstalkers* hier in den USA nicht unser primäres Ziel sein kann – so von Blutern verseucht, wie dieses Land nun leider ist. Diese Aufgabe fällt viel mehr unseren Brüdern und Schwestern in Europa zu, wo es noch deutlich mehr Menschen mit Wahrem Blut gibt. Aber gerade deshalb ist es umso wichtiger, dass wir den richtigen Zeitpunkt abwarten, bevor einer unserer kostbaren Menschen zum Vampir wird. Wir dürfen nichts überstürzen. Wir müssen uns absolut sicher sein, dass ihr Blut auf dem Höhepunkt seiner Kraft ist. Wie viel Potential würden wir sonst verschenken? Das begreift ihr doch, nicht wahr?«

Tony und Hannah nickten. Und auch Kris senkte ergeben den Kopf. Es gab keinen Raum mehr für Widerspruch in ihm. Er hatte ihr zu lange zugehört. Außerdem war es viel zu schwül. Und viel zu hell. Er wollte nur, dass dieses Gespräch endlich vorbei war.

Céleste schloss kurz die Augen. »Gut.« Ihr Atem ließ ihre Lippen erzittern. Selbst für sie war es anstrengend, ihren Einfluss so lange aufrechtzuerhalten, dachte Kris mit bitterer Befriedigung. Hannah und er waren keine Kinder mehr.

»Konzentrieren wir uns also auf das, was *unsere* Aufgabe ist. Machen wir Fortschritte in der Waffenentwicklung?« Céleste hob die Lider. Ihr Blick richtete sich auf Hannah.

Das Mädchen zog die schmalen Schultern nach oben, als könne sie sich dazwischen verstecken. »Also ... ich habe die neuen Revolver ein ganzes Ende leichter hingekriegt als die alten.« Ihre Stimme klang brüchig und viel weniger forsch, als es sonst ihre Art war. »Ich komme bloß mit der Nachlademechanik nicht weiter. Am liebsten will ich so was machen wie das Halbautomatik-System, das es im einundzwanzigsten Jahrhundert gab. Aber man bekommt nirgends mehr vernünftige Informationen darüber ...«

»Natürlich nicht.« Céleste lächelte nachsichtig, und Hannah entspannte sich sofort. »Das liegt alles sicher unter Verschluss beim Parlament. Aber dir wird schon etwas einfallen, davon bin ich überzeugt.«

Kris hörte nicht weiter zu. Es interessierte ihn nicht, wenn Hannah und Céleste über Waffen und Konstruktionsmechanik sprachen. Hannah hatte die Gabe der Anorganischen Manipulation. Sie war diejenige, die Metall, Glas und Stein mit den Händen formen und ihrem Willen gefügig machen konnte. Und sie war auch diejenige, die all die Mechanik durchschaute, die es brauchte, um effiziente Ausrüstung für die Jäger zu bauen. Kris verstand davon nichts. Ihm war es genug, zu wissen, wie man eine Waffe abfeuerte.

Erst als die Stimmen verklangen und er Célestes Blick auf sich fühlte, kehrte seine Aufmerksamkeit in das Turmzimmer zurück. Endlich. Nun konnte die Sitzung nicht mehr all zu lange dauern.

»Was gibt es bei dir Neues, Kris?« Céleste betrachtete ihn aufmerksam.

»Gib mir noch einen Monat.«

Er lächelte schief, als sie überrascht die Brauen hob. Er hatte gewusst, dass es sie beeindrucken würde. Bei aller Überlegenheit war sie in mancher Hinsicht doch berechenbar. »Dann sollte ich soweit sein.«

»Tatsächlich so bald? Das sind hervorragende Neuigkeiten. Dann werden wir wohl dieses Jahr nicht mit leeren Händen nach Paris kommen.«

Kris schüttelte den Kopf. »Ganz sicher nicht. Das kann ich dir versprechen.«

Ein zufriedenes Funkeln war in Célestes Augen getreten. »Großartig. Wirklich großartig. Ich bin sehr gespannt.«

Sie sah in die Runde. »Von meiner Seite aus wäre das dann alles. Gibt es sonst noch etwas, das wir besprechen müssen?«

Schweigen antwortete ihr. Nur das nahende Grollen des Gewitters und die Wolken, die langsam die Sonne verdunkelten, sprachen eine deutliche Sprache.

Céleste nickte. »Dann ist es höchste Zeit, dass wir uns unsere wohlverdiente Ruhe gönnen. Wir werden in einem Monat wieder zusammenkommen. Ich danke euch.«

Kris atmete innerlich auf. Endlich hinaus aus der Hitze.

Aus der drückenden Luft. Und fort von Célestes erstickender Präsenz.

Nacheinander stiegen die Vampire die Wendeltreppe in den zweiten Stock hinab.

Doch erst als sich schon die Tür zu Kris' Zimmer hinter ihm geschlossen hatte und er das Fenster weit aufriss, verschwand auch der letzte Druck, der auf seiner Brust gelastet hatte.

Immerhin. Es hätte schlimmer laufen können.

Und egal wie die Umstände waren, eines zumindest konnte ihm vorerst niemand mehr nehmen.

Dort unten im Garten war Red September.

Und heute würde Kris ihn zum ersten Mal zu sich rufen.

# Kapitel Zwölf

Insomniac Mansion, Kenneth, Missouri

> *»Ich dachte erst, er wäre ein Mensch. Er saß dort, ganz in sich zusammengekauert, und er beobachtete mich …«*

Im Garten unter den riesigen Bäumen war es kaum angenehmer als im Inneren des Hauses.

Red saß am Fuß der Mauer, im hintersten Winkel des Geländes, und wünschte sich, es würde endlich regnen. Aber die schwarzgelben Wolken über ihm grollten ihm nur weiter ihren Unmut entgegen und weigerten sich, ihre Last fallen zu lassen. Weit entfernt war am Horizont Wetterleuchten zu sehen.

Den ganzen Tag über war Red weder Menschen noch Vampiren begegnet, obwohl er seit dem Frühstück ziellos durch das Haus und durch den Garten gewandert war. Es war Freitag – und das bedeutete, heute Abend würde die Exekutive der *Bloodstalkers* zu ihren Außeneinsätzen aufbrechen.

Natürlich ohne Red.

Für ihn gab es nichts zu tun. Und es machte ihn wahnsinnig.

*Red?*

Red fuhr zusammen. Wer hatte das gesagt? Die Stimme war so leise gewesen, dass er sich im nächsten Augenblick schon nicht mehr sicher war, sie wirklich gehört zu haben.

*Ich bin es nur.*

Da war es wieder! Red sprang auf.

*Keine Angst.*

»K … Kris?« Unwillkürlich presste Red die Hand an die

Schläfe und sah sich hastig nach allen Seiten um. »Wo bist du?«

*In meinem Zimmer. Ich warte auf dich.*

Red schluckte trocken. »Ich … ich bin …«

*Keine Hektik.* Die Stimme rann durch seinen Körper wie warmes Wasser. Und jetzt erkannte Red sie auch eindeutig wieder. *Lass dir Zeit. Ich warte.*

Vergeblich versuchte Red, seinen Atem zu beruhigen.

»Ich bin unterwegs«, sagte er und spürte, wie sein Herz nervös zu pochen begann. »Ich komme.«

Und noch bevor er recht begriff, was er tat, machten seine Füße bereits die ersten Schritte zurück in Richtung Haus.

*Das freut mich. Dann sehen wir uns gleich.* Red spürte ein leises, freundliches Lachen in seinem Kopf vibrieren.

Dann war die Stimme verschwunden.

Ein wenig wunderte Red sich selbst, dass er den Weg ins zweite Stockwerk ohne Mühe wiederfand. Der Treppenaufgang und der Korridor lagen im Schatten. Alles war still. Nur die Stufen knarrten, als er behutsam hinaufstieg. Eine der vier Türen auf dem oberen Flur war nur angelehnt. Fahles Licht fiel durch den Spalt.

Unsicher warf Red einen Blick zu der Wendeltreppe am Ende des Gangs. Ob Céleste dort oben war? Sein Instinkt drängte ihn, hinaufzugehen und nachzusehen.

Aber die Anziehung, die von dem schmalen Türspalt ausging, war in diesem Augenblick eindeutig größer.

Mit weichen Knien tappte Red darauf zu.

»Kris?« Mehr als ein Flüstern bekam er nicht heraus.

Im gleichen Moment öffnete sich die Tür, und vor Red stand der Vampir, der ihn gerufen hatte.

Erschrocken zuckte Red zusammen.

»Schön, dass du da bist.« Kris' Zähne schimmerten im schwachen Licht, als er lächelte.

*»Wunderschön. Und dunkel …«*

Blue hatte so recht gehabt.

Red hatte den Vampir noch nicht oft gesehen. Aber er schien ihm jedes Mal schöner zu sein. Und dunkler.

Kris trat zur Seite. »Komm rein.«

Zögernd machte Red zwei Schritte in den Raum. Sein Herz hämmerte nun wie verrückt.

Das Zimmer war groß, aber sparsam eingerichtet. Die wenigen Möbel waren aus schmucklosem, dunklem Holz, und vor dem Fenster bewegten sich dicke Vorhänge im leichten Wind, der draußen aufgekommen war.

»Bitte, setz dich.« Kris deutete mit der Hand auf ein Sofa in einer Ecke des Raums.

Befangen tappte Red über den dicken Teppich und ließ sich vorsichtig auf der Sofakante nieder.

Die schwarzen Augen des Vampirs verfolgten jede seiner Bewegungen.

»Nervös?« Er hob in freundlichem Spott eine Braue.

Red biss sich auf die Unterlippe. Dann nickte er. Sagen konnte er nichts. Seine Kehle war zu trocken. Kris hatte ihn gerufen, weil er von ihm trinken wollte. Soviel war klar. Aber Red war sich nun durchaus nicht mehr sicher, ob dieser Vorgang so angenehm sein würde, wie er es von der Prüfung in Erinnerung hatte. Schließlich war er zu diesem Zeitpunkt schon beinahe ohnmächtig gewesen.

Seine Hände zitterten, und er schwitzte.

Als Kris' Hand seine Schulter berührte, fuhr er heftig zusammen.

»Es wird überhaupt nicht schlimm.« Die Stimme des Vampirs war wie ein weiches, schwarzes Tuch, das sich über Reds aufgewühlte Nerven legte. »Das verspreche ich dir.«

Red sah in stummer Faszination zu ihm auf. Das graue Licht ließ den Kontrast zwischen Kris' schwarzen Augen und Haaren und der fast weißen Haut noch schärfer erscheinen. Die Linien, die seine Züge zeichneten, waren feiner, der dunkle Blick klarer und tiefer, als Red es je bei einem Menschen gesehen hatte.

*Es gibt keinen Grund, Angst zu haben*, sagten die Augen.

Red atmete tief durch.

»Aber bevor wir zum Wesentlichen kommen, würde ich gern noch einige organisatorische Dinge mit dir klären.« Kris ließ sich neben Red in die Polster sinken und griff nach einem Rucksack, der neben dem Sofa gestanden hatte. Behutsam legte er ihn in Reds Schoß.

»Das ist für dich. Deine Grundausrüstung. Da drin sind ein Revolver, ein Halfter und ein Patronengürtel. Noch gehst du nicht auf Außeneinsätze, aber wenn es soweit ist, wirst du diese Dinge brauchen. Außerdem findest du unten in deinem Schrank neue Kleidung – Jeans, Shirts, Pullover, Jacken, Schuhe. Alles, was nötig ist. Wenn du außerdem etwas brauchst, kannst du mich jederzeit danach fragen. In Ordnung?«

Red nickte nur. Er war vollkommen überwältigt. Ein eigener Revolver … Seine Finger krampften sich fest in den groben Stoff des Rucksacks.

Damit konnte er sie retten.

Ein Lächeln huschte über Kris' Gesicht.

»Das reguläre Training findet vormittags von zehn bis zwölf Uhr statt«, fuhr er fort. »Du und ich werden uns dann am Nachmittag wiedertreffen. Von Freitag bis Sonntag ist kein Training. Und du wirst sehen, dass du diese Zeit zur Regeneration brauchst.« Er zwinkerte Red zu.

»Hast du noch Fragen?«

Red schüttelte den Kopf. Unter seinen Fingern konnte er durch den Stoff das kalte Metall der Waffe spüren.

Sein eigener Revolver, wiederholte er in Gedanken.

»Gut.« Kris legte eine Hand auf Reds Schulter. Sein Daumen streifte Reds Hals. »Dann kommen wir jetzt zum angenehmen Teil, einverstanden?«

Augenblicklich schoss Red das Blut in die Wangen. Während ihres Gesprächs hatte er tatsächlich vergessen, warum Kris ihn eigentlich gerufen hatte.

Der Vampir hatte versprochen, es würde nicht schlimm werden. Angst hatte Red trotzdem. Er konnte es nicht abstreiten.

Und Kris wusste es. Verstand es. Red sah es in seinen Augen.

Er nickte schwach.

Kris lächelte sanft. Ein Schleier legte sich über seine Iris, und die Luft um ihn schien zu zittern, als er sprach.

»Wie ist es dir lieber? Am Hals oder am Handgelenk?«

»Am Hals«, murmelte Red, aber es kam nur als gebrochenes Flüstern heraus. Unbehaglich spürte er, wie seine Glieder langsam schlaff wurden und ihm die Kontrolle über seinen Körper verloren ging.

Kris' Hand glitt in seinen Nacken. Die Finger waren kühl und glatt an Reds Haut. Red schloss die Augen und fühlte die Haare des Vampirs seine Wange streifen. Es war sicher leichter, wenn es dunkel war, dachte er.

*Keine Angst.*

Kris würde ihm nichts tun.

Den Stich der Zähne spürte Red kaum. Warme, weiche Schwärze floss in ihn hinein und breitete sich in seinem Körper aus, füllte ihn mit unendlicher Ruhe. Die Zeit entglitt ihm und verlor an Bedeutung, bis sie in der Ewigkeit verschwand. Nah an seinem schlug das Herz des Vampirs, langsam und kraftvoll im Gleichtakt mit seinem eigenen. Red bemerkte nicht einmal, als es vorbei war. Er hätte nicht sagen können, wann Kris aufgehört hatte zu trinken oder wie lange schon er einfach nur so dagesessen hatte, den Kopf an die Schulter des Vampirs gelehnt, der ihn fest an sich gedrückt hielt, als wolle er ihn nie wieder loslassen.

Erst viel später tat er es doch.

Red schwankte im Sitzen und sank gegen die Sofalehne. Vorbei? Das war alles? Mehr nicht?

»Danke«, flüsterte eine Stimme dicht an seinem Ohr.

Polster raschelten. Etwas bewegte sich.

Red wurde von kräftigen Armen gepackt und mühelos in die Höhe gehoben. Nun konnte er Kris' Herzschlag wieder spüren. Allerdings schien er nun viel weiter entfernt.

Verschwommen nahm er wahr, dass der Vampir ihn die Treppe hinunter und die Galerie entlang trug.

Dann wurde er behutsam in sein Bett gelegt und zugedeckt.

»Bis morgen«, sagte Kris leise. Seine Hand strich leicht über Reds Wange und Hals bis zu seinem Schlüsselbein.

Und viel schneller, als er reagieren konnte, war der Vampir wieder verschwunden und das Zimmer leer, bis auf Red selbst, der sich in diesem Moment kaum in der Lage fühlte, auch nur Realität von Traum zu unterscheiden.

Doch auf seinem Bauch lag der Rucksack mit dem Revolver.

Eine kleine Ewigkeit blieb Red reglos liegen, bevor er sich auf die Seite rollte und den Rucksack an seine Brust presste.

Seinen eigenen Revolver.

Das war sein letzter Gedanke, bevor er einschlief.

# Kapitel Dreizehn

Babel Tower Shopping Center, Kenneth, Missouri

*»Du kannst mein Blut nehmen. Es macht mir nichts aus.«*

Sie trafen sich auf dem höchsten Dach der Stadt, weil Céleste sie dort nicht hören konnte.

Es waren die Minuten vor der Dämmerung, bevor die Menschen zu ihren Einsätzen aufbrachen und auch die Arbeit der Vampire begann. Eine kurze Zusammenkunft im schwindenden Tageslicht, weniger zu konspirativen Zwecken als viel mehr zur Entspannung der Gedanken, die sie in den Mauern von Insomniac Mansion so strikt unter Kontrolle halten mussten.

Sie alle schätzten diese vertrauten Momente.

»Du verheimlichst uns was.« Hannah sprach nicht laut, und die Worte wurden ihr vom aufkommenden Nachtwind schnell von den Lippen gefegt. Doch die Anklage war deutlich in ihrer Stimme zu hören. Und auch Tony hatte die Brauen missbilligend gesenkt.

Kris sah schweigend an seinen Freunden vorbei auf den letzten blassgelben Streifen am Horizont. Es hatte einige Zeit gedauert, bis Hannah und Tony ihn bei ihren privaten Treffen geduldet hatten. Bei aller Freundschaft hatte seine Verbindung zu Céleste sie stets abgeschreckt – und er hatte es ihnen nicht verübeln können. Hätte Hannah nicht so energisch für ihn gesprochen, vielleicht hätte Tony ihn niemals akzeptiert. Mittlerweile aber wussten sie alle, dass Kris ein Geheimnis für sich behalten konnte.

Auch heute konnte er das.

Selbst wenn es schwerfiel.

»Warum sagst du nicht einfach, was los ist?« Hannah war ernsthaft wütend. Er erkannte es an der Art, wie sie ihre Hände öffnete und schloss, als wollte sie die stickige Abendluft darin zerquetschen. Es verletzte sie tief, dass er ihr seine Sorgen nicht anvertraute. Kris wusste das, und es tat ihm leid. Er kannte Hannah schon seit der Zeit, in der sie beide noch sterblich gewesen waren. Sie hatten zusammen im Krieg gekämpft. Sie hatte sein Vertrauen verdient. Und schließlich vertraute sie ihm auch.

Aber nicht, wenn es um Céleste ging. Céleste hatte schon immer zwischen ihnen gestanden.

Kris lächelte schwach und gab ihr eine Antwort, von der er wusste, dass sie sie hassen würde. »Wann habe ich das zum letzten Mal getan? Kannst du dich daran erinnern?«

Hannah zischte ärgerlich und kam einen Schritt näher. »Aber wir könnten dir vielleicht helfen!«

Tony legte ihr die Hand auf die Schulter. Seine Fänge leuchteten in dem dunklen Gesicht auf, als er verächtlich die Zähne fletschte. »Lass ihn, Hannah. Ist sicher eine *Familienangelegenheit.*«

Kris spürte, wie sein Lächeln verblasste. Wenn Tony nur gewusst hätte, wie recht er mit seiner Vermutung hatte …

Kris' Familie, zu der auch Red September gehörte, und Chase als Quelle von Céleste ebenso – wenn Tony gewusst hätte, dass Kris plante, diese Familie zu zerschlagen, was hätte er dann wohl getan?

Kris schüttelte den Kopf.

Er wollte es lieber nicht wissen.

»Ich kann es euch nicht sagen«, erklärte er so ruhig wie

möglich und unterdrückte dabei seine Gabe, so gut es eben ging. Er wollte nicht, dass sie glaubten, er versuche sie zu beeinflussen.

Tony stieß ein scharfes Knurren aus, und unwillkürlich ballte sich Kris' Hand in der Hosentasche zur Faust. Sicher war es beleidigend, zu behaupten, jemand wie der riesige Vampir könne sich nicht gegen Célestes Kräfte wehren. Aber Kris hatte oft genug beobachtet, dass genau das der Fall war.

»Ihr werdet es bald sehen«, versprach er leise und bemühte sich, die Drohung zu ignorieren, die in Tonys Kehle grollte. »Aber bitte überlasst mir die Entscheidung, wann es soweit ist.«

Niemand antwortete mehr. Doch der Vorwurf hing noch immer in der Luft zwischen ihnen.

Kris atmete tief durch. Seine Freunde zu belügen war ihm nichts Neues. Neu war nur, dass er sich schlecht dabei fühlte. Und dass sie es diesmal bemerkt hatten. Vielleicht, weil es sie in diesem Fall sehr wohl etwas anging. Weil die Ereignisse in diesem Fall auch sie treffen würden. Sowohl Tony als auch Hannah hatten Céleste Gefolgschaft geschworen. Und auch wenn dieser Schwur unter dem Einfluss der Vampirin stattgefunden hatte, waren die Verhältnisse damit von Anfang an vollkommen klar.

Wenn Kris Céleste den Rücken kehrte, würden sie auf ihrer Seite stehen.

Deswegen konnte er sie nicht einweihen. Heute nicht und auch nicht später. Und sie wussten es.

»Wir sollten uns auf den Weg machen«, schlug Kris vor, als keiner mehr Anstalten machte, noch etwas zu dem Thema zu sagen. »Vor allem du, Hannah. Du weißt, wie früh Chase aufbricht, wenn er in die Dirty Feet geht.«

Hannah presste die Lippen zusammen. »Ja, sicher.«

Kris zwang ein Lächeln auf sein Gesicht und hoffte, dass sie die Entschuldigung annehmen würde. Denn zumindest sie war ehrlich gemeint.

»Wir sehen uns später. Viel Glück für heute Nacht.«

Er nickte auch Tony noch einmal zu – ihm allerdings ohne stumme Bitte um Verzeihung.

Denn von dem riesigen Vampir konnte Kris keine Verzeihung erwarten. Das wusste er.

Sie trennten sich ohne ein weiteres Wort.

Vermutlich würden sie noch über ihn sprechen, dachte Kris, während er das Dach verließ und in den Schatten der nächtlichen Stadt verschwand. Vermutlich hatte er sich mindestens Tonys Vertrauen nun wieder verspielt.

Aber ob sein Plan nun funktionierte oder nicht – wenn es vorbei war, würde es ohnehin keinen Unterschied mehr machen.

Und bis dahin würde er weiter seine Arbeit tun.

Ganz normal.

Ganz wie immer.

Gedankenverloren ließ Kris sich von der Menge erfassen und folgte dem Sog der Masse bis ins Herz der Stadt, wo in einer dunklen Seitengasse bald Claire und Will aus der Kanalisation steigen mussten. Wie jeden Freitag würde Kris ihr Schatten werden, ohne dass sie es merkten. Er würde über sie wachen, während sie in Nebenstraßen und Parkhäusern auf die Jagd nach jungen Blutern gingen und – ohne dass sie es ahnten – nach neuen menschlichen Anwärtern für die *Bloodstalkers* suchten. Menschen ließen sich in diesen Zeiten nur noch von Menschen finden – oder mit einem Kraftaufwand seiner Blutgabe, den Kris sich nicht leisten konnte.

Doch wenn die Jäger sie aus ihrem Versteck lockten, würde er da sein, um herauszufinden, ob sie Wahres Blut in sich hatten. Und natürlich würde er dafür sorgen, dass Will und Claire heil und gesund nach Hause zurückkehrten. Ganz so, wie Hannah und Tony es bei den anderen Jägern taten.

Bald würde auch Red bei ihnen sein, selbst wenn Kris ihn am liebsten für alle Ewigkeit sicher verwahrt auf Insomniac Mansion eingesperrt hätte. Aber das ging nicht. Reds Stärke war sein Wille, seine Freundin zu finden. Man konnte ihn nicht einsperren, ohne ihn zu verderben. Also musste er stärker werden.

Kris lächelte.

Nein, nicht nur stärker. Red würde der stärkste Jäger werden, den die *Bloodstalkers* je gehabt hatten.

Dafür würde er schon sorgen.

# Kapitel Vierzehn

## Insomniac Mansion, Kenneth, Missouri

*»Es tut mir leid, Red. Ich wollte nicht so spät sein.
Aber ich musste ihm einfach zuhören …«*

Das Krachen von Schüssen zerriss die drückende Luft.

Nicht weit von Red entfernt klatschten ein paar Blutstropfen auf die staubige Erde, während er mit hastigen Fingern neue Patronen in die Trommel des Übungsrevolvers lud.

Getroffen.

Nah dran. Aber nicht nah genug.

Er rannte über den Platz und versuchte, sich zu orientieren. Er konnte Kris nicht sehen, und Red rechnete jeden Moment damit, dass er von hinten über ihn herfiel – oder von oben. Theoretisch konnte er von jeder Seite aus angreifen.

Mit gehetzten Blicken sah er sich um. Dann – ein Zischen in der Luft über ihm. Red riss die Waffe hoch und feuerte, noch bevor er erfasst hatte, was dort oben vorging.

Ein Schwall warmen Blutes klatschte direkt in sein Gesicht. Erschreckt kniff Red die Augen zusammen und versuchte hastig, es mit dem Ärmel abzuwischen. Ein Schatten fiel über ihn. Blind und nur mit einer Hand schoss Red erneut und bemühte sich verzweifelt, die verklebten Lider frei zu bekommen. Sein Arm wurde taub von dem Rückstoß, und er war kurz davor, die Waffe fallen zu lassen.

Ein weiterer Schuss, der Klang rasend schneller Schritte – dann prallte ein Körper mit Gewalt gegen ihn und warf ihn einfach um.

Nadelspitze Zähne kitzelten seinen Hals.

Red atmete schwer und spürte, wie Kris' Blut seine Kleider durchtränkte. So viele Treffer. Und keiner davon tödlich.

»Schon wieder tot«, murmelte er.

Langsam richtete Kris sich auf und streckte Red eine Hand entgegen, an der sich gerade die Finger wieder richteten und zusammenwuchsen.

Dankbar nahm Red die Hilfe an. Er war mittlerweile doch außer Atem – an diesem Tag war es bereits das zehnte Mal, dass sie die Übung wiederholten. Und das, nachdem Red sich bereits am Vormittag völlig verausgabt hatte – wie jeden Vormittag, seit inzwischen immerhin fünf Wochen, die er nun schon bei den *Bloodstalkers* war.

Langsam wurde er besser. Er schaffte nun den gesamten Parcours in weniger als zehn Minuten, auch wenn er hinterher immer das Gefühl hatte, auf der Stelle tot umfallen zu müssen. Im Nahkampftraining hatte er selbst gegen Chase bereits den einen oder anderen Treffer landen können, und er steckte auch nicht mehr ganz so viel ein wie zu Beginn seiner Ausbildung.

Auch mit dem Schießen war er anfangs gut voran gekommen. Nach drei Wochen unter Kris' Anleitung hatte er die Puppen aus jeder Entfernung getroffen und in den meisten Fällen theoretisch tödliche Treffer gelandet – so dass Kris entschied, dass er nun soweit sei, sich auch mit einem Moving Target auseinanderzusetzen.

Und an diesem Punkt hatten Reds Probleme angefangen.

Zu Beginn war er noch ganz euphorisch gewesen, weil er gleich im ersten Durchgang zweimal getroffen hatte. Zwar nur in den Bauch und den Oberschenkel, aber nachdem er der festen Überzeugung gewesen war, dass er das nie schaffen könnte, war das für Red ein riesiges Erfolgserlebnis.

Nur leider war es dabei geblieben.

Er traf Kris meistens irgendwo – mal öfter, mal seltener – aber niemals tödlich. Und das seit zwei Wochen, ohne auch nur irgendein erkennbares Anzeichen von Fortschritt.

Langsam begann Red zu verzweifeln.

»Du siehst unzufrieden aus«, stellte Kris fest und betrachtete ihn nachdenklich.

Red presste die Lippen zusammen und schwieg. Natürlich war er unzufrieden. Aber er wollte nicht jammern.

Kris seufzte. »Machen wir Schluss für heute. Es dämmert schon.«

Das stimmte. Aber um genau zu sein, war es schon den ganzen Tag nicht hell geworden. Und obwohl er erschöpft war, konnte Red den Gedanken nicht ertragen, schon wieder erfolglos ins Bett gehen zu müssen.

Er biss die Zähne zusammen. »Eine Runde schaffen wir noch.«

Kris schüttelte den Kopf. »Genug für heute. Du wirst auch in der nächsten Runde nicht besser sein als jetzt.«

Die Worte waren für Red wie ein Schlag ins Gesicht. Nein, dachte er und starrte zerknirscht zu Boden, Kris hatte recht. Er würde niemals besser werden.

Eine Hand legte sich auf seine Schulter.

»Gehen wir ein Stück zusammen«, sagte Kris. »Ich habe noch ein paar Minuten, bevor ich los muss.«

Red hob den Kopf. »Wirst du heute nicht von mir trinken?«

Eine Enttäuschung, die an Panik grenzte, schloss ihre kalte Hand mit festem Griff um seinen Hals. In den vergangenen Wochen hatte er sich nicht nur daran gewöhnt, jeden Abend von Kris als Quelle gebraucht zu werden. Er hatte die schwere Ruhe, die einem Biss folgte, sehr zu schätzen gelernt. Er konnte danach tief und traumlos bis zum Morgen schlafen, ohne sich mit dem Kopf voll quälender Ungewissheit stundenlang von einer Seite auf die andere zu wälzen. Eine Ungewissheit, die ihn inzwischen auch tagsüber nicht mehr losließ.

Kris hob die Schultern und lächelte nachsichtig. »Geduld. Dazu kommen wir noch. Erst möchte ich gern mit dir reden.«

Er nahm Red beim Arm und zog ihn mit sanfter Gewalt mit sich. Red folgte ihm ein wenig widerwillig, auch wenn er mit einiger Erleichterung spürte, wie die Panik sich wieder legte. Trotzdem wäre es ihm lieber gewesen, er hätte einfach schlafen können. Worüber wollte Kris denn reden? Und was würde Reden ihm helfen? Er war nun schon so lange hier, und er war noch keinen Schritt weiter. Er hatte nicht einmal angefangen zu suchen, geschweige denn, dass er Insomniac Mansion jemals verlassen hätte. Red gestand es sich nicht gern ein. Aber der Gedanke an Blue hatte begonnen, ihn aufzufressen.

»Ich möchte heute gegen eine Regel verstoßen«, sagte Kris schließlich, als sie schon eine Weile schweigend unter den hohen Bäumen hindurch gelaufen waren.

Red, der in seine Gedanken versunken auf den Boden gestarrt hatte, sah ihn überrascht an.

»Eine Regel?«

Kris zog einen Mundwinkel in die Höhe, als versuche er zu lächeln, ohne es wirklich zu wollen. »Eine ungeschriebene Regel«, bestätigte er ruhig. »Ich denke, es ist nötig. Ich möchte dir etwas über Chase erzählen.«

»Chase?« Red runzelte die Stirn. Was hatte Kris denn mit

Chase zu tun? Chase war Célestes Quelle, so viel war Red inzwischen klar. Ein Umstand, um den er ihn noch immer ein wenig beneidete. Ohnehin war Chase ihm in so vielem überlegen, dass Red gerade in diesem Moment wirklich nicht über ihn reden wollte. Er hatte das in den letzten Wochen immer wieder aus erster Hand feststellen dürfen, und er nahm es mit einer wachsenden Bitterkeit zur Kenntnis, gegen die er nichts tun konnte. Chase war immer der Schnellste, immer der Stärkste, egal, ob im Team oder solo, ob auf dem Parcours oder im Nahkampf. Im Umgang mit dem Revolver wurde er nur von Bruce übertroffen, und selbst das nur um Haaresbreite. Er war alles, was Red sich zu werden wünschte, was er werden *musste*, um endlich nach Blue suchen zu können. Und trotzdem, gleichgültig, wie sehr Red sich bemühte, Chase schien immer einen Schritt voraus zu sein, während Red selbst an seiner eigenen Unfähigkeit zu verzweifeln drohte.

Und nun schien sogar Kris ihn als leuchtendes Vorbild hervorheben zu wollen. Noch vor wenigen Minuten hätte Red es nicht für möglich gehalten, dass seine Laune noch tiefer sinken konnte. Jetzt aber erkannte er, dass es in ihm Abgründe gab, von deren Existenz er nicht einmal geahnt hatte.

Kris' Hand war noch immer an Reds Arm.

»Ich gehe davon aus, dass er dir seine Lebensgeschichte noch nicht erzählt hat«, sagte er. Es klang allerdings mehr wie eine Feststellung als wie eine Frage.

Red presste die Lippen zusammen. »Hätte er sollen?«

Kris hob die Brauen. »Wie vertraut ihr miteinander werdet, überlasse ich ganz eurer eigenen Entscheidung. Ich halte es nur in diesem speziellen Fall für sinnvoll, ihn als Beispiel heranzuziehen.«

Red spürte, wie sich eine steile Falte zwischen seinen Brauen bildete, aber er sagte nichts. Am liebsten hätte er bitter gelacht.

»Ich sage das deshalb«, fuhr Kris ernst fort, »weil ich den Eindruck habe, dass ihr euch ähnlicher seid, als du vielleicht denkst. Und Chase hat vor nicht allzu langer Zeit einen schweren Fehler begangen, von dem ich nicht möchte, dass du ihn wiederholst.«

Red horchte auf. Einen Fehler? Also vielleicht doch kein leuchtendes Beispiel?

Sein erster Tag auf dem Schießplatz fiel ihm wieder ein, der im Lauf der vergangenen Wochen in einem rauschenden Fluss von Übungen, Erschöpfung und Frustration untergegangen war. Red erinnerte sich an Tonys scharfen Blick – und daran, wie Sarah später am Abend ihre Stimme gesenkt und nervös zu Chase hinüber gespäht hatte, als sie über die Namen der Bluter sprachen. An jenem Abend war Red noch neugierig gewesen, was es damit wohl auf sich hatte. Aber dann hatte er es über all den anderen Ereignissen, die ihn beschäftigten, einfach vergessen.

»Es wird dir nicht entgangen sein, dass Chase sehr ehrgeizig ist. Mindestens so ehrgeizig wie du.« Kris warf einen Blick zum Himmel, als wolle er den Stand der Sonne überprüfen, obwohl diese sich schon den ganzen Tag hinter einer dicken Wolkendecke verbarg. Es war spät am Nachmittag. Die Tage wurden bereits merklich kürzer. Bald würde es dunkel sein. »Und ich sagte ja schon einmal, dass keiner von euch Menschen hier bei uns ist, weil er die Ideale der *Bloodstalkers* durchsetzen möchte. Damit meine ich auch – vielleicht sogar vor allem – unseren Freund Chase. Vermutlich hatten wir noch nie einen Executive bei uns, dem unsere Ziele so gleichgültig waren. Für Chase gibt es nur eins, was er will. Und das ist, stark zu sein.«

Er machte eine Pause und sah zu Red hinüber. Aber er hätte sich Reds Aufmerksamkeit nicht zu versichern brauchen. Denn obwohl seine Laune noch immer auf einem Tiefpunkt war, hatte Red doch das dringende Gefühl, dass das, was Kris ihm hier zu sagen hatte, wichtig war. Und was Chase für einen fürchterlichen Fehler gemacht hatte – das interessierte ihn auch.

Kris sah ihn einen Moment lang schweigend an, bevor er leicht den Kopf schüttelte und in seiner Erzählung fortfuhr.

»Er kam zu uns, als er noch sehr jung war. Zwölf Jahre alt mag er gewesen sein, nicht mehr. Niemand außer Chase selbst weiß, woher er von den *Bloodstalkers* erfahren hat. Er stand einfach eines Tages vor unserem Tor, dieser kleine Junge – ohne jede Angst – und bat uns, ihn stark zu machen. Wenn wir wollten, könnten wir seine Seele dafür haben.«

Kris schwieg eine Weile, und Red konnte sehen, dass er an diesen Tag zurückdachte.

»Natürlich war das Unsinn«, fuhr er endlich fort. »Für uns Vampire sind Seelen genau so wenig greifbar wie für jeden Menschen. Was also sollte uns so ein Tausch bringen? Aber letztendlich kam es doch zu einem Handel. Denn sein Blut war für einen so jungen Menschen sehr stark. Und Céleste beschloss, ihn zu ihrer persönlichen Quelle zu machen, obwohl sie so alt ist, dass sie eigentlich kaum noch Blut braucht.

Der Junge wuchs bei uns auf, und Michael, der damals schon ein Executive war, kümmerte sich um ihn. Je älter er wurde, desto herausragender traten seine körperlichen Stärken hervor. Aber wir haben nie aus ihm herausbekommen, was sein Anreiz für dieses harte Training ist. Chase ist voller Widersprüche. Er hat große Schwierigkeiten, mit anderen Menschen zurechtzukommen – und trotzdem würde er ohne Zögern jederzeit sein Leben für euch einsetzen. Dass Sarah heute bei uns ist, verdankt sie ihm. Ohne Chase wäre sie nun eine Bluterin. Er hat sie auf einem seiner Außeneinsätze gerettet.« Kris lächelte schief. »Ich bin mir sicher, dass er sehr genau weiß, wie dankbar Sarah ihm dafür ist. Aber er weiß diese Dankbarkeit einfach nicht zu schätzen.«

Kris brach ab und schüttelte den Kopf.

»Verzeih, ich schweife ab. Um auf den Punkt zu kommen: Chase und du, ihr beide habt eure eigenen Gründe, um unbedingt immer stärker werden zu wollen. Und auch wenn ihr die Natur dieser Gründe vor den anderen geheim haltet, rufen sie doch einen großen Ehrgeiz in euch wach. Das ist es, was euch so ähnlich macht. Und deswegen glaube ich, dass es nur von Vorteil für dich sein kann, wenn du erfährst, dass Chase sich vor einigen Jahren ganz gewaltig überschätzt hat, genau wie du es manchmal vorhast.«

Red öffnete den Mund, um zu widersprechen. Doch Kris hob die Hand, noch bevor er auch nur einen Ton hervorbringen konnte.

»Ich habe dich gesehen. Du stehst vor der Tür in der Eingangshalle und denkst darüber nach, ob du nicht doch schon genug gelernt hast.«

Red schwieg betreten. Kris hatte recht – er hielt sich ziemlich häufig dort auf und dachte an den Tag zurück, an dem er gemeinsam mit Hannah auf Insomniac Mansion angekommen war. Und obwohl er bisher immer zu der Einsicht gelangt war, dass er dort draußen in Kenneth, ganz auf sich gestellt, keine Chance hatte, hätte er nicht darauf schwören können, dass er sich von dieser Einsicht noch lange aufhalten lassen würde.

»Ihr Menschen könnt nichts gegen ältere Bluter ausrichten«, fuhr Kris derweil mit eindringlicher Stimme fort. »Merk dir das, Red: Nichts. Nicht mal ein bisschen. Chase hat es trotzdem versucht. Und wäre ich nicht zufällig dort gewesen – dann wäre nicht nur Janet, sondern auch Chase ein Opfer dieses Bluters geworden.«

»Janet …«, murmelte Red. Eine Gänsehaut kroch plötzlich über seine Arme.

Kris nickte düster. »Sie war eine talentierte Executive. Und Chase hat es nicht fertig gebracht, sie auszulöschen, bevor sie zum Vampir wurde.«

Red schwieg. Er wusste einfach nicht, was er zu dieser Geschichte sagen sollte. Wahrscheinlich hätte er ähnlich gehandelt. Das musste er sich eingestehen, auch wenn es ihm schwerfiel, sich die Situation vorzustellen.

Kris' Griff an seinem Arm wurde stärker, und er blieb stehen, um Red eindringlich ansehen zu können. »Verstehst du, was ich dir damit sagen will? Du darfst dich selbst nicht überschätzen oder zu voreilig nach vorn rennen. Du wirst besser werden, auch wenn es dir nicht so vorkommt. Hab Geduld, Red. Du darfst nicht zu viel an deine Ziele denken. Du musst dich auf dich selbst konzentrieren! Denk immer daran! Wenn deine Blue noch dort draußen ist, dann wird sie auf dich warten.«

Red nickte stumm. Doch die Zweifel bohrten noch immer in ihm – obwohl er sich so sehr wünschte, Kris' Worten einfach glauben zu können. Blue würde auf ihn warten. Ja, vielleicht. Aber Red wollte nicht mehr warten. Er wollte sie endlich wiedersehen!

Der Vampir legte ihm sanft die Hand auf die Schulter. »Ich weiß, es ist schwer.«

Überrascht sah Red auf. Kris' Stimme hatte sich verändert. Sie klang dunkler, weicher.

»Aber wenn du Erfolg haben willst, dann musst du mir jetzt vertrauen.«

Red hatte das Gefühl, als rinne warmes Wasser über seine Haut, und er spürte, wie seine Verzweiflung zumindest ein wenig schwand. Ja, er vertraute Kris. Es würde am besten sein, wenn er auf dem Weg blieb, auf dem der Vampir ihn führte …

Kris lächelte sein schiefes Lächeln.

»Es ist fast Zeit«, sagte er. »Die Nacht kommt. Ich bringe dich zurück. Und wenn du nichts dagegen hast, dann werde ich noch von dir trinken, bevor ich gehe.«

Red schüttelte den Kopf und ließ bereitwillig zu, dass Kris ihn auf den Rücken nahm, um ihn durch die Luft zurück zum Haus und in sein Zimmer zu tragen.

Nein, er hatte nichts dagegen. Überhaupt nichts.

Doch als Kris ihn in sein Bett legte, Red die inzwischen vertrauten Zähne an seinem Hals spürte und die Dunkelheit sich in seinem Körper ausbreitete, fiel ihm am Rand des Schlafes noch eine Frage ein, die er schon lange hatte stellen wollen.

»Warum gehst du immer, wenn es Nacht wird?«, murmelte er und hatte schon Schwierigkeiten, die wenigen Silben über seine Lippen zu bringen.

Durch die Schleier vor seinen Augen sah er Kris lächeln.

»Ich hatte gehofft, dass du das irgendwann fragst«, sagte er sanft. »Aber darüber reden wir ein anderes Mal. Jetzt schlaf.«

Er streckte den Arm aus. Eine kühle Hand legte sich über Reds Augen.

Die Dunkelheit fiel über ihn.

Und Red schlief.

Mit dem nächsten Morgen kam das Wochenende – die drei kostbaren Tage, an denen Red ein wenig Zeit hatte, seine müden Knochen und Muskeln zu erholen. Kris hatte Recht behalten, das hatte er schnell einsehen müssen: Er brauchte die Regenerationszeit. Aber immerhin war ihm jetzt klar, warum die anderen Menschen ihm zu Anfang so weit überlegen gewesen waren. Seit er Kris als Quelle diente und der Vampir jeden Abend von ihm trank, fühlte Red sich stärker und belastbarer als je zuvor in seinem Leben. Er vermutete, dass das mit der regelmäßigen Relacinzufuhr über den Vampirspeichel zusammenhing. Am Wochenende jedenfalls, wenn er Kris nicht sah, war Red immer sehr matt und träge und hätte am liebsten nichts getan, als den ganzen Tag im Bett oder auf dem Sofa zu verbringen.

An diesem Freitag jedoch war er unruhig. Er war mit dem merkwürdigen Gefühl aufgewacht, etwas enorm Wichtiges sei passiert, das ihn auf die Füße drängte und ihm keine Ruhe ließ, wie sonst bis mittags liegen zu bleiben.

Während er über die Galerie und die Treppe hinunter in die Küche ging, versuchte er zu benennen, was ihn so kribbelig machte. Doch er konnte es nicht fassen. Was war denn gestern gewesen? Morgens sein Training. Nachmittags die Übungen mit Kris … Nein. Er kam nicht darauf. Wahrscheinlich hatte er nur schlecht geträumt, ohne sich daran erinnern zu können.

Als Red die Küche betrat, fand er sie verlassen vor, aber

das verwunderte ihn nicht besonders. An den trainingsfreien Tagen stand niemand vor zehn Uhr auf. Und dass er so früh hier war, überraschte Red selbst.

Er schaltete die Kaffeemaschine an, setzte sich an den Tisch und lauschte dem friedlichen Blubbern und Zischen, das die morgendliche Stille füllte. Und während er noch den Staubkörnern zusah, die in den schrägen Strahlen der Morgensonne tanzten, kamen plötzlich mit aller Gewalt die Gedanken an die Farm zurück. Damals war er jeden Morgen so früh aufgestanden – wie lang das her zu sein schien! Ein Felsbrocken schien mit einem Mal auf seiner Brust zu liegen, als Red klar wurde, wie weit er sich innerlich schon von seinem alten Leben entfernt hatte. Wie gern war er mit Blue in den frühesten Morgenstunden über die schlafende Farm gewandert! Beinahe jeden Tag hatten sie das getan, weil in diesen stillen Momenten die Welt ihnen ganz allein gehörte. Sie hatten gemeinsam gelacht, geredet oder geschwiegen. Und immer wieder waren sie vor der Mauer stehen geblieben.

Red stützte den Kopf schwer in die Hände und zuckte unwillkürlich zurück, als seine Finger die kurzen Haare streiften, die in den vergangenen Wochen dort gewachsen waren.

Braun.

Red hatte nicht gewusst, dass seine Haare braun waren.

Aber hier schor sie ihm niemand. Nicht einmal er selbst.

Weil er nicht mehr der war, der von der Farm geflohen war. Er gehörte nicht mehr dazu. Denn er hatte nun einen Namen. Der einzige Red September.

*Blue*, dachte er, *du hattest recht. Namen sind wirklich etwas ganz Ungeheuerliches.*

Denn der Red auf der Farm hatte sich selbst gekannt, hatte sich selbst im Spiegel sehen können, wann immer er einem anderen Menschen ins Gesicht sah.

Hier musste er einzigartig sein.

Und es fiel ihm furchtbar schwer.

Red schluckte und versuchte, den Kloß hinunterzuwürgen, der mit einem Mal in seiner Kehle saß. Die Farm … in diesem Moment wollte er sie so sehr zurück, dass es schmerzte. Die Wohnblocks mit ihren Türen in den verschiedenen Farben, die bestimmten, wie man ihre Bewohner rief. Die riesigen Parks und Sportplätze. Die Vampire, die für die Menschen kochten, für ihre Kinder sorgten, ihnen jeden zweiten Tag die Haare schoren und ihnen Kleidung gaben.

Und die Menschen, die keine Namen hatten.

Wenn er nun aufstand und dieses Haus verließ, die *Bloodstalkers* verließ, dann würden sie ihn sicher finden und zurückbringen, dachte Red und wäre am liebsten sofort losgestürmt. Es war bestimmt noch nicht zu spät … und er könnte sich seine Erinnerung an all das hier löschen lassen. Die Ärzte auf der Farm taten das mit den Menschen, die sie manchmal von draußen hereinbrachten. Sie würden es auch für ihn tun, wenn er darum bat …

*Selbst die Erinnerung an Blue.*

Hilflos ballte Red die Hände zu Fäusten und starrte auf die Tischplatte. Mit einem Mal war ihm schlecht, und er stand mit einem Ruck auf, um die Kaffeemaschine wieder auszuschalten. Der Geruch weckte in ihm den Drang, sich zu übergeben.

Als sich hinter ihm die Tür öffnete, drehte Red sich erschreckt um.

Will betrat mit schlurfenden Schritten die Küche. Seine

Haare waren zerwühlt und seine Augen vom Schlaf verquollen, und er trug noch seine gestreifte Schlafanzughose.

»Morgen«, murmelte Red. Er fühlte sich ertappt, auch wenn er nicht wusste, wobei.

Will gähnte mit weit aufgerissenem Mund. »Morgen ... So früh schon auf?«

Red hob die Schultern. »Du auch.«

Will schlurfte zur Kaffeemaschine und goss sich aus der halbvollen Kanne eine Tasse voll. Dann ließ er sich schwer auf einen der Stühle am Küchentisch sinken.

Zögernd ließ auch Red sich wieder am Tisch nieder. Eigentlich hatte er keine Lust auf Gesellschaft. Aber jetzt einfach wieder zu gehen, hätte ihm nur wieder Misstrauen eingebracht.

Eine ganze Weile saßen sie sich schweigend gegenüber. Nur gelegentlich war ein Schlürfen zu hören, wenn Will an seinem Kaffee nippte.

»Du bist ganz schön blass heute«, sagte Will plötzlich. Seine Stimme klang in der stillen Küche erschreckend laut. »Geht es dir nicht gut?«

Red hob überrascht den Kopf. In der ganzen Zeit, in der er hier war, hatte ihn noch nie jemand gefragt, wie es ihm ging. Andererseits war Will aber auch noch nie wirklich unfreundlich zu ihm gewesen. Er sagte ja grundsätzlich nicht viel. Meistens war er mit Claire zusammen und hielt sich in ihrem Hintergrund – obwohl nicht einmal Claire selbst ein Mensch war, der sich gern in den Mittelpunkt stellte. Die beiden waren ein Paar, soviel hatte Red schon mitbekommen. Sonst wusste er eigentlich nichts über sie. Aber er fühlte sich in gewisser Weise mit Will verbunden, weil auch er eine Quelle von Kris war. Mit ihm konnte er vermutlich offener reden als mit jedem anderen Menschen hier in Insomniac Mansion.

Red kaute ein wenig unschlüssig auf seiner Unterlippe. Sollte er Will von Blue erzählen? Etwas in ihm sträubte sich dagegen.

»Also … es ist so … nein, eigentlich nicht.« Er starrte auf seine Hände. Seine Haut war wirklich fast weiß. Wenn er im Gesicht genau so aussah, war es kein Wunder, dass es Will aufgefallen war.

»Willst du darüber reden?«

Reden. Fast hätte Red gelacht. Wieso wollten plötzlich alle mit ihm *reden*? Gestern Kris, heute Will … Als ob ihm das hätte helfen können.

Reds Gedanken stockten für einen Augenblick.

Wieso denn eigentlich nicht? Will war doch schon oft in der Stadt gewesen. Vielleicht konnte er ihm *doch* helfen.

Reds Herz begann vor Aufregung schneller zu schlagen. Natürlich! Warum war er nicht früher darauf gekommen?

»Ich …« Er holte tief Luft. »Wenn du in Kenneth nach einem Menschen suchen wolltest, wo würdest du dann anfangen?«

Will hob verwundert die Brauen. Dann wurden seine Augen schmal.

»Es war nicht Kris, der dich gebeten hat, danach zu fragen, oder?« Seine Stimme klang plötzlich wieder misstrauisch.

Red schüttelte hastig den Kopf. »Nein, nein«, beeilte er sich zu versichern, obwohl er nicht ganz verstand, was so schlimm daran gewesen wäre. »Ich … also, ich muss dringend jemanden finden. Kris hat mir nur erzählt, dass in der Stadt Menschen leben. Sonst hat er damit nichts zu tun.«

Will nickte langsam. Doch Red sah, dass er nicht überzeugt war. »Verstehe. Aber ich glaube nicht, dass ich dir dabei helfen kann.«

Red atmete tief durch. Will machte nicht den Eindruck, als hätte er die Absicht, irgendetwas von seinem Wissen preiszugeben – falls er überhaupt welches hatte. Der unverhohlene Argwohn in seinen Augen machte Red wütend. Er hatte ganz vergessen, wie schwer es war, auf Insomniac Mansion Antworten zu bekommen – wenn er nicht gerade mit Kris sprach. Der Vampir war niemals ausweichend, wenn Red ihn etwas fragte. Aber da war er auch der Einzige. Red war nun froh, dass er Blue noch nicht erwähnt hatte. Ihm war auch sämtliche Lust vergangen, Will noch weitere Fragen zu stellen.

Will sah ihn derweil noch immer unverwandt an. Schließlich seufzte er schwer – und Red hatte den seltsamen Eindruck, dass seine Augen dabei ein wenig dunkler wurden.

»Du musst besser auf dich aufpassen, Red«, sagte er und hob die Schultern – schwerfällig, als würde eine Last darauf liegen. »Es ist nicht gut, Kris zu genau zuzuhören.«

Verblüfft sah Red ihn an. Was waren das denn nun für neue Töne?

»Wie … wie meinst du das?«

Will hob die Brauen. »Er ist ein Vampir«, erwiderte er, als würde das alles erklären. »Vertraust du ihm etwa?«

Red spürte, wie zwischen seinen Brauen eine steile Falte entstand. Ja, dachte er, eigentlich war das der Schluss, zu dem er gestern erst gekommen war. Aber das schien in diesem Fall nicht die richtige Antwort zu sein.

»Du nicht?«, fragte er stattdessen zurück.

Will antwortete nicht sofort. Für einige Sekunden starrte

er nur mit leerem Blick in seinen Kaffee. Dann aber schüttelte er den Kopf – und als er den Blick hob, konnte Red Zorn darin sehen. »Wie sollte ich.« Wills Stimme klang plötzlich bitter – so bitter, dass es Red ein wenig erschreckte.

»Er lässt mich mit Blut für meine Sicherheit bezahlen und verlangt dann von mir, dass ich mich Woche für Woche in Lebensgefahr begebe – und das für eine vollkommen sinnlose Aufgabe! Was für ein Beweis seiner Vertrauenswürdigkeit soll das sein?«

Red runzelte die Stirn. So hatte er das noch nie betrachtet. Aber vielleicht, dachte er, übertrieb Will auch einfach. Er selbst zumindest hatte es als selbstverständlich angesehen, dass die Vampire für ihre Hilfe etwas von ihm verlangten. Und ob das in seinen Augen Sinn ergab oder nicht – das war doch eigentlich unwichtig.

Will atmete tief durch. Ein Teil der Anspannung schien dabei von ihm abzufallen. Ein schmales Lächeln erschien auf seinem Gesicht, aber es wirkte kein bisschen fröhlich.

»Glaub mir, Red ... ich weiß, was du meinst, wenn du sagst, du vertraust ihm. Ich *will* ihm nicht mal vertrauen. Aber er ist ein *Vampir*! Wenn er vor mir steht und mit mir spricht, dann muss ich ihm zuhören. Dann muss ich ihm alles glauben, was er sagt. Verstehst du, was ich meine, Red? Das ist es, was mir Angst macht. Dass dieser Vampir so viel Macht über mich hat, dass ich nicht mal über meine Gedanken selbst bestimmen kann.« Er hatte seine Stimme gedämpft und sah sich nervös um, als fürchte er, von unsichtbaren Ohren gehört zu werden. »Fürchtest du dich denn nicht davor? *Durch den Pakt des Blutes an ihn gebunden und ihm zu Diensten.* Das ist es doch, was Céleste gesagt hat, oder nicht? Bei dir ist es doch noch nicht so lange her.«

Red spürte, wie sich die Härchen in seinem Nacken mit einem Mal kribbelnd aufrichteten. Will sprach von der Prüfung! In den vergangenen Wochen hatte Red immer wieder versucht, sich an den Rest dieser Nacht zu erinnern – an Célestes Worte, als sie Kris' Hand in seine legte. Aber es war ihm nie gelungen. Und nun sprach Will davon! Konnte es das gewesen sein, was sie gesagt hatte?

»Ehrlich gesagt: Ich weiß es nicht mehr«, murmelte er.

Will neigte sich ein Stück nach vorn und starrte Red eindringlich an. »Aber ich weiß es«, flüsterte er. »*Durch den Pakt des Blutes an ihn gebunden und ihm zu Diensten. Als Quelle des Uralten sein williges Eigentum.* Keine Freiheit, Red. Céleste hat dich belogen. Aus diesem Vertrag kommen wir nur tot wieder heraus.«

Red schluckte trocken. Er fühlte sich plötzlich krank. War das wirklich wahr? Er sollte Kris' Eigentum sein? Nachdem Céleste ihn dazu beglückwünscht hatte, endlich frei zu sein? Das ergab doch keinen Sinn!

Er starrte Will entgeistert an, unfähig, etwas zu sagen.

Doch Will hatte sich bereits zurückgezogen, sein Gesicht verschlossen, als fürchte er, zu viel gesagt zu haben. Er wirkte plötzlich wieder sehr müde. Wortlos stand er auf und ging zur Tür. Erst auf der Schwelle drehte er sich noch einmal um.

»Pass auf dich auf, Red«, wiederholte er leise.

Dann war er verschwunden, genau so schnell, wie er aufgetaucht war.

Red sah ihm schweigend nach. Es dauerte eine ganze Weile, bis seine vom Schock wie gelähmten Gedanken wieder in Gang kamen.

Er wollte es einfach nicht glauben.

Red stützte den Kopf schwer in die Hände. Warum nur

schien hier keine Information zur anderen zu passen, egal, wie viele er auch bekam? Hatte Will die Wahrheit gesagt? Hatten die Vampire ihn belogen? Oder waren Wills Gedanken nur vergiftet von der Verbitterung, die über Jahre in ihm gewachsen sein musste, und hatte er deshalb etwas falsch verstanden? War es möglicherweise eine Mischung aus beidem?

Red wusste es nicht. Und seinem Ziel, Blue zu finden, war er im Grunde auch nicht einen Fingerbreit näher gekommen.

Doch zumindest ein Wunsch war nun wieder blasser geworden: der Wunsch, auf die Farm zurückzukehren. Wegzulaufen. Die Erinnerung auslöschen zu lassen. Red wollte sich von niemandem mehr in seinem Kopf herumpfuschen lassen.

Lange saß er noch allein in der Küche und dachte über das nach, was er gerade gehört hatte. Schließlich kam er nach einer quälenden Stunde angestrengten Grübelns zu einem Entschluss. Er würde von jetzt an Augen und Ohren weit offen halten. Vor allem, wenn er mit Kris sprach. Er würde die Warnung ernst nehmen. Vielleicht fiel es ihm dann leichter, zu sagen, ob er ihm vertrauen konnte oder nicht.

Mit dem Kopf noch immer voller wirrer Gedanken machte Red sich auf den Weg nach draußen, um – trotz Freitag und trotz schmerzender Knochen – auf dem Parcours zu trainieren.

Wem auch immer er sich am Ende entscheiden würde zu glauben, es war besser, wenn er dann bereit war. Bereit, um sich auf die Suche zu machen.

# Kapitel Fünfzehn

## Insomniac Mansion, Kenneth, Missouri

*»Sei nicht traurig. Du wirst sehen, wie schnell die Zeit vergeht. Und dann wird alles so viel besser sein als jetzt …«*

»Bruce mit Michael, Claire mit Will. Red und Chase – Sarah solo! Auf, auf, kommt in die Gänge, aber ein bisschen plötzlich!«

Regen prasselte auf den Platz und wühlte den Sand auf. Unter Reds Füßen gab der Matsch mit einem schmatzenden Geräusch nach, als er auf die Bahn lief wie so viele Male zuvor. Dicke Tropfen klatschten auf seinen Kopf und seine Schultern und rannen in seine Augen. Neben sich konnte er Chase kaum sehen, obwohl er nicht mehr als eine Armeslänge Abstand von ihm hatte. Hinter sich hörte er Sarahs rhythmischen Atem. Vor ihm war niemand.

Reds Herz hämmerte vor Aufregung. Tonys Aufruf hatte ihn unerwartet getroffen. Er hatte noch nie mit Chase ein Team gebildet. Und Red war auch noch nie vorn gelaufen. Leer und grau lag der Parcours vor ihm, und er hatte das Gefühl, dass die weite Fläche vor seinen Augen auch seine Schritte raumgreifender werden ließ, während die Geräusche der anderen Menschen hinter ihm ihn wie Trommelschläge antrieben und den Takt seiner Schritte vorgaben.

Gleich zu Anfang der beiden Eingangsrunden zog Chase das Tempo scharf an. Nasser Sand spritzte unter ihren Füßen. Mit zusammengebissenen Zähnen bemühte sich Red, auf dem rutschigen Untergrund mit Chase Schritt zu halten. Sarahs Atem verlor sich im Rauschen des Regens, als sie ein

Stück hinter ihnen zurückblieb. Ein euphorisches Kribbeln zog durch seinen Körper, und Red wurde klar, diesmal wollte er vorn bleiben. Er durfte jetzt unter keinen Umständen zurückfallen – dieses Gefühl wollte er nicht verloren geben.

Er war sich sicher, die Eingangsrunden nie so schnell gelaufen zu sein wie heute, als sie sich der letzten Kurve näherten. Red wagte nicht, sich umzusehen, aus Angst, aus dem Takt zu kommen.

Schweiß mischte sich mit dem Regen.

»Du vor!«, hörte er plötzlich Chase' Stimme neben sich zischen. Reds Blick zuckte unwillkürlich zu ihm hinüber, und fast wäre er stehen geblieben vor Überraschung.

Auf Chase' Gesicht lag ein verbissenes, triumphierendes Grinsen. »Ich mach dich fertig, wenn du meine Zeit versaust.«

Red keuchte fassungslos.

Chase stieß ein kurzes, tonloses Lachen aus.

»Lauf!«

Und Red lief. Er hätte es nicht für möglich gehalten, dass er in der Lage sein könnte, das Tempo noch zu erhöhen – aber er konnte. Chase war nur einen Schritt hinter ihm, auch er atmete schwer, und Red hatte das Gefühl, vor ihm fliehen zu müssen. Schneller lief er. Und noch schneller.

Der Graben kam in Sicht. Reds Herz begann zu flattern. Egal, wie viel er geübt hatte, diese Stelle bereitete ihm immer noch Schwierigkeiten. *Nur nicht fallen*, dachte er, *jetzt nur nicht fallen!* Denn Chase, das wusste er, meinte es ernst.

»Denk nicht!«, fauchte Chase hinter ihm. »Lauf!«

Red lief.

Erreichte den Graben.

Der erste Schritt auf dem Steg, der zweite …

Dann vibrierte die schmale Planke, als Chase ihm folgte. Red schwankte, und für einen schrecklichen Moment verlor er das Gleichgewicht – als eine Hand ihn grob in den Rücken stieß und nach vorn schleuderte.

Strauchelnd kam er auf dem gegenüberliegenden Ufer auf und sah Chase an sich vorbeispringen. Vorlaufen. Ihn zurücklassen. Red kniff die Lippen zusammen und rannte weiter, während er sich bemühte, in den Rhythmus seiner Schritte zurückzufinden. Das Atmen begann in seinen Lungen zu schmerzen, doch er ignorierte es. Er würde jetzt nicht aufgeben!

Kurz vor der Mauer holte er Chase ein. Steil ragte die Wand vor ihm auf. Im Klettern war er gut.

»Gleichzeitig!«, keuchte Chase.

Red sprang. Seine Finger fanden an der oberen Kante der Wand Halt, er zog sich hoch, schwang die Beine hinüber und ließ sich auf der anderen Seite einfach fallen. Auf weichen Knien landete er im Matsch und lief stolpernd weiter. Allmählich spürte er seine Glieder nicht mehr. Das Blut pochte in seinen Ohren. Seine Füße bewegten sich wie von allein. Seine Gedanken wurden taub.

Er würde umfallen, dachte Red, er würde einfach umfallen. Aber erst, wenn er am Ziel war. Dieses Mal, dieses eine Mal, würde er der Erste sein. Der Schnellste. Der Gedanke gab ihm Kraft und trieb ihn vorwärts – immer Seite an Seite mit Chase.

Unter dem Maschendrahtnetz hatte sich Regenwasser zu einer riesigen Pfütze gesammelt, das Red in Mund und Augen spritzte, als er hindurchrobbte. Chase war ihm schon wieder fast einen Meter voraus, also zwang Red sich weiter voran, rappelte sich auf und rannte weiter. Schneller. Immer noch schneller. Die Welt um den Weg vor ihm verschwand in einem schwarzen Tunnel.

Wie in Trance sprang er über die Trittsteine, die über den zweiten Graben führten. Griff nach dem Seil, um sich das letzte Stück hinüber zu schwingen. Dann der steile Anstieg auf eine hölzerne Plattform. Und schließlich der Geröllabhang, über den sie rutschend und strauchelnd auf die Zielgerade gelangten.

Chase war noch immer neben ihm. In dreihundert Metern Entfernung sah Red Tony bei der Hütte auf sie warten. Mit hartem Griff packte Chase ihn am Arm. »Los!«

Und noch bevor Red wusste, wie ihm geschah, hatte er zum Endspurt angesetzt und riss ihn einfach mit sich.

Reds Beine waren wie Federn. Er hatte das Gefühl, über die Bahn zu fliegen. Seine Brust drohte zu explodieren. Seine triefenden Hosenbeine klatschten gegen seine Waden wie Peitschenschläge, die ihn zu noch schnellerem Lauf antrieben. Noch hundert Meter. Noch fünfzig. Noch zwanzig. Noch zehn …

Dann waren sie am Ziel, schossen an Tony vorbei auf die Hütte zu, noch gute fünfzig Meter weit, liefen, liefen, liefen immer weiter – bis Red es endlich schaffte, seinen Beinen den Befehl zu übermitteln, das Laufen einzustellen.

Und noch immer hielt Chase ihn am Arm fest.

Die Welt um Red herum schwankte. Der Boden gab unter ihm nach, als er taumelnd langsamer wurde.

Und als er endlich stehen blieb, spürte er auch wieder den Regen auf seiner Haut.

Mit gewichtigen Schritten kam Tony zu ihnen herüber.

»Sieben Minuten neunundvierzig«, hörte Red ihn wie aus weiter Ferne sagen. »Na geht doch.«

Verzweifelt um Atem ringend lehnte Red sich an die Wand der Hütte. Die Luft brannte in seinen Lungen. Vor seinen Augen flimmerte es.

Was war das? Wie schnell waren sie gewesen?

Eine Hand stemmte sich gegen seine Schulter. Chase starrte ihn zwischen tropfenden Haarsträhnen hindurch aus seinen hellen Augen an. Das wilde Grinsen war noch immer auf seinem Gesicht. Sein keuchender Atem klang wie abgehacktes Lachen.

»Teufel …«, ächzte er. »Teufel noch mal …«

Und zum ersten Mal seit er mit dem Training begonnen hatte, glaubte Red zu sehen, dass Chase am Ende war. Am Ende – und vollkommen zufrieden.

Mit einem weiteren Keuchen ließ Chase sich neben Red gegen die Wand sinken. Gemeinsam beobachteten sie, wie auch Sarah – fast zwei Minuten nach ihnen – das Ziel erreichte.

Red konnte noch immer kaum etwas hören außer dem Tosen des Blutes in seinen Ohren und dem rasenden Klopfen seines Herzens. Jeder Atemzug schmerzte. Aber er hatte sich noch nie so gut gefühlt. Dieser Stolz war ihm jeden Schmerz wert.

Er war eine neue Bestzeit gelaufen.

Gemeinsam mit Chase.

Er hatte es geschafft.

»Ihr seid wahnsinnig«, murmelte Sarah, als sie – selbst noch völlig außer Atem – bei ihnen ankam. Sie war tief beeindruckt, das sah Red ihr an. Und es tat ihm unglaublich gut, das zu sehen.

Nach und nach erreichten auch die restlichen Vier die Hütte.

Tony musterte sie mit seinem grimmigen Blick, einen nach dem anderen.

Lange Zeit sagte er gar nichts.

»Nehmt euch ein Beispiel«, knurrte er dann und wandte sich um. »Zum Schießplatz. Aber zügig.«

Beim Schießen auf die Puppen schnitt Red an diesem Tag erbärmlich ab. Den Kopf noch immer voll mit Euphorie und Stolz auf das, was er heute geleistet hatte, konnte er sich kaum auf das konzentrieren, was er tat. Als Kris und Hannah eintrafen und Tony befahl, das Feuer einzustellen, hatte er erst vier tödliche Treffer gelandet. Eine miserable Quote verglichen mit dem, was er sonst erzielte. Aber das war ihm gleichgültig. Für ihn zählte nur noch der Erfolg, den er an diesem Morgen gehabt hatte. Noch nie war er so über sich hinausgewachsen. Wen kümmerte es da, dass er auf dem Schießplatz noch nicht ähnlich gut war? Auch das würde er lernen. Auch hier konnte er einer der Besten werden, wenn er nur weiter übte. Red hatte das Gefühl, nun alles erreichen zu können, und er brannte darauf, endlich auf die Moving Targets zu schießen.

Der Regen war zu einem feinen Nieseln geworden. Tony unterhielt sich am Rand des Platzes leise mit Hannah und Kris. Red hätte zu gern gehört, was sie sagten, aber sie waren zu weit entfernt. Endlich löste sich Tony von der kleinen Gruppe und kam zu ihnen herüber.

»Also, Mädels.« Mit verschränkten Armen baute er sich vor den Menschen auf. »Wir werden das heute etwas anders aufziehen. Ihr teilt euch in zwei Gruppen mit je zwei Teams. Jede Gruppe erledigt eins der Targets. Und diesmal – keine Munition zum Nachladen. Jeder von euch hat exakt sieben Kugeln. Nicht eine mehr, kapiert?«

Die Menschen wechselten Blicke. Red sah auf den Gesichtern der anderen die gleiche Verwirrung, die auch er selbst verspürte. Warum änderten sie plötzlich die Regeln?

»Ob ihr das kapiert habt, habe ich gefragt!«, schnauzte Tony ungeduldig.

»Aye, Sir!«

»Dann auf eure Positionen! Sarah, du nimmst mit Chase und Red das hintere Feld! Will, Claire, Bruce und Michael, ihr bleibt hier vorn!«

Gehorsam rannten die Menschen los. Red sah sich um. Der feine Regen verschlechterte die Sicht. Wo waren Kris und Hannah abgeblieben? Er konnte sie nirgendwo mehr entdecken. Auch Sarah schien nervös zu sein. »Sieben Schuss«, murmelte sie, als sie das hintere Feld erreicht hatten und sich Rücken an Rücken aufstellten. »Das habe ich noch nie geschafft.«

Chase schüttelte den Kopf. Seine Miene war grimmig. »Spielt doch keine Rolle. Ein Treffer reicht.«

Sarah schnaubte. »Schön gesagt, Mister Supertalent.«

Chase tat, als hätte er ihren Kommentar nicht gehört. »Gib mir deine Patronen.«

»Was?« Sarah schnappte nach Luft. Red konnte ihrer Stimme deutlich anhören, dass sie Chase für wahnsinnig hielt. Und er selbst neigte in diesem Moment sehr dazu, ihr zuzustimmen. Ohne Kugeln im Revolver vor einem Vampir zu stehen – Red fing allein bei dem Gedanken innerlich an zu zittern. Und selbst wenn Chase vielleicht bessere Chancen hatte als Sarah, den Vampir tödlich zu treffen – war das nicht außerdem ein ziemlich dreistes Umgehen der Regeln? Doch er hatte jetzt keine Zeit, das zu diskutieren. Sie alle drei hatten dafür keine Zeit.

»Alle bis auf eine. Schnell. Und pass auf, dass Tony dich

nicht sieht. Red und ich lenken das Target ab. Du machst den Abschuss.«

»Bist du irre?«

»Hör auf zu quatschen und gib her!«

»FERTIG?«, dröhnte Tonys Stimme über den Platz.

Red hörte Sarah leise fluchen – und dann die Trommel ihres Revolvers klicken.

»Ich bring dich um, Chase«, zischte sie. »Ich schwöre dir, ich bring dich um! Heute Abend noch!«

Chase lachte nur.

»MOVING TARGETS – MOVE!«

Tonys Stimme verhallte.

Red spürte, wie sich jeder Muskel in seinem Körper anspannte. Seine Nerven flatterten.

Geisterhafte Stille senkte sich über den Platz. Nicht ein Laut war zu hören.

Red umklammerte den Griff seines Revolvers und kniff seine Augen gegen den Regen zusammen, der sich hartnäckig in seinen Wimpern festsetzen wollte. Er konnte nichts sehen! Wo waren sie? Wo?

Und dann hörte er Sarah aufkeuchen. *»Von vorne!«*

Red fuhr herum und sah einen Schatten auf Sarah zurasen, unerwartet nah und viel zu plötzlich. Hannahs Zähne blitzten auf.

»RED!«, brüllte Chase.

Erschrocken drückte Red ab. Der Schuss ging ins Leere. Er sah Chase vorspringen, nur kurz bevor Hannah Sarah erreicht hatte. Ein Krachen, zwei – beim dritten Mal endlich traf eine Kugel ihr Ziel. Hannah wurde ein Stück zurückgeworfen. Sie zischte wütend und setzte mit einem mächtigen Sprung über Chase hinweg. Sarah hechtete zur Seite, während endlich auch Red seine zweite Patrone abfeuerte und Hannah in die Schulter traf. Die Vampirin wurde aus ihrer Flugbahn geschleudert, und noch bevor sie sich wieder fangen konnte, waren vier weitere Kugeln aus Chase' Revolver in ihren Körper eingeschlagen. Red ergriff die Chance und zielte – doch als er abdrückte, war Hannah bereits wieder auf den Beinen und sprang mit gefletschten Zähnen auf Chase zu, der gerade die Trommel seines Revolvers wieder zuschnellen ließ. Reds Kugel schlug in den Boden ein. Dreck spritzte, als sie explodierte.

Red verwünschte sich selbst. *Hör mit dem Zielen auf!*, ermahnte er sich selbst und feuerte erneut. *Du sollst sie nur ablenken!*

Diesmal erwischte er Hannah am Fuß, und sie strauchelte.

Erneut hörte er Chase' Waffe – sechs schnelle Schuss hintereinander. Hannah schrie wütend auf, so schrill, dass Red glaubte, seine Ohren müssten zerspringen.

*Die Regeln*, dachte Red, *wir haben uns nicht an die Regeln gehalten …*

Und dann hörte er noch etwas.

»Stirb, du Miststück«, zischte Sarah hinter ihm.

Ein Krachen.

Hannahs grelles Kreischen endete abrupt, als ihre Kehle explodierte.

Ihr Blut spritzte in einer Fontäne in den grauen Himmel. Und langsam – ganz langsam – fiel sie.

Der Boden vibrierte, als ihr schmaler Körper in den nassen Sand schlug. Eine dunkle Lache breitete sich unter ihr aus und tränkte den Platz in Blutrot.

Schwer atmend ließ Red die Waffe sinken und trat einen Schritt zurück. Schon vorbei? So schnell vorbei?

Er warf einen Blick zu Sarah und Chase.

Sarah hatte ihre Waffe fallen gelassen und starrte auf Hannah hinunter. Das Blut hatte sie längst erreicht und befleckte ihre Schuhe. Sie bebte am ganzen Körper.

Chase hatte die Arme vor der Brust verschränkt und sah Hannah ebenfalls zu, wie sie langsam immer bleicher wurde und die Adern unter ihrer Haut blau hervortraten. Sein Gesicht war grimmig verkniffen.

Erst jetzt fiel Red auf, wie still es war. Als er einen Blick über die Schulter warf, sah er, dass Will, Claire, Michael und Bruce ebenso um einen reglosen Körper herumstanden.

Tony wartete wie immer am Rand des Platzes. Doch statt der üblichen Ausdruckslosigkeit in seiner Miene sah Red seinen Unterkiefer angespannt zittern.

Er schluckte – doch in diesem Moment spürte er, dass sich zu seinen Füßen etwas regte und drehte sich rasch wieder um: Hannah richtete sich auf. Das Loch in ihrer Kehle war verschwunden. Doch die blauen Adern und die tiefen Schatten unter ihren Augen waren geblieben. Ihre Lippen hatten jede Farbe verloren, und die Bewegungen, mit denen sie auf die Füße kam, wirkten fast grotesk. Es war anders als sonst, dachte Red. Sie hatte eindeutig keine Kraft mehr. Was war passiert? Warum war sie so geschwächt?

Doch Hannah grinste, auch wenn es ein wenig benommen wirkte.

»Chasie«, sagte sie, und es klang, als hätte sie Schwierigkeiten, die Laute richtig zu artikulieren. »Du bist so ein cleverer kleiner Mistkerl.«

Im Vorbeigehen stieß sie Red beiseite, dass er taumelte.

»Woohoo …«, murmelte sie und kicherte. »Das haut echt voll rein.«

Dann schlurfte sie – so langsam, wie Red es an ihr noch nie gesehen hatte – in Richtung des vorderen Feldes davon, wo Kris sich mittlerweile ebenfalls erhoben hatte.

Red tauschte einen ratlosen Blick mit Chase und Sarah. Doch die schienen sich diese neuen Umstände auch nicht erklären zu können.

Tony klatschte laut in die Hände.

»Executives – sammeln!«

»Nimm die restlichen Patronen mit«, flüsterte Chase Red zu, während sie sich auf den Weg zum Rand des Platzes machten.

Red sah ihn verständnislos an. Aber dann begriff er. Es musste mit der Munition zu tun haben.

So unauffällig wie möglich öffnete er die Trommel seines Revolvers und ließ die Patronen in seine Hand gleiten.

Als sie im vorderen Feld ankamen, hatten sich die anderen Menschen bereits vor den Vampiren in einer Reihe aufgestellt. Red schluckte, als er bemerkte, dass Kris kein bisschen besser aussah als Hannah. Blutleer. Krank.

Minutenlang hing Schweigen über ihnen. Nur der Regen rauschte leise. Endlich erhob Kris die Stimme. Doch auch seine Worte klangen schleppend und schwer.

»Ich freue mich, euch mitteilen zu können«, sagte er langsam, »dass wir soeben den finalen Test für eine neue Waffe erfolgreich hinter uns gebracht haben. Was ihr hier seht, ist das Ergebnis des Wirkstoffs BRA-47, der sich ab der nächsten Woche in all euren Patronen befinden wird. Ich habe ihn selbst entwickelt und umfassend getestet. Wie ihr erkennen könnt, hemmt er vorübergehend die Regenerationsfähigkeit von Vampiren und wird euch in die Lage versetzen, auch älteren Blutern gegenüberzutreten.«

Er ließ seinen Blick von einem zum anderen schweifen, und Red fröstelte. Kris sah zum Fürchten aus, dachte er und sah zu Will hinüber, der ein wenig blass im Gesicht war. Heute Abend würde Kris sie vermutlich beide sehr dringend brauchen.

»Mir ist bewusst, dass der Begriff ›älter‹ keine präzise Eingrenzung liefert«, fuhr Kris fort. »Leider hatte ich bisher aber keine Möglichkeit, das Limit näher zu definieren. Darum möchte ich euch bitten, keine unnötigen Risiken einzugehen. Der Einsatz des Wirkstoffs wird euch im Zweifelsfall zumindest ein Entkommen ermöglichen. Es muss ein primäres Ziel bleiben, vor allem junge Bluter auszulöschen, die noch kein Bewusstsein dafür entwickelt haben, dass die Jagd auf Menschen selbst nach offiziellem Gesetz ein Verbrechen ist. Ich vertraue auf euer Verantwortungsgefühl.«

Er verstummte und sah jeden der Menschen noch einmal an, die – mehr oder weniger zögernd – alle nickten.

»Schön. Kommen wir also zum letzten Punkt.« Kris sah zu Hannah hinüber, die zustimmend den Kopf senkte. »Wir möchten diese Woche Chase und Sarah für die Dirty Feet vorschlagen. Chase als Schützen und Sarah als Teamer. Alles Weitere überlassen wir wie gehabt Tonys Entscheidung.«

Tony nickte knapp.

Kris lächelte, doch es wirkte unendlich viel müder als sonst. »Dann werden wir uns jetzt zurückziehen.«

Gemeinsam mit Hannah ging er an den Menschen vorbei, von denen immer noch niemand etwas zu sagen wusste. Die zwei Vampire so entkräftet zu sehen war ein ungewohnter und zugleich schrecklicher Anblick. Red fiel es schwer, zu begreifen, wie sie darauf kamen, solche mächtigen Waffen – mit denen sie sogar selbst ernsthaft verletzt werden konnten – zu entwickeln. War dieses Ziel, irgendwann alle Bluter zu vernichten, wirklich so wichtig?

Er dachte immer noch darüber nach, als er plötzlich aus dem Augenwinkel bemerkte, wie Chase den Arm hob.

»Kris?«

Kris, der mittlerweile schon fast fünfzig Meter entfernt war, blieb stehen und sah zurück. Und auch Hannah drehte sich zu ihnen um.

»Ja?«

»Nichts gegen Sarah – aber ich möchte Red als Teamer«, sagte Chase ruhig.

Reds Atem stockte. Neben sich hörte er Sarah nach Luft schnappen.

Kris hob die schmalen Brauen. »Aus welchem Grund?«

Chase hob die Schultern. »Er ist gut.«

Red starrte Chase ungläubig an. Er wollte mit ihm ein Team bilden? Draußen? In den Dirty Feet?

Doch Chase beachtete ihn gar nicht. Er sah nur abwartend zu den Vampiren hinüber.

Kris wechselte einen Blick mit Hannah. Sie schien einen Moment zu überlegen. Dann nickte sie.

»Also gut«, sagte Kris. »In dem Fall – Chase und Red für die Dirty Feet. Viel Erfolg.«

Red hatte das Gefühl, von etwas sehr Großem und sehr Hartem auf den Kopf getroffen worden zu sein. Benommen starrte er Hannah und Kris nach, die sich nun endgültig abwandten. Er würde nach draußen gehen! Nach draußen! Der Moment, auf den er so lange gewartet hatte – er war endlich da. Der Gedanke machte ihn schwindelig.

Endlos lange Zeit sagte niemand ein Wort.

Schließlich räusperte sich Tony und schien damit alle –

außer vielleicht Chase, der den Vampiren mit grimmiger Zufriedenheit nachsah – aus einem betäubungsähnlichen Zustand zu wecken.

»Na dann«, brummte er und rieb sich das kantige Kinn. Selbst er war offensichtlich zu überrascht von der plötzlichen Wendung der Ereignisse, um noch seinen üblichen lauten Ton beizubehalten.

»Eigentlich hatte ich vorgehabt, dich erst nächste Woche einzuteilen, Red.« Er musterte ihn unter finster gesenkten Brauen. »Aber die Herrschaften scheinen anderes für richtig zu halten.« Er schüttelte leicht den Kopf. »Sarah, dann gehst du mit Will und Claire.« Er schnaufte. »Unsere Turteltäubchen können ein bisschen handfeste Unterstützung gut gebrauchen. Dein Einsatz war sehr gut heute.«

Sarah antwortete nicht. Sie hatte die Unterlippe zwischen die Zähne geklemmt und sah angestrengt zu Boden. Trotz aller Freude bekam Red bei dem Anblick ein schlechtes Gewissen. Er wusste, wie ehrgeizig sie war. Und er begriff, dass es sie hart treffen musste, auf diese Weise ausgemustert zu werden.

»Nachher will ich dich in meiner Hütte sprechen. Euch anderen sehe ich nächste Woche«, sagte Tony noch, bevor er sich abwandte. »Viel Erfolg für die nächsten Tage.«

Mit einem letzten Nicken in Sarahs Richtung verschwand der große Vampir zwischen den Büschen.

Auch die Menschen machten sich auf den Weg zurück ins Haus. Niemand sagte ein Wort. Sie alle waren erschöpft und noch immer verwirrt von den jüngsten Ereignissen.

Als Red sich jedoch noch einmal umwandte, sah er, dass Sarah auf dem Platz zurückgeblieben war.

Zögernd blieb er ebenfalls stehen.

Keiner der anderen bemerkte, dass er ihnen nicht folgte. Sie waren zu beschäftigt mit ihren eigenen Gedanken.

Langsam ging Red zu Sarah zurück, die mit leeren Augen in den Regen starrte. Ihr Gesicht war nass, und aus ihren Haaren tropfte das Wasser. Doch Red hätte schwören können, dass es auch Tränen waren, die über ihre Wangen rollten. Sie reagierte nicht, als er sich näherte. Erst als er kaum einen Schritt von ihr entfernt stehen blieb, wandte sie ihm langsam den Blick zu.

»Tut mir leid«, murmelte er.

Ein winziges, gequältes Lächeln erschien auf Sarahs Lippen – und nun sah er, dass sie wirklich weinte. »Schon gut«, flüsterte sie so leise, dass er sie über dem Regen kaum verstehen konnte. »Ich freue mich für dich.«

»Aber …« Red presste die Lippen zusammen. Sie war so enttäuscht, dass es ihm selbst wehtat. Wenn er nur gekonnt hätte, er hätte ihr angeboten, zurückzutreten. Chase zu sagen, dass es ihm reichte, in der nächsten Woche auf seinen ersten Einsatz zu gehen.

Aber das war unmöglich. Er konnte keine Woche mehr warten. Hätte er die Wahl gehabt, er wäre noch viel lieber sofort aufgebrochen. Und es hätte ja auch nichts genützt. Red war noch immer nur »der Neue«. Es war nicht seine Anerkennung, die Sarah brauchte.

»Geh ruhig«, sagte sie. »Mach dir keine Sorgen um mich. Das wird schon wieder.«

»Ich …« Red runzelte unsicher die Stirn.

»Ich möchte jetzt gern ein bisschen allein sein.«

»Oh.« Red nickte. »Tut mir leid.«

»Nein …« Erneut erschien ein Lächeln auf Sarahs Gesicht, aber diesmal wirkte es etwas weniger verzweifelt als zuvor.

Sie seufzte tief. »Danke, Red. Ich wünschte wirklich, du könntest mir helfen. Aber das kannst du nicht. Tony wird mir helfen. Ich gehe gleich zu ihm. Also mach dir keine Sorgen.«

»Okay ...« Red nickte. Aber in diesem Moment wünschte er sich wirklich, er hätte auch nur irgendetwas sagen können, das sie tröstete. »Also dann ... sehen wir uns beim Abendessen?«

»Vielleicht.« Sie hob die Schultern. »Wahrscheinlich.«

»Schön.« Red bemühte sich um ein Lächeln. »Und wenn du ... also wenn du reden möchtest, dann ...« Er brach ab und kam sich dumm vor. Warum sagte er das? Immerhin hatte sie ihm gerade deutlich zu verstehen gegeben, dass er ihr nicht helfen konnte.

Aber Sarah lachte nur leise.

»Du bist so süß, Red«, sagte sie und wischte sich mit der Hand die Tränen aus den Augen. »Ich wette, auf deiner Farm warst du der Renner bei den Mädchen.«

Red spürte, wie er rot wurde. »Ich ... also ... ich weiß nicht ...«

Sarah legte den Kopf schief und lächelte. »Doch. Aber ich weiß es.« Sie seufzte schwer.

»Na ja. Ich gehe dann zu Tony.«

Mit einem weiteren Lächeln stellte sie sich auf die Zehenspitzen und küsste ihn auf die Wange, bevor sie sich abwandte. »Bis bald.«

»Bis bald«, murmelte Red und sah ihr nach, wie sie durch den Regen davonging.

*Der Renner bei den Mädchen*, dachte er und spürte, wie der Gedanke ihn auf eine merkwürdige Art und Weise traurig machte. Ja, vielleicht konnte man das so ausdrücken. Er war beliebt gewesen auf der Farm, das konnte er nicht abstreiten. Aber das waren Frauen ohne Namen, die in Reds Erinnerung nicht einmal mehr Gesichter hatten. Oder vielmehr hatten sie alle das gleiche Gesicht. Ein Gesicht, das Red so liebte – und das doch von Tag zu Tag mehr verblasste, egal, wie sehr er sich dagegen wehrte.

*Nicht real*, dachte er und fühlte, wie der Gedanke ihm schwer auf die Brust drückte. Er konnte es nicht leugnen: Blue verlor immer mehr an Wirklichkeit, je länger er hier blieb. Wie lange würde es dauern, bis er sich nicht mehr an ihre Stimme erinnern konnte? Daran, wie ihre Haut sich unter seinen Fingern angefühlt hatte?

Es wurde Zeit, dass er hier herauskam. Zeit, dass er sie endlich fand.

Denn sonst – das wusste er mit einer schrecklichen Gewissheit – würde er früher oder später den Teil von sich verlieren, der Blue gehörte.

Und das wollte er niemals ertragen müssen.

# Kapitel Sechzehn

Insomniac Mansion, Kenneth, Missouri

*»Manchmal habe ich das Gefühl, wir alle hier drin sind schon tot. Hier kämpft niemand für irgendetwas. Aber es gibt ja auch nichts, wofür man kämpfen könnte.«*

Am Ende erfuhr Red nie, ob Sarah an diesem Abend tatsächlich beim Abendessen war.

Schon am frühen Nachmittag, gerade als er beschlossen hatte, sich für eine Weile hinzulegen, spürte er in seinem Kopf den sanften, aber drängenden Ruf, in dem er mittlerweile ohne Schwierigkeiten Kris' Stimme erkannte.

Vorsichtig stieg Red die steilen Stufen hinauf. Der Flur im zweiten Stock war dunkel wie immer. Nur durch einen Spalt zwischen den Gardinen vor dem Fenster am Ende des Ganges fiel ein winziger Streifen graues Licht. Die Tür zu Kris' Zimmer war nur angelehnt.

Red klopfte leise. Nichts rührte sich. Aber Red war sich sicher, die Stimme des Vampirs gehört zu haben. Vorsichtig klopfte er ein zweites Mal und schob sich dann in den Raum hinein.

Drinnen war es noch finsterer als draußen auf dem Korridor. Als Red die Tür hinter sich geschlossen hatte, konnte er überhaupt nichts mehr sehen. Angestrengt versuchte er, die Finsternis mit seinen Augen zu durchdringen – vergeblich.

»Kris?« Seine Stimme wurde von der Schwärze geschluckt. Am Fenster bewegte sich etwas. Red spürte einen leichten Luftzug. Und dann war eine kalte Hand an seinem Hals, so plötzlich, dass er erschreckt zusammenzuckte. Nah an seinem Ohr hörte er Kris leise lachen.

»Ich bin es nur. Danke, dass du gekommen bist.«

Red atmete tief durch. Kris' Stimme klang noch immer schleppend und brüchig, wie die eines alten Mannes. Das war unheimlich. Kris war an den Abenden nach dem Waffentraining immer müde. Aber niemals so schwach. Der Vampir atmete schwer, und Red spürte die Hand an seinem Hals zittern, bevor sie sich mit ungewohnter Grobheit um seinen Nacken schloss. Red wagte kaum, sich zu bewegen.

»Das wird heute nicht einfach für dich«, murmelte Kris. »Ich hoffe, du verzeihst.«

Seine Lippen an Reds Hals waren trocken und spröde. Und als er seine Zähne in Reds Haut grub, schoss ein brennender Schmerz durch seine Schulter, als würde Kris ihm ein Stück Fleisch aus seinem Hals heraus beißen. Red keuchte auf und wollte zurückweichen, doch der Vampir hielt ihn mit eisernem Griff fest und biss noch fester zu. Finsternis schoss brodelnd durch Reds Adern.

Panik stieg in ihm auf. Das war nicht normal! Es war nicht richtig!

Alles Leben, alle Wärme schien mit einem gewaltigen Sog aus ihm herausgerissen zu werden. Red spürte seine Beine nachgeben. Was passierte hier? Warum tat es so weh? Er bekam keine Luft mehr! Er zuckte und strampelte, versuchte Kris von sich wegzuschieben – während er gleichzeitig wusste, dass er gegen die Kraft des Vampirs niemals ankommen würde. Immer tiefer bohrten sich die Zähne in seine Adern wie glühende Eisenspitzen. Angst lähmte ihn – zum ersten Mal, seit er Kris kannte. Er würde ihn umbringen! Schon spürte Red, wie der Schlag seines Herzens schwächer wurde. Und noch immer waren all seine Sinne hellwach.

»Hör auf«, keuchte er und versuchte ein letztes Mal, sich zu befreien. »Hör ... hör auf!«

Mit einem Ruck riss Kris die Zähne aus seinem Hals und stieß ihn von sich. Red taumelte, stolperte rückwärts und stürzte haltlos zu Boden.

Zitternd starrte er in die Dunkelheit über sich und tastete nach seiner Kehle. Vier Löcher waren dort zurückgeblieben, wo Kris sich in sein Fleisch verbissen hatte. Als Red die Finger zurückzog, waren sie feucht und klebrig vor Blut.

Vor ihm bewegten sich die Schatten. Hastig wich Red zurück – wollte es zumindest. Doch seine Glieder waren kalt und steif wie Eis.

Die Schatten kamen näher.

*Nein!*

Red öffnete den Mund, um zu schreien, aber es kam kein Ton heraus.

Eine Hand – nun wieder warm und behutsam – legte sich an seine Wange.

»Hab keine Angst, Red«, flüsterte Kris. Die sanfte Dunkelheit war in seine Stimme zurückgekehrt. Zitternd ließ Red den Atem entweichen. Doch die Furcht blieb.

Wieder bewegte sich die Finsternis. Die Hand verschwand. Kurz darauf hörte Red das Rascheln von dicken Gardinen. Graues Licht fiel in den Raum, das ihm so grell in die Augen stach, dass er sie schließen musste.

Als er vorsichtig zwischen den Lidern hindurch blinzelte, sah er Kris' schlanke Silhouette vor dem hellen Rechteck.

Langsam kam der Vampir auf ihn zu. Seine Bewegungen hatten ihre Geschmeidigkeit zurückgewonnen, und selbst auf die Entfernung spürte Red die Wärme, die durch seine Adern floss – die Wärme von Reds eigenem Blut.

Schützend schlang Red die Arme um seinen Oberkörper und zog die Knie an die Brust. Er zitterte und fror erbärmlich.

»Ist schon gut. Ich nehme nichts mehr von dir.« Langsam ließ sich Kris vor ihm auf die Knie sinken. Selbst in dem blassen Licht erkannte Red, dass noch immer tiefe Schatten unter seinen Augen lagen. Doch seine Wangen wirkten nun weniger eingefallen, seine Lippen weniger farblos. Auch die blauen Adern unter seiner Haut waren nicht mehr zu sehen.

»Ich habe dich verletzt, nicht wahr? Es tut mir leid. Bitte verzeih.«

Red schüttelte nur schwach den Kopf. Er konnte nicht antworten.

Kris seufzte leise. Bedächtig hob er die Hand zum Mund, und für einen winzigen Moment kam seine Zunge zwischen seinen Lippen zum Vorschein, als er den Daumen mit Speichel benetzte.

»Ich würde dir ja anbieten, dir etwas zurückzugeben.« Er lächelte schief und beugte sich vor, um sanft über die Wunden an Reds Hals zu streichen. Eine Ahnung des vertrauten Kribbelns floss über Reds Haut, als die Löcher sich augenblicklich schlossen. »Aber ich denke, dass du noch nicht bereit bist, einer von uns zu werden.«

Red konnte noch immer nicht mehr tun, als ihn stumm anzustarren. Kris' Worte drangen kaum zu ihm durch. Sein Kopf fühlte sich an, als hätte ihn jemand mit Watte ausgestopft. Einer von ihnen? Einer von den Vampiren?

Der Gedanke verwirrte ihn, ohne dass er ihn ganz fassen konnte. Im Augenblick wünschte er sich nichts weiter, als dass ihm wieder ein bisschen wärmer würde – oder dass zumindest der Schmerz nachließe.

Kris war inzwischen aufgestanden und entzündete einige der Kerzen, die in Halterungen an der Wand steckten. Dann breitete er auf dem Sofa in der Ecke des Raums eine Decke aus.

»Komm«, sagte er und streckte Red die Hand entgegen. »Leg dich ein bisschen hin. Dann können wir uns noch etwas unterhalten, bevor ich Will rufe.«

Red griff nach der Hand und ließ sich auf wacklige Beine ziehen. Auf dem kurzen Stück bis zum Sofa musste er sich an Kris' Arm festhalten, und er war froh, als er sich endlich hinlegen konnte. Die Treppe hinunter zurück in sein Zimmer hätte er es niemals geschafft, das war ihm klar.

»Worüber willst du denn mit mir sprechen?«, murmelte er schließlich, als Kris die Decke über ihn breitete und sich selbst einen Stuhl heranzog.

Kris hob die Brauen. »Über deinen Einsatz am Freitag. Oder meinst du etwa, du weißt schon alles?«

Überrascht sah Red zu ihm auf. Nein … natürlich dachte er das nicht. Aber es kam ihm doch merkwürdig vor, dass Kris ausgerechnet jetzt darüber reden wollte. Er selbst fühlte sich noch immer viel zu erschlagen von dem, was gerade geschehen war.

Er schüttelte langsam den Kopf.

Kris seufzte. »Ich möchte nur, dass du dir keine Sorgen machst. Ich verspreche dir, wenn du dich morgen und übermorgen schonst, wirst du am Freitag wieder voll bei Kräften sein. Was heute passiert ist, wird dich nicht daran hindern, in die Dirty Feet zu gehen. Ich weiß, dass das wichtig für dich ist.«

Red schwieg. So weit war er mit seinen Gedanken noch

gar nicht gekommen. Aber es war gut, dass Kris es sagte. Irgendwann hätte er sicher angefangen, deshalb unruhig zu werden – so schwach, wie er sich im Moment fühlte. Trotz der Decke zitterte er noch immer, und seine Knochen waren schwer und schmerzten, als wäre er krank.

Als er weiterhin stumm blieb, seufzte Kris erneut. Und als er wieder sprach, klang es, als würde er die Worte nur widerwillig aussprechen.

»Weißt du, Red … um ehrlich zu sein, hatte ich gehofft, du würdest noch ein bisschen länger brauchen, bis du nach Kenneth gehen darfst. Bitte werde nicht wütend.« Er hob die Hand, als Red den Mund öffnete, um zu protestieren. »Hör mir noch einen Moment zu, dann erkläre ich es dir.«

Red biss sich auf die Lippe. Was hatte das nun wieder zu bedeuten? Was wollte Kris damit sagen?

Der Vampir sah eine Weile zum Fenster hinüber. Auf seiner Stirn hatten sich sorgenvolle Falten gebildet.

»Ich sollte dir das eigentlich nicht sagen«, fuhr er endlich fort. »Aber ich habe die Befürchtung, dass du dich selbst in Gefahr bringen könntest, wenn ich es nicht tue. Es ist im Sinne der *Bloodstalkers*, dass du versuchst, die Menschen im Untergrund von Kenneth zu finden, und deswegen sollte ich nichts tun, was dich davon abhalten könnte. Trotzdem, denke ich, solltest du eins wissen.« Er wandte sich wieder zu Red um und sah ihn aus seinen schwarzen Augen eindringlich an. »Du wirst deine Blue in der Stadt nicht finden.«

Red fuhr in die Höhe, obwohl jeder Muskel in seinem Körper dagegen protestierte. Alle Luft schien mit einem Mal aus seinen Lungen gepresst worden zu sein. »Was?«

Kris' Blick blieb unverändert ernst. »Sie ist nicht mehr in Kenneth.«

Reds Hände krallten sich in die Decke. Er hatte das Gefühl, ins Bodenlose zu stürzen. Das konnte doch nicht wahr sein! »Aber du ...«

»Ich habe dir von den Menschen im Untergrund erzählt, um dich zu beruhigen«, unterbrach ihn Kris mit gelassener Stimme. »Ich habe darauf gebaut, dass du dich besser auf deine Ausbildung konzentrieren könntest, wenn du glaubst, dass Blue in Sicherheit ist. Und ich hatte recht.«

Red schnappte nach Luft. Seine Kehle war wie verstopft. Blue war nicht in der Stadt? Aber wo war sie dann? Und woher konnte Kris das so genau wissen? Etwas tief in Reds Inneren brach zusammen, stürzte ein wie ein wackliges Kartenhaus.

»Diese Menschen sind gut darin, sich vor Vampiren zu verstecken!«, protestierte er, klammerte sich verzweifelt an Strohhalme, um nicht in das gähnende Nichts zu fallen, das sich plötzlich unter ihm auftat. »Das hat du selbst gesagt! Woher weißt du, dass sie nicht dort ist?«

Sanft legte Kris ihm die Hand auf die Schulter.

»Ich weiß es«, sagte er ruhig, »weil ich sie selbst an einen anderen Ort gebracht habe. Und diesen Ort kannst du, Red, nicht betreten. Noch nicht. Eines Tages, in gar nicht langer Zeit wirst du das sicher. Aber bis dahin musst du weiter Geduld haben.«

Red spürte seine Unterlippe zittern. Er wusste nicht, ob er erleichtert oder zornig sein sollte. Kris hatte ihn also die ganze Zeit belogen! Er hatte gewusst, wo Blue war, und Red absichtlich einen falschen Hoffnungsschimmer gegeben, um ihn ruhig zu halten. Oder war auch dies hier nur eine neue Lüge? Vielleicht wusste Kris überhaupt nichts!

Der Zorn siegte. Will hatte also doch recht gehabt. Red

hatte Kris viel zu leicht vertraut, sich viel zu schnell von ihm und seiner sanften Stimme einwickeln lassen.

»Was für ein Ort soll das sein?«, presste er zwischen zusammengebissenen Zähnen hervor.

Doch Kris schüttelte nur den Kopf. »Das kann ich dir jetzt noch nicht sagen. Aber wenn du dich weiter so gut bewährst, wie du es bisher getan hast, dann wirst du es sehr bald erfahren.«

Red stieß ein bitteres Lachen aus. »Ja, natürlich. Und was für eine Lüge wirst du mir dann erzählen?« Wütend stieß er die Hand des Vampirs von seiner Schulter. »Du weißt überhaupt nichts über Blue, stimmt's? Du hast nur Angst, dass ich nicht zurückkomme, wenn ich sie gefunden habe!«

Kris betrachtete nachdenklich seine Hand. Nicht zornig. Nicht verletzt. Nur nachdenklich. Schließlich lachte er leise.

»Ich sehe, du hast dich schon mit Will unterhalten.« In seiner Stimme schwang feiner Spott. »Hat er dir erzählt, dass du bis zu deinem Tod mein Sklave sein wirst?«

Red biss sich auf die Lippe und schwieg.

»Nun ja, was soll ich sagen? Auf Will trifft das in gewisser Weise zu«, sagte Kris und entblößte seine Zähne für einen winzigen Moment zu einem Lächeln, das so freundlich war, dass es Red einen Schauer über den Rücken jagte. »Er kann froh sein, dass er überhaupt bei uns bleiben durfte. Schließlich hat er die Prüfung nicht bestanden.«

Red öffnete den Mund, um etwas zu entgegnen, ließ es dann aber bleiben. Kris' Worte verwirrten ihn. Die Prüfung nicht bestanden? Aber wieso? Will war doch ein Executive! Und er war Kris' Quelle!

»Wir haben ihn aufgenommen, weil wir fürchteten, dass Claire uns sonst auch verlassen würde«, erklärte Kris gelassen. »Und Claire ist eine ganz unglaublich wichtige Quelle für Hannah. Also habe ich mich bereit erklärt, Will als Diener anzunehmen. Er ist kein echter Jäger. Nicht wie du, Red.« Das Lächeln erschien wieder auf seinem Gesicht. »Will wird niemals die Möglichkeit haben, ein ewiges Mitglied der *Bloodstalkers* zu werden. Du aber schon – sofern du das überhaupt willst. Aber glaub mir, Red, wenn es wirklich dein Wunsch ist, dann kannst du gehen. Jederzeit.«

Red hatte das Gefühl, dass ein enger Eisenring um seinen Hals lag und ihm die Luft abdrückte. So war das also? Will war nicht mehr als ein Diener für Kris? Und was bedeutete das jetzt für ihn?

»Warum hat er nicht bestanden?« Er hörte seine eigene Stimme wackelig und belegt klingen; versuchte, seine Wut festzuhalten und Kraft aus ihr zu schöpfen, aber es gelang ihm nicht.

Kris hob die Schultern. »Sein Blut ist schwach. Für solche Menschen haben wir hier keine Verwendung. Für gewöhnlich können wir ihnen nicht einmal erlauben, weiterzuleben, nachdem sie von den *Bloodstalkers* erfahren haben. Will war eine einmalige Ausnahme.«

Er seufzte und schüttelte den Kopf. »Wie dem auch sei. Ich weiß, dass es dir schwerfallen muss, mir zu glauben – jetzt, wo ich dich um nichts weiter bitten kann, als noch etwas Geduld zu haben. Deshalb hatte ich gehofft, dass deine Ausbildung noch länger dauern würde – oder dass ich meine Vorbereitungen etwas schneller hätte treffen können.« Er rieb sich über die Stirn und sah mit einem Mal wieder sehr müde aus. »Aber nun ist es nicht zu ändern. Chase hat recht – du bist gut. Es wird Zeit, dass du auf Einsätze geschickt wirst.«

Kris erhob sich langsam.

»Ich sollte nach Will rufen, bevor es zu spät wird. Warte – ich bringe dich nach unten.«

Er hob Red auf die Arme, bevor dieser etwas dagegen einwenden konnte. In Reds Kopf rasten die Gedanken. Und gleichzeitig fühlte er sich noch immer so schrecklich schwach.

An der Tür am Fuß des inneren Treppenhauses setzte Kris ihn ab.

»Ich wünsche dir viel Erfolg auf deinem Einsatz«, sagte er. »Wir werden uns sicher bald wiedersehen.«

Red nickte benommen.

Und während er sich noch darüber klar zu werden versuchte, ob er sich ein baldiges Wiedersehen mit Kris wünschen sollte oder nicht, und wie er mit all den neuen Informationen, die so überraschend über ihm hereingebrochen war, umgehen sollte, schloss sich hinter ihm mit einem leisen Klacken die Tür.

Auf weichen Knien wankte Red in sein Zimmer zurück.

Und erst, als er endlich auf seinem Bett lag und das Gesicht in die weichen Kissen drückte, entschied er sich dazu, zu weinen.

Vor Verwirrung. Vor Schmerz. Vor Müdigkeit. Und vor Sehnsucht nach Blue, die nun ein weiteres Mal – gerade als er glaubte, endlich die Hand nach ihr ausstrecken zu dürfen – wieder unendlich weit entfernt war.

Später am Abend klopfte es an seiner Tür. Red, der nach einer guten halben Stunde, in der er seine Verzweiflung in die Kissen gebrüllt hatte, erschöpft in einen unruhigen Dämmerschlaf gefallen war, schreckte auf.

Es war dämmrig im Zimmer, er musste mehrere Stunden geschlafen haben. Trotzdem fühlte er sich noch immer völlig zerschlagen, und seine Brust war eng vor dumpfer Hoffnungslosigkeit. Blue war nicht in Kenneth. Dieser Gedanke war zu schrecklich, um ein Traum zu sein.

Es klopfte erneut, diesmal energischer.

»Red?«

Chase, erkannte Red verblüfft. Was konnte der von ihm wollen?

Noch immer ein wenig zittrig auf den Beinen stand er auf und ging zur Tür, um sie zu öffnen.

»Was gibt's?«

»Ach du Scheiße.« Chase starrte ihn entgeistert an.

Red runzelte die Stirn. »Willst du reinkommen?«

Ohne eine Antwort zu geben, schob Chase sich an ihm vorbei und schaltete die Deckenlampe an. Dann blieb er mitten im Raum stehen und drehte sich zu Red um, der langsam die Tür wieder schloss. Das Licht brannte in seinen Augen.

»Du siehst ja mal richtig fertig aus«, stellte Chase fest.

Red lehnte sich gegen die Tür. Ja, genauso fühlte er sich auch.

»Kris hat eine Menge Blut gebraucht«, murmelte er matt. Außerdem hatte er das starke Gefühl, dass Kris zu ausgetrocknet gewesen war, um noch Speichel produzieren zu können, so dass Red auch kein Relacin erhalten hatte. Aber er wusste nicht, ob Chase überhaupt klar war, dass es so etwas wie Relacin gab, also behielt er diese Theorie für sich.

Chase legte die Stirn in tiefe Falten. »Ich wollte unseren Plan für Freitagabend mit dir besprechen«, sagte er. »Siehst aber nicht so aus, als ob du überhaupt mit kannst.«

Er klang ärgerlich, als vermutete er, dass Kris das absichtlich getan hatte, um ihm eins auszuwischen.

Red schüttelte den Kopf. »Doch, doch. Ich kann. Kris hat es versprochen.«

Chase schnalzte missbilligend mit der Zunge. »Na dann«, meinte er zweifelnd.

Red stieß sich schwerfällig von der Tür ab und schleppte sich zum Bett zurück, wo er sich ächzend auf die Matratze sinken ließ. Chase setzte sich auf einen Stuhl und legte die Füße auf das Kopfende des Bettes.

Red rieb sich mit beiden Händen über das Gesicht, in der vagen Hoffnung, dadurch etwas wacher zu werden.

»Danke … übrigens«, sagte er dann.

Chase hob die Brauen. »Wofür? Dass ich dich dabeihaben will?« Er hob die Schultern. »Dafür dank dir mal besser selbst. Ich brauche dir nicht zu sagen, dass du gut warst.«

Red atmete tief durch. »Aber nicht im Schießen«, wandte er ein.

Chase sah ihn ungeduldig an. »Du bist Teamer. Du sollst überhaupt nicht schießen. Zumindest keine Abschüsse machen. Was soll der Quatsch? Willst du, dass ich es mir anders überlege?«

Red schüttelte hastig den Kopf – nein, natürlich wollte er das nicht. Obwohl … Blue würde er ja nun doch nicht finden. Was also sollte er dort draußen?

Ärgerlich über sich selbst biss er die Zähne zusammen. Er hatte so hart dafür gearbeitet, an diesen Punkt zu gelangen! Wie kam er dazu, auch nur darüber nachzudenken, auf einen Außeneinsatz zu verzichten?

»Gut.« Chase nickte. »Dann kommen wir zur Sache.« Er stellte die Füße wieder auf den Boden und stützte die Unterarme auf die Oberschenkel. »Also, es läuft folgendermaßen: Freitag kurz nach Sonnenuntergang gehen wir durch den Tunnel runter nach Kenneth. Wenn wir da sind, suchen wir uns einen Beobachtungsposten und locken ein paar Bluter an. Du hilfst mir, sie plattzumachen, indem du mir den Rücken freihältst. Wenn der Weg wieder offen ist, gehen wir zurück in den Tunnel, und das war's. Ganz simpel. Heute müssen wir nur entscheiden, wo wir reingehen. Normalerweise würden wir den Bericht dann morgen früh an Hannah weitergeben, damit sie die Lage für uns auskundschaftet. Aber da wir diese Woche in den Dirty Feet unterwegs sind, können wir uns das sparen. Da kommt Hannah nämlich nicht rein.«

Red sah Chase überrascht an. »Sie kann nicht in die Dirty Feet? Wieso nicht?«

Chase hob die Schultern. »Sie könnte theoretisch schon. Aber die Vampire halten sich fern von da. Zu gefährlich. Zu viele junge Bluter, könnten ja gebissen werden.« Er grinste.

Red schüttelte verständnislos den Kopf. »Warum sollte es für die Vampire gefährlicher sein als für uns? Das ergibt doch keinen Sinn.«

Chase hob eine Braue. »Ergibt es schon. Wir Menschen fallen nämlich nicht unter das Gesetz 'Kein Vampir darf einen anderen töten'. Was glaubst du, warum sich die *Bloodstalkers* überhaupt die Mühe machen, uns das Bluterschießen beizubringen? Sie wollen ihren feigen Hintern sauber halten.« Er lachte trocken.

Red dachte einen Moment darüber nach. Natürlich, das klang logisch. Trotzdem wäre es ihm lieber gewesen, wenn Hannah vorher die Lage für sie hätte auskundschaften können.

»Und warum wäre es so schlimm, wenn Hannah von einem Bluter gebissen würde?«, fragte er deshalb.

Chase' Augen verengten sich. Eine Weile sagte er gar nichts, sondern starrte Red nur mit durchdringendem Blick an.

»Weil sie dann selber zum Bluter würde«, erklärte er schließlich. Seine Stimme klang düster.

Red schluckte trocken. Aber Chase' Gesicht hatte schon wieder seinen gewohnt sachlichen Ausdruck angenommen.

»Freitagnachmittag treffen wir uns noch einmal mit ihr, damit sie uns ausrüstet. Hannah baut ständig irgendwelches nützliches Zeug, das wir auf den Außeneinsätzen benutzen können. Und dann gehen wir auf die Jagd. Alles klar soweit?«

Red nickte nur. Sicher, das klang im Grunde einfach. Aber es war ja auch nur die Vorbereitung. Red hatte das unangenehme Gefühl, dass die eigentliche Jagd noch bei weitem erschreckender und gefährlicher werden würde, als er es sich auch nur vorstellen konnte. Es war vermutlich besser, jetzt noch nicht zu viel darüber nachzudenken.

Chase stand auf und zog ein mehrfach zusammengefaltetes und arg mitgenommenes Stück Papier aus seiner Hosentasche. Dann schob er Reds Bettdecke zur Seite und breitete das Papier auf der Matratze aus. Ein wirres Bild aus Linien und Kästchen entfaltete sich vor Reds staunenden Augen.

»Das ist Kenneth«, erklärte Chase. »Wir sind hier.« Er deutete auf ein Kästchen, das ein gutes Stück abseits von den anderen lag. Red begriff, dass es sich um einen Plan von der Stadt handeln musste. Die Linien repräsentierten die Straßen, die Kästchen Häuser. Red hatte so etwas noch nie gesehen. Es beeindruckte ihn zutiefst, obwohl er versuchte, sich das vor Chase nicht anmerken zu lassen.

»Hier sind die Dirty Feet«, fuhr Chase fort und umkreiste mit seinem Finger einen Teil der Karte. Dann deutete er nacheinander auf drei Punkte am Rand des Gebiets. »Wir kommen entweder hier, hier oder hier raus. Weil es dein erster Einsatz ist, würde ich sagen, wir fangen oben an. Da ist es meist verhältnismäßig ruhig. Okay?«

»Okay.« Red nickte und spürte nun doch, wie er nervös wurde. Er würde auf seinem ersten Einsatz gleich im gefährlichsten Gebiet der ganzen Stadt sein? Er war sich nicht sicher, ob das eine gute Idee war.

»Gut.« Chase nickte zufrieden. Dann überlegte er einen Moment.

»Hast du die Patronen von heute Morgen noch? Die neuen?«

Red tastete in seiner Tasche. Ja, da waren sie. Vier Stück waren ihm geblieben.

Er nickte.

»Nimm sie mit«, sagte Chase. »Kann nicht schaden.«

Er faltete die Karte wieder zusammen und wandte sich zur Tür. »Also dann – wir sehen uns morgen.«

»Bis morgen«, murmelte Red. Am liebsten hätte er Chase gebeten, noch zu bleiben. Er hatte überhaupt kein Bedürfnis danach, jetzt allein zu sein. Aber das ausgerechnet zu Chase zu sagen, war wahrscheinlich keine gute Idee, wenn er den mühsam verdienten Respekt noch eine Weile behalten wollte.

Während er noch über eine andere Möglichkeit nachdachte, wie er Chase mit einer guten Begründung zum Bleiben überreden könnte, fiel ihm plötzlich auf, dass er schon längst auf den Füßen stand – und dass ihm gerade ein ganz fürchterlich dummer Gedanke gekommen war.

»Chase?«

Chase drehte sich – ganz offensichtlich überrascht – noch einmal um. »Was denn?«

Red atmete tief durch. Er wusste, es war Wahnsinn, diese Frage zu stellen. Aber er tat es trotzdem. Weil er in diesem Moment das Gefühl hatte, dass es ihm vielleicht helfen würde, die Antwort zu kennen.

»Warum bist du bei den *Bloodstalkers*?«

Chase rührte sich nicht. Er starrte Red nur aus seinen hellen Augen an. Lange. Sehr lange.

»Leg dich wieder hin«, sagte er schließlich. Aber zu Reds Verwunderung klang er weder wütend noch abweisend. Eine weitere kleine Ewigkeit sah er ihn einfach nur an, obwohl Red sich nicht wieder hinlegte und sich nicht einmal setzte.

»Solche Fragen stellt man hier nicht. Das musst du schon für dich selbst herausfinden.« Chase nickte Red noch einmal zu. Dann schaltete er ohne ein weiteres Wort das Licht aus – und schloss die Tür hinter sich.

## Kapitel Siebzehn

### The Dirty Feet, Kenneth, Missouri

*»Freiheit. Ich kann an nichts anderes mehr denken. Ich glaube, ich bin besessen.«*

Nebel hing in dicken Schwaden über der Stadt, als sie Insomniac Mansion verließen. Der feuchte Tunnel, der aus dem Keller des Hauses bis in das stillgelegte Kanalisationsnetz von Kenneth führte, war bis unter die Decke gefüllt mit modriger Dunkelheit.

An diesem Abend jedoch hatte Red weitaus weniger Probleme damit als beim ersten Mal, als er im Tunnel unterwegs gewesen war. Hannah hatte ihm und Chase Brillen überreicht, durch deren Gläser Red seine Umgebung selbst in der Finsternis deutlich erkennen konnte, als sei sie in ein eigentümliches grünes Licht getaucht. Zu Anfang hatte die ungewohnte Sicht ihm Schwindel verursacht. Aber er gewöhnte sich schnell daran.

Nun folgte er Chase bereits seit einer ganzen Weile durch die Schatten des verzweigten Untergrunds der Stadt Kenneth. Sein Herz klopfte so heftig, dass er sich wunderte, den Schlag nicht von den Wänden widerhallen zu hören. Doch die einzigen Geräusche waren das leise Platschen ihrer Schritte, das Tröpfeln von Wasser und hier und da das Rascheln einer Ratte.

*Ist ruhig heute in der Stadt*, hatte Hannah gesagt. *Muss nichts heißen für die Dirty Feet, aber wenn ihr Glück habt, könnte das ein entspannter Abend für euch werden.*

Doch obwohl Red sich nicht sicher war, was er unter

»ruhig« zu verstehen hatte, war er sich doch sicher, dass dieser Abend alles mögliche werden konnte – aber keinesfalls entspannt.

Sie liefen sehr lange, bis Red irgendwann wieder jedes Zeitgefühl verloren hatte. Es war kalt hier unten, und er war nun froh darüber, einen Mantel mitgenommen zu haben.

Nach einer schieren Ewigkeit glaubte Red, einen blassen Lichtschein zu sehen. Verwundert schob er die Brille nach oben. Tatsächlich. Ein Stück weiter vorn, dort, wo sich ihr Weg in zwei weitere gabelte, musste es ein Loch in der Decke des Tunnels geben, durch das gedämpftes Licht in kalten Farben hereinfiel. Und auch Geräusche drangen nun zu ihnen herunter. Das Brummen von Motoren. Räder, die über Asphalt fuhren. Schritte und ein Gewirr aus unzähligen Stimmen.

Red blieb stehen und sah nach oben. Durch ein schmales Gitter konnte er Nebel sehen. Schatten. Und Vampire.

Eine Hand packte ihn am Arm und zog ihn vorwärts in die Dunkelheit. Red ließ die Brille wieder auf seine Nase fallen. Mit auf die Lippen gelegtem Finger bedeutete ihm Chase, leise zu sein. Red verstand, und sein Herzschlag beschleunigte sich erneut. Sie waren nun mitten in der Stadt.

Die Gelegenheiten, bei denen sich über ihnen ein Abflussgitter wie ein Fenster zur Welt auftat, wurden immer häufiger, je weiter sie vorankamen. Jedes Mal sah Red nach oben, wenn sie vorbeigingen. Und jedes Mal schien ihm die Stadt ein bisschen dunkler geworden zu sein. Ein bisschen stiller. Ein bisschen verkommener.

Auch der Tunnel veränderte sich. Die Wände bekamen mehr und mehr Risse. Es begann, nach Fäulnis und Verwesung zu riechen.

Schließlich blieb Chase an einer Stelle stehen, wo eine Metallplatte in der Tunneldecke einen Weg nach draußen anzeigte. Ein paar rostige Sprossen führten an der Wand nach oben. Noch einmal wandte Chase sich zu Red um und legte den Finger auf die Lippen.

Dann begann er, die Sprossen hinaufzuklettern.

Red folgte ihm, obwohl seine Glieder mittlerweile vor Aufregung so sehr zitterten, dass er bei jedem Schritt fürchtete, die Sprosse zu verfehlen. Das Gewicht des Revolvers an seiner Seite war ihm plötzlich sehr bewusst. Gleich würde er zum ersten Mal in seinem Leben einem Bluter gegenüberstehen. Vielleicht sogar einen Bluter töten. Reds Kleidung war nass von Schweiß, obwohl die Luft im Tunnel kühl war.

Knirschend schob sich die Metallplatte zur Seite.

Draußen war der Nebel erhellt von diffusem rotem Licht. Als Red nur kurz hinter Chase den Tunnel verließ, die Nachtsichtbrille von seiner Nase nahm und sich umsah, fand er sich in einer schmalen Gasse wieder, die halb im spärlichen Licht, halb in finsterem Schatten lag. Unrat stapelte sich in den Rinnsteinen. Eine Katze, die im Müll nach Ratten gejagt hatte, sprang erschreckt davon, als sie die beiden Menschen entdeckte. Zu beiden Seiten ragten die Wände von kastenförmigen, mehrstöckigen Häusern in die Höhe, mit Dreck und Farbe so sehr verschmiert, dass man den eigentlichen Putz nicht mehr sehen konnte.

Niemand war hier unterwegs. Doch in der Ferne konnte Red die Geräusche der belebten Innenstadt hören. Und von überall her schien leises Rascheln und Flüstern an seine Ohren zu dringen.

Chase neigte sich dicht zu ihm herüber. »Komm mit«, wisperte er. »Wir suchen uns einen Beobachtungsposten.«

Red nickte nur zum Zeichen, dass er verstanden hatte.

Hintereinander schlichen sie an den Häuserwänden entlang, immer darauf bedacht, sich im Schatten zu halten. Red hielt den Griff seines Revolvers fest umklammert.

Vor einem der Gebäude blieb Chase schließlich stehen und schaute sich prüfend um.

»Hier rein.«

Red warf ihm einen überraschten Blick zu. Er konnte keine Tür entdecken. Dies musste die Rückseite des Hauses sein.

Doch Chase deutete nur auf ein Fenster, etwa zwei Meter über ihnen, dessen Scheibe zersplittert war. Dann verschränkte er die Hände ineinander und bot sie Red als Trittstufe an. »Geh rauf und mach die Scherben aus dem Rahmen.«

Red spürte, wie ein Schauer seinen Rücken hinablief, doch er nickte erneut. *Es ist wie auf dem Parcours*, versuchte er sich einzureden, *bloß eine Übung auf dem Parcours*.

Aber es half nichts. Das hier war die Wirklichkeit – und es war naiv, zu glauben, dass er sich selbst täuschen könnte, wenn er es nur fest genug versuchte.

Als er nach Chase' Schultern griff und den Fuß in seine verschränkten Hände setzte, roch er auch an seinem Partner Schweiß. Aber seine Augen glühten, und ein grimmiges Lächeln lag schemenhaft in seinen Mundwinkeln. Chase gefiel das, was er hier tat, erkannte Red. Und nun wünschte er sich, vielleicht doch lieber mit Sarah oder Claire auf seinem ersten Einsatz zu sein – an einem Ort in Kenneth, der nicht ganz so gefährlich war wie die Dirty Feet. Aber dafür war es jetzt definitiv zu spät.

Das Fenster führte in einen dunklen Flur, in dem es nach Moder und feuchtem Staub roch. Red hielt sich an der Fensterbank fest und zerrte mit den Zähnen den Ärmel seines

Mantels über seine rechte Hand. Dann begann er, die spitzen Scherben eine nach der anderen aus dem Fensterrahmen zu schlagen – vorsichtig, um nicht zu viel Lärm zu machen.

»Beeil dich!«, zischte Chase unter ihm. »Du bist schwer, verdammt!«

Red leckte sich über die staubtrockenen Lippen und beeilte sich. In der Stille der Gasse hatte er das Gefühl, dass das scharfe Klirren laut genug war, um Tote aufwecken zu können. Endlich hatte er auch die letzte Scherbe entfernt und stemmte sich ganz auf die Fensterbank. Einen Moment noch verharrte er und lauschte in die stummen Schatten des Gebäudes hinein. Doch da war nichts. Nichts und niemand.

Eilig schlüpfte Red in den Korridor. Schemenhaft konnte er die Umrisse mehrerer Türen erkennen. Manche von ihnen hingen schief in ihren Angeln oder lagen zersplittert auf den gesprungenen und verschmierten Kacheln.

»Red!«

Beim plötzlichen Klang von Chase' Stimme fuhr Red zusammen. Er lief zum Fenster, um hinauszusehen. Chase stand unten, in der Hand den Beutel, den er bisher auf dem Rücken getragen hatte.

»Nimm den Rucksack!«, zischte er.

Red streckte den Arm aus und zog den Beutel zu sich herein. Er war schwer, und Red fragte sich, was Chase da wohl mit sich herumschleppte.

Ein Kratzen und Schaben an der Außenwand kündigte Chase' Erscheinen an. Er kroch durch das Fenster und landete mit einem kleinen Sprung neben Red.

»So«, meinte er gedämpft und nahm Red den Rucksack aus der Hand, um ihn erneut zu schultern. »Und jetzt – weiter nach oben.«

Er deutete mit dem Kopf in Richtung einer Tür. Anders als die anderen bestand sie aus Metall und war noch vollkommen intakt. Als Chase an der Klinke zog, öffnete sie sich mit einem grässlichen Kreischen. Red spürte, wie sich bei dem Geräusch die Härchen an seinen Armen und in seinem Nacken aufstellten.

Chase drehte sich zu ihm um. »Mach nicht so ein Gesicht«, sagte er. »Hier wohnt keiner mehr. Das riecht man doch.«

Red runzelte die Stirn. »Wie meinst du das?«

»Riechst du hier Verwesung?«, fragte Chase zurück. Hinter der Metalltür war eine Treppe aus Stahlgitter zum Vorschein gekommen, die sowohl nach oben als auch nach unten führte.

Red schnupperte. Nein, dachte er, nach Verwesung roch es hier tatsächlich nicht. Und das war also ein Zeichen dafür, dass es keine Vampire gab? Nun ja. Chase würde wissen, wovon er sprach. Zumindest hoffte Red das.

»Und das hast du schon von draußen gerochen?« Mit vorsichtigen Schritten folgte er Chase die Treppe hinauf. Die Stufen schepperten und quietschten unter seinen Stiefeln.

Chase sah sich kurz nach ihm um. Dann lachte er sein trockenes Lachen.

»Nein«, sagte er. »Das hab ich mir nur gedacht. Solche alten Hochhäuser stehen meistens leer. Verlassene Menschenwohnungen. Höchstens neugeborene Bluter hocken manchmal hier drin.«

»Höchstens neugeborene Bluter!«, wiederholte Red entgeistert.

Unwillkürlich tauchte das Bild vor seinem inneren Auge auf, wie er selbst durch das zerschlagene Fenster kroch und bereits von einem geifernden Vampir erwartet wurde.

»Aber die sind um diese Zeit noch nicht ganz wach. Ein Schuss und sie sind platt. Kein Grund, sich in die Hosen zu machen.«

Red schluckte und verkniff sich einen weiteren Kommentar. Er wollte vor Chase nicht ängstlich wirken. Aber er konnte nicht verhindern, dass seine Knie anfingen zu zittern und er sich regelrecht zwingen musste, weiter die klappernden Stufen hinaufzusteigen.

Im fünften Stock verließen sie das Treppenhaus und gelangten durch eine weitere Metalltür in einen Flur, der ähnlich heruntergekommen war wie der erste. Zielstrebig steuerte Chase auf eine Tür zu, die am Ende des Ganges lag. Das Schloss war herausgebrochen worden.

Hinter der Tür befand sich ein Raum, von dem eine zweite Tür in ein kleines Badezimmer führte – oder etwas, das einmal ein Badezimmer gewesen war. Morscher, fleckiger Teppich bedeckte den Boden. Ein Regal lag umgestürzt und zerborsten vor der Wand neben einem Sofa, aus dessen aufgeschlitztem Bezug rostige Spannfedern ragten. An der vergilbten Tapete wuchsen Flechten und schwarze Schimmelteppiche.

Chase trat zu einem der blinden Fenster und zerrte an seinem Griff, bis es sich öffnete. Dann ließ er den Rucksack neben sich zu Boden gleiten.

Red blieb unschlüssig in der Mitte des Raums stehen und sah ihm zu.

»Was hast du da eigentlich drin?«, fragte er und ärgerte sich über das Beben in seiner Stimme.

Chase, der sich hingehockt hatte und in der Tasche kramte, sah auf. Ein Grinsen erschien auf seinem Gesicht, und er zog etwas aus dem Rucksack hervor.

Einen Plastikbeutel, der Red sehr bekannt vorkam.

»Blutkonserven!«, stieß er überrascht hervor.

Chase nickte. »Köder.«

Er richtete sich auf und zog ein Messer aus einem Halfter, das er sich um den Oberschenkel gebunden hatte.

»Dann wollen wir sie mal aus ihren Löchern locken.«

Er stieß das Messer in den Beutel. Als er es wieder zurückriss, floss Blut über seine Hand. In hohem Bogen warf Chase den Beutel aus dem Fenster. Mit einem Platschen kam er auf der Straße auf.

Red sah Chase fassungslos zu, wie er weitere Blutkonserven aus dem Rucksack zerrte.

»Hier, hilf mir mal.« Er warf Red einen Beutel zu. Dann schlitzte er selbst einen weiteren auf und leerte ihn am Fenster aus, so dass das Blut die Hauswand hinunterlief.

Red räusperte sich. Er hatte das Gefühl, nicht einen Ton mehr herausbringen zu können, so trocken war sein Mund mittlerweile.

»Ich hab doch kein Messer«, murmelte er.

Chase wandte sich kurz zu ihm um. »Dann nimm die Zähne«, sagte er nur und schüttete mehr Blut aus dem Fenster.

Red atmete tief durch. Es blieb ihm wohl nichts anderes übrig ...

Mit einem mulmigen Gefühl in der Magengegend hob er den Beutel zum Mund und biss zu. Zog. Zerrte.

Und dann riss das Plastik. Blut spritzte ihm ins Gesicht. Troff über seine Hände auf den Boden und seine Füße.

»Raus damit!«, zischte Chase.

Hastig stürzte Red zum Fenster und warf. Ein weiteres Platschen.

Zwei große dunkle Lachen waren nun unten auf der

Straße im Nebel zu erahnen. Und eine blutige Spur führte die Wand hinauf direkt zu ihnen.

»Dürfte reichen«, sagte Chase.

»Reichen …?«, wiederholte Red und wischte sich über die blutverschmierte Stirn.

»Wirst schon sehen. Kann nicht mehr lange dauern, bis sie auftauchen.« Chase zog seinen Revolver aus dem Halfter und warf einen Blick hinüber zu Red. »Angst?«

Red biss sich auf die Unterlippe. Was für einen Sinn hatte es, zu lügen? Chase würde ihm sowieso nicht glauben.

»Ja«, gab er zu – oder wollte es zumindest. Aber es kam nur ein tonloses Flüstern heraus.

Chase grinste. »Sehr gut. Ich auch. Das gehört dazu. Aber das ist es wert. Das kannst du mir glauben. Es gibt kein besseres Gefühl, als diese Biester fertig zu machen.«

Red starrte ihn ungläubig an. Chase hatte Angst und gab es so leichtmütig zu? Also war es gar nicht schlimm, Angst zu haben?

Chase lachte, aber es klang nicht fröhlich. »Glaub es ruhig. Je mehr Angst du hast, desto besser bist du.«

Er lehnte sich aus dem Fenster und starrte auf die Straße. Red sah seine Hände zittern.

»So«, sagte Chase, und auch in seiner Stimme konnte Red nun ein Beben hören. »Und jetzt geht's los.«

Etwas in seiner Stimme jagte einen Schauer über Reds Rücken, und er warf ebenfalls einen Blick hinaus.

Dort unten bewegte sich etwas. Zwei schemenhafte Gestalten glitten lautlos durch den Nebel. Umkreisten die Blutlachen auf dem Asphalt.

Red griff nach seinem Revolver. *Bluter*, dachte er. *Da sind sie also.*

»Denk dran«, flüsterte Chase. »Dein Job ist es, mir den Rücken frei zu halten. Keine unnötige Zeit aufs Zielen verschwenden. Immer nur draufhalten.«

Red schluckte schwer und schloss einen Moment die Augen, in der Hoffnung, sich dadurch etwas zu beruhigen – als ein kehliges Knurren und Quieken von der Straße zu ihm heraufdrang.

»Ja«, murmelte Chase neben ihm. »Zerfleischt euch gegenseitig, ihr Bastarde.«

Red konnte nicht anders. Er musste wieder hinsehen. Tief unter ihm waren die Bluter aufeinander losgegangen und kämpften um etwas – einen der leeren Plastikbeutel vielleicht.

Plötzlich sah er aus dem Augenwinkel, wie Chase seine Waffe auf die Straße richtete.

Red stockte der Atem. Er wollte schießen? Auf die Entfernung? Und bei der schlechten Sicht?

»Hier oben bin ich, Arschloch«, murmelte Chase – dann zerbarst die Nacht unter dem Krachen eines Schusses.

Ein schrilles Kreischen drohte Reds Ohren zu zerfetzen. Chase lachte höhnisch auf und schoss erneut. Die Kugel explodierte auf dem Asphalt. Und Red begriff. Chase hatte gar nicht die Absicht, jetzt schon einen Bluter zu erledigen. Er wollte sie auf sich aufmerksam machen.

Mit Erfolg.

Einer der Bluter brüllte – ein zorniger Laut, der Red bis in die Knochen erzittern ließ. Fast zeitgleich machten die Gestalten einen Satz. Spinnengleich blieben sie an der Fassade kleben und begannen hinaufzuklettern.

Gelbe Augen starrten zu Red herauf, aus einer grässlich verzerrten Fratze, die einmal ein menschliches Gesicht gewesen sein musste. Der vordere der beiden Bluter hatte sie entdeckt. Lange, spitze Fangzähne glühten in der trübgrauen Dunkelheit.

»Schieß!« Chase feuerte seine Waffe ab. Drei-, vier-, fünfmal in schneller Folge. Der Bluter wich behände aus. Speichel tropfte aus seinen Mundwinkeln, und nun konnte Red auch den anderen sehen, der dichtauf gefolgt war. Ohne weiter darüber nachzudenken, schoss er, bis keine Kugeln mehr in seinem Revolver waren. Der zweite Bluter kreischte und rutschte ein Stück die Wand wieder hinunter.

»Weg vom Fenster!«

Chase packte Red am Arm und riss ihn mit sich zurück. »Nachladen!«

Red hatte das Gefühl, sich vor Angst übergeben zu müssen. Wie mechanisch ließ er die Trommel seines Revolvers aufschnappen und griff an seinen Patronengürtel – als der Bluter auch schon ins Zimmer sprang. Nur einen Sekundenbruchteil später zerbarst die Scheibe des zweiten Fensters mit scharfem Klirren und ließ den anderen Bluter ein.

Reds zitternde Finger verweigerten ihm den Dienst. Die sechste Patrone fiel zu Boden, dann die siebte. Sein Atem raste.

Mit einem Fauchen fuhren die Bluter auf sie los.

Das Krachen von Chase' Revolver erschütterte die Luft. Der erste Bluter sprang – Red ließ die Trommel zuschnellen. Fünf Schuss. Nur fünf. Er drückte ab.

Mit dem ersten Schuss traf er den Vampir in die Hüfte. Mit dem zweiten in die Schulter. Der Bluter brüllte auf und flog gegen die Wand. Wieder hörte Red Chase' Revolver krachen. Er wirbelte herum. Der andere Bluter raste mit gefletschten Zähnen auf ihn zu, das Gesicht zu einem wilden Grinsen verzogen.

Red feuerte. Noch einmal und noch einmal. Es krachte und krachte – und dann klickte es nur noch. Fünf Schuss.

Reds Herz blieb für einen Augenblick stehen.

*Tot*, dachte er noch.

Dann prallte der Körper des Bluters gegen ihn.

Im Fallen hörte er rasselnden Atem. Keuchen. Gurgeln. Sein Kopf schlug hart auf den Boden auf. Die Luft wurde mit einem Schlag aus seinen Lungen gepresst.

Stille umgab ihn. Feuchte, klebrige Stille.

Der Vampir lag auf ihm und rührte sich nicht. Und überall war Blut.

Langsame Schritte näherten sich. Red konnte sie durch die fleischige Masse, die sein Gesicht bedeckte, nur gedämpft hören. Er spürte eine Erschütterung. Der Vampirkörper rollte von seiner Brust, und er sah Chase – der die Waffe auf ihn gerichtet hielt.

Red wagte nicht, sich zu bewegen. Langsam ging Chase in die Hocke und starrte auf ihn herab. Sein Gesicht war blutgesprenkelt.

Schließlich steckte er den Revolver zurück in sein Halfter und zog ein Tuch aus seiner Tasche. »Lass den Mund zu«, sagte er. »Du darfst es auf keinen Fall schlucken. Bist du verletzt?«

Red schüttelte den Kopf.

Chase nickte. Dann spuckte er auf das Tuch und wischte Red damit den Mund ab.

»Steh auf«, sagte er dann. »Es ist noch nicht vorbei.«

Vorsichtig richtete Red sich auf. Er hörte kaum, was Chase sagte. Sein Kopf dröhnte, und sein Herz jagte. Er war am Leben!

Chase inspizierte den reglosen Körper des Bluters.

»Kein schlechter Anfang«, meinte er trocken. »Zwei tödliche Treffer hintereinander.«

Red sah ihn verwirrt an. »Was?«

»Herz und Auge«, erklärte Chase. »Das war gründlich. Glückwunsch – dein erster Abschuss.«

Schwankend kam Red auf die Beine und wankte zu Chase hinüber. Doch als er auf den Leichnam des Bluters hinunterstarrte, wünschte er sich sofort, er hätte es nicht getan.

Das Gesicht des Vampirs war nur noch ein unkenntlicher Brei aus Fleisch und Knochen, zwischen denen das Gehirn hervorquoll. In seiner Brust klaffte ein riesiges Loch mit fransigen Rändern, aus dem noch immer wässriges Blut sickerte. Tatsächlich. Er war gründlich gewesen. Red spürte, wie bittere Magensäure ihm die Kehle hinaufstieg, während gleichzeitig ein berauschendes Gefühl der Erleichterung seinen Körper durchströmte. Er hatte es getan! Er hatte einen Bluter erledigt! Er selbst!

Er keuchte zwischen Lachen und Würgen.

Chase sah zu ihm auf. »Vergiss nicht, deinen Revolver nachzuladen«, sagte er. »Die nächsten werden nicht lange auf sich warten lassen.«

Seine Worte brachten Red in Sekundenbruchteilen wieder auf den Boden zurück. Die nächsten? Hastig griff er nach seiner Waffe. Noch einmal wollte er nicht riskieren, nur mit fünf Schuss im Lauf einem Vampir gegenüberstehen zu müssen.

Chase richtete sich auf.

»Du gehst auf den Flur und wartest neben der Tür. Ich stelle mich da rein.« Er deutete mit dem Kopf zum Badezimmer. »Wenn einer durchs Fenster kommt, schießt du mit allem, was du hast, sobald er an meiner Tür vorbei ist. Ich mache dann von hinten …« Er brach ab und lauschte.

Auch Red horchte. Ein Kratzen war von außen an der Hauswand zu hören.

»Eins von diesen Biestern hat unsere Spur gefunden«, zischte Chase. »Auf deine Position, schnell!«

Red nickte hastig und beeilte sich, aus dem Zimmer zu kommen. Auf dem Flur drückte er sich neben der Tür in den Schatten und starrte zum Fenster hinüber. Chase war nicht mehr zu sehen. Red bemühte sich, nicht zu laut zu atmen. Sein Herz jagte noch immer – aber diesmal, stellte er verblüfft fest, war es gar nicht mehr soviel Angst. Adrenalin jagte durch seine Adern und setzte ihn unter Strom, bis kaum noch Raum blieb, um sich zu fürchten. Das Kratzen war jetzt deutlicher zu hören, näherte sich fast gemächlich. Und schließlich schoben sich schmale Hände über die Fensterbank. Ein wilder Haarschopf folgte, unter dem gelbe Augen glühten. Eine Frau, erkannte Red. Eine junge Bluterin.

*Na komm schon*, dachte er. *Wir sind hier. Komm und hol uns!*

Die Bluterin schnüffelte und kroch langsam ins Zimmer. Während sie ihren Blick schweifen ließ, schien sie ein wenig zu zögern. Sie zuckte zurück, als sie die beiden Leichen entdeckte.

Wie menschlich sie aussah!

Und dann doch wieder überhaupt nicht.

*Nur noch ein Stück*, dachte Red und hob den Revolver. *Nur noch ein kleines Stück weiter …*

Die Bluterin bewegte sich vorwärts. Blieb stehen, um erneut zu schnüffeln.

Reds Finger spannte sich um den Abzug.

*Nur noch einen Schritt …*

In diesem Moment hörte er etwas.

Ein Geräusch, das ihm einen Schreck eiskalt durch alle Glieder fahren ließ: Schritte.

Auf der Treppe hinter der Metalltür.

Mehr Bluter! Von unten!

Und auch von draußen hörte er erneutes Schaben.

Red fühlte, wie ihm der Schweiß ausbrach. Was sollte er jetzt tun? Er musste Chase warnen!

Aber als Allererstes musste er jetzt so schnell wie möglich diese Bluterin loswerden.

Mit einem entschlossenen Satz sprang er in den Raum hinein und schoss. Er erwischte sie am Schlüsselbein und am Oberschenkel.

Die Vampirin jaulte erschreckt auf und sprang fauchend auf ihn zu.

Ohne zu denken, feuerte Red weiter – bis von hinten ein weiterer Schuss ertönte, der den Kopf der Bluterin von ihren Schultern riss.

Red verlor keine Zeit. Noch während er seinen Revolver nachlud, lief er zu Chase hinüber und packte ihn am Arm.

»Wir müssen hier weg! Da sind Bluter im Treppenhaus!«

Chase begriff sofort. Er warf einen schnellen Blick zum Fenster, wo schon bald die nächsten Vampire auftauchen mussten. Gegen vier oder fünf von ihnen gleichzeitig würden sie keine Chance haben.

»Wir gehen aufs Dach. Los!«

Er packte seinen Rucksack und schob Red aus dem Raum, ein Stück den Gang hinunter und in ein anderes Zimmer, wo er das Fenster aufriss.

»Lad meinen Revolver nach. Nimm die Patronen von Dienstagmorgen. Schnell!« Er drückte Red die Waffe in die Hand.

Die Patronen von Dienstag? Was hieß das? Waren sie in so großer Gefahr? Hastig fingerte Red die Kugeln aus der Tasche und schob sie in die Trommel.

»Du sicherst die Tür!«

Mit schnellen Bewegungen zerrte Chase etwas aus dem Beutel, das wie ein zweiter Revolver aussah – nur dass ein langes Drahtseil um eine Spule aufgewickelt daran hing. Im Lauf steckte ein eiserner Haken.

Red schob den nachgeladenen Revolver zurück in Chase' Halfter und richtete seine eigene Waffe auf die Tür. Er zitterte jetzt wieder am ganzen Körper.

Chase kletterte derweil aufs Fensterbrett und hielt sich mit einer Hand am Rahmen fest. Wind riss an seinen Haaren. Red wagte kaum, über die Schulter zu schauen, um zu sehen, was Chase tat. Starr hielt er seinen Blick auf die Tür gerichtet. Die Schritte im Treppenhaus waren nun ganz nah. Schritte von mindestens zwei Blutern. Und auch die Vampire an der Fassade mussten inzwischen im Zimmer angelangt sein.

Kris' Worte tauchten plötzlich wieder in seinem Kopf auf. *Der Einsatz des Wirkstoffs wird euch im Zweifelsfall zumindest ein Entkommen ermöglichen.* Im Zweifelsfall … das hier war ein solcher Zweifelsfall?

Ein Knall direkt hinter ihm ließ ihn zusammenfahren. Chase sprang zurück in den Raum und zog nun ebenfalls wieder seinen Revolver, während er den Rucksack schulterte.

»Geh vor, ich halte sie auf wenn nötig.«

Red drehte sich zum Fenster um. Das Drahtseil schwang im Wind hin und her. Hastig kletterte Red auf die Fensterbank und griff danach – aber als er versehentlich einen Blick in die Tiefe unter ihm warf, wurde ihm schwindelig. Die Straße war so unendlich weit entfernt – und das Dach, wo sich das Seil irgendwo verhakt haben musste, an einer Stelle, die Red durch den Nebel nicht einmal sehen konnte, so schrecklich weit über ihm.

»Geh endlich!«, brüllte Chase. Auch seiner Stimme war die Nervosität jetzt deutlich anzuhören.

Red schluckte trocken. Er hatte keine Zeit, Höhenangst zu haben. Wenn sie den Blutern nicht entkamen … Entschlossen packte er das Seil mit beiden Händen und kletterte nach draußen.

Der Wind griff nach ihm, kaum dass er den Schutz des Gebäudes verlassen hatte. Seine Füße fanden an der glatten Wand kaum Halt, und das dünne Seil schnitt schmerzhaft in seine Hände. Aber es trug ihn, und das war für den Moment alles, was zählte.

Mit zusammengebissenen Zähnen kletterte Red aufwärts. Er kam nur quälend langsam voran, und immer wieder fürchtete er, an dem feuchten Seil abzurutschen – als er unter sich Schüsse hörte, gefolgt von Brüllen und Kreischen. Red klammerte sich am Seil fest und zwang sich, nicht nach unten zu sehen. Was passierte dort unten? Wie viele Bluter waren dort? Und was war mit Chase?

Ein Ruck ging durch das Seil, und für einen schrecklichen Moment glaubte Red, den Halt zu verlieren.

Weitere Schüsse fielen. Und nun sah er doch nach unten. Chase hing mit einer Hand am Seil. Hinter ihm drängten sich mehrere Bluter durch das Fenster, geiferten und fauchten und kämpften darum, als Erstes die Verfolgung aufzunehmen. Noch zweimal feuerte Chase, und zwei der Bluter stürzten mit gellendem Kreischen in die Tiefe.

Dann begann Chase zu klettern. Das Seil hatte er in den Gürtel geklemmt und zog es mit sich nach oben. Er war schnell, viel schneller als Red – der nun seinen Blick losriss und ebenfalls wieder zu klettern begann.

Mittlerweile konnte er das Ende des Seils sehen, das sich auf dem flachen Dach um einen Antennenmast gewickelt hatte, der sich bedenklich unter ihrem Gewicht bog.

*Nicht mehr weit*, dachte Red, *nur noch ein kleines Stück!*

Die Muskeln in seinen Armen brannten vor Anstrengung.

Chase war inzwischen nur noch ein paar Meter hinter ihm. Doch auch die Bluter hatten die Verfolgung aufgenommen.

Mit einem letzten Kraftaufwand schwang Red sich über den Rand des Dachs und riss den Revolver aus seinem Halfter. Vier Bluter waren Chase auf den Fersen, die Gesichter zu gierigen Grimassen verzogen.

Red zielte – schoss – zielte – und schoss, kaum dass er sich richtig klar wurde, was er tat.

Zwei Bluter fielen von der Wand wie tote Fliegen, und noch hatte er vier Schuss, bevor er nachladen musste. Dann war Chase bei ihm, kroch keuchend über den Rand und rappelte sich auf die Knie.

Ein weiterer Bluter fiel, als Red mit seinem letzten Schuss endlich sein Gesicht traf.

Er wich vom Rand zurück – der verbliebene Vampir hatte das Dach fast erreicht und setzte zum Sprung an.

Red griff an seinen Munitionsgürtel, um nachzuladen. Doch als der Bluter über den Rand schoss, holte ihn ein letzter Schuss von Chase aus der Luft.

Das Jaulen des Vampirs verklang in einem röchelnden Gurgeln.

Es war vorbei.

Schwer atmend ließ Red sich auf den Boden fallen. Er hatte das Gefühl, dass seine Knochen nur noch aus Gelee bestanden, als hätte ihn jemand wie einen nassen Waschlappen ausgewrungen und alle Kraft aus ihm herausgepresst.

Neben ihm kauerte Chase und atmete in keuchenden Stößen. Er schien ebenso wie Red am Ende seiner Kräfte zu sein. Und doch hatte Red den absurden Eindruck, dass Chase dort saß, blutüberströmt und vollkommen fertig mit der Welt – und lachte.

Zwischen zwei Atemstößen hob Chase den Kopf und sah Red mit einem Blick an, der der Wildheit der Bluter in nichts nachstand. »Und?«, keuchte er und entblößte die Zähne zu einem Grinsen. »Wie geht's?«

Und jetzt erst wurde Red klar, was das wirklich Absurde an dieser Situation war: Auch er verspürte den Drang zu lachen – laut und triumphierend zu lachen.

Ein Gefühl, berauschender als alles Relacin der Welt, berauschender sogar als Célestes Musik, ließ seinen Körper beben: Hier, in diesem Moment, an diesem Ort – war er frei. Frei und unglaublich stark. Nichts und niemand konnte ihm jetzt noch etwas anhaben.

Er konnte Chase nicht antworten.

Aber Chase verstand.

»Schluss für heute«, sagte er, noch immer atemlos, und stemmte sich auf die Füße. »Gehen wir nach Hause.«

Red nickte und rappelte sich ebenfalls auf. Nach Hause. O ja. Er würde furchtbar froh sein, wenn er wieder sicher zurück in seinem Zimmer war und die Stadt hinter ihm lag. Aber er begriff nun, was Chase gemeint hatte.

Die Angst – sie lohnte sich wirklich. Denn wenn dieses

Hochgefühl der Lohn dafür war, dann würde er sie liebend gern immer wieder in Kauf nehmen.

Nein, korrigierte er sich selbst, nicht nur in Kauf nehmen.

Dieser Abend war erst ein Anfang. Es würden viele weitere folgen.

Und diese Angst, das spürte Red nun deutlich, war etwas, wofür es sich zu leben lohnte.

# Kapitel Achtzehn

Uptown, Kenneth, Missouri

> *»Ich habe immer gedacht, alle Menschen wären gleich. Aber ich bin anders. Du bringst mich dazu, anders zu sein.«*

»Von oben, Red!«, brüllte Chase.

Der Bluter landete krachend auf dem Dach des Autos und blieb für den Bruchteil einer Sekunde sitzen – den Bruchteil, den Red brauchte, um zu zielen.

Seine Kugel riss dem Vampir den Oberkörper auf und zerfetzte sein Herz in winzige Stücke.

*Abschuss*, dachte Red. *Der letzte für heute.*

Langsam ließ er den Revolver sinken und schloss die Augen, um dem Nachhall des Schusses zu lauschen. Das inzwischen so vertraute Hochgefühl durchströmte seinen Körper.

Hinter sich hörte er Schritte und drehte sich um.

Chase grinste ihm entgegen, während er sich rasch näherte. »Guter Schuss.« Er wischte sich mit dem Handrücken das Blut von der Wange. »Na das war's dann wohl. Nach Hause?«

Red nickte und versuchte, sich nicht all zu offensichtlich über das Lob zu freuen. »Unbedingt. Zeit fürs Wochenende.«

Gemeinsam verließen sie das Parkhaus, das sie in dieser Nacht für ihre Jagd in Uptown ausgesucht hatten. Der erste blassgoldene Schimmer überzog bereits den Himmel im Osten. Schnee knirschte unter ihren Stiefeln, und die Luft war klar und kalt.

Chase gähnte. »War ein bisschen zäh heute, was?«

Red nickte. In der Tat hatten sie diese Nacht hauptsächlich mit Warten und Frieren verbracht. In den wohlhabenden Vierteln von Kenneth waren selten viele Bluter unterwegs – aber diesmal war es regelrecht langweilig gewesen. Vor allem, da das Erledigen von jungen Vampiren mit Hilfe der neuen Patronen fast so einfach war, wie auf Puppen zu schießen.

Zwei Monate waren seit Reds erstem Einsatz in den Dirty Feet vergangen. Seither war er mit verschiedenen Teams in fast allen Teilen von Kenneth unterwegs gewesen und fühlte sich in der Stadt mittlerweile regelrecht heimisch. Selbst in den Tunneln fand er sich inzwischen gut zurecht, und die Wege kamen ihm immer weniger lang vor. Die Außeneinsätze wurden allmählich zur Routine – eine angenehme Routine, auf die Red nicht mehr verzichten wollte. Denn die Euphorie, die er bei jenem ersten Mal auf dem Dach in den Dirty Feet verspürt hatte, war die gleiche geblieben, egal, wo er die Bluter tötete, und egal, wie viele. Er hatte das Gefühl, auf der Spitze eines Berges zu stehen, der mit jedem Abschuss höher wurde, ihn weiter sehen und freier atmen ließ. Es war ein Gefühl, das süchtig machte – und Red hatte sich irgendwann erstaunt eingestehen müssen, dass es ihn wirklich überhaupt nicht interessierte, warum er all die Bluter erschoss. Oder was es den *Bloodstalkers* half, wenn er es tat. Ihm ging es einzig und allein um die Angst, um die Aufregung, die ein Außeneinsatz mit sich brachte – und um dieses Gefühl der Freiheit, das ihn überschwemmte, wenn er sie besiegt hatte. Darum war er auch am liebsten mit Chase unterwegs. Denn nur bei ihm hatte er das Gefühl, dass er genauso empfand. Dass er gern auf Außeneinsätze ging – nicht aus einer Verpflichtung den Vampiren gegenüber. Und nicht zuletzt hatte Red festgestellt, dass ihm die Einsätze halfen, besser mit seiner Sehnsucht nach Blue fertig zu werden. Es erleichterte ihn, etwas gefunden zu haben, das ihm trotz allem einen gewissen Frieden geben konnte. Die Nächte, in denen er vor lauter Verzweiflung nicht schlafen konnte, waren seltener geworden – und manchmal gab es sogar Tage, an denen er überhaupt nicht an sie dachte, weil das Training und die Arbeit als Jäger ihn viel zu sehr in Anspruch nahmen. Es war ein gutes Gefühl. Red war dankbar dafür.

Und doch waren es genau diese Momente, die er am meisten fürchtete. Eine Angst, die nicht versprach, sich in Euphorie aufzulösen, drückte schmerzhaft auf seine Brust, wann immer ihm bewusst wurde, dass ein weiterer Tag ohne einen einzigen Gedanken an sein wahres Ziel vergangen war. Er wollte nicht vergessen. Er durfte nicht vergessen. Er hatte Blue versprochen, sie nicht zu verraten, und das würde er auch nicht. Niemals.

Nur gab es einfach nichts, was er zur Zeit tun konnte. Er hatte ja nichts – außer Kris' Versprechen, von dem er nicht wusste, ob der Vampir es jemals halten würde. Wenn er an der Verzweiflung nicht zerbrechen wollte, was blieb ihm dann, außer zu warten und den Druck, der ihn von Innen heraus zu sprengen drohte, gegen die Bluter zu richten?

Nichts, dachte Red. Gar nichts. Also machte er einfach immer weiter, während das Vergessen sich Tag für Tag weiter in seine Erinnerung fraß.

Als sie in die Eingangshalle von Insomniac Mansion traten und die Dunkelheit und Kälte der Stadt endgültig hinter sich ließen, blieb Chase so abrupt stehen, dass Red beinahe in ihn hineingelaufen wäre. »Scheiße.«

Red warf ihm einen verwirrten Blick zu.

»Was …?«

Er brach ab. Denn jetzt, wo Chase ihn aus den finsteren Grübeleien gerissen hatte, die wie ein dickes Tuch über seinen Sinnen lagen, hörte er es auch. Eine leise Stimme, die wortlos in seinem Kopf erklang. Eine Stimme, die er kannte – und die er doch um diese Zeit als Allerletztes zu hören erwartet hätte.

»Kris …«, murmelte Red. »Warum jetzt?«

Er wechselte einen Blick mit Chase.

»Verdammt. Was soll der Mist?« Zwischen Chase' Brauen war eine steile Falte erschienen. »Du also auch?«

Red nickte langsam. »Er sagt, ich soll nach oben kommen.« Er schloss die Augen und lauschte. »Ins hohe Turmzimmer.«

Während sie die Treppe hinaufstiegen, öffneten sich nach und nach auch die Türen zu den Zimmern der anderen Menschen. Bruce und Sarah waren offenbar ebenfalls erst kürzlich von ihrem Außeneinsatz zurückgekehrt und trugen noch ihre blutbefleckte Kleidung. Im Gegensatz zu Chase und Red hatten sie allerdings schon ihre Waffen abgelegt und ihre Gesichter gewaschen. Will, Claire und Michael hingegen schienen aus dem Schlaf gerissen worden zu sein, ohne dass man ihnen noch die Zeit gelassen hätte, ihre Schlafanzüge gegen andere Kleidung einzutauschen oder auch nur ihre Haare zu kämmen.

Red hatte noch nie erlebt, dass er auf dem Weg ins zweite Stockwerk nicht allein war. Umso merkwürdiger erschien es ihm jetzt, mit den anderen Executives gemeinsam die schmale Treppe hinaufzusteigen. Es war, als würde der schattenverhangene Korridor allein dadurch ein Teil seiner irrealen Atmosphäre verlieren, als würde er greifbar werden durch die Anwesenheit der Menschen, die er sonst nie hier sah. Einer nach dem anderen stiegen sie die Wendeltreppe hinauf in den Turm. In das Zimmer der Prüfungen, das den klangvollen Namen »The Highest Place« trug.

Die Vampire erwarteten sie. Die Morgensonne umspielte ihre Gestalten mit hellem Licht, in dem nur Kris seine Dunkelheit zu bewahren schien. Tatsächlich war er der Einzige, der aussah wie immer, dachte Red, und nicht durch das freundliche Licht geradezu unscheinbar. Aber vielleicht lag das auch nur daran, dass er Kris so gut kannte.

Als der Blick des Vampirs sich mit Reds kreuzte, lächelte er.

Auch das Turmzimmer selbst wirkte heute ganz anders als bei Reds Prüfung. Er hatte es kleiner in Erinnerung gehabt. Düsterer und beklemmender. Aber jetzt, bei Tageslicht, war der Raum mit seinen großen Fenstern hell und geradezu freundlich.

Er hatte jedoch keine Zeit, weiter darüber nachzudenken – denn nun trat Céleste vor und musterte sie einen nach dem anderen mit ihrem intensiven Blick.

»Es freut mich, dass ihr alle gekommen seid.«

Erst jetzt fiel Red auf, wie lange es her war, dass er zuletzt ihre Stimme gehört hatte. Das Lied, das darin klang, berührte ihn noch immer – aber erstaunlicherweise zog es ihn nicht mehr so sehr in seinen Bann wie damals. Damals – nun ja. Vor einigen Monaten. Doch Red kam es unglaublich lange her vor.

Aus dem Augenwinkel sah er Chase spöttisch lächeln. Red kannte ihn inzwischen gut genug, um zu ahnen, was er dachte. Es war immerhin nicht so, dass sie freiwillig hier herauf gekommen waren.

Auch Céleste hatte das Lächeln offenbar bemerkt, denn sie bedachte Chase mit einem sanft tadelnden Blick – der ihn allerdings nur wenig zu beeindrucken schien.

»Wie ihr euch sicher denken könnt, gibt es einen besonderen Anlass, aus dem wir euch heute zusammengerufen haben«, fuhr sie fort. »Es tut mir leid, euch deswegen von eurer verdienten Ruhe abzuhalten. Ich verspreche, ich werde mich so kurz wie möglich fassen.«

Sie lächelte erneut, und Red fragte sich, wie es überhaupt irgendjemandem möglich sein sollte, ihr etwas zu verübeln. Er selbst wäre sehr zufrieden damit gewesen, einfach hier zu stehen und ihrer singenden Stimme zu lauschen, ganz gleich, was sie sagte. Aber er ahnte, dass er, genau wie alle anderen, diesmal genau zuhören musste – und dass sie deshalb ganz bewusst den Einfluss ihrer Stimme gedämpft hatte.

»Wie ihr ja wisst, nutzt ihr in euren Waffen seit einiger Zeit einen neuen Wirkstoff.« Céleste sah von einem zum anderen, um sich der vollen Aufmerksamkeit jedes einzelnen sicher zu sein. »Euch allen ist sicher aufgefallen, wie stark seine Kraft ist – und dass ihr nun in der Lage seid, auch deutlich älteren Blutern entgegenzutreten, als das bisher der Fall war. Das ist ein enormer Fortschritt. Aber«, sie hob die Stimme ein wenig, »wir dürfen an diesem Punkt nicht stehen bleiben. Das ist erst der Anfang. Und darum werden wir jetzt, wo wir die Möglichkeit dazu haben, den nächsten Schritt gehen. Und ihr, als die Exekutive der *Bloodstalkers* in Kenneth, werdet bei diesem Schritt eine entscheidende Rolle spielen.«

Sie wandte sich um und winkte Kris, näher zu treten. »Kris. Bitte.«

Der jüngere Vampir neigte respektvoll den Kopf und stellte sich neben Céleste.

»Wie die meisten von euch wissen«, begann er mit seiner ruhigen Stimme zu erklären, »bin ich in den letzten Monaten nur tagsüber bei euch auf Insomniac Mansion gewesen. Und ich weiß, dass einige von euch sich bereits nach dem 'Warum' gefragt haben.« Bei diesen Worten sah er Red an, und der Schatten eines Lächelns huschte über sein Gesicht. »Leider muss ich euch sagen, dass sich an diesem Zustand auch in naher Zukunft nichts ändern wird. Aber ich freue mich, euch mitzuteilen, dass ich euch heute den Grund dafür nennen kann.«

Er machte eine kleine, bedeutungsvolle Pause. »Vor etwa eineinhalb Jahren hatte ich das Vergnügen, einen Mann namens Dr. Cedric Ignatio Edwards kennenzulernen – einen konservativen Vampir beeindruckenden Alters. Er leitet eine Forschungsstation etwas außerhalb von Kenneth, die sich mit einem für uns äußerst interessanten Thema beschäftigt: Der Heilung der Bluterkrankheit auf mikrobiologischem Weg. Und da ich, wie euch sicher bekannt ist, ein wenig in den Biowissenschaften bewandert bin, war es naheliegend, mich bei ihm um eine Stelle zu bewerben. Eine etwas heikle Angelegenheit, da der gute Doktor leider kein Freund unserer Organisation ist. Vielmehr vertritt er in vielerlei Hinsicht die Ansichten des World Parliament – aber das soll für den Moment nebensächlich sein. Es gelang mir jedenfalls, Mitglied seiner Forschungsgruppe zu werden. Mit den Mitteln, die mir dort zur Verfügung standen, war es mir daraufhin möglich, den Wirkstoff BRA-47 zu entwickeln, den ihr ja nun schon kennt – ein Abfallprodukt der Forschung, wenn man so will.«

Wieder machte Kris eine Pause, als wolle er den Worten, die nun folgten, zusätzliches Gewicht verleihen.

»Nun aber – und das ist der eigentliche Grund unserer heutigen Zusammenkunft – hat diese Forschungsgruppe einen wichtigen Durchbruch erzielt: Sie haben ein Mittel entdeckt, das, in geringer Dosis verabreicht, die Symptome der Bluterkrankheit heilen kann. Wird es aber in zu großen Mengen zugeführt, ist es für Vampire innerhalb kürzester Zeit tödlich. Für *alle* Vampire. Und ihr werdet mir sicher zustimmen, wenn ich sage, dass dieser Wirkstoff von höchstem Interesse für die *Bloodstalkers* ist.«

Keiner der Menschen sagte ein Wort. Was Kris da erzählte, klang so unglaublich – so ungeheuerlich, dass Reds Magen allein bei dem Gedanken nervös zu kribbeln anfing. Was würde dieses Mittel nur für ihre Außeneinsätze bedeuten? Es würde sie ja sozusagen unbesiegbar machen!

Dann aber riss ihn Kris' Stimme wieder aus seinen Gedanken.

»Es gibt allerdings ein Problem. Anders als bei BRA-47 ist es mir in diesem Fall nicht möglich, den Wirkstoff hier in Insomniac Mansion selbst herzustellen, da dafür Gerätschaften nötig sind, für die wir hier nicht die Mittel und auch nicht den Platz haben. Ich weiß aber, dass Dr. Edwards vom Parlament den Auftrag erhalten hat, innerhalb von vierzehn Tagen größere Mengen des Stoffes für den Testeinsatz in anderen Laboren herzustellen.

Und das ist der Punkt, an dem ihr ins Spiel kommt.«

Wieder glitt Kris' Blick über die Menschen, die ihm ohne Ausnahme gebannt lauschten.

»Ihr werdet diejenigen sein, die das Mittel für die *Bloodstalkers* beschaffen. Wir erteilen euch hiermit den Auftrag, in die Forschungsstation einzudringen und es hierher zu bringen. Das wird nicht einfach, sondern höchst gefährlich. Im Lauf der nächsten zwei Wochen werdet ihr spezielles Training und weitere Instruktionen erhalten.« Er nickte Tony zu, der mit grimmiger Miene die Arme vor der Brust verschränkte.

»Hannah wird euch mit der Ausrüstung ausstatten, die ihr benötigt. Am Montag werdet ihr sofort mit dem Training beginnen. Und es wird während dieser Zeit keine Außeneinsätze geben. Stattdessen trainiert ihr mindestens fünfmal die Woche – je nach Konstitution. Dieser Auftrag hat absolute Priorität.«

Kris verstummte.

Red hörte Chase leise mit der Zunge schnalzen. Und auch er selbst war sich nicht sicher, was er von der ganzen Sache halten sollte. Keine Außeneinsätze. Zwei Wochen lang. Die Aussicht gefiel ihm ganz und gar nicht. Andererseits – neue Ausrüstung? Das wiederum klang interessant. Und wenn ihr Auftrag erfolgreich war, würden sie diesen neuen Wirkstoff einsetzen können. Dafür würde es sich wohl lohnen, auf Außeneinsätze zu verzichten. Und sogar, am Wochenende zu arbeiten. Denn wenn er Kris' Worte richtig deutete, kam genau das auf sie zu.

Céleste trat erneut vor. »Ich selbst werde für eine Weile nicht hier sein«, sagte sie. »In weniger als zwei Stunden breche ich nach Europa auf, um mich mit den dortigen Vertretern der *Bloodstalkers* über diese neue Perspektive zu besprechen – und auch, um ihnen unseren nun gut erprobten Wirkstoff BRA-47 zugänglich zu machen. Kris wird mich begleiten, um mich bei der Beantwortung wissenschaftlicher Fragen zu unterstützen. Für die Zeit meiner

Abwesenheit übertrage ich Tony die Leitung von Insomniac Mansion. Richtet euch in allen Belangen an ihn.« Sie lächelte. »Das wäre dann vorerst alles. Nun sollt ihr eure wohlverdiente Ruhe haben. Bitte geht zurück auf eure Zimmer.«

Sie nickte und wandte sich ab. Und obwohl ihre Stimme nach wie vor freundlich war, erkannten die Menschen doch einen Befehl, wenn sie ihn hörten.

Schweigsam verließen sie einer nach dem anderen den Raum. Sie wagten nicht, über das zu sprechen, was sie gerade gehört hatten – nicht solange die Vampire in Hörweite waren. Erst als die Tür zum inneren Treppenhaus hinter ihnen ins Schloss gefallen war und sie am Kopf der Treppe zur Eingangshalle stehen blieben, fühlten sie sich wieder unbeobachtet genug, um miteinander zu reden.

Sarah vergrub die Hände in den Hosentaschen. Ihre Stirn hatte sich unwillig gekräuselt. »Schöne Aussichten«, murmelte sie. »Keine Außeneinsätze und von montags bis freitags Training. Und dann in eine Forschungsstation einbrechen, wo lauter Konservative herumrennen. Na danke.«

Chase lachte und hockte sich auf das Geländer neben einer der Säulen, die die Decke trugen. »Also mir gefällt der Plan. Das wird ein Riesenspaß.«

Will, der nach Claires Hand gegriffen hatte, schüttelte missbilligend den Kopf. »Ich glaube, du nimmst das alles zu leicht, Chase. Neue Ausrüstung, schön und gut. Aber wer garantiert uns, dass diese Aktion auch funktioniert? Wer weiß, ob wir nicht alle draufgehen dabei?«

»Schisser«, sagte Chase und gähnte.

Will sah ihn ärgerlich an.

Red lehnte sich neben Chase an das Geländer. »Also ich

denke schon, dass es ziemlich viel Arbeit wird«, sagte er nachdenklich. »Aber Kris plant diese Aktion seit Monaten, wenn ich ihn richtig verstanden habe. Meinst du nicht, dass er alles gut durchdacht hat?«

»Red hat recht«, ließ sich Michael vernehmen. Er hatte die Arme vor der Brust verschränkt und starrte mit ernstem Blick in die Eingangshalle hinunter. »Fragt sich nur, ob das Zeug das Risiko wert ist.«

Will schwieg, aber er sah keineswegs glücklich aus. Wieder einmal musste Red an ihr Gespräch vor einigen Monaten zurückdenken – und daran, dass Will als Einziger von ihnen überhaupt kein echter Executive war. Er hatte schwaches Blut.

»Warten wir doch erstmal ab.« Claire legte Will beruhigend die freie Hand auf dic Schulter. »Wir wissen ja noch gar nicht, was wirklich auf uns zukommt.«

»Nun ja – nach allem, was ich von Hannah gehört habe, wird unsere Ausrüstung jedenfalls spektakulär sein«, ließ sich Bruce vernehmen.

Claire hob die Brauen. »Wirklich? Mir gegenüber hat sie nichts erwähnt.«

Bruce hob die dürren Schultern. »Sie hat mir auch verboten, darüber zu sprechen. Aber ich nehme an, ihr werdet es morgen sehen. Wir alle sollten jetzt auch schlafen, so lange wir noch können.«

Chase grinste spöttisch. »Ach. Tatsächlich? Klingt ja gruselig.«

»Nein, für dich wird es natürlich ein Spaziergang, Chase«, kommentierte Sarah spitz.

Red warf ihr einen schnellen Blick zu. Es verwirrte ihn jedes Mal, wenn sie diese bissige Art an den Tag legte. Er würde wohl nie begreifen, was genau sich da zwischen den beiden abspielte.

Aber Chase lachte nur. »Klar. Für dich etwa nicht, Sarah?«

Sarah murmelte etwas, das Red nicht verstehen konnte, doch es hörte sich nicht freundlich an. Dann stand sie auf.

»Nicht mehr heute jedenfalls«, sagte sie laut. »Ich weiß ja nicht, wie lange ihr hier noch rumstehen wollt, aber ich gehe jetzt baden. Ich stinke nach Bluter, und ich bin müde.«

Bruce nickte bedächtig – froh, dass jemand seine Meinung ernst zu nehmen schien. Michael legte Sarah die Hand auf die Schulter. »Recht hast du. Wir haben alle eine harte Nacht hinter uns. Wir können das ebenso gut später weiter besprechen.«

»Find ich auch.« Claire riss den Mund auf und gähnte. »Ich will in mein Bett. Gute Nacht zusammen.«

»Gute Nacht.«

Einer nach dem anderen verschwanden die Menschen in ihren Zimmern. Sarah marschierte mit energischen Schritten davon. Michael und Bruce unterhielten sich leise weiter, während sie die Galerie entlanggingen. Claire zog Will, der noch immer finster vor sich hinstarrte, am Arm hinter sich her. Türen öffneten sich und schlossen sich wieder. Und allmählich wurde es still auf dem Flur und in der Eingangshalle.

Nur Red und Chase blieben zurück.

Eine Weile noch verharrten sie dort an der Brüstung, während die Morgensonne langsam höher stieg und die Eingangshalle mehr und mehr erhellte.

Keiner der beiden sagte etwas. Und trotzdem schien zwischen ihnen ein stummes Einverständnis zu herrschen, dass sie noch etwas auszutauschen hatten.

»Was hältst du von der Sache?«, fragte Red schließlich, als er merkte, dass ihm langsam die Augen zufielen. Wenn sie noch reden wollten, dann mussten sie es jetzt tun – oder er würde hier im Stehen einschlafen.

Chase warf ihm einen Blick zu, den Red nicht sofort deuten konnte.

»Na ja«, sagte er endlich, und ganz anders als zuvor klang seine Stimme nun sehr ernst und überhaupt nicht mehr spöttisch. »Meinst du denn, es macht einen Unterschied, ob wir Bluter oder Konservative jagen?«

Red überlegte einen Augenblick. Im Grunde hatte Chase ja recht. Ob Bluter oder nicht – Vampire zu erschießen, würde sich vermutlich immer ungefähr gleich anfühlen.

Er hob die Schultern. »Nein«, antwortete er langsam. »Eigentlich nicht.«

Eine Weile noch sah Chase ihn mit diesem seltsamen Blick an. Dann wischte er sich mit einer nachlässigen Handbewegung die Haare aus dem Gesicht.

»Tja. Scheint, als hättest du's begriffen.«

Red zögerte kurz – und nickte dann. Ja, das hatte er. Er musste nicht einmal fragen, was Chase nun wieder meinte. Red wusste auch so, dass er ihm gerade indirekt auf eine vor Ewigkeiten ausgesprochene Frage antwortete.

Oder vielmehr endlich feststellte, dass Red die Antwort inzwischen selbst erkannt hatte. Und nicht nur das. Er verstand sie auch, obwohl sie ihn vor wenigen Wochen noch völlig fassungslos zurückgelassen hätte.

Denn es war nicht so, dass Chase den Grund, aus dem er hier war, nicht nennen wollte. Die simple Wahrheit war, dass er keinen hatte. Keinen anderen zumindest als den, dass er ein leidenschaftlicher Vampirjäger war. Möglich, dass er irgendwann einen gehabt hatte. Höchstwahrscheinlich sogar, denn etwas musste ihm den Anstoß gegeben haben, sich den *Bloodstalkers* anzuschließen. Aber das spielte für Chase mittlerweile keine Rolle mehr.

Genau wie für Red. Denn seit er wusste, dass Blue sich nicht in Kenneth aufhielt, gab es keinen konkreten Grund mehr, der ihn dazu antrieb, Vampire zu erschießen – außer der Tatsache, dass er regelrecht süchtig danach war. Es brachte ihn zu keinem Ziel, das war ihm klar. Aber es half ihm, sich lebendig zu fühlen, wo er sonst vor Verzweiflung innerlich starb. Und genau das – dieser übermächtige Drang, diese Sucht nach Lebendigkeit – war der eigentliche Punkt, in dem er und Chase sich ähnlich waren. Sehr ähnlich sogar. Aber das hatte nicht einmal Kris durchschaut.

Chase grinste schief, als könne er Reds Gedanken lesen.

»Ganz genau«, sagte er und nickte, obwohl Red gar nichts gesagt hatte. Dann sprang er vom Geländer, um sich neben Red an die Brüstung zu lehnen, während er die Hände in die Taschen seiner noch immer blutverschmierten Hose schob.

»Bist halt doch anders.«

Red warf ihm einen verwunderten Blick zu. Ein etwas seltsames Lob, dachte er. Andererseits – was sollte er von Chase sonst erwarten?

»Anders? Als wer?«

Chase hob die Schultern und zog spöttisch einen Mundwinkel nach oben. »Wer schon.« Er ließ seinen Blick vielsagend über die Türen schweifen, hinter denen die anderen Executives verschwunden waren. Einige Momente lang schwieg er, während das Grinsen auf seinem Gesicht verblasste und unwillige Falten auf seiner Stirn zurückließ.

»Alle gleich, verstehst du?« Er schüttelte ärgerlich den

Kopf. »Alles, was sie tun, muss einen Sinn machen. Manchmal würde ich ihnen gern ordentlich ins Hirn blasen, damit sie aufhören, so verstopft zu sein. Ehrlich, Mann. Ich wäre schon dankbar, wenn sie wenigstens nicht ständig versuchen würden, alles auszudiskutieren.« Chase seufzte und starrte zum Kronleuchter hinauf, der im blassen Licht matt glänzte.

»Erst habe ich gedacht, du bist auch so. Oder schlimmer. Stimmt aber nicht. Du redest nicht so viel. Du machst einfach.«

Red starrte ihn verblüfft an. Chase war selten geizig, wenn es darum ging, bissige Bemerkungen zu verteilen – dafür aber um so sparsamer mit Anerkennung. Dass er Red nun so offenherzig lobte, war überraschend genug. Aber Red hatte auch noch nie erlebt, dass er einen so ernsthaft verächtlichen Ton anschlug, wenn es um ihre Mitstreiter ging.

Doch der Augenblick war ebenso schnell vorbei, wie er gekommen war. Chase schnalzte mit der Zunge und hob die Schultern.

»Na ja. Lass sie denken, was sie wollen. Gehen wir schlafen.« Er richtete sich auf. »Bis später – Farmer.«

Er hob die Hand und wandte sich ab.

Red machte einen Schritt nach vorn. »Warte mal!«

Chase hielt inne und sah über die Schulter zurück. »Was?«

»Warum nennst du mich immer so?«

Das Lachen war in Sekundenbruchteilen von Chase' Gesicht verschwunden. Für einen Moment war es sehr still in der Eingangshalle. Dann hörte Red ihn leise seufzen.

»Nimm's nicht persönlich«, sagte Chase. »Vergiss nicht, wir sind hier unter Vampiren. Masken sind erwünscht.«

Er nickte Red noch einmal zu. »Wir sehen uns. Schlaf gut.«

Und damit ließ er Red endgültig allein.

# Kapitel Neunzehn

## Insomniac Mansion, Kenneth, Missouri

*»Bis bald, Red. Bitte warte nicht zu lang, bevor du kommst.«*

Red verschlief den Großteil des Samstags und erwachte erst, als es bereits wieder dämmerte. Er fühlte sich matt und schläfrig, und hätte ihm nicht ein dringendes Bedürfnis auf die Blase gedrückt, wäre er vermutlich sofort wieder eingeschlafen. Im Haus war es still, und durch einen Spalt zwischen den Gardinen sah Red, dass es draußen wieder zu schneien begonnen hatte.

Er gähnte und setzte sich schwerfällig auf. Die Luft im Zimmer war kalt, und er zog fröstelnd die Bettdecke bis zu seinem Kinn. In solchen Momenten beneidete er die Vampire, die niemals Hunger bekamen und niemals austreten mussten. An Tagen wie diesen hätte Red sein Bett dann überhaupt nicht verlassen, da war er sich sicher.

Möglichst ohne zu viel von seinem nackten Arm der Kälte preiszugeben, angelte er nach seinem Pullover und seinen Socken, die er am Morgen achtlos neben seinem Bett hatte fallen lassen – als sein Blick plötzlich an der Tür hängen blieb.

Oder vielmehr: an dem Zettel, den jemand mit einem Klebestreifen daran gehängt hatte.

Vor lauter Verwunderung hätte Red die Kälte beinahe vergessen. Eilig schlüpfte er in seine Kleider und stand auf, um zur Tür zu gehen.

Es war ein kurzer Brief, mit schwarzer Tinte von Hand geschrieben. Und obwohl es das erste Mal war, dass Red die

Handschrift zu sehen bekam, erkannte er sie auf den ersten Blick: Kris musste noch einmal hier gewesen sein, bevor er mit Céleste nach Paris aufgebrochen war. Red tastete nach seinem Hals. Wie gewöhnlich war nichts zu fühlen. Aber wenn Kris von ihm getrunken hatte, würde das erklären, warum er so lange und fest geschlafen hatte.

Red nahm den Zettel herunter und rieb sich über die noch vom Schlaf verklebten Augen, um den Brief lesen zu können.

Doch schon nach wenigen Zeilen hatte er plötzlich das Gefühl, nicht mehr aufrecht stehen zu können. Er schwankte und stützte sich schwer gegen den Türrahmen. Mit brennenden Augen starrte er auf das kleine Stück Papier, das ihm schließlich aus zitternden Fingern fiel und zu seinen Füßen liegen blieb.

*Mein lieber Red,*

*leider bleibt mir nicht viel Zeit, bevor ich aufbrechen muss. Und so, wie sich die Dinge zur Zeit darstellen, wird es mir voraussichtlich auch nicht möglich sein, noch mit Dir zu sprechen, ehe ihr in die Forschungsstation eindringt. Trotzdem möchte ich Dir noch etwas mitteilen, das nur Dich persönlich betrifft und das Du daher besser für Dich behalten solltest. Aber das brauche ich Dir sicher nicht zu sagen.*

*Erinnerst Du Dich daran, dass ich Dir vor einiger Zeit von einem Ort erzählt habe, den Du damals noch nicht betreten konntest? Ich sagte Dir auch, dass sich dieser Sachverhalt in nicht all zu ferner Zukunft ändern würde, wenn Du Dich weiterhin gut bewährst – und das hast Du getan.*

*Der Zeitpunkt ist gekommen, Red.*

*Und darum, wenn Du erst in der Forschungsstation bist – halte die Augen weit offen.*

*Dann wirst Du dort vielleicht etwas finden, das sehr wichtig für Dich ist.*

*Ich vertraue Dir, dass Du klug und überlegt handeln wirst.*

*Viel Erfolg und meine besten Wünsche.*

*Kris*

Red hätte nicht sagen können, wie lange er dort stand, die Fäuste gegen das glatte Holz der Tür gepresst, und auf den am Boden liegenden Brief starrte.

Er hatte es nicht mehr geglaubt, wurde ihm klar. Er hatte nicht mehr daran geglaubt, Blue jemals finden zu können. Er hatte sogar schon begonnen, sich an den Gedanken zu gewöhnen. Hatte geglaubt, dass er begann, sie zu vergessen – und dass irgendwann nichts mehr übrig sein würde als die Erinnerung an die starken Gefühle, die er für sie empfunden hatte. Gefühle, die mittlerweile ebenso weit von ihm entfernt schienen wie Blue selbst.

Jetzt aber wusste er: Er hatte nichts vergessen. Gar nichts.

Kris hatte nicht gelogen.

Er hatte Blue dort draußen in Kenneth gefunden. Und er hatte sie an jenen Ort gebracht, der die Forschungsstation war, auch wenn Red nicht verstand, wieso. Warum hatte Kris Blue nicht hierher geholt?

Er konnte sich den Grund dafür nicht vorstellen, und der Gedanke verursachte ihm eine unbestimmte Übelkeit.

Aber er drängte sie mit aller Kraft zurück, während er sich nach dem Brief bückte, ihn zusammenfaltete und in seiner Hosentasche verschwinden ließ.

Er würde es früh genug herausfinden. Er würde in die Forschungsstation gehen.

Und was auch immer er noch dort vorfinden sollte – es würde keinen Unterschied machen. Denn dann, endlich …

… würde er Blue wiedersehen.

# ZWEITER TEIL: WAHRES BLUT

*Die Ausprägung besonderer Fähigkeiten ist doch oft nur die Folge einer Mangelmutation.*

# Kapitel Eins

## Forschungsstation White Chapel, Kenneth, Missouri

Etwa zur gleichen Zeit, als Red September 38.07 an seinem ersten Morgen in Insomniac Mansion seinen ersten Blick auf die Stadt Kenneth warf, stand auch Dr. Cedric Ignatio Edwards an seinem Fenster und blinzelte in die aufgehende Sonne.

*Schon wieder eine Nacht vorbei*, dachte er und betrachtete sinnend das Licht, das gemächlich über die Getreidefelder vorankroch. *Macht insgesamt zweitausendfünfhundertdreizehn. Nicht mehr weit bis zum Jubiläum. Sechs Wochen noch. Dann sind es sieben Jahre. Sieben schon …*

Cedric seufzte und strich sich gedankenverloren die Haare aus dem Gesicht.

*Wir sollten das mal feiern*, überlegte er und lächelte über den Zynismus in den stummen Worten. *Nein, wirklich. Sieben Jahre Frust. Das ist doch eine Party wert.*

Das Lächeln verblasste so schnell, wie es gekommen war. Cedric schüttelte resigniert den Kopf und seufzte erneut. Dann wandte er sich vom Fenster ab und ließ die Jalousien herunter, um wenigstens einen Teil des Lichts auszusperren. Er würde heute nicht nach Hause gehen, wie seine Mitarbeiter es schon vor fast zwei Stunden getan hatten. Es gab an diesem Tag viel zu tun. Und er hatte nicht einmal damit angefangen.

Die Aufzeichnungen über den Test der vergangenen

Nacht lagen noch auf seinem Schreibtisch – stumm und gleichgültig starrten sie ihn an. Cedric hätte sie gern weggeräumt. Aber er konnte sich nicht überwinden, sie anzufassen, also zog er die unterste seiner Schreibtischschubladen auf und holte Katherines Mappe daraus hervor. Mit einem Knall ließ er sie auf die Papiere fallen. Nun musste er sie wenigstens nicht mehr sehen.

Nachdem er noch einige Augenblicke lang reglos ins Leere gestarrt hatte, schlug er mit einem weiteren Seufzer die Mappe auf und beugte sich darüber. Er musste etwas tun, um sich abzulenken, bevor er mit der eigentlichen Arbeit begann. Zumindest für eine Weile. Über Katherines Fortschritte zu brüten, war nicht viel erbaulicher, als über die Ergebnisse der letzten Nacht nachzudenken. Aber immerhin hatte er hier eine Idee, wie er weiter vorgehen konnte. Schließlich ähnelte die Arbeit mit Katherine viel mehr einem Geduldspiel oder einem Puzzle als einem echten wissenschaftlichen Problem. Und nicht zuletzt musste er über diese Arbeit keine Rechenschaft vor dem Parlament ablegen. Das Parlament wusste ja nicht einmal davon. Warum auch? Diese Versuche kosteten nichts und berührten viel zu sehr Katherines und auch Cedrics Privatsphäre, als dass er mit einem Vertreter des World Parliament darüber hätte sprechen wollen.

Einem Vertreter des World Parliament …

Cedric stützte den Kopf schwer in die Hände. Sich abzulenken war nicht leicht. Schon jetzt wanderten seine Gedanken wie von unsichtbaren Fäden gezogen zurück zu dem Besuch, der seiner Forschungsstation zu Beginn der nächsten Nacht bevorstand. Und selbst die positive Bilanz seiner Arbeit mit Katherine konnte ihn nicht darüber hinwegtrösten, dass er im vergangenen Jahr – seit zum letzten Mal ein Gutachter des Parlaments bei ihnen gewesen war – kaum Fortschritte vorzuweisen hatte. Auch wenn Katherine etwas anderes behauptete. Nun, dann sollte sie den Gutachter überzeugen. Wenn sie die richtigen Worte fand, ihm klar zu machen, dass er White Chapel besser nicht den Geldhahn abdrehte – dann wäre das Cedric mehr als recht.

Mit einem letzten Seufzer klappte er Katherines Mappe zu und legte sie zur Seite. Nein, es hatte keinen Sinn, es auf andere abschieben zu wollen, dachte er müde. Er selbst war der Leiter der Forschungsgruppe. Er hatte vor fast sieben Jahren das Parlament von der Notwendigkeit dieser Einrichtung überzeugt. Und er war auch derjenige, der sich nun darüber klar werden musste, wie er die horrenden Summen, die White Chapel seither zugeflossen waren, rechtfertigen sollte. Der Gutachter würde es von niemand anderem hören wollen. Und es noch weiter aufzuschieben, würde die Aufgabe nicht einfacher machen.

Noch immer mit einem Gefühl des Widerwillens zog Cedric den Ordner mit den gesammelten Forschungsergebnissen des vergangenen Jahres zu sich heran. Er war demotivierend leicht.

Cedric öffnete sein Notizbuch und griff nach seinem Stift. Sekundenlang starrte er auf die leere Seite.

Vielleicht sollte er vorher noch den Wächter informieren, dachte er schließlich und legte den Stift wieder zur Seite. So viel Zeit musste er aufbringen können – nicht, dass er es am Ende vergaß. Das würde für sie alle recht unangenehme Folgen haben.

Cedric stand auf und ging zur Wand, um dagegen zu klopfen.

»Sid, komm her! Und bring Tee mit.«

Für ein paar Sekunden antwortete ihm nur Schweigen. Dann schien die Wand unter seinen Fingern leise zu vibrieren.

*Dauert dann 'nen Moment, Doc.*

Cedric nickte. »Ist in Ordnung. Lass dir Zeit.«

Mit schleppenden Schritten ging er zu seinem Schreibtisch zurück. Die hastig hingekritzelten Zahlen auf dem Versuchsvordruck lachten ihm noch immer höhnisch entgegen.

*02/09/2256*

*Arretin VO-159*

| | | | | |
|---|---|---|---|---|
| *Gliedmaßen:* | *Rechter Arm* | *Linker Arm* | *Rechtes Bein* | *Linkes Bein* |
| | 0 | 0 | 0 | 0 |
| *Rumpf:* | *Becken/Unterleib* | *Torso/Brust* | | |
| | 0 | 0 | | |
| *Kopf:* | *Stammhirn* | *Großhirn* | | |
| | 0 | 0 | | |

Null. Null. Null.

Cedric griff nach dem Zettel, knüllte ihn in einer Hand zu einem zerknitterten Ball zusammen und warf ihn in den Papierkorb.

Oder, mit anderen Worten: Nichts.

Er stützte die Hände auf die Schreibtischplatte und stierte düster auf den leeren Fleck, den der Zettel hinterlassen hatte.

Er konnte die Dosis nicht noch weiter erhöhen. Das wäre erstens zu teuer, und zweitens würde es die Gesundheit des Versuchsobjekts erheblich beeinträchtigen. Außerdem würde Nummer 159 bald ins bewusste Stadium übergehen, wenn sie weiterhin jede Nacht einen ganzen Menschen vorgeworfen bekam. Spätestens in zwei Wochen sollte er sich darum kümmern, sie in der Anstalt anzumelden. Wie jedes Mal überkam Cedric der Anflug eines schlechten Gewissens, als er daran dachte. Die Anstalt war ein vom Parlament geförderter Ort, an dem junge Progressive betreut wurden, bis sie ins bewusste Stadium übergingen und sozialisiert werden konnten. An und für sich eine begrüßenswerte Idee. Doch die Anstalt war nicht gerade dafür bekannt, liebevoll mit ihren Schützlingen umzugehen.

Ein Krachen ließ Cedric aufschrecken. Die Tür zu seinem Zimmer war unter der Wucht eines schweren Stiefels aufgeflogen und gegen die Wand geknallt.

Auf der Schwelle stand ein junger Vampir mit zottigen, schlohweißen Haaren und einem knochigen Gesicht, aus dem Cedric zwei bläuliche Kohlen entgegen glühten. Er trug einen uralten Mantel, dem die Ärmel fehlten und der nur mit einer dünnen Silberkette über der nackten Brust des Vampirs zusammengehalten wurde.

In der Hand hielt er eine Bechertasse, aus der es aromatisch duftete.

Cedric ließ sich seufzend zurück auf seinen Stuhl sinken.

»Guten Morgen, Sid.«

»Tee ist fertig.« Mit energischen Schritten betrat Sid das Zimmer, stellte die Tasse ab und ließ sich in den Besucherstuhl fallen, bevor er seine Füße mit Schwung auf die Tischplatte legte.

Der Tee schwappte unter dem Aufprall seiner stahlverstärkten Stiefel und bildete eine kleine Pfütze unter der Tasse.

Cedric warf Sid einen ungehaltenen Blick zu. Dann zog er kopfschüttelnd die Tasse zu sich heran, um die Hände darum zu legen. Wärme durchströmte ihn.

Wenn er eines vermisste in seinem Leben als Vampir, dann

war es der Genuss von Tee und Zigaretten, dachte Cedric wehmütig. Es gab einfach nichts mehr, mit dem er sich wirkungsvoll beruhigen konnte. Das Rauchen hatte er schon vor fast drei Jahrhunderten aufgegeben, weil ihn die Sinnlosigkeit zu sehr deprimierte. An Tee konnte er immerhin noch riechen und sich wärmen – dann war es fast wie damals, vor mittlerweile vierhundertneununddreißig Jahren, im England des späten neunzehnten Jahrhunderts, als er noch ein Mensch gewesen war und zu jeder Tages- und Nachtzeit Tee getrunken hatte. Cedric erinnerte sich gern daran, auch wenn von diesem jungen, dummen Menschen im Lauf der Jahrhunderte nicht viel übrig geblieben war. Inzwischen sah er nur noch mit viel gutem Willen aus wie siebenunddreißig, und er fühlte sich dabei meist noch viel älter, als er es wirklich war. Katherine machte oft ihre Scherze darüber, dass er mit seiner mittlerweile fast durchscheinenden Haut, den wirr in die Stirn hängenden Locken und den tiefen Augenringen mehr aussah wie eine wandelnde Leiche als wie ein lebendiger Vampir. Aber Cedric war nicht eitel genug, sich das Gesicht und die Hände zu pudern, wie es bei den älteren Vampiren in den letzten Jahren in Mode gekommen war. Er hielt nichts davon, menschlich aussehen zu wollen, wenn man seit Jahrhunderten kein Mensch mehr war.

Tee allerdings mochte er immer noch.

»Dunkel haben Sie's hier drin, Doc.« Sid verschränkte die Arme vor der Brust und blies sich eine Haarsträhne aus der Stirn.

Cedric sah auf, während er mit dem Ärmel seines Laborkittels die Flecken wegwischte. »Heute Abend bekommen wir Besuch, Sid. Einen Herrn vom Parlament. Ich will, dass du ihn hereinlässt.«

Sid kaute auf einem seiner langen Fingernägel und sah zum Fenster, als hätte er Cedric nicht zugehört.

»Eindringlinge, so so …«, murmelte er schließlich, und eine seiner Augenbrauen hob sich spöttisch.

»Besucher«, korrigierte Cedric. »Das heißt, du sollst sie beobachten. Aber nicht mit ihnen sprechen oder dich zeigen, es sei denn, sie versuchen, in den oberen Stockwerken herumzuschnüffeln, wenn ich nicht dabei bin.«

Auf Sids Gesicht erschien ein schmales Lächeln. Doch er sah Cedric noch immer nicht an. »Boom«, flüsterte er. »Dunkel, dunkel ist das.«

Cedric runzelte unwillig die Stirn. »Sid …«

»Schon klar, Doc.« Mit einem Ruck wandte Sid sich um, und sein Blick kehrte zu Cedric zurück. Ein Funkeln war in seine Augen getreten, das auf jeden anderen in seiner plötzlichen Schärfe wohl beängstigend gewirkt hätte. Aber Cedric bemerkte es kaum. Er kannte seinen Wächter einfach schon zu lange.

»Hab verstanden. Sie können sich auf mich verlassen.« Sid entblößte die Zähne zu einem Grinsen.

»Gut.« Cedric nickte. »Dann war das vorerst alles. Danke dir.«

»Kein Thema, Doc. Ich freue mich drauf.«

Sid wuchtete seine Füße wieder vom Tisch und stand auf.

»Übrigens, wäre es nicht mal eine Idee, den Wassertank zu bestrahlen? Dann müsste ich nicht immer zu Fuß gehen, wenn Sie Tee wollen.«

Cedric hob die Brauen. »Vielleicht eines Tages. Jetzt habe ich wirklich andere Sorgen.«

Sid zuckte mit den Schultern. »War ja auch bloß ein Vorschlag.« Unter ihm begannen seine Füße, ihre Form zu verlieren und in den Boden hineinzufließen. Dann folgten seine Beine und sein Rumpf. Doch es ging ungewohnt langsam, als würde Sid noch zögern.

»Wenn sie schnüffeln«, sagte er nachdenklich, als schon nur noch seine Brust und seine Schultern zu sehen waren, »darf ich sie dann austreiben?«

Cedric verengte die Augen. Austreiben hieß in Sids Sprache so viel wie »vernichten«. Und Sid war wohl der einzige Vampir, der eine solche Drohung wirklich wahrmachen konnte.

»Natürlich nicht«, antwortete er schroff. »Diese Leute sind offizielle Funktionäre des World Parliament, Sid. Natürlich darfst du sie *nicht* ›austreiben‹.«

»Schade, schade …« Sid lächelte bedauernd. »Tja, dann eben nicht. Bis später, Doc.«

Geräuschlos verschwand der Vampir im Fußboden.

»Bis später«, murmelte Cedric und umspannte die Teetasse fester mit seinen Händen. Die Wärme begann sich bereits zu verflüchtigen.

*Den Wassertank bestrahlen*, dachte er und schüttelte den Kopf. Natürlich könnte er das tun. Aber das würde bedeuten, dass auch Sid erneut bestrahlt werden musste, um seine Moleküle mit denen des Wassers zu synchronisieren. Und was das für Sids ohnehin labile Psyche zu bedeuten hätte, wollte Cedric sich lieber nicht vorstellen. An manchen Tagen bereute er es fast, das Strahlungsexperiment durchgeführt zu haben, mit dem er die Substanz des jüngeren Vampirs manipuliert und zu einer Einheit mit der Forschungsstation verschmolzen hatte. Doch meistens war er froh über die Vorteile, die es mit sich brachte, einen Wächter zu haben, der zu jeder Zeit an jedem beliebigen Ort von White Chapel auftauchen konnte – und der zudem ganz allein in der Lage war, ganze Horden von Eindringlingen zurückzuschlagen, wenn es nötig wurde. Sid hatte die Station vor mehr Übergriffen durch wildernde junge Bluter geschützt, als Cedric zählen konnte. Eine Armee von Wachpersonal wie in den OASIS brauchte White Chapel nicht. Und nicht zuletzt hatte Sid sich seinerzeit selbst bereit erklärt, die schmerzhafte Prozedur der Bestrahlung über sich ergehen zu lassen. Dass sein Verstand dabei in Mitleidenschaft gezogen werden würde, hatte er damals natürlich nicht gewusst. Aber es schien ihn auch nicht besonders zu stören.

Mit Gewalt riss Cedric seine Gedanken von dem Wächter los. Die Sonne stieg immer höher. Er mochte vielleicht ewig leben, aber er hatte nicht ewig Zeit.

Cedric griff nach seinem Stift. Schob die Tasse zur Seite.

Und begann endlich zu schreiben.

Der Gutachter traf am späten Abend ein, als die Mitarbeiter von White Chapel ihre Arbeit bereits wieder aufgenommen hatten. Er war ein streng aussehender konservativer Vampir in einem dunklen Anzug, der von zwei Gehilfen begleitet wurde: Einer Frau mit straff aufgesteckten roten Haaren, die schon bei der Begrüßung ihren Notizblock bereit hielt, als beabsichtige sie, jedes Wort von Cedric genauestens zu protokollieren – und einem übereifrigen Jungvampir, der offensichtlich zu keinem anderen Zweck die Gruppe begleitete, als die Tasche des Gutachters hinter ihm her zu tragen.

Cedric schüttelte allen dreien die Hand und führte sie auf direktem Weg in den Vorraum der Labore, wo Katherine bereits auf sie wartete. Sie hatte dem Anlass entsprechend ihre Haare ordentlich zurückgebunden und einen frischen, blütenweißen Kittel angezogen. Ihre langen Eckzähne glänzten, als sie lächelnd auf Cedric und seine Gäste zutrat.

»Guten Abend«, grüßte sie freundlich.

»Mr. Hanson – darf ich Ihnen meine persönliche Assistentin Katherine Darleston vorstellen?«, sagte Cedric. »Katherine – das ist Mr. Jeffrey Hanson vom Referat für Forschungsförderung. Und das sind seine Assistenten Mrs. Helen James und Mr. Oscar Harvey.«

»Freut mich sehr«, sagte Katherine und reichte zuerst Mr. Hanson die Hand.

Mrs. James hatte bereits wieder ihren Block gezückt und machte sich eine Notiz.

»Ich sehe, Sie beschäftigen den Richtlinien entsprechend auch progressive Vampire in ihrer Station«, bemerkte Mr. Hanson und klang recht zufrieden dabei. »Ist Mrs. Darleston die einzige Progressive in Ihrem Team, Dr. Edwards?«

Cedric schüttelte den Kopf. »Nein. Eine unserer Gentechnikerinnen ist ebenfalls vom progressiven Stamm. Sie werden sie noch kennenlernen.«

Mr. Hanson nickte, und Mrs. James schrieb. »Keine männlichen Progressiven?«

»Nein.«

»Aus welchem Grund?«

Cedric unterdrückte ein Seufzen. Mr. Hanson schien neu im Referat zu sein. Zumindest war in den letzten Jahren immer ein anderer zur Inspektion gekommen, der die Verhältnisse in White Chapel bereits kannte. Nun aber schien es, als müsse er alles von Neuem bis ins kleinste Detail erklären.

»Wir haben unsere Mitarbeiter nach Qualifikation ausgewählt. Leider standen keine entsprechenden männlichen Bewerber zur Debatte.«

»Verstehe.« Mr. Hanson nickte erneut. »Nun dann, wollen wir mit dem Rundgang beginnen? Sie können mir währenddessen sicher noch einige Fragen beantworten.«

»Natürlich«, sagte Cedric. »Was immer Sie wissen wollen.«

Katherine öffnete die Tür. »Bitte hier entlang.«

Der Geruch nach Chemikalien begrüßte die kleine Gruppe, als sie einer nach dem anderen das Labor betraten. Janet und Pei Lin, die über ihre Mikroskope gebeugt gearbeitet hatten, hoben die Köpfe.

»Lasst euch nicht stören«, sagte Katherine und lächelte. »Wir sind gleich wieder weg.«

Der Gutachter und seine Gehilfen waren derweil in der Mitte des Raums stehen geblieben und sahen sich um. Keiner von ihnen konnte mit den Geräten und Essenzen, die hier aufgebaut waren, etwas anfangen, dachte Cedric und lächelte grimmig. Wahrscheinlich verbrachten sie ihre Zeit für gewöhnlich hinter ihren Schreibtischen und wälzten Akten und Formulare.

»Was Sie hier sehen, ist unser Genlabor«, erklärte er und bemühte sich, die Ungeduld in seiner Stimme zu verbergen. »Mrs. Warden – unsere zweite progressive Mitarbeiterin, wie Sie sehen – und Mrs. Mae werten hier gerade Blutproben aus, die wir von unseren Testobjekten und der Kontrollgruppe entnommen haben. Zudem beschäftigen wir uns damit, den genauen genetischen Code progressiven Blutes zu entschlüsseln, so dass wir in nicht all zu ferner Zukunft werden sagen können, welcher Genabschnitt für die Ausprägung des Blutersyndroms verantwortlich ist.«

Mr. Hanson hob die dichten schwarzen Brauen. »Ach. Und ich dachte, dieser Abschnitt wäre längst bekannt. Arbeiten Sie nicht schon seit sieben Jahren daran?«

Cedric musste sich beherrschen, um nicht mit den Zähnen zu knirschen.

»Die Decodierung eines kompletten Genoms nimmt sehr viel Zeit in Anspruch«, kam Katherine ihm zur Hilfe. »Wir wissen bereits, welche Enzyme die Symptome der Bluterkrankheit hervorrufen, und haben ihre Aminosäurefrequenz weitgehend entschlüsselt. Eines Tages werden wir vielleicht das entsprechende Allel ganz einfach herausschneiden oder blockieren können. Aber so lange wir nicht mit Bestimmtheit wissen, an welcher Stelle im Genom diese Enzyme exprimiert werden, und ob sie nicht noch für andere lebenswichtige Funktionen codieren, wäre diese Vorgehensweise zu riskant. Daher beschäftigen wir uns zur Zeit vorrangig damit, ein antagonistisches Enzym zu entwickeln.«

Cedric nickte erleichtert und warf Katherine einen dankbaren Blick zu. Er wusste, dass er diese Sachverhalte nicht so schnell und klar in Worte hätte fassen können. Er war einfach kein großer Redner.

Mrs. James schrieb schon wieder, und auch Mr. Hanson schien fürs Erste zufrieden zu sein. »Nun, ich denke, wir werden später noch einen genaueren Blick auf Ihre Forschungsunterlagen werfen«, sagte er. »Vielleicht setzen wir zunächst den Rundgang fort, was meinen Sie?«

Cedric atmete tief durch. »Selbstverständlich. Wenn Sie mir dann folgen wollen, dort drüben geht es weiter in die Biotechnik.«

Er ging voraus und schob die nächste Tür auf, wobei er sich einbildete, Pei Lin und Janet vernehmlich aufatmen zu hören.

»Bitte setzen Sie die Mundschutzmasken auf und ziehen Sie die Schutzumhänge über.« Katherine reichte den Besuchern in Folie eingeschweißte Pakete, als sie die Luftschleuse erreichten. Dann demonstrierte sie an sich selbst, wie die Ausrüstung anzulegen war. »In diesem Labor wird mit hochtoxischen Stoffen gearbeitet, und wir möchten Sie selbstverständlich keinem unnötigen Gesundheitsrisiko aussetzen. Ach, und Mrs. James – ich muss Sie bitten, Ihren Notizblock hier zurückzulassen. Das gleiche gilt für die Aktentasche. Alle fertig? Sehr schön.« Sie lächelte und drückte auf einen Knopf. Die Tür glitt mit einem leisen Zischen zur Seite.

Ein schlanker Vampir mit kurz geschnittenem schwarzem Haar, der ebenfalls eine Schutzmaske trug, erhob sich von seinem Stuhl, als sie eintraten.

»Das ist Kris Saturnine, unser Biotechniker«, sagte Cedric und zwang ein Lächeln auf sein Gesicht. *Nur noch kurz*, dachte er, *gleich haben wir es geschafft.* »Kris, das sind die Herren und die Dame vom World Parliament. Vielleicht möchtest du ihnen kurz erklären, woran du gerade arbeitest?«

Kris neigte grüßend den Kopf. »Gern. Bitte verzeihen Sie, dass ich Ihnen nicht die Hand gebe. Sicher hat man Ihnen bereits mitgeteilt, dass die Stoffe, an denen hier geforscht wird, nicht ganz ungefährlich sind.«

Er wies auf den Tisch, auf dem mehrere Petrischalen und Flaschen säuberlich aufgereiht waren. »Wie Sie vermutlich wissen, ist das natürliche Enzym Arretin bei konservativen Vampiren primär verantwortlich für die Fähigkeit zur Kontrolle des Blutflusses. Wie Blutproben einer repräsentativen Gruppe von Versuchspersonen ergeben haben, fehlt dieses Enzym bei progressiven Vampiren, was zu einer – einfach ausgedrückt – verhältnismäßig dünnen Konsistenz des Blutes führt. Gleichzeitig befindet sich im progressiven Blut ein antagonistisches Enzym, das eine Abart des uns bekannten Relacins zu sein scheint und das wir daher Beta-Relacin nennen. Statt die Regeneration der Zellen zu fördern, bindet und denaturiert das Beta-Relacin das Arretin, so dass auch künstlich zugeführtes Arretin nur minimale Wirkung zeigt. Zur Zeit arbeiten wir daran, eine stabile Basensequenz zu entwickeln, die einen Blocker für das Beta-Relacin codiert, um sie direkt ins Genom der Bluter implementieren zu können.«

Kris hielt inne und lächelte schief, während er den Gutachter und seine Gehilfen musterte, die sich wenig erfolgreich bemühten, Verständnis vorzutäuschen.

»Mit anderen Worten: Das Blutersyndrom wird durch das Fehlen zweier Blutbestandteile ausgelöst: Des Enzyms Arretin, das ein wichtiger Faktor bei der Kontrolle des Blutflusses ist, und des Enzyms Relacin, das unser Körper für eine schnelle Selbstheilung braucht. Das liegt daran, dass Relacin im progressiven Blut nur in einer abgewandelten Form vorhanden ist: dem Beta-Relacin. Dieser Form fehlt nicht nur die nötige Wirksamkeit, sondern sie besitzt außerdem einige höchst aggressive Eigenschaften. Die wichtigste davon ist die Zerstörung des Enzyms Arretin. Daher versuchen wir – mit wachsendem Erfolg, wenn ich das so sagen darf – eine biotechnische Lösung zu finden, die progressive Vampire zumindest wieder in die Lage versetzt, ihren Blutfluss zu kontrollieren.«

Mr. Hanson und seine Begleiter nickten – diesmal schon weit weniger verwirrt.

»Danke, Kris«, sagte Cedric und hoffte, dass man ihm seine zynische Belustigung über die Dummheit dieser Parlaments-Clowns nicht ansehen würde. Katherine zumindest hatte sie bemerkt, denn sie warf ihm einen tadelnden Blick zu. Aber die drei Herrschaften vom Gutachter-Team schienen noch viel zu sehr damit beschäftigt zu sein, das Gehörte zu verarbeiten.

»Wir wollen dich dann auch nicht weiter stören. Mr. Hanson möchte sicher noch die Versuchsobjekte und die Menschenunterkünfte sehen.«

Kris lächelte. »Ich freue mich, wenn ich helfen konnte.«

Cedric konnte sich ein spöttisches Heben der Augenbrauen nicht verkneifen. Kris brachte den Vertretern des World Parliament ähnlich viel Liebe entgegen wie er selbst, das wusste er – aber Cedric musste ihm neidlos zugestehen, dass der jüngere Vampir weitaus eloquenter damit umzugehen wusste. »Ach, und komm doch bitte später in mein Büro. Ich möchte gern noch unser weiteres Vorgehen mit dir besprechen«, fügte er hinzu. »Sagen wir, in zwei Stunden.«

Kris senkte den Kopf – und nur Cedric und Katherine wussten, dass er es tat, um ein Lachen zu verbergen. »Gern, Dr. Edwards.«

»Gut.« Cedric nickte ihm noch einmal zu. »Dann sehen wir uns später. Wenn die Herrschaften mir dann bitte noch einmal folgen wollen.«

Sie verließen das Labor und traten, als sie sich von der Schutzkleidung befreit hatten, wieder auf den Flur hinaus.

»Ihre Arbeit ist tatsächlich überaus spannend«, bemerkte Mr. Hanson, während sie den von fahlem Neonlicht beleuchteten Gang hinunter zum Fahrstuhl gingen. Er schien sich von der Ehrfurcht, die ihn in der Biotechnik befallen hatte, wieder einigermaßen erholt zu haben. »Und das alles in einem Gebäude, das sich 'White Chapel' nennt. Wenn ich mir die neugierige Frage erlauben darf – wie sind Sie überhaupt auf diesen Namen gekommen?«

Cedric warf ihm einen überraschten Blick zu. Die Frage des Gutachters klang so unbedarft – war es möglich, dass Mr. Hanson der Erste sein sollte, der Cedric nicht unterstellte, aus dem berüchtigten White Chapel zu stammen? Beinahe hätte Cedric gelacht. War es am Ende sogar möglich, dass Mr. Hanson nicht einmal von diesem sagenumwobenen Londoner Stadtteil wusste? Es reizte Cedric sehr, seine Lieblingsgeschichte zu erzählen: Von seinem früheren Leben als der Massenmörder Jack the Ripper, der sich einfach nicht ganz von seiner alten Heimat trennen konnte. Aber im Nacken spürte er deutlich Katherines mahnenden Blick – also blieb er schweren Herzens bei der Wahrheit.

»Tja.« Cedric drückte auf den Knopf, und die Fahrstuhltür öffnete sich mit einem feinen Läuten. »Um ehrlich zu sein, habe ich sie nicht selbst so genannt. Bevor die Station gebaut wurde, stand hier eine alte Kapelle mit diesem Namen. Die Bewohner des Ortes, der dazugehörte, waren wenig begeistert, als sie hörten, dass sie abgerissen werden sollte. Es beunruhigte sie sogar mehr als die Tatsache, dass auch der Rest des Dorfes umgesiedelt werden musste.« Er verkniff sich ein Grinsen. Der Fahrstuhl glitt inzwischen lautlos nach oben. »Wie dem auch sei – sie bestanden darauf, dass die Forschungsstation den Namen der Kapelle übernehmen müsste. Um den Geist zu besänftigen, der hier angeblich umgehen soll.«

Mr. Hanson sah ihn zweifelnd an. »Ein Geist also, ja? Ich wusste nicht, dass Sie als Mann der Wissenschaft so abergläubisch sind.«

Der Fahrstuhl hielt erneut, und die Türen gaben den Blick auf den Korridor des zweiten Stocks frei.

Cedric winkte ab. »Bin ich nicht, Mr. Hanson, ich kann Sie beruhigen. Einen Geist habe ich hier bisher nicht gesehen. Aber ich war, was den Namen der Station betraf, recht leidenschaftslos. Daher dachte ich, warum groß über Nichtigkeiten diskutieren.«

Außerdem mochte er den Namen aus nostalgischen Gründen, dachte Cedric. Aber wenn er das an dieser Stelle erwähnt hätte, wären sie am Ende doch bei Jack the Ripper gelandet. Und er wollte sich nur ungern Katherines Vorwürfe anhören müssen.

Mr. Hanson brummte verständnisvoll, und Cedric hörte schon wieder Mrs. James' Stift über das Papier kratzen.

»Um zurück zu unserer Führung zu kommen.« Er räusperte sich und wechselte einen Blick mit Katherine, die ein Stück hinter ihnen zurückgeblieben war. »Wir befinden uns nun bei den Unterkünften für die Versuchsobjekte und die zu Forschungszwecken bestimmten Menschen. Wir halten immer ein Versuchsobjekt, fünf junge Progressive als Kontrollgruppe und eine variierende Zahl von Menschen. Leider können wir Ihnen die Unterkunft unseres derzeitigen VOs nicht von innen zeigen, da sie außerhalb der Tests nicht gestört werden soll. Die Kontrollobjekte können Sie selbstverständlich besichtigen. Und die Menschen – nun ja. Wenn Sie die sehen wollen ...«

»Nicht nötig, Dr. Edwards. Ich denke, ich kann mir auch so ein Bild machen.« Mr. Hanson wanderte mit hinter dem Rücken verschränkten Händen an den dicken Stahltüren entlang und begutachtete die schweren Riegel, die Bluter und Menschen daran hinderten, den Ausgang ihrer Zellen mit Gewalt zu öffnen. Hin und wieder blieb er stehen, um durch eines der kleinen Sichtfenster aus Panzerglas im oberen Drittel der Türen zu spähen.

»Wie ich sehe, halten Sie Ihre Versuchsobjekte unter sehr anständigen Bedingungen«, bemerkte er. »Lobenswert, Dr. Edwards. Sehr lobenswert. Aber ist dieser finanzielle Aufwand wirklich notwendig?«

Cedric runzelte ärgerlich die Stirn.

»Die Tests sind für die jungen Progressiven sehr anstrengend«, schaltete Katherine sich ein, bevor er eine ungehaltene Antwort geben konnte. »Und die Menschen sind sehr empfindsam. Es würde einen weitaus größeren finanziellen Aufwand bedeuten, wenn aufgrund der Haltungsbedingungen zu viele von ihnen sterben – ganz abgesehen davon, dass uns dann die Artenschutzkommission aufs Dach steigt.«

»Verstehe.« Mr. Hanson nickte ernst. »Und wenn sie eine geringere Anzahl halten und nur dann neue anschaffen, wenn es nötig ist? Ich nehme an, Sie beziehen ihr menschliches Material von der OASIS bei Kenneth?«

»Wir haben das bereits im vorigen Jahr mit ihrem Kollegen durchgerechnet«, erklärte Cedric und konnte nun doch nicht verhindern, dass sich ein unwilliger Ton in seine Stimme schlich. »Wir kaufen alle zwei Monate vier Dutzend Menschen von der OASIS. Diese Menge ist das absolute Minimum, das wir verbrauchen. Und für eben diese Menge haben wir mit der Verwaltung der OASIS einen Sondertarif ausgehandelt, der uns die Deckung unseres minimalen Bedarfs zu günstigsten Konditionen sichert. Eine Änderung der Haltungsbedingungen würde unter diesen Umständen nur zu einer dauerhaften Erhöhung der Kosten führen.«

Mrs. James machte eine Notiz, und Mr. Hanson nickte bedächtig. Er wandte sich von der letzten Tür ab.

»Nun, ich denke, dann haben wir alles gesehen. Wenn Sie mir sonst nichts mehr zeigen wollen, können wir jetzt wohl in Ihr Büro gehen und über Ihren Forschungsbericht sprechen, Dr. Edwards?«

»Selbstverständlich.« Cedric zwang ein letztes Mal ein Lächeln auf sein Gesicht. Zumindest, dachte er, hatte er sich ganz umsonst Sorgen gemacht. Wenn dieser Gutachter überhaupt von irgendetwas außer Geld und Bürokratie Ahnung hatte – von Wissenschaft jedenfalls hatte er keine. Und mit Hilfe der kargen Notizen, die er im Lauf des Tages noch zustande gebracht hatte, würde es leicht sein, Mr. Hanson sogar noch eine viel größere Anzahl an Nullen als Fortschritt zu verkaufen. Cedric atmete tief durch und zwang sich, sich endlich zu entspannen, während er mit der Hand auf den Fahrstuhl wies.

»Wenn Sie mir bitte folgen wollen.«

Als Katherine endlich die Tür hinter Mr. Hanson und seinen Begleitern schloss, ließ Cedric sich mit einem Seufzer in seinem Stuhl zurücksinken.

»Ein Jahr Ruhe«, ächzte er und rieb sich über die Augenbrauen. Innerhalb der letzten Stunde hatte er sie so oft zusammenziehen müssen, dass seine Stirnmuskulatur schon völlig verkrampft war. Aber verglichen mit den Verspannungen in seinen Schultern war das noch gar nichts.

»Grundgütiger, macht mich dieses Affentheater fertig.«

Katherine lächelte und trat an seinen Schreibtisch. »Du hast es doch ganz gut hinbekommen. Zumindest hat er am Ende auf keiner der geplanten Kürzungen bestanden.«

Cedric warf ihr einen müde belustigten Blick zu und strich sich die lästigen Haare aus den Augen. »Warten wir es ab. Ich möchte nicht wissen, was seine Notiz-Domina alles aufgeschrieben hat.«

Katherine sah ihn verwundert an. »Notiz-Domina?«

»Na.« Cedric schnaubte. »So zugeknöpft, wie diese Mrs. James war, gehe ich davon aus, dass sie das irgendwo anders kompensiert. Mit der Peitsche vermutlich.«

Katherine lachte. »Und du hast Angst, dass sie Mr. Hanson noch umstimmen könnte?«

Cedric spürte, wie sich seine Brauen schon wieder düster zusammenziehen wollten. »Ich traue diesen Leuten alles zu.«

Das Lachen verschwand von Katherines Gesicht. »Du machst dir einfach zu viele Sorgen«, meinte sie sanft und trat hinter ihn, um seinen Nacken zu massieren. »Sei froh, dass du es hinter dir hast.«

»Ich wünschte nur, ich könnte mich selbst davon überzeugen, dass wir vorankommen«, murmelte Cedric.

Katherine gab ihm einen vorwurfsvollen Klaps auf den Nacken. »Das tun wir auch«, sagte sie bestimmt. »Und jetzt hör endlich auf zu heulen.«

Cedric schwieg. Katherine würde auch so wissen, dass sie seine Zweifel nicht im Geringsten gelindert hatte. Darüber zu streiten lohnte sich nicht.

Katherine seufzte tief, als müsse sie ihre Ungeduld loswerden. Dann beugte sie sich herunter und gab ihm einen Kuss auf den Hals. »Ich muss noch nach den Menschen sehen. Meinst du, ich kann dich für eine Weile in deinem Elend allein lassen?«

Cedric wandte sich zu ihr um und lächelte spöttisch. »Ich werde wohl leider nicht an Kummer sterben, wenn es das ist, was du befürchtest. Einsamkeit ist mir nicht vergönnt. Kris wird sicher gleich hier sein.«

»Ach. Kris. Richtig.« Sie schüttelte den Kopf. »Ja dann hoffe ich, dass zumindest er es schafft, dich aufzumuntern.«

Cedric hob die Brauen. »Was verleitet dich zu der absurden Annahme, dass irgendjemand auf dieser Welt das könnte?«

»Zumindest scheinst du eher geneigt, ihm Glauben zu

schenken, als wenn ich dir etwas sage.« Katherines Stimme klang nun ein wenig spitz.

»Oh, das meinst du.« Cedric zog einen Mundwinkel in die Höhe und unterdrückte ein ironisches Lachen. Sie hatte recht. Diese Tatsache war ihm auch schon aufgefallen. Aber zum Glück hatte er in seinem Leben schon genug Vampire getroffen, um zu erkennen, woran es lag. »Tja, ich fürchte, daran werden wir nichts ändern können. Die Psychische Manipulation ist nun einmal Kris' Blutgabe. Und wer bin ich, mich dagegen aufzulehnen?« Er breitete die Hände aus. »Meistens hat er ja doch recht.«

Katherine zischte ein wenig missbilligend. »Mir gefällt deine Blutgabe weitaus besser«, meinte sie. »Die ist wenigstens nützlich.«

Cedric lächelte. »Ach, Katherine – wer ist jetzt diejenige mit den vielen Sorgen?«

Katherine verkniff ärgerlich die Lippen. »Ich wünschte, du würdest das ein bisschen ernster nehmen.«

Cedrices Lächeln verschwand. Nun war es an ihm, Katherine tadelnd anzusehen. »Denkst du wirklich, ich täte das nicht?« Er schüttelte leicht den Kopf. Es wurde vielleicht Zeit, dass sie über Kris sprachen, dachte er. Er konnte dieses Misstrauen nicht einfach wuchern lassen, bis es die ganze Gruppe vergiftet hatte. Ein gespaltenes Forschungsteam wäre White Chapels Todesurteil – und das wollte Cedric unter allen Umständen verhindern.

Er streckte die Hand nach Katherine aus. »Komm her.«

Widerwillig schloss sie ihre Finger um seine, und Cedric stand auf, während er sie zu sich heranzog.

»Jetzt hör mir zu«, sagte er und sah ihr ernst in die Augen. »Kris ist brillant. Er ist genau derjenige, den wir hier brauchen, und aus diesem Grund möchte ich, dass er weiter für uns arbeitet. Ich verstehe, dass du dich unwohl fühlst, wenn er dich so beeinflusst. Aber gerade deshalb rechne ich ihm hoch an, dass er seine Gabe bisher nicht aktiv eingesetzt hat. Er lässt uns unsere Zweifel, und das finde ich sehr anständig von ihm. Und darum sehe ich auch keinen Grund, ihn dazu zu zwingen, mir seine Motivationen zu verraten. Nicht, solange er so freigiebig seine Genialität mit uns teilt. Du kannst mir glauben, Katherine – ich habe alles, was er tut, genau im Blick. Und er weiß das sehr gut. Denk nicht, ich würde nicht zweifeln. Aber für den Moment gehe ich davon aus, dass wir uns wegen ihm keine allzu großen Sorgen machen müssen.«

In Katherines gelben Augen glomm noch immer der Ärger, und Cedric spürte, dass sie am liebsten vehement widersprochen hätte. Schließlich jedoch senkte sie den Blick und nickte zögernd.

Cedric ließ sie los und bemühte sich um ein aufmunterndes Lächeln, das ihm wie immer ein wenig misslang.

»Vertrau mir. Ich habe lange darüber nachgedacht, wie ich mit ihm umgehen soll.«

Katherine öffnete den Mund, als wolle sie doch noch etwas sagen – aber im letzten Moment ließ sie es bleiben.

Cedric seufzte und strich ihr leicht über die Wange. »Und jetzt geh und sieh nach deinen Menschen.«

»Ja«, murmelte sie. » Bis später, Cedric.«

Sie wandte sich ab, und Cedric hatte das vage Gefühl, dass sie noch immer nicht ganz beruhigt war. Aber was sollte er dagegen tun? Mehr als die Wahrheit sagen konnte er nicht. Natürlich fiel es ihr als Vampirin vom progressiven Stamm schwer, mit den besonderen Fähigkeiten – den Blutgaben – der Konservativen umzugehen, oder ihr Vorhandensein auch nur zu verstehen. Und Cedric war nie gut darin gewesen, anderen etwas zu erklären, das für ihn selbstverständlich war. Also versuchte er es erst gar nicht.

Kris hätte es ihr sicher erklären können. Aber von ihm wollte Katherine es vermutlich nicht hören.

Ohne ein weiteres Wort verließ sie den Raum.

Cedric ließ sich zurück auf seinen Stuhl sinken. *Also dann*, dachte er, *zurück an die Arbeit.* Wo hatte er doch gleich die Versuchsaufzeichnungen der letzten Nacht hingeräumt? Nicht, dass er sie gebraucht hätte. Ein paar Nullen im Kopf zu behalten war eine leichte Übung. Aber für die Akten … Er hielt inne. Ach ja. Er hatte sie in den Papierkorb geworfen.

Nun gut. Sollten sie seinetwegen dort bleiben.

Er dachte gerade darüber nach, ob es sich noch lohnte, bei Sid einen neuen Tee zu bestellen, als es leise an der Tür klopfte.

Mit einem Seufzer griff Cedric nach seinem Notizbuch. Also schön. Dann eben erst das Dienstgespräch.

»Komm rein, Kris.«

Die Tür öffnete sich lautlos, und der jüngere Vampir betrat den Raum.

»Setz dich«, sagte Cedric und wies auf den Besucherstuhl vor seinem Schreibtisch.

Kris kam der Aufforderung schweigend nach.

Cedric schrieb das Datum auf den oberen Rand der nächsten freien Seite.

»Und«, fragte er dann und hob den Kopf, um Kris anzusehen. »Wie kommen wir voran?«

Kris lächelte schief. »Ich nehme an, du willst die pessimistische Variante hören.«

Ein kurzes Lachen entwischte Cedric, bevor er es aufhalten konnte. Was auch immer Katherine über ihn dachte – er mochte Kris' Humor, das konnte er nicht leugnen. »Ich bitte darum.«

Kris legte einen Versuchsvordruck auf den Tisch, der mit einigen Zahlen und Notizen in Pei Lins sauberer Handschrift ausgefüllt war. Gemeinsam beugten sie sich darüber.

»Wie du siehst, unterscheiden sich die Analysewerte nicht besonders von den gestrigen.« Kris deutete auf die erste Tabelle, die der, die Cedric in den Müll geworfen hatte, zum Verwechseln ähnlich sah.

»Kein Arretin. Im ganzen Körper nicht. Dafür allerdings ein deutlich erhöhter Beta-Relacinwert.« Er deutete auf eine andere Tabelle.

»Es wird also noch exprimiert.« Cedric rieb sich die Schläfen. »Das heißt, die neue DNA wird tatsächlich nicht mehr abgestoßen. Na immerhin. Aber was nützt uns Arretin, wenn es ständig wieder zerstört wird?«

Kris hob leicht die Schultern. »Solange wir mit dem Blocker nicht fertig sind – nicht viel. Außer, dass wir im besten Fall kein synthetisches Arretin mehr benötigen, wenn wir die Gentransplantation bei allen weiteren Versuchsobjekten wiederholen können.«

Cedric lächelte spöttisch. »Das können wir. Ich habe es unserem lieben Mr. Hanson schon versprochen.«

Kris hob die Brauen. »War ihm das wichtig? Als Kostenfaktor?«

Cedric schnalzte verächtlich mit der Zunge. »Ihm waren ausschließlich die Kostenfaktoren wichtig. Denk nicht, dass er sich auch nur einen Fingerbreit für unser Projekt interessiert hätte. Wie auch immer. Wie kommst du mit dem Blocker voran?«

Kris rieb sich nachdenklich über die Stirn. »Nun, um auch hier bei der pessimistischen Variante zu bleiben: schleppend. Ich habe zur Zeit die siebenundvierzigste Version im Test mit Beta-Relacin. Bisher sieht es ganz gut aus. Aber ich fürchte, der Wirkstoff wird nicht nur das Beta-Relacin, sondern auch das normale Relacin angreifen.«

Cedric seufzte. »Das wäre sehr schlecht. Kriegst du das in den Griff?«

»Früher oder später – sicher.« Kris hob die Schultern und lächelte ironisch. »Sobald ich einen entscheidenden Geistesblitz habe.«

Cedric runzelte die Stirn.

Kris lachte leise. »Du wolltest die pessimistische Version hören.«

Cedric schüttelte den Kopf. »Ich weiß. Ich weiß.« Er winkte ab. »Wie also gehen wir weiter vor? Sind wir weit genug, um heute noch einen Test zu machen? BRA-46 hat doch in den Labortests zumindest teilweise positive Ergebnisse eingebracht. Wäre es nicht Zeit, zur Anwendung am Objekt überzugehen? Zum Beispiel in Verbindung mit der künstlichen DNA bei der 159.«

Kris zögerte einen Moment mit der Antwort. Zwischen seinen Brauen war eine nachdenkliche Falte entstanden. »Das stimmt im Prinzip. Andererseits, da Nr.159 die erste ist, bei der wir künstliche DNA erfolgreich dauerhaft transplantieren konnten, würde ich gern davon absehen, ihr weitere Wirkstoffe zuzuführen, bis wir sicher sein können, dass der Zustand stabil ist.«

»Hm. Du hast recht. Und wie steht es mit unserem Menschenbestand? Können wir uns diesen Monat noch ein weiteres Versuchsobjekt leisten?«

Kris hob die Schultern. »Ich bin nicht sicher. Da müsste ich Katherine fragen.«

Cedric nickte. »Sprich mit ihr, wenn du sie triffst. Für heute bleibt es dann bei der weiteren Überprüfung der Blutwerte für die 159.« Er notierte sich die besprochenen Punkte und sah einige Augenblicke lang sinnend darauf. Als er bemerkte, dass sein Blick allmählich zu einem leeren Starren wurde, blinzelte er. Vielleicht wurde es Zeit für eine Pause. Er war eindeutig überarbeitet.

»Gibt es sonst noch etwas, das ich wissen sollte?« Er machte einen abschließenden Strich unter die Notizen.

Zehn Sekunden vergingen. Zwanzig.

Aber Kris sagte nichts. Das Schweigen klang plötzlich merkwürdig. Dunkel und seltsam weich.

Cedric sah auf. *Die Blutgabe*, dachte er überrascht. Im gleichen Augenblick spürte er, wie seine Muskeln sich entspannten und eine unnatürliche Ruhe durch seine Glieder floss. Zwar war das Gefühl nicht unangenehm. Aber es war stark. So stark, dass sich Cedrics Nackenhaare aufstellten. Beunruhigend stark für einen so jungen Vampir. Und das, obwohl Cedric noch immer kein Anzeichen erkennen konnte, dass Kris seine Gabe gezielt einsetzte. Im Gegenteil. Was gerade geschah, schien eine Art unkontrollierter Kraftfluss zu sein. Kris musste ihn ebenfalls bemerkt haben. Möglich, dass er deshalb wartete, bis es vorüber war, bevor er weitersprach – das bestärkte Cedric in seinem Urteil über den jungen Biotechniker. Dennoch gab ihm die rohe Kraft, die plötzlich in der Luft vibrierte, zu denken. Er würde sich vielleicht noch mehr vorsehen müssen, als er geglaubt hatte.

»Nein«, antwortete Kris schließlich. »Nichts.«

Cedric musterte ihn aus schmalen Augen, während die Luft um den jungen Vampir zu zittern aufhörte und die merkwürdige Taubheit aus Cedrics Gliedern verschwand. Er dachte an Katherine und ihre Zweifel, und kurz überlegte er, ob nun wohl der Zeitpunkt gekommen war, Einblick in Kris' Gedanken zu erzwingen. Aber er entschied sich wieder einmal dagegen.

»Wie alt bist du, Kris, wenn ich das fragen darf?«, erkundigte er sich stattdessen.

Kris sah ihn erstaunt an. »Zum Jahreswechsel hundert und drei Jahre«, sagte er und zuckte ein wenig selbstironisch die Schultern. »Ein Kind des konservativen Aufschwungs, wenn man so will.«

»Ach, wirklich?« Cedric hob spöttisch die Brauen. Es stimmte zwar, dass vor rund hundert Jahren die Konservativen die strengen Regeln zur Erschaffung neuer Vampire außer Kraft gesetzt hatten, um ihre Zahl konkurrenzfähig zu der explosionsartig wachsenden Population der Progressiven zu halten.

Aber Cedric glaubte keine Sekunde daran, dass Kris einer von diesen dünnblutigen Vampiren war. Kaum hundert Jahre alt. So jung noch – und schon so mächtig.

Kris lächelte, als wüsste er genau, was in Cedrics Kopf vorging. »Ich sollte wohl dazu sagen, dass mein Mentor sehr froh war, mich gefunden zu haben. Und dass trotz allem meine Geburt eher traditionell verlaufen ist«, gab er zu. »Ich glaube zwar nicht, dass Gregor mir eine ernsthafte Chance gegeben hätte, hätte ich sein Angebot abgelehnt. Aber das wäre mir auch nie in den Sinn gekommen. Es hat mich schon immer gereizt, das Unmögliche möglich zu machen.« Er lachte leise, als Cedric ihn fragend ansah. »Du kannst dir sicher vorstellen, dass die Unsterblichkeit für einen Biochemiestudenten im zweiundzwanzigsten Jahrhundert eine der größten Unmöglichkeiten überhaupt war.«

Cedric nickte. Das konnte er sich tatsächlich vorstellen. Schließlich war zu dieser Zeit das Versteckspiel, das die Vampire seit Äonen mit den Menschen gespielt hatten, sozusagen über Nacht in sich zusammengebrochen. Und dennoch – etwas an Kris' Worten machte ihn nachdenklich. Gregor … Der Name klang in Cedrics Kopf nach und hinterließ das eigenartige Gefühl, dass er ihm etwas hätte sagen müssen. Gab es unter den Alten, die er kannte, einen Gregor? In Europa vielleicht? Oder im alten Konsulat von Kenneth – bevor das World Parliament die Macht übernommen hatte? Möglich. Aber er war sich nicht sicher. Und ein Gesicht konnte er erst recht nicht mit dem Namen verbinden.

Cedric gab es auf. Grübeln war ja doch zwecklos, wenn das Gehirn erst einmal blockierte.

»Ich frage auch nur«, sagte er und stand auf, »weil ich den Eindruck habe, dass du in letzter Zeit recht blass aussiehst. Trinkst du nicht genug?«

Kris warf ihm einen überraschten Blick zu. Dann runzelte er die Stirn. »Nun … ja. Das wäre möglich. Während der Arbeit im Labor ist mir die Zeit meist zu schade dazu.«

»Und am Tag? Bevor du schlafen gehst, zum Beispiel?« Cedric öffnete eine Truhe, die in den Schatten der hinteren Zimmerhälfte verborgen stand, und zog zwei Blutkonserven daraus hervor. »Oder schläfst du etwa auch nicht?«

Kris zögerte mit der Antwort, während seine dunklen Augen jede von Cedrics Bewegungen genau verfolgten. Vermutlich ahnte er, worauf dieses Gespräch hinauslaufen würde. Aber das war Cedric nur recht. Er war ein großer Freund offener Worte – und es kümmerte ihn wenig, dass Kris das höchstwahrscheinlich keineswegs so empfand.

»Tja ... um ehrlich zu sein ... nein. Und nein. Ich brauche nicht viel Schlaf. Und das Blut ... nun ja. Es schmeckt mir nicht so recht. Zu dünn und – das Plastik und die Chemie machen sich zu stark bemerkbar, findest du nicht?«

Cedric ließ den Deckel der Truhe wieder zufallen. »Die Unvernunft der Jugend«, bemerkte er sarkastisch, während er sich wieder auf seinen Stuhl setzte und eine der Konserven zu Kris hinüberschob. »Dir wird wohl klar sein, dass du eine Weiterentwicklung deiner Blutgabe aufs Spiel setzt.«

Die Furchen auf Kris' Stirn vertieften sich zu finsteren Schluchten.

Natürlich war es ihm klar, dachte Cedric. Genau wie die Tatsache, dass bei einem so jungen Vampir mit unzureichender Blutaufnahme und Schlafmangel ein gewisser Kontrollverlust einherging, was die Gabe betraf. Und er konnte sich mit hoher Wahrscheinlichkeit spätestens jetzt denken, dass Cedric das Thema nicht grundlos zur Sprache gebracht hatte. Nun – umso besser.

»Um es ganz klar zu sagen«, fuhr er fort und griff nach seiner Konserve, »möchte ich dich dringend bitten, in Zukunft mehr auf regelmäßige Nahrungsaufnahme und geregelte Ruhezeiten zu achten. Du weißt, wie sehr ich deine Arbeit schätze. Aber du wirst auch verstehen, dass ich einem Mitarbeiter mit einer Blutgabe wie deiner nicht erlauben kann, nachlässig damit umzugehen.« Er sah Kris vielsagend an.

Doch der erwiderte nur schweigend seinen Blick. Ganz langsam, als würde eine winzige Hand über seine Haut streichen, glätteten sich die Falten auf der Stirn des jungen Vampirs.

*Schon wieder diese Dunkelheit*, dachte Cedric. *Ich wüsste wirklich gern, was in deinem Kopf vorgeht, Kris Saturnine. Und ich hoffe sehr, dass du mir keinen Grund gibst, es mit Gewalt herauszufinden.*

Endlich griff Kris mit einer bedächtigen Bewegung nach der Blutkonserve. Sein Gesicht war nun wieder so undurchsichtig wie zu Anfang ihres Gesprächs.

»Du hast mein Wort. Ich werde mich bessern.«

»Gut.« Cedric nickte und entschied sich, nicht weiter auf dem Thema zu beharren. Mehr Zugeständnisse konnte er an diesem Abend wohl kaum erwarten. »Dann trinken wir darauf. Auf Zeit und Blut.«

»Auf Zeit und Blut«, murmelte Kris, doch es klang ein wenig widerwillig. Dann senkte er langsam seine Zähne in die gekennzeichneten Stellen des Päckchens.

Für eine kurze Weile war es still, während sie beide tranken.

Schließlich legte Kris die leere Konserve zurück auf den Tisch. Sein dunkler Blick traf Cedrics. Etwas Nachdenkliches schien darin zu liegen, das sich jedoch nicht ganz an die Oberfläche wagte.

»Vermisst du es denn nicht?«, fragte er endlich halblaut, als Cedric schon kurz davor war, ihr Treffen kurzerhand zu beenden. Kris' Stimme klang zögernd, als sei er sich nicht sicher, ob es klug war, diese Frage zu stellen. »Wahres Blut zu trinken?«

Cedric stieß die Päckchen in den Mülleimer hinunter und sah ihnen nach, um seine Überraschung zu verbergen. Dunkelrote Tropfen bespritzten das zerknitterte Papier mit den vielen Nullen. Diese Frage hatte er nicht erwartet, und sie beunruhigte ihn mehr, als er zugeben mochte. Sie ließ Bilder und Erinnerungen in seinem Kopf auftauchen, die er in White Chapel niemals zu sehen gehofft hatte. Bilder wie die, die schon vor Jahrzehnten die Gedanken zahlloser Vampire vergiftet und den grausamsten Krieg in der gesamten Vampirgeschichte provoziert hatten. Am liebsten hätte Cedric sich geschüttelt, um das Frösteln zu vertreiben, das mit eisigen Fingern über seine Wirbelsäule strich. Doch er zwang sich, ruhig zu bleiben. Dies war eine Sache, der er nachgehen musste. Aber nicht mit Gewalt.

»Natürlich vermisse ich es«, erwiderte er endlich langsam. »Wer tut das nicht? Aber wenn ich dir einen Rat geben soll, Kris …« Er verengte die Augen und sah den jüngeren Vampir eindringlich an. »Lerne, die Dinge zumindest für eine Weile so hinzunehmen, wie sie sind. Die Welt wird sich weiter verändern. Es gibt im Leben nicht viele Gewissheiten, aber das ist eine von ihnen. Du stehst noch ganz am Anfang der Unsterblichkeit und hast trotzdem schon so viel Wandel miterlebt. In hundert Jahren wirst du wieder eine ganz andere Welt sehen. Und bis dahin kannst du dir deine Zeit damit vertreiben, daran zu arbeiten, dass dieser Wandel nach deinen Vorstellungen verläuft. Nur wirst du das nicht durch ein Verhalten erreichen, das dir und anderen schadet – so wie wissentlich zu wenig zu trinken oder zu schlafen und einen Kontrollverlust über deine Gabe zu provozieren. Erkenntnisse treiben den Wandel voran und die Art, wie man Konsequenzen aus ihnen zieht. Erkenntnisse, Kris. Das ist es, wonach du suchen musst, wenn du etwas ändern willst. Dafür sind wir schließlich Wissenschaftler.«

Kris hatte seiner kleinen Rede aufmerksam gelauscht.

Schweigend blieb er noch einige Augenblicke sitzen, und Cedric konnte sehen, wie er über das Gehörte nachdachte.

»Ich muss gleich ins Labor zurück«, sagte er schließlich, und, verglichen mit vorher, klang seine Stimme eigentümlich nackt. »Aber ich würde über dieses Thema gern noch ausführlicher reden. Wäre es möglich, dass du dafür irgendwann noch einmal Zeit findest?«

Cedric warf ihm einen verblüfften Blick zu. Diese Antwort war mehr, als er zu hoffen gewagt hatte. »Sicher«, erwiderte er und hob vielsagend die Brauen. »Meinetwegen können wir gern ab und an hier zusammenkommen und gemeinsam trinken.«

Kris nickte und stand auf. »Danke dir. Dann mache ich mich jetzt wieder an die Arbeit.«

Cedric beugte sich vor und lehnte die Unterarme auf die Tischplatte, um ihn ein letztes Mal eindringlich zu mustern. »Tu das. Viel Erfolg.«

Ein Lächeln huschte über Kris' Gesicht. »Den wünsche ich uns auch.«

Dann wandte er sich endgültig ab. Und kurz darauf war Cedric wieder allein.

# Kapitel Zwei

## Forschungsstation White Chapel, Kenneth, Missouri

Eine gute Stunde später nahm Kris den Fahrstuhl ins zweite Stockwerk, um Versuchsobjekt Nr.159 Blut für die Tests abzunehmen. Er war froh über diesen Vorwand – er hatte ohnehin nach ihr sehen wollen. Aber so, wie die Dinge standen, war es sicher keine gute Idee, Katherine noch misstrauischer zu machen, als sie es schon war. Sich ohne guten Grund im zweiten Stockwerk herumzutreiben *würde* sie misstrauisch machen. Und das zweite Stockwerk zu betreten, ohne dass Katherine es merkte, war vollkommen unmöglich. Sie schien dafür ein ganz besonderes Gespür zu haben.

Während er den langen Gang mit den Stahltüren entlangging, hingen Kris' Gedanken noch immer an dem Gespräch, das er mit Dr. Edwards geführt hatte. Es stimmte – er schlief wenig. Das lag an der doppelten Verantwortung, die er übernommen hatte – hier auf White Chapel und bei den *Bloodstalkers*. Manchmal kam er über Wochen hinweg überhaupt nicht dazu, sich auszuruhen. Und trotz viel guten Willens konnte er sich einfach nicht überwinden, jeden Tag die verwässerte, künstlich warm gehaltene Brühe aus den Blutkonserven zu sich zu nehmen. Dass diese Umstände der Beherrschung seiner Gabe nicht förderlich waren, hatte Kris natürlich gewusst. Aber Will würde eine noch höhere Belastung nicht überleben. Sein Blut war zudem kaum besser als das in den Konserven. Als Janet noch bei Kris war, war die

Lage anders gewesen, aber das ließ sich nun einmal nicht mehr ändern. Und es war ja nicht so, dass er nicht längst versucht hätte, einen Ausweg aus dieser unangenehmen Lage zu finden.

Das Mädchen von der Farm … Sie wäre seine Rettung gewesen. Aber nun ja. Es war schiefgelaufen.

Verdammt schiefgelaufen.

Er seufzte und hob den Riegel, um die Tür zu öffnen.

»Hallo, Blue.«

Die junge Frau auf dem Fußboden fuhr beim Klang seiner Stimme mit einem erstickten Schrei in die Höhe. Wind wehte vom offenen Fenster herein und blähte das Nachthemd um ihre dürre Gestalt. Aus großen Augen starrte sie zu ihm auf. Sie zitterte am ganzen Körper.

Leise schloss Kris die Tür hinter sich.

»Warum schläfst du eigentlich nie im Bett? Es ist doch kalt auf den Fliesen.«

Blue öffnete den Mund und schloss ihn wieder – ein ums andere Mal, während sie eine bebende Hand zum Gesicht hob, als wolle sie sich gegen ein grelles Licht schützen. Doch kein einziges Wort kam über ihre bleichen Lippen.

Kris ging zum Fenster hinüber und sperrte den Wind aus. »Hab keine Angst.« Er trat näher und ließ sich vor ihr in die Hocke nieder. »Ich werde dir nicht wehtun. Nicht heute. Ich verspreche es dir.«

Sie kauerte sich noch weiter zusammen und schloss die Augen, als würde allein sein Anblick Schmerzen hervorrufen. Aber Kris konnte sehen, wie der Klang seiner Stimme sie beruhigte, und er lächelte.

Als er nach ihr griff, um sie auf die Arme zu heben, ließ sie es widerstandslos geschehen.

Behutsam trug Kris sie zum Bett hinüber und setzte sie neben sich. Er konnte ihre Glieder formen wie die einer Puppe. Sie sah ihn nicht an, sondern starrte nur mit leerem Blick auf ihre nackten Füße.

»Heute geht es ganz schnell.« Kris schloss die Finger um ihre eisige Hand. Unter ihrer dünnen Haut konnte er die Pulsadern schimmern sehen. Er zog eine kleine Spritze aus der Tasche. »Halt schön still. Es sticht nur ein wenig.«

Blue zuckte zusammen, als die Nadel in ihre Haut drang, doch sie blieb reglos sitzen und lehnte nur den Kopf schwer gegen seine Schulter.

»So ist es gut«, murmelte Kris, während er beobachtete, wie das Blut zischend in das Röhrchen gesaugt wurde. »Ist schon vorbei, siehst du?« Er zog die Spritze zurück, entfernte die Nadel und verschloss das Gefäß sorgfältig, bevor er es in die Tasche seines Kittels gleiten ließ.

Eine Weile blieb er stumm neben der jungen Bluterin sitzen und spürte, wie ihre Kälte durch die Schichten seiner Kleidung drang.

»Gestern ist dein tapferer kleiner Freund bei mir zu Hause aufgetaucht«, sagte er und strich ihr sanft die hellen Locken aus der Stirn. »Red September. Er hat nach dir gefragt.«

Blue hob schwerfällig den Kopf und sah ihn aus matten Augen an. »Die Sonne ...«, flüsterte sie. »Wo ist bloß die Son ne?«

Kris seufzte leise und legte seine Finger an ihre Wange. »Du hast recht. Es tut mir leid. Ich sollte dich nicht so verwirren.« Er lächelte. »Du wirst ihn bald wiedersehen. Und die Sonne auch. Hab nur noch ein wenig Geduld.«

Blue schwieg. Doch nur Sekunden später spürte Kris, wie sich dünne Arme kraftlos um seine Brust schlangen.

»Ich habe Angst«, wisperte Blue.

Behutsam drückte Kris sie an sich. Sie so hilflos zu sehen stimmte ihn auf seltsame Weise melancholisch. Als Mensch war sie so kräftig und voller Energie gewesen, wie er es von einem Menschen aus dem Zuchtbetrieb niemals erwartet hätte. Ihr Blut hatte süß und stark geschmeckt – daran erinnerte er sich gut, auch wenn er nur dieses eine Mal von ihr getrunken hatte. Bevor dieser Bluter in Kenneth sie vergiftete, so dass Kris nun für den Rest aller Zeiten auf sie verzichten musste.

Er schloss die Augen, um die Dunkelheit in seinen Worten zu sammeln, bevor er weitersprach. Zumindest die Angst wollte er ihr nehmen.

»Dir wird jetzt nichts mehr geschehen«, versprach er und fühlte sie erzittern, als seine Stimme sich wie eine weiche Decke über sie legte. »Aber wir müssen uns beeilen. Wenn Red herkommt, wollen wir schließlich nicht, dass du ihn einfach auffrisst, nicht?«

»Nein …«, wiederholte Blue tonlos, »das wollen wir nicht.«

Kris kraulte ihren Nacken, den feinen Flaum ihres Haaransatzes. Natürlich sprach sie im Moment einfach nur nach, was er ihr vorsagte. Aber mit ein wenig Glück würde sie sich auch später noch daran erinnern.

»Céleste sagt, er ist sehr stark«, fuhr er nachdenklich fort und ließ seine Finger ihre Kehle hinunter zur Grube über ihrem Schlüsselbein und dem knochigen Hügel ihrer Schulter wandern. »Hast du das gewusst? Bestimmt, nicht wahr? Sonst hättest du ihn dir nicht ausgesucht. Falls er tatsächlich meine Quelle wird, habe ich allen Grund, dir dankbar zu sein.«

»Stark …« Blues Atem kitzelte seinen Hals. »Sehr stark.«

»Ja, das ist er wirklich. Aber er muss noch viel stärker werden. Und du auch. Damit du bald wieder selbst denken kannst. Aber keine Sorge. Ich werde ihn nicht zu dir lassen, bevor es soweit ist.«

Blue schwieg. Kris spürte ihr Herz unruhig schlagen. Kein Wunder. Sie war durstig. So viele Nächte hatte sie immer um die gleiche Zeit einen Menschen bekommen. Und heute – nichts. Speichel troff aus ihrem Mundwinkel und hinterließ feuchte Flecken auf dem Kragen seines Kittels. Er konnte nicht länger bleiben, obwohl er es sich gewünscht hätte. Aber er durfte sich hier nicht erwischen lassen.

Ein letztes Mal griff er nach der Dunkelheit in seinem Inneren, um Blues gequälte Gedanken sanft damit zuzudecken.

»Ganz ruhig, Liebes. Ich muss jetzt gehen. Aber Katherine wird gleich hier sein.« Er schob sie von sich und drückte sie in ihre Kissen, bevor er die Decke über sie breitete. »Sie bringt dir Blut.«

Ein schwaches Fauchen entwich Blues Kehle, doch sie rührte sich nicht.

Kris richtete sich auf. »Ich komme später wieder. Jetzt schlaf ein wenig.«

Folgsam, als ob sie seinen Worten gehorchten, sanken Blues Lider herab. Ein letztes Mal strich Kris ihr durch die wirren Haare.

»Gute Nacht«, flüsterte er.

Dann verließ er leise das Zimmer.

Als Kris auf den Gang trat, musste er die Augen gegen das grelle Neonlicht zusammenkneifen. Einige Momente lang blieb er stehen, bis er sich an die plötzliche Helligkeit gewöhnt hatte. Dann machte er sich mit langsamen Schritten auf den Weg zurück zum Fahrstuhl.

Er war schon fast am Ende des Gangs angelangt, als er hinter sich eine Tür aufgehen hörte.

Katherine.

Kris presste die Lippen zusammen und ging weiter. Vielleicht würde sie ihn nicht beachten. Aber noch während er das dachte, wusste er, dass es eine vergebliche Hoffnung war. Katherine würde niemanden einfach gehen lassen, der ohne ihr Wissen in ihr Reich eindrang.

»Kris?«

Er blieb stehen und zwang sich zu einem Lächeln, während er sich umdrehte. »Hallo, Katherine.«

Sie kam auf ihn zu, die Augen misstrauisch verengt. »Was machst du um diese Zeit hier oben? Cedric sagt, heute sind keine Tests.«

Kris griff in seine Tasche und holte das Röhrchen mit Blues Blut daraus hervor.

»Blutproben holen«, sagte er. »Von der 159. Pei Lin und Janet können unten gerade nicht weg.«

Er sah, wie sich Katherines Züge widerwillig glätteten. Es war seltsam, wie empfänglich sie für seine Gabe war, dachte Kris. Heute, nach seinem Gespräch mit dem Doktor, war ihm das besonders bewusst. Sie schaffte es nie, an seinen Worten zu zweifeln, ohne dass er sich je ernsthaft darum bemüht hatte – und das, obwohl sie alt und mächtig genug war, hinterher genau zu wissen, was seine Stimme mit ihren Gedanken angestellt hatte. Was würde wohl geschehen, wenn er seine Kraft gezielt bei ihr einsetzte, fragte er sich beiläufig. Von was würde er sie alles überzeugen können? Was würde sie alles für ihn tun? Kris spürte, wie bei dem Gedanken ein Kribbeln durch seinen Körper floss. Die Vorstellung einer willenlosen, gehorsamen Katherine hatte etwas zugleich Absurdes und

Verlockendes. Natürlich würde Kris niemals dumm genug sein, diese Phantasie in die Tat umzusetzen – aber es war zweifellos aufregend, es sich vorzustellen.

Möglich, dass ihn aus diesem Grund die Worte des Doktors so nachdenklich gestimmt hatten. Weil sie eine Wahrheit beinhalteten, ohne dass er selbst sich dessen bewusst gewesen war.

Er trank wenig, um einen Kontrollverlust zu provozieren?

In diesem Licht betrachtet, dachte Kris, war der Gedanke gar nicht so abwegig. Zugegeben – es wäre interessant zu sehen, was passieren würde.

»Tut mir leid«, knirschte Katherine durch zusammengebissene Zähne. Kris konnte beinahe hören, wie sie sich selbst dafür verwünschte, ihr Misstrauen so offen gezeigt zu haben. »Darauf hätte ich auch selbst kommen können.«

Kris hob die Schultern. »Schon in Ordnung. Du kannst mich immer alles fragen, Katherine. Da solltest du keine Hemmungen haben.«

Katherine lachte spöttisch. »Ja, das glaube ich gern.« Ihr spitzes Kinn reckte sich energisch nach vorn. »Ich habe keine Angst vor dir, Kris, wenn es das ist, was du denkst.«

»Das habe ich doch gar nicht behauptet.« Kris lächelte und trat einen Schritt näher an sie heran. Sofort spürte er, wie sie innerlich zurückwich. Aber sie hielt seinem Blick stand und hob nur leicht die Oberlippe, so dass ihre langen Eckzähne zu sehen waren.

»Ich hatte eher den Eindruck, du bist möglicherweise zu schüchtern, um zu sagen, was du denkst.«

Katherine zischte und verschränkte wie zum Schutz die Arme vor der Brust. »Schüchtern. Dir gegenüber. Und welchen Grund sollte ich dafür haben?«

Kris betrachtete sie nachdenklich. Beinahe tat sie ihm leid, wie sie dort stand und mit sich selbst kämpfte. Er war ihr zu nah. Und gleichzeitig konnte er in ihren Augen sehen, wie sie mit dem Wunsch rang, er würde noch näher kommen.

Er neigte sich nach vorn, so weit, dass seine Wange fast die ihre berührte, und senkte die Stimme zu einem Flüstern. »Vielleicht, weil du mich magst.«

Sekundenlang blieb sie still. Ihr Atem bebte, als er heiß ihren Hals streifte.

»Schäm dich«, wisperte Katherine.

Kris unterdrückte ein Lachen und trat einen Schritt zurück.

Mit eisigem Blick starrte Katherine ihn an. Ihre Brust hob und senkte sich schwer.

»Lass das sein«, sagte sie kalt.

Kris schob die Hände in seine Hosentaschen. Katherine als ältere Bluterin war ihm weit überlegen, was Kraft, Gewandtheit, Ausdauer oder Schnelligkeit betraf. Aber ihr Geist war empfindlich, das hatte sie gerade wieder eindrücklich bewiesen. Kris hatte sich schon des Öfteren gefragt, ob das an ihrer progressiven Abstammung lag. Janet zumindest reagierte ähnlich sensibel auf seine Stimme. Aber es gab zu wenige bewusste Bluter in Kris' Umfeld, als dass er gewagt hätte, eine allgemeine Aussage zu treffen.

»Keine Angst also«, wiederholte er ihre Worte halblaut und entschied, das Thema fallen zu lassen. Sonst würde er sich womöglich zu einem Spiel hinreißen lassen, das viel zu riskant war, wenn er weiter hier arbeiten wollte.

»Übrigens, wo ich dich gerade sehe. Cedric lässt fragen, ob wir genügend Menschen haben, um diesen Monat noch einen zweiten Progressiven als Versuchsobjekt einzusetzen.«

Katherines Stirn kräuselte sich. Der plötzliche Themenwechsel war ihr offensichtlich nicht geheuer. »Wofür, wenn ich fragen darf?«

»BRA-46. Und eventuell ab nächster Woche BRA-47, je nachdem wie die Tests laufen.«

»Hm. Nur unter der Bedingung, dass die 159 ab jetzt keine Menschen mehr bekommt.«

Kris dachte einen Moment darüber nach. Das war nicht die Antwort, die er sich erhofft hatte. Blue sollte in Zukunft von Konserven ernährt werden? Das war nicht gut. Für die Tests spielte es wahrscheinlich keine Rolle. Aber Kris lag es nun einmal persönlich am Herzen, dass sie bald ihr Bewusstsein zurückerlangte. Möglichst, bevor Cedric Gelegenheit hatte, sie in der Anstalt anzumelden. Kris hatte nicht viel Gutes über diesen Ort gehört, und er wollte unter allen Umständen verhindern, dass Blue dorthin gebracht würde.

»Das wäre für die Entwicklung nicht gut, stimmt's?«

Die Falten auf Katherines Stirn vertieften sich. »Keine Sonderbehandlungen, Kris. Das habe ich dir von Anfang an gesagt.«

Kris biss sich auf die Lippe. Die ganze Angelegenheit gestaltete sich doch schwieriger als erwartet. Aber wenn er nun … »Und wenn ich ab und zu einen Streuner aus der Stadt besorge?«

Es geschah selten genug, dass die Jäger der *Bloodstalkers* einen Menschen aufscheuchten, und in neunundneunzig Prozent aller Fälle hatten diese Menschen dann nicht einmal Wahres Blut. Aber um Blue zu ernähren, würden sie ausreichen.

Katherine hob die Brauen. »Das ist illegal.«

»Ich weiß. Aber es wäre besser für die 159.«

Katherine kniff die Augen zusammen und drückte mit

Daumen und Zeigefinger ihre Nasenwurzel. Kris lächelte. Er wusste, wie besorgt Katherine um das Wohlergehen ihrer Schützlinge war. Und er hätte seine Zähne darauf verwettet, dass auch sie keine Konserven mochte.

Doch schließlich schüttelte Katherine den Kopf. »Nicht, wenn du mir nicht endlich sagst, was du eigentlich vorhast.«

Kris seufzte leise. Sie ließ ihm keine Wahl. Er würde sie überzeugen müssen, selbst wenn er sich dafür auf gefährlichen Boden begab. Er hatte es einmal getan. Er konnte es wieder tun. Das würde keinen Unterschied mehr machen. Sanft legte er die Finger unter ihr Kinn und zwang sie, ihn anzusehen. »Und wenn ich dir sage, dass ich wirklich nur das Beste für dieses Mädchen will? Würdest du mir glauben, Katherine?«

Ihre Hand zuckte. Schloss sich dann zur Faust. Stieß ihn nicht weg, obwohl sie es sicher vorgehabt hatte.

Stumm sah sie ihn an. Ihr Arm sank schlaff herab.

Kris lächelte erneut und ließ sie los. »Ich danke dir.«

Für einen Moment verkrampften sich ihre Lippen. Dann wandte sie sich ab. »Sag Cedric nichts davon«, murmelte sie matt.

Kris nickte. »Natürlich nicht. Das bleibt ganz unter uns.«

Katherine antwortete nicht mehr. Sie war erschöpft, das war ihr deutlich anzusehen. Vielleicht war er zu weit gegangen. Er musste jetzt aufhören, auch wenn es schwerfiel. Kris atmete langsam ein und aus und trat einen weiteren Schritt von ihr zurück.

»Also dann. Wir sehen uns später.«

Momente lang starrte Katherine ihn mit ausruckslosem Gesicht an. Dann aber nickte sie knapp. »Bis später, Kris.« Entschlossen wandte sie sich ab.

Kris sah ihr nach, wie sie mit hastigen Schritten den Gang hinunterging. Als sei sie auf der Flucht, dachte er. Und vermutlich war sie das auch. Der Gedanke belustigte und beunruhigte ihn zugleich. Er musste sich vorsehen. Von ihrer heutigen Begegnung würde Katherine schweigen. Und noch hatte er den Doktor auf seiner Seite. Aber Kris wollte sich nicht vorstellen, was geschehen würde, wenn sich das änderte. Wenn Katherine redete.

Und so zwang er die schwellende Finsternis in seinem Inneren entschlossen auf ihren Platz und ging zurück an seine Arbeit.

# Kapitel Drei

## Forschungsstation White Chapel, Kenneth, Missouri

Die Sonne kroch bereits über den Horizont, als Katherine sich endlich so weit beruhigt hatte, dass sie ohne zittrige Knie in den Fahrstuhl steigen konnte. Beinahe schämte sie sich dafür, dass ihre Füße wie von selbst den Weg zu Cedrics Büro einschlugen. Aber sie hatte das Bedürfnis nach seiner Gesellschaft. Die letzten Stunden hatte sie sich in den Unterkünften der Menschen verkrochen und versucht, sich mit der Pflege ihrer Schützlinge abzulenken – ohne dass es ihr gelungen war.

Kris.

Er hatte es schon wieder getan.

Und wie jedes Mal hatte Katherine das Gefühl, sich hysterisch und albern verhalten zu haben. *Wie ein argwöhnisches Kind*, dachte sie ärgerlich. Kris musste sie wirklich für dumm halten. Und bestimmt machte sie sich in Wirklichkeit ganz unnötig Sorgen, weil seine Absichten harmlos waren. Was war schon dabei, wenn er sich für dieses Vampirmädchen interessierte?

Aber sie war nun einmal nicht wie Cedric. Sie konnte nicht in aller Ruhe ertragen, wie diese Stimme in sie hineinfloss und sie zu einer Gummipuppe machte, dazu fehlte es ihr entschieden an Gelassenheit. Das Problem war bloß – sie konnte und wollte sich auch nicht ständig verstecken, nur um Kris Saturnine nicht begegnen zu müssen.

Leise klopfte sie an Cedrics Tür.

»Bitte, komm rein«, erklang kurz darauf seine Stimme gedämpft durch das Holz.

Behutsam schob Katherine die Tür auf.

Cedric saß – wie fast immer um diese Uhrzeit – hinter seinem Schreibtisch und beschäftigte sich mit den Büroarbeiten, die in der Forschungsstation wie in jeder vom Parlament geförderten Einrichtung anfielen.

Allerdings lag auch die neueste Ausgabe der *NeuroScience* aufgeschlagen vor ihm. Wahrscheinlich hatte er sich mit der Lektüre vor irgendeiner unliebsamen Arbeit gedrückt. Trotz aller Aufregung musste Katherine sich ein Lächeln verkneifen. Cedric behauptete des Öfteren von sich, den Selbstbetrug perfektioniert zu haben – und sie glaubte ihm das aufs Wort.

»Du solltest längst im Bett sein«, stellte Cedric fest und warf ihr einen prüfenden Blick zu. »Hattest du Sehnsucht?«

Nun lächelte sie doch. »Schon möglich.«

Cedric hob belustigt die Brauen. »Ich fühle mich geschmeichelt. Aber ich fürchte, du musst dich noch einen Moment gedulden. Dieser hundertseitige Bewilligungsantrag verlangt meine volle Aufmerksamkeit.« Er klopfte vielsagend auf den Stapel Papier, der vor ihm lag.

»Kein Problem.« Katherine zog die Tür hinter sich ins Schloss. »Ich kann warten.«

»Das ist ganz reizend von dir.« Cedric lächelte spöttisch und griff nach seinem Stift, um eine Textpassage zu markieren.

Katherine spürte, wie es in ihrem Inneren angenehm warm und ruhig wurde, während sie sich auf seinen Besucherstuhl setzte und ihm beim Lesen zusah. Sie wusste, wie sehr Cedric es hasste, Formulare auszufüllen – und dass der Besuch des Gutachters positiv verlaufen war, bedeutete leider nicht, dass er die Anträge für die Forschungsgelder im nächsten Jahr nicht zu stellen brauchte. Sicher waren es bei weitem keine hundert Seiten. Aber für Cedric wäre auch schon ein dreiseitiger Antrag Grund zur Klage gewesen. Überhaupt schien Cedric nie zufrieden zu sein, wenn er keinen Anlass für stilles Leiden hatte. Doch obwohl sein Zynismus von Zeit zu Zeit recht anstrengend sein konnte, war es doch gerade diese stets mit bitterer Belustigung vorgetragene Schwermut, die ihn für Katherine so anziehend machte. Sie bewunderte Cedric seit dem Tag, an dem er sie eingestellt hatte, um seine persönliche Assistentin zu werden. Natürlich würde sie sich hüten, solche Gedanken vor ihm verlauten zu lassen, doch bei ihm fühlte sie sich sicher. Ihm vertraute sie und fühlte sich von ihm verstanden. Und er war der Einzige, bei dem sie ihre Angst vergessen konnte. Diese Angst, von der Katherine nicht wusste, woher sie kam.

Weil sie ja auch von sich selbst nicht wusste, woher sie kam.

Endlich legte Cedric den Stift zur Seite.

»So, mein Herz. Jetzt bin ich ganz für dich da.« Er lehnte sich ein Stück nach vorn und musterte sie aufmerksam. »Was kann ich für dich tun?«

Katherine zögerte. Unter Cedrics gelassenem Blick kamen ihr ihre Sorgen plötzlich albern vor.

»Nichts, ich … wollte dich nur sehen.« Sie lächelte zaghaft.

Cedrics gelbe Augen schienen direkt hineinsehen zu können. Er glaubte ihr nicht. Natürlich nicht.

»Du bist angespannt«, bemerkte er.

Katherine presste für einen Moment die Lippen zusammen. Was machte es für einen Sinn, nicht die Wahrheit zu sagen? Ein gutes Gespür für Lügen war nicht alles, was Cedric zu bieten hatte. Wenn er wollte, konnte er jeden ihrer Gedanken sehen. Sogar die, von denen sie selbst nichts ahnte.

»Ein wenig«, murmelte sie.

Cedrics Gesicht blieb unverändert ernst. Nur seine Augen lächelten.

»Und willst du mir erzählen, warum?«

Katherine schwieg. Nein, sie wollte nicht. Sie wusste ja, was er sagen würde. Das nämlich, was er auch in der Nacht schon gesagt hatte: Dass sie sich keine Sorgen machen sollte.

»Ich würde … heute gern bei dir schlafen, wenn ich darf«, sagte sie schließlich leise.

Cedric hob die Brauen, und Katherine konnte sehen, dass er sich nun ernsthaft zu fragen begann, was vorgefallen war.

»Wir … könnten die Sitzung nachholen, die gestern ausgefallen ist«, fügte sie daher schnell hinzu.

Cedric runzelte die Stirn. Sicher, dachte Katherine, ihm war klar, dass es ihr nicht darum ging. Er wusste, dass sie nicht gerade wild darauf war, einen weiteren Ausflug in ihre Erinnerung zu unternehmen. Was sie bisher über ihre Vergangenheit erfahren hatte, war genug, um für den Rest der Unendlichkeit davon verschont bleiben zu wollen. Und er wusste auch, dass sie die Therapie seit Jahren nur der Forschung zuliebe fortsetzte. Ihm zuliebe.

Aber er würde nicht fragen. Dazu war er zu rücksichtsvoll.

»Selbstverständlich.« Er nickte langsam und griff nach dem Funksender, um ein paar Knöpfe zu drücken. »Ich habe sowieso genug von diesem Papierkram. Wir können gleich fahren.«

Kurz darauf knackte und piepte es im Gerät, und eine Uhrzeit erschien auf dem Display.

Cedric warf einen Blick auf die Uhr an der Wand seines Büros. Sie zeigte drei Minuten nach Sieben. »Der Fahrdienst kommt um sieben Uhr neun.« Er stand auf und zog seinen Kittel aus. »Gehen wir runter.«

Sie warteten im Schatten des Eingangs, während sie beobachteten, wie das Auto mit den schwarz getönten Scheiben die Auffahrt zur Forschungsstation entlang gerollt kam. Katherine setzte die Kapuze ihres Mantels auf. Selbst so früh am Morgen war das Licht schon so grell, dass es auf ihrer Haut brannte.

Der dunkelhäutige Fahrer stieg aus und öffnete die Tür.

»Guten Morgen, Dr. Edwards!« Er grinste und zeigte strahlend weiße Zähne. Seine Augen waren hinter der verspiegelten Sonnenbrille nicht zu sehen. »Heute in Begleitung?«

Ein müdes Lächeln erschien auf Cedrics Gesicht. »Sie kennen ja den Weg, Carl.« Er legte eine Hand auf Katherines Rücken und schob sie die wenigen Schritte die Treppe hinunter in den Wagen, bevor er hinterherkletterte und die Tür ins Schloss zog.

Drinnen war es dunkel und kühl. Aus den Lautsprechern in der Decke drang leise Jazzmusik. Kurz darauf klappte auch die Fahrertür zu, der Motor begann zu vibrieren, und das Fahrzeug setzte sich fast lautlos in Bewegung.

Während sie fuhren, betrachtete Katherine durch die getönten Scheiben die schattenhaften Umrisse von Kenneth. Cedrics Wohnung lag in einem Hochhaus in der West Street, jenseits des Asia Parks inmitten eines Viertels, in dem es ansonsten ausschließlich Büros gab. Die Fahrt dauerte beinahe eine halbe Stunde, obwohl ihnen kaum andere Fahrzeuge begegneten. Selbst die Skyway Bridge, die gigantische Hängebrücke über dem Violet River, die jede Nacht verstopft war mit Autos, war an einem Sommertag wie diesem wie leer gefegt. Katherine wunderte das nicht. Sie selbst wäre um nichts in der Welt freiwillig nach draußen ins grelle Sonnenlicht gegangen.

Auf der ganzen Fahrt sprach niemand ein Wort.

Endlich hielt der Wagen in der Tiefgarage des Hochhauses. Der Fahrer ließ die Scheibe herunter, die ihn während der Fahrt von Katherine und Cedric getrennt hatte.

»Da wären wir.« Er grinste. »Macht dreizehn Dollar fünfundachtzig.«

Cedric reichte zwanzig Dollar nach vorn. »Behalten Sie den Rest.«

Das Grinsen in dem dunklen Gesicht wurde breiter. »Dann warte ich morgen früh wieder auf Sie, Dr. Edwards.«

Cedric nickte und öffnete die Tür. »Bis morgen, Carl.«

Er ging um das Auto herum, um auch Katherine die Tür zu öffnen. Dann reichte er ihr die Hand, um ihr beim Aussteigen behilflich zu sein.

Nur Augenblicke später rauschte der Wagen davon. Und als sich das Tor zur Garage schloss, verschwand endlich auch das letzte unbehagliche Gefühl von Sonne aus Katherines Nacken.

Die selbsttönenden Scheiben der gewaltigen Fensterfront verwandelten die Strahlen der Sommersonne in sanftes Dämmerlicht. Katherine schob die Kapuze zurück und machte einige Schritte in den Raum hinein, bevor sie stehen blieb und sich umsah. Cedrics Wohnung, ursprünglich als Großraumbüro mit zwei einzelnen Privatbüros angelegt, beeindruckte sie jedes Mal aufs Neue.

Hinter ihr schloss sich mit leisem Klingeln die Fahrstuhltür.

Nachdem er das Büro gekauft hatte, hatte Cedric die Trennwände im Hauptraum entfernen lassen und das riesige Zimmer großzügig mit einer eigenwilligen Mischung aus nostalgischen Elementen und moderner Pragmatik gefüllt. Der Arbeitsplatz mit dem Computer auf dem neuesten Stand der Technik stand in scharfem Kontrast zu der Sitzgruppe mit staubabweisenden Bezügen und den hohen Bücherregalen, in denen nicht nur wissenschaftliche Folianten und Romane, sondern auch antike Bild- und Tonträger standen, für die es heutzutage nicht einmal mehr Abspielgeräte gab. Cedric erklärte gern, dass einer der Hauptgründe, aus denen er bei der Wahl regelmäßig seine Stimme der Progressiven Partei gab, deren Bestreben sei, die Unterhaltungstechnik wiederzubeleben. Nachdem als Konsequenz des Krieges in der Mitte des vergangenen Jahrhunderts der größte Teil aller Waffen- und Kommunikationstechnologie vernichtet oder vom Parlament unter Verschluss genommen worden war, hatte kaum jemand laut eine Neuentwicklung der ebenfalls betroffenen Unterhaltungsmedien zu fordern gewagt. Doch es war nur zu verständlich, dass die Progressiven, die nicht über Blutgaben verfügten, um sich das Leben zu vereinfachen, daran interessiert waren, die Kommunikationsmöglichkeiten jenseits des Funkverkehrs neu zu entwickeln.

Cedric nahm Katherine den Mantel ab. »Wollen wir gleich anfangen?«

Katherine nickte. Beunruhigt stellte sie fest, dass ihre Knie sich immer noch ein wenig wackelig anfühlten, als sie zum Sofa hinüberging.

Cedric setzte sich neben der Armlehne auf einen gepolsterten Hocker. Katherine sah an den winzigen Falten auf seiner Stirn, dass er sich immer noch Gedanken machte. Es tat ihr leid, ihm Sorgen zu bereiten. Aber sie konnte sich nicht überwinden, von der Begegnung mit Kris auf dem Flur zu erzählen.

Cedric brauchte Kris, das hatte er selbst gesagt.

Vorsichtig streckte Katherine sich auf dem Rücken aus.

Kühle Finger legten sich an ihre Wange.

»Bist du sicher, dass du das willst?« Cedric betrachtete forschend ihr Gesicht. »Wenn du einfach nur hier schlafen möchtest, ist das auch in Ordnung, das weißt du.«

Katherine lächelte schwach.

»Ich weiß«, murmelte sie und schämte sich, ihn so anzulügen. »Aber ich will es. Wir müssen doch weiterkommen.«

Cedric seufzte leise. Doch er sagte nichts mehr.

Noch einmal würde er nicht fragen.

Seine Finger glitten zu ihren Schläfen hinauf, und kurz darauf breitete sich in Katherines Körper ein feines Kribbeln aus. Ihre Muskeln erschlafften. Ihre Lider sanken herab. Dunkelheit umfing sie, unterbrochen von winzigen roten Blitzen. Bilder tauchten vor ihrem inneren Auge auf, in so schneller Folge zunächst, dass sie nichts erkennen konnte. Dann wurde der Bilderfluss langsamer. Sie sah die langen, kalt beleuchteten Gänge von White Chapel. Ihre Wohnung. Cedrics Wohnung. Orte, die ihr so vertraut waren wie ihre eigene Hand. Allgemeinplätze, hatte Cedric ihr zu Beginn der Therapie erklärt. Dinge, die sie jeden Tag vor Augen hatte, und die daher leicht aus ihrem Gedächtnis abzurufen waren. So fing es immer an.

Schließlich blieben die Bilder stehen. Dies war der Punkt,

an dem Cedric jedes Mal eine Pause einlegte. Und Katherine wusste, er sammelte seine Kräfte. Denn nun würde er beginnen, von der höheren Funktion seiner Blutgabe Gebrauch zu machen: die Stimulation ihrer Nervenzellen, und die Reaktivierung von schlafenden synaptischen Verbindungen, die sie eines Tages hoffentlich zu den verborgenen Orten in Katherines Gehirn führen würden, an denen die Erinnerung an ihr menschliches Leben vergraben lag.

Katherines Zunge lag als aufgequollener Klumpen in ihrem Mund. Aber sie wusste, dass Cedric nun jedes unausgesprochene Wort hören konnte.

*Wohin gehen wir heute?*

Cedric antwortete nicht sofort, und Katherine spürte, dass er nachdachte. Er hatte etwas vor und war sich nicht sicher, ob er es ihr in ihrer heutigen Verfassung zumuten konnte.

*Wir versuchen es heute noch einmal*, sagte er schließlich. *Wir gehen nach Kenneth.*

Katherine zuckte innerlich zusammen. Damit hatte sie nicht gerechnet. Kenneth. Dort war der Ort ihrer ältesten Erinnerung. Wie sie aufgewacht war, neben sechs blutleeren Menschenkörpern, und sich selbst wieder als lebendes, denkendes Wesen begriffen hatte. Ein Wesen, dessen wiedererwachtes Gewissen wusste, was das Wort »Mord« bedeutete ...

Einmal erst war sie mit Cedric dort gewesen, vor über fünf Jahren, kurz nachdem sie mit ihrer Therapie begonnen hatten. Und sie hatte gehofft, dieses Entsetzen nie wieder spüren zu müssen. Seither waren sie stets in den sicheren Gefilden ihrer näheren Vergangenheit geblieben. Aus Sicherheitsgründen. Warum hatte er sie nicht vorher gefragt? Er konnte doch nicht vergessen haben ...

*Beruhige dich. Du darfst keine Angst haben.*

Trotz der Taubheit in ihren Gliedern spürte Katherine, wie seine Hand über ihre Haut glitt. Doch seine Worte und seine Berührung verfehlten dieses Mal ihre Wirkung.

*Ich habe keine Angst um MICH, Cedric!*

Cedric schwieg eine Weile, und Katherine wurde klar, dass er aus eben diesem Grund so oft gefragt hatte, ob sie wirklich bereit für die Sitzung war: Er hatte gewusst, wie sehr es sie aufwühlen würde.

*Ich weiß*, sagte er endlich langsam. *Darum ist die Lähmung heute stärker als sonst. Vertrau mir, Katherine. Du wirst mir nichts tun können.*

Keine Angst … keine Sorgen … er sagte das so leicht dahin. Am liebsten wäre Katherine aufgesprungen – wenn sie nur gekonnt hätte.

Doch schon spürte sie, wie es in ihren Nervenbahnen erneut zu prickeln begann. Schatten bewegten sich verschwommen in ihrem Blickfeld, formten sich zu hohen Häusern und schlecht beleuchteten Straßen: Das Wohnviertel, in dem sie gelebt und gejagt hatte. Sie erkannte es sofort, obwohl es seltsam unscharf war, als würde sie durch eine verschmierte Brille sehen. Sie schlurfte dahin, ihre eigenen Füße unter ihr der einzig klare Fixpunkt. Nackte Füße. Mit Blut bespritzt.

*Halt an, Katherine*, sagte Cedric. I*ch will mich umsehen.*

Die Füße verhielten in ihrem Schritt.

*Die Dirty Feet*, murmelte Cedric. Er klang überrascht. *Das muss vor der Isolierung gewesen sein. Noch gar nicht so schmutzig damals. Weiter.*

Ein erneutes Kribbeln. Katherine wusste, sie hatte nun keinen Einfluss mehr darauf, wohin die Erinnerung sie führte. Es war Cedric, der entschied, welche Verknüpfung sie näher an ihr Ziel brachte. Und Katherine begriff, er hatte gar nicht vor, sie zum Ort ihres Erwachens zu leiten. Diesen Teil ihrer Vergangenheit kannte er bereits.

Die roten Blitze zuckten durch die Schatten, und ein weiteres Mal verformten sie sich. Ein dunkler Raum. Ein zerbrochenes Kellerfenster. Eine zerfetzte Matratze.

*Mein Unterschlupf.* Katherine spürte, wie ihr kalt wurde. Ja, kalt war es dort gewesen. Der dicke Riegel an der Tür. Hier hatte sie sich selbst einzusperren versucht, in den wenigen klaren Momenten zwischen bleiernem Schlaf und der Gier nach Blut. Menschen waren dort draußen vor dem Fenster gewesen. Viele Menschen. Über ihr ertönte der Lärm von Kindern, die das verlassene Haus erkundeten. Der Geruch, der süße Geruch von Nahrung, der sie schwindelig werden ließ. Ihre Muskeln zitterten. Der rote Schleier senkte sich über ihr Blickfeld …

*Halt!*, hörte sie eine Stimme rufen. Verzweiflung verschlang ihre Gedanken. *Warte, Katherine!*

Knisternd schoss ein Blitz durch ihren Geist.

Katherines Glieder zuckten. Sie keuchte und versuchte um sich zu schlagen. Ein tonloser Schrei verstopfte ihre Kehle – und dann wurde es dunkel um sie.

Eine Hand legte sich auf ihre schweißnasse Stirn.

Katherines Lider flatterten.

Cedric beugte sich über sie. »Das war ja mal ein kurzer Ausflug.«

Das Atmen fiel Katherine schwer. Noch immer war ihr eiskalt.

Cedric stand auf. »Bleib noch liegen«, sagte er. »Ich koche dir einen Tee.«

Nur langsam kehrte das Gefühl kribbelnd in Katherines

tauben Körper zurück. »Tut mir leid«, flüsterte sie schwerfällig.

Cedrics Gesicht war ernst, während er zwei Tassen aus dem Schrank über der kleinen Anrichte neben dem Bücherregal nahm. »Wir hätten viel früher dorthin gehen sollen.«

Katherines Mund war voller Blut. Ihr eigenes sicherlich. Ein Teil des Blutersyndroms – sie verletzte sich viel zu leicht. Die Blutung würde von allein aufhören. Aber das würde eine Weile dauern. Sie schluckte mühsam und unterdrückte den Drang, mit der Zunge über ihre spröden Lippen zu lecken. Sie würden nur noch weiter aufplatzen.

»Als wir uns kennenlernten, hast du nicht in den Dirty Feet gewohnt«, stellte Cedric fest und schaltete den Wasserkocher auf der Anrichte ein. Auf seiner Stirn hatten sich nachdenkliche Falten gebildet. »Was für ein Haus war das?«

Katherine schloss die Augen und tastete vorsichtig nach dem Bild, das Cedric in den Wirren ihres Gehirns gefunden hatte. Der Keller ... ja, er hatte zu einem Haus gehört, das sie kannte. Aber woher? War es das Haus gewesen, in dem sie als Mensch gelebt hatte? Der Gedanke fühlte sich richtig an. Aber er öffnete keine Türen. Noch nicht.

»Wir sollten uns dort umsehen.« Cedric kehrte zum Sofa zurück. Das Wasser im Kocher begann zu brodeln.

»Nächste Woche«, fügte er hinzu, als wolle er sie beruhigen. »Für heute haben wir genug gesehen.«

Katherine schwieg. Wenn es nach ihr gegangen wäre, hätte sie niemals mehr irgendetwas sehen müssen. Zumindest glaubte sie das. Andererseits – wie viele Nächte hatte sie mit dem Versuch zugebracht, sich zu erinnern?

Cedric legte ihr die Hand auf die Schulter. »Du entscheidest. Wenn du die Sitzungen abbrechen möchtest, brechen wir sie ab.«

Katherine öffnete die Augen, um ihn anzusehen. Er meinte es ernst. Mit all dem hatten sie schließlich auf ihren Wunsch hin überhaupt erst angefangen. Cedric hatte sich mit dieser Therapie selbst in größte Gefahr begeben, und er tat es immer noch. Und das nicht nur sich selbst und seiner Forschung zuliebe. Er wollte ihr helfen – trotz des hohen Preises, den er bereits dafür zahlte. Das Gelb seiner Iris erinnerte sie ständig daran.

Gelbe Augen. Bluteraugen.

»Habe ich es wieder getan, Cedric?«, fragte sie leise. »Habe ich versucht, dich zu beißen?«

Cedric antwortete nicht sofort. Schließlich jedoch seufzte er und strich ihr die Haare aus der Stirn.

»Ja, das hast du«, sagte er ruhig. »Aber ich habe es dir gesagt: Du wirst mir nichts mehr tun können. Es ist alles in Ordnung, Katherine.«

Der Wasserkocher schaltete sich mit leisem Klacken aus. Cedric streckte Katherine die Hand entgegen und hob in mildem Spott einen Mundwinkel.

»Na komm. Trinken wir einen Tee zusammen, und dann ab ins Bett mit dir. Wenn du hier auf dem Sofa einschläfst, fühlst du dich morgen älter als ich.«

Ein hilfloses Lachen quoll mit einem Schwall Blut aus Katherines Mund. Sie griff nach Cedrics Hand und kam mit seiner Hilfe auf die Füße. Für einen kurzen Moment noch hielt er sie fest, drückte sie sanft an sich, ohne sich daran zu stören, dass ihr Blut sein Hemd befleckte.

»Du bist fürchterlich«, murmelte Katherine. »Du hättest mich vorher fragen sollen.«

»Natürlich.« Cedric strich ihr liebevoll über den Rücken »Beim nächsten Mal.«

Er gab ihr einen Kuss auf die Stirn. Dann ließ er sie los und führte sie sanft zu dem Esstisch am Fenster, bevor er zur Anrichte zurückging, um den Tee aufzugießen.

Katherine ließ sich schwer auf einen der Stühle sinken. Sie fühlte sich noch immer benommen und zittrig. Das Blut hinterließ einen schweren, süßlichen Geschmack in ihrem Mund.

»Glaubst du, dass wir dort etwas finden werden?«, fragte sie, als sie endlich wieder das Gefühl hatte, in normaler Tonlage sprechen zu können.

Cedric kam mit zwei dampfenden Tassen an den Tisch und stellte eine davon vor Katherine ab. Dann setzte er sich neben sie und sah gedankenverloren aus dem Fenster.

»Vielleicht finden wir niemals etwas«, sagte er. »Das hast du von Anfang an gewusst. Aber ich glaube, dass es den Versuch wert ist.«

Katherine legte die Hände um ihre Tasse. Die Wärme kribbelte in ihren Fingern. Lange Zeit sagte keiner von ihnen ein Wort, während sie darauf warteten, dass der Tee kalt wurde.

Schließlich aber spürte Katherine, wie Cedrics Finger leicht ihr Handgelenk berührten. Als sie ihn ansah, war seine Miene weich. »Würde es dich beruhigen zu wissen, dass ich Sid gebeten habe, auf Kris aufzupassen?«

Katherine warf ihm einen überraschten Blick zu. Sie hatte nicht mehr damit gerechnet, dass er noch etwas zu dem Thema sagen würde. Also machte er sich doch mehr Gedanken, als sie geglaubt hatte. Sie nickte.

»Doch, das … beruhigt mich schon.«

»Na siehst du.« Cedrics Finger strichen mit einer sanften

Berührung über ihre Haut, bevor er sie zurückzog. »Ich tue doch alles, damit du ruhig schlafen kannst.«

*Schlafen*, dachte Katherine und hob schwerfällig einen Mundwinkel. *Ein gutes Stichwort.* Sie fühlte sich schrecklich erschöpft. Obwohl die Sitzung heute nur kurz gewesen war, hatte sie sie doch deutlich mehr angestrengt als sonst. Und auch die vorangegangene Nacht war nicht gerade einfach gewesen.

Sie seufzte müde. »Ich gehe wohl wirklich besser ins Bett. Oder brauchst du mich noch?«

Cedric lächelte, aber seine Augen blieben ernst. »Ich brauche dich immer, Katherine. Aber das soll dich nicht vom Schlafen abhalten. Du weißt ja, wo das Gästebett steht.«

Katherine erwiderte mühsam sein Lächeln und stand auf. »Es ist gut zu wissen, dass du heute Nacht über meinen Sarg wachst.«

Cedrics Mundwinkel zuckten in sanftem Spott. »Selbstredend, mein Herz. Ich werde da sein, wenn du aufwachst. Und vielleicht überlässt du die nostalgischen Scherze dann lieber wieder mir.«

Katherine warf ihm einen liebevoll belustigten Blick zu. »Ich versuche, daran zu denken. Bis heute Abend.«

»Schlaf gut, Katherine.«

Mit leisen Schritten durchquerte Katherine den Raum und öffnete die Tür zu einem der abgedunkelten Privatbüros, die Cedric als Schlafräume nutzte.

*Ein Sarg*, dachte sie, als sie schließlich vor der länglichen Kiste aus Ebenholz stand. Manchmal fragte sie sich, warum nicht mehr Vampire der Tradition folgten und in Särgen schliefen. Särge, die – so hatte man es zumindest in den Alten Zeiten gesagt – Vampire vor all den ruhelosen Geistern schützen sollten, die sie im Lauf ihres ewigen Lebens gegen sich aufbrachten. Katherine glaubte nicht an Geister. Und trotzdem konnte sie nirgends so ruhig und traumlos schlafen wie hier.

Vorsichtig legte sie sich hin, um ihrem empfindlichen Körper nicht noch mehr Wunden zuzumuten. Dann zog sie den Deckel über sich zu. Schwer sanken ihre Lider herab – und mit ihnen die blutrote Dunkelheit, die Katherines Schlaf umfing.

# Kapitel Vier

The Highest Place, Insomniac Mansion,
Kenneth, Missouri

Die Sonne war untergegangen. Ein schmaler Mond hing wie ein stumpfer Metallsplitter am Himmel.

Hoch oben unter dem Dach des Turms hatten sie sich versammelt: Die Vampire der *Bloodstalkers* von Kenneth. Red September schlief noch. Doch es war jetzt bald an der Zeit. Zeit, ihn zu rufen.

Kris war unruhig, schon seit er an diesem Morgen aus White Chapel zurückgekehrt war. Unruhig – und hungrig. Die Konserve des Doktors hatte sein Verlangen nach Blut eher gesteigert als gemildert. Und trotzdem hatte er davon abgesehen, Will an diesem Nachmittag zu sich zu rufen. Heute wollte er sich ganz für Red aufsparen.

Wenn er doch nur mit Sicherheit gewusst hätte, dass dieser Abend so für ihn ausgehen würde, wie er es sich erhoffte. Bei Blue war er sich sehr sicher gewesen. Er hatte ihr Blut gekostet. Sie war nicht von seinem Stamm, hatte die Blutgabe der Organischen Manipulation in sich getragen, nicht die der Psychischen. Aber sie war stark. Und er hätte sie ganz ohne Zweifel zu seiner Quelle machen können. Niemand hätte ihm in dieser Hinsicht Konkurrenz gemacht.

Céleste mochte keine Frauen.

Bei Red allerdings … lagen die Dinge anders.

Céleste hatte bereits von ihm getrunken. Sein Blut hatte

auf ihren Gesang geantwortet – mit einer Kraft, die selbst die alte Vampirin überraschte. Ihr Gesicht hatte vor Erregung geglüht, als sie davon berichtete. Und wenn Red auf Céleste reagierte, dann würde er auch Kris antworten. Doch genau dort lag das Problem.

Kris warf einen Blick hinüber zu der Vampirin, die gedankenverloren durch das Fenster hinaus in den Garten sah. *Sie* wollte ihn. Und am Ende war es Céleste, die entschied, was mit Red geschehen würde. Kris hingegen war ihrer Gnade vollkommen ausgeliefert. Ihrer Gnade und ihrer Einsicht, dass er nicht auf Dauer mit einer einzelnen, mangelhaften Blutquelle auskommen konnte.

Kris schloss die Augen und versuchte, sich zu beruhigen. Sie hatte ihm nichts versprochen. Aber sie hatte seine Bitte gehört. Noch hatte er nicht verloren.

In diesem Augenblick wandte Céleste sich um. Ein Lächeln lag auf ihren Lippen.

»Also dann. Bitten wir ihn zu uns.«

Gemeinsam schickten die Vampire ihre körperlosen Stimmen durch die Schatten von Insomniac Mansion. Weit unter ihnen, im ersten Geschoss des Hauses, regte sich ein schläfriger Geist. Horchte auf ihre Rufe.

Kris spürte Reds Schritte in seinem Inneren nachhallen, fühlte das Herz des Jungen aufgeregt schlagen.

*Komm zu mir*, flüsterte er lautlos. *Ich warte auf dich.*

Doch noch während er die lockenden Gedanken ausschickte, wusste er, dass Red ihn nicht hören würde. Célestes Stimme war so viel stärker als seine.

Als Red das Innere Treppenhaus erreichte, öffnete Kris die Augen. Seine feinen Ohren vernahmen das Knarren von Holz. Sein eigenes Herz begann vor Erregung schneller zu schlagen. Red war nun fast hier. Er konnte seinen Atem in der stillen Luft vibrieren fühlen.

Endlich erschien die schmale, bleiche Gestalt des Jungen auf der Schwelle. Verharrte angstvoll, als wage er nicht, sich noch weiter zu nähern. Der Geruch seines Blutes tränkte die Luft.

Kris fühlte, wie sich Speichel in seinem Mund sammelte. Wahres Blut. Wie lange hatte er keines mehr trinken dürfen. Und dieses – dieses wollte er mehr als jedes andere.

Er hörte kaum hin, als Céleste vortrat, um ihren Gast zu begrüßen. Nur unterbewusst nahm Kris die Schwingungen in ihrer Stimme wahr. O ja. Auch sie wollte ihn. Wollte den Menschen für sich.

Er unterdrückte den Drang, sich nervös über die Lippen zu lecken. Der Duft des Blutes machte ihn schwindelig.

Céleste nahm inzwischen Red bei der Hand und führte ihn zu der Liege unter dem Fenster. Ein verzückter Schleier hatte sich über ihre Iris gesenkt.

»Stark bist du«, flüsterte sie, bevor sie ihre Zähne in die weiße Haut senkte.

Red stöhnte auf, und Kris spürte, wie ein Kribbeln durch seinen Körper jagte, als sein eigenes Blut ebenfalls reagierte. Seine Hände ballten sich zu Fäusten, und er schloss die Augen. Er musste nicht hinsehen, um zu wissen, dass Red unter Hannah und Tony leiden würde. Es war wie damals bei Chase. Ein junger Mensch von seinem Stamm mit ungewöhnlicher Kraft. Perfekt für ihn – und auch für Céleste.

Eine große Hand legte sich auf seine Schulter, und er hob die Lider. Tony stand neben ihm. Reds Blut klebte an seinen Lippen. Schweigend nickte Tony ihm zu.

Céleste hockte noch immer neben Red, streichelte ihn und flüsterte ihm sanfte Worte ins Ohr, die Kris nicht verstehen konnte. Dann hob sie die Hand und winkte Kris, näher zu treten. Er war an der Reihe. Endlich würde er trinken dürfen. Zum ersten und vielleicht einzigen Mal.

Céleste erhob sich und trat zur Seite, um ihm Platz zu machen. Aus weit aufgerissenen Augen starrte Red zu ihm auf. Seine Haut war weiß, und er atmete abgehackt zwischen blutleeren Lippen. Sein Herz schlug langsam und schwach. Sie hatten ihm nicht viel übrig gelassen.

Behutsam legte Kris eine Hand an Reds Wange. So stark … und zugleich so zerbrechlich. Aber er würde sehr vorsichtig sein. Niemals könnte er so etwas Schönes wie diesen Menschen zerstören. Er griff nach Reds eiskaltem Handgelenk und führte es an seine Lippen. *Nur wenige Tropfen*, dachte er. *Nur, um es einmal zu schmecken.* Seine Zähne durchdrangen die weiche Haut, und das Blut rann in seinen Mund. Süß. Und voller Leben. Kris schauderte. Die Versuchung war groß. Zu trinken. Zu nehmen, was er so lange vermisst hatte. Aber das würde Red töten. Schon jetzt entglitt er ihm, drohte in den Tiefen der Bewusstlosigkeit zu ertrinken.

Und so ließ Kris ihn los, gab die wundervolle Wärme auf, die ihn durchströmte. Mit einem Seufzer hob er den Blick – und sah direkt in Célestes lächelndes Gesicht.

»Ist er nicht fantastisch?«

Kris konnte nur nicken. Langsam erhob er sich. Céleste nahm ihren Platz wieder ein, und Kris wusste, was nun folgen würde. Jetzt würde sie entscheiden. Gleich würde er wissen, ob sie seinen Wunsch erfüllte oder nicht.

»Wach auf«, flüsterte Céleste.

Reds Lider flatterten und hoben sich schwerfällig.

Benommen sah er zu ihnen hinauf, sein Geist noch zu verwirrt, um zu begreifen, was gerade mit ihm geschehen war.

Auch Tony und Hannah traten wieder näher.

»Meinen Glückwunsch, Liebes.« Céleste strich mit sanften Fingern über Reds bleiche Wange. »Du bist jetzt ein wahrer Teil der *Bloodstalkers*.«

Reds Lippen bewegten sich stumm.

»Du bist etwas ganz Besonderes«, fuhr Céleste mit sanfter Stimme fort. »Stark genug, um meine persönliche Quelle zu werden. Das ist es doch, was du dir wünschst, nicht wahr?«

Sie lachte leise, als ein seliger Ausdruck auf Reds Gesicht erschien.

Durch Kris' Brust jedoch bohrte sich bei ihren Worten ein spitzer Dorn. Obwohl er längst damit gerechnet hatte, musste er sich beherrschen, um nicht vor Enttäuschung und Verbitterung zu zischen. Ein eisiger Klumpen in seinem Magen ließ ihn von innen heraus gefrieren. Warum? Warum tat sie ihm das an? Warum nahm sie, was ihm zustand? Nur, weil …?

Célestes Lachen verstummte, und Kris wusste, er hatte zu laut gedacht. Sie konnte in seinem Gesicht lesen wie in einem offenen Buch. Ihr glühender Blick schien bis auf den Grund seiner Seele zu dringen. Doch als sie nach seiner Hand griff, war ihre Berührung erschreckend sanft.

»Es gibt allerdings einen unter uns«, fuhr sie bedächtig fort, »der deine Hilfe sehr viel mehr benötigt als ich.«

Kris konnte Tony überrascht einatmen hören, und auch Hannah entwich ein verblüfftes Keuchen. Céleste aber beachtete sie gar nicht. Ihre Augen waren eiskalt – und nur Kris konnte die Bosheit in dem Lächeln sehen, das noch immer ihr Gesicht erstrahlen ließ.

»Er will dich unbedingt, Liebes«, sagte sie und strich Red ein weiteres Mal zärtlich über die Wange, bevor sie auch nach seiner Hand griff. Kris wagte kaum zu atmen. War das ihr Ernst? Sie wollte ihm Red überlassen?

»Du musst das verstehen.« Célestes Stimme klang nun traurig. »Ich könnte es nicht ertragen, wenn er vor Sehnsucht nach dir wahnsinnig würde. Darum bitte – sei vorsichtig mit ihm.«

Eine einzelne Träne fiel aus Reds Auge und rollte seine bleiche Wange hinab. Dann nickte er schwach.

»Ich danke dir, mein Herz.« Ein letztes Mal lächelte Céleste. »Ich verspreche dir, auch unsere Zeit wird kommen. Jetzt aber …« Ihre Finger schlossen sich fester um Kris' und zogen ihn näher, so plötzlich, dass er zusammenzuckte. Céleste sah nun nur noch ihn an, und sie gab sich keine Mühe mehr, das kalte Funkeln in ihren Augen zu verbergen. »Jetzt aber gebe ich dir diesen Diener zur Hilfe. Er wird dafür sorgen, dass du stark wirst. Er wird dich unter Einsatz seines eigenen Lebens beschützen – nicht wahr, Kris?«

Kris spürte, wie er zu zittern begann. Ein Diener? Was zum Teufel sollte das?

Seine Hand war nun ganz nah an der von Red. Er musste nur zugreifen …

Célestes Kraft prickelte auf seiner Haut. Sie war so viel älter, so viel stärker als er. Ein Versprechen, in diesem Moment gegeben, das wusste Kris, würde er niemals mehr brechen können.

Hannah und Tony bewegten sich unruhig, doch sie wagten nichts zu sagen. Dies war eine Sache, die nur Céleste und Kris betraf.

Kris schluckte schwer. Nur ein winziges Stück … Nur eine kleine Bewegung …

»Du willst es doch, Kris«, wisperte Céleste. Ihr glühender

Blick ließ Kris nicht eine Sekunde lang los. »Nimm ihn – oder ich tue es.«

Kris gab den Widerstand auf.

Sie hatte recht.

Er wollte es.

Um jeden Preis.

Um jeden.

Red keuchte, als seine Finger unter dem Druck von Kris' Hand knackten.

Eine Hitzewelle brandete durch Kris' Körper, so plötzlich, dass ihm schwindelig wurde. *Eine Falle*, dachte er, noch während er von der berauschenden Kraft überschwemmt wurde. Sie hatte ihm eine Falle gestellt. In die er sehenden Auges hineingelaufen war.

Er klammerte sich an Reds Hand. Es war gleichgültig, sagte er sich selbst. Völlig gleichgültig. Das Blut würde es wert sein – ganz sicher. Doch er wusste, dass er sich belog. Die Tür zu seinem Käfig war bereits zugefallen.

Céleste beobachtete ihn, er konnte es spüren. Sie lächelte nicht mehr. Nur ihre Augen glühten noch.

»Dann wäre das ja erledigt«, sagte sie mit süßer Freundlichkeit, die so falsch war, dass Kris dabei übel wurde. »Tony – darf ich dich bitten, Red in sein Zimmer zu bringen?« Sie nickte dem großen Vampir zu, der – ohne ein Wort oder einen Blick zu riskieren – Reds schlaffen Körper auf seine Arme hob. Die kalten Finger glitten aus Kris' Griff und ließen eine Hand zurück, die sich so leer anfühlte wie noch nie zuvor in seinem langen Leben.

»Hannah, Liebes – ich danke dir. Aber heute brauche ich dich nicht mehr. Ich möchte noch einen Moment mit Kris allein sprechen.«

Hannah nickte. Und auch sie blieb stumm, als sie hinter Tony und Red das Turmzimmer verließ. Sie schien froh zu sein, endlich gehen zu können. Kris konnte ihr das nicht verübeln.

Stille sank auf die beiden Vampire herab, die sich nun im blassen Mondlicht allein gegenüberstanden.

Schweigend starrte Kris an Céleste vorbei zur weißen Sichel des Mondes hinter dem Fenster.

»Und? Bist du nun endlich zufrieden?« Ihre Stimme drang weich in jede Faser seines Körpers. Besänftigend und tröstend.

Kris presste die Lippen zusammen. Der Klang ihrer Worte beruhigte seine aufgewühlten Gedanken, ohne dass er es wollte.

»War diese Melodramatik wirklich nötig?« Er sah sie vorwurfsvoll an – obwohl er wusste, dass es ihm jetzt ohnehin nichts mehr nützen würde.

Doch Céleste lachte nur, ohne dass es fröhlich klang. »Mein lieber Kris. Gewiss war es nötig. Das weißt du genauso gut wie ich.«

Kris schwieg. Natürlich konnte er sich denken, was Céleste mit ihrem Handeln bezweckte. Aber bis zum letzten Moment hatte er hoffen wollen, dass er sich täuschte.

Federleicht legte sich ihre Hand auf seine Schulter.

»Du hast dich immer geweigert, mir deine Gefolgschaft zu schwören. Wie sollte ich keine Angst haben, dass du mir eines Tages davonläufst? Verstehst du, ich *musste* etwas unternehmen.« Sie trat näher an ihn heran, bis ihre Gesichter sich beinahe berührten. Ihre Stimme klang nun seltsam wehmütig, als sei sie von seiner Zurückweisung ernsthaft verletzt. »Du musst doch einsehen, dass ich keine andere Wahl hatte. Oder liege ich so falsch? Denkt mein kleiner Bruder etwa niemals daran, sich auf die Seite des verehrungswürdigen Dr. Edwards zu schlagen?«

Kris zog die Brauen zusammen. »Mach dich nicht lächerlich.«

Céleste zischte leise. »Nun, jedenfalls habe ich jetzt etwas, das er dir niemals bieten kann, nicht wahr?« Ein gefährliches Funkeln flackerte in den Tiefen ihrer Iris, als sie ihn losließ und einen Schritt zurücktrat.

»Vielleicht wirst du nun endlich nicht mehr vergessen, wie dankbar du mir sein solltest. Ohne mich wärst du doch heute noch Gregors kleines Haustier.«

Ein Fauchen entwich Kris, bevor er sich zurückhalten konnte. »Halt den Mund! Tu nicht so, als ob du das für mich getan hättest!«

Céleste fletschte die Zähne. Die lächelnde Maske ihres Gesichtes war endgültig verschwunden. »Du hattest jedenfalls offensichtlich nichts dagegen. Oder hast du vergessen, dass du darauf bestanden hast, sein Herz selbst zu vergraben?«

Kris lachte höhnisch auf. »Natürlich nicht. Schließlich hast du dafür seinen Kopf bekommen.«

Céleste holte bebend Atem. Sie war nun sehr wütend.

»Du wirst mich nicht verraten, Kris. Das erlaube ich nicht.«

Kris spürte, wie es in ihm eisig wurde vor Zorn. »Du bist genau wie er. Du versuchst, mich einzusperren.«

Céleste reckte das Kinn und sah ihn hochmütig an. »Du dummes Kind. Du weißt doch nicht einmal selbst, was gut für dich ist. Ich bin es, die Red will. Ich überlasse ihn dir jetzt, aber in Wahrheit gehörte er von Anfang an mir. Du kannst ihn nur haben, wenn du bei mir bleibst. Begreif das endlich.«

Die Kälte erstickte den Schmerz, der Kris' Brust zu zerreißen drohte.

»Nein, Céleste. Du irrst dich. Ich begreife es sehr gut.« Er leckte sich über die spröden Lippen. Ihm war klar, dass seine Wut und sein verletzter Stolz nun deutlich in seiner Stimme zu hören waren. Aber das war ihm egal. »Ich frage mich nur, ob *du* begreifst, wer hier eigentlich wen verrät. Ich wäre dir auch ohne Schwur in die Ewigkeit gefolgt, aber du legst mich an die Kette wie einen streunenden Hund. Ich gratuliere. Dein Plan hat funktioniert. Ich werde bleiben. Nur eins solltest du nicht vergessen: Meine Loyalität gehört von nun an einzig und allein Red September. Nicht dir. Niemals mehr dir, Schwester.« Er holte tief Luft. Einmal. Zweimal. Erst dann fühlte er sich in der Lage, weiterzusprechen, ohne all seinen Frust laut herauszuschreien. »Ich bin nicht mehr so jung und schwach, wie du glaubst. Du wirst ihn nicht zurückbekommen. Und mich auch nicht. Das schwöre ich dir.«

Célestes Augen wurden schmal. »Wage es nicht, mir zu drohen«, sagte sie frostig. »Das wirst du bereuen.«

Kris schüttelte den Kopf. Es fiel ihm schwer, seine Stimme gelassen zu halten. »Ich würde dir niemals drohen. Ich warne dich nur davor, mich zu unterschätzen. Wenn Red sich eines Tages für mich entscheidet – wie willst du mich dann noch aufhalten?«

»Das wird niemals passieren.«

Kris zischte höhnisch. »Das werden wir sehen, Céleste. Bald.«

Steif wandte Céleste sich ab. »Du solltest jetzt gehen, Kris. Und sorge besser dafür, dass Red sich nicht an diese Nacht erinnert.«

Kris lächelte freudlos. Ja, er sollte gehen. Es kostete ihn

unglaubliche Willensanstrengung, nicht sofort aus der Tür zu stürmen. »Ganz wie du willst. Ich wünsche eine ruhige Nacht.«

Er erhielt keine Antwort mehr. Doch das war ihm nur recht. Ruckartig wandte er sich ab und verließ mit raschen Schritten den Turm, durchquerte den Korridor im zweiten Stock und stieg die Treppe hinab in den von Menschen bewohnten Teil des Hauses. Doch erst als auch die Eingangstür hinter ihm zugefallen war, der kühle Nachtwind sein Gesicht streichelte und das Rauschen der Bäume das Einzige war, was er noch hörte, gestatte Kris sich endlich, zu zittern.

Vor Wut. Und vor Verzweiflung. In der er sich so gern an Céleste geklammert und seinen Schmerz herausgeschrien hätte, damit sie ihn tröstete. So, wie sie es früher getan hatte.

Aber er konnte es nicht. Nicht mehr. Diese Macht durfte er ihr niemals wieder in die Hand geben, wenn er sich ihr nicht endgültig ausliefern wollte.

Ihr – und der Gefangenschaft.

Warum nur hatte es so lange gedauert, bis er es erkannte? Bis er begriff, wie ähnlich sie sich waren, die beiden Vampire, denen Kris sein ganzes Dasein verdankte. Gregor, der Uralte, der ihn von seinem jämmerlichen menschlichen Leben erlöst hatte – um ihn dann in einen Keller zu sperren und vor dem Rest der Welt zu verbergen, dass er Nacht für Nacht von Kris das verbotene Blut trank.

Und Céleste, Gregors ältere Tochter, die Kris von ganzem Herzen liebte, weil sie ihn aus dieser Schande befreit hatte. Sie war es gewesen, die ihm die Klinge zusteckte, mit der er seinen Vampirvater in dreiundzwanzig Teile geschnitten hatte – während sie ihn festhielt, als er noch berauscht von Kris'

Blut am Boden lag. Sie hatte ihm geholfen, die zuckenden, blutigen Stücke an dreiundzwanzig Orten auf der ganzen Welt zu vergraben, so dass sie nie wieder zusammenfinden konnten. Sie hatte ihn befreit – um ihn auf ihre Art erneut gefangen zu nehmen. Der heutige Abend war nur das hundertste Schloss an der langen Kette, mit der sie ihn seit Jahrzehnten an sich gefesselt hielt.

Und dafür hasste er sie.

Wer, dachte Kris und starrte mit brennenden Augen in den schwarzen Himmel hinauf, würde wohl als Nächstes kommen und versuchen, ihn zu retten?

Er ließ seinen Blick zum Mond schweifen, der bereits die Wipfel der Baumkronen berührte. Es war längst Zeit, nach White Chapel aufzubrechen. Er war spät dran. Hoffentlich hatte Sid daran gedacht, seine Botschaft auszurichten.

Kris schüttelte leicht den Kopf und machte sich langsam auf den Weg.

*Eine Familienfeier*, dachte er mit bitterer Belustigung. *Gar nicht so sehr gelogen.* Denn um seine Familie war es gegangen. Wenn auch kein bisschen ums Feiern.

Es wurde wirklich Zeit, dass er seinen eigenen Weg einschlug, dachte Kris. Seinen eigenen Zielen folgte. Heute Nacht noch würde er damit anfangen und dann immer weitergehen, ohne nach rechts und links zu schauen – oder gar zurück. Sollte Céleste verzweifelt strampeln und sich an ihm festklammern, wenn sie das wollte. Kris war alt genug, um sich auch mit einem Gewicht am Hals aufrecht zu halten. Als Erstes würde er in der Stadt einen Streuner für Blue jagen – auch ohne die Unterstützung der Jäger, ganz gleich, wie viel Zeit und Kraft es ihn kostete. Blue brauchte das Blut. Kris ahnte, dass sie der Schlüssel zu Reds Vertrauen war. Denn wenn es eins gab, das Red noch mehr wollte als Céleste – dann war es ein Wiedersehen mit Blue March 35.11. Doch davon ahnte die Vampirin nichts. Ein Lächeln erschien auf Kris' Gesicht, als er daran dachte. Céleste glaubte also, etwas zu haben, das Dr. Edwards ihm nicht bieten konnte? Nicht ganz. Denn Kris hatte etwas, das *sie* Red nicht bieten konnte. Und das machte ihre ganzen Berechnungen hinfällig. Egal, wie sehr sie sich abmühte, diesmal würde seine Schwester verlieren. So lange Kris Blue als ultimativen Trumpf ausspielen konnte, war Céleste vollkommen machtlos. Am Morgen schon würde er zu Red zurückkehren – und damit beginnen, ihn für sich zu gewinnen.

# Kapitel Fünf

## Forschungsstation White Chapel, Kenneth, Missouri

Das Licht der Neonlampe drang mit spitzen Strahlen durch die trübrote Flüssigkeit in dem Probenbehälter. Cedric kniff die Augen zusammen und betrachtete die roten und weißen Blutkörperchen, die mit den winzigen Enzymen tanzten, als er das Glasröhrchen leicht schüttelte. Mit etwas Konzentrationsaufwand hätte er auch die gefalteten und geschraubten Aminosäureketten sehen, sie mit der Kraft seiner Gedanken hin- und herschieben und neu anordnen können. Oder, mit noch etwas mehr Anstrengung, sogar die einzelnen Basenpaare der DNA-Stränge in ihrer Sequenz verändern.

Als er seine Gabe noch erforschte und entwickelte – damals, als die aufstrebende Wissenschaft des zwanzigsten Jahrhunderts begann, die Geheimnisse der Molekularbiologie und der Biochemie zu entdecken –, hatte Cedric sich mit solchen Spielereien oft die Zeit vertrieben. Aufregend war es gewesen, konnte er doch endlich die wahre Natur seiner Fähigkeiten verstehen und sie somit weitaus effizienter nutzen. Warum er die Gedanken anderer zu lesen und zu lenken vermochte, ebenso wie es ihm möglich war, Gefühle und natürliche Triebe in Menschen und Vampiren hervorzurufen oder zu dämmen, warum er einen Körper lähmen oder heilen und Pflanzen zum Blühen oder Welken bringen konnte – all das geschah über die Manipulation zellulärer Vorgänge mit Hilfe der Organischen Manipulation. Jener Blutgabe, die zu Recht nicht nur als die seltenste, sondern auch als die mächtigste angesehen wurde. Ein unendliches Spielfeld hatte sich damals vor Cedric aufgetan, das es zu erforschen galt und seinen wissenschaftlichen Ehrgeiz reizte. Aber das war lange her. Heute war es wie mit so vielen anderen Dingen, die Cedric früher Freude gemacht hatten: Ihre schiere Sinnlosigkeit frustrierte ihn so sehr, dass er inzwischen fast gänzlich davon absah.

Mit einer Ausnahme.

Sids Blut, durch gezielte Strahlung verändert, faszinierte ihn jedes Mal aufs Neue. Bis zu diesem Tag verstand Cedric noch immer nicht, was genau er da eigentlich geschaffen hatte. Die Elastizität der Moleküle, die Instabilität der atomaren Bindungen, die jeglichen biochemischen Gesetzmäßigkeiten zu spotten schienen – das wahre Geheimnis ihrer Beschaffenheit war ihm noch immer unbegreiflich, da es die Erwartungen selbst seiner kühnsten Berechnungen noch bei weitem übertraf. Instabile Materie hatte er es genannt, in Ermangelung eines treffenderen Begriffs. Aber das beschrieb nur einen winzigen Teil des eigentlichen Phänomens, das Sids Körper geworden war. Aus diesem Tropfen Blut in seiner Hand hätte Cedric einen Kieselstein ebenso wie einen Schluck Wein oder einen Hauch frischer Luft zusammensetzen können – für eine Weile zumindest. Keiner dieser Zustände würde von langer Dauer sein. Denn so einfach es war, die Atome zu jedem beliebigen Stoff zu verknüpfen, so viel Energie kostete es auch, sie über längere Zeit in dieser Form zu halten.

Cedric warf einen Blick zu Sid hinüber, der auf einer Liege an der Wand des kleinen Privatlabors saß, und schloss die Hand um das Probenröhrchen.

»Hat er gesagt, wann er kommen will?«

Sid baumelte gedankenverloren mit den Beinen und ließ seine Finger einen nach dem anderen mit dem Polster der Liege verschmelzen. Kurz darauf tauchten sie neben Sids Kopf aus der Wand wieder auf und kratzten die knochige Schulter des Vampirs.

»Spätestens um Mitternacht.« Er gähnte, um klar zu machen, dass es ihn herzlich wenig interessierte, wann Kris wieder in White Chapel aufzutauchen gedachte. »Glaub ich zumindest, dass er das gesagt hat.«

Cedric seufzte leidgeprüft. Neunzehn Minuten nach eins, stand in leuchtenden Ziffern auf der Zeitanzeige der Uhr über der Tür. »Wenn er um halb zwei nicht hier ist, fange ich ohne ihn an.«

Sid grinste träge und ließ die Finger nun seine Haare zausen. »Sind Sie denn schon fertig mit ihrer Untersuchung, Doc? Bin ich in Ordnung?«

»Dein Blut sieht aus wie immer.« Es widerstrebte Cedric, zu sagen, dass Sid »in Ordnung« war – denn das würde er wohl nie wieder sein. »Ich denke, es liegt am Energiemangel, dass du nicht so schnell vorankommst wie sonst. Scheint, als ob es Zeit für eine Neubestrahlung des Gebäudes wird.«

»Na ein Glück, dass Sie so clever sind. Ich hab schon Angst gekriegt. Machen Sie's jetzt gleich?« Sid kraulte nun seinerseits die Finger, die noch immer aus der Wand ragten und blinzelte zur Deckenlampe hinauf.

Cedric hob die Brauen. Er bezweifelte, dass Sid überhaupt noch wusste, was Angst war. Aber es beruhigte ihn selbst ebenfalls, dass es keine Veränderungen im Blutbild des Wächters gab. Energiearmut war eine plausible Erklärung für die Trägheit, über die Sid sich beklagt und wegen der er Cedric in dieser Nacht aufgesucht hatte. Plausibel – und vor allem nicht allzu schwer zu beheben. Die durch Strahlung in Schwingung versetzten Moleküle des Gebäudes und eines Großteils der Einrichtung von White Chapel lieferten Sid die Energie, die er benötigte, um seinen Körper mit der Forschungsstation zu fusionieren. Wenn diese Schwingungen nun, nach rund sieben Jahren, schwächer geworden waren – dann brauchte Cedric nichts weiter zu tun, als die Forschungsstation für eine gute Stunde zu evakuieren und den Strahlengenerator im Keller einzuschalten. Das einzige Problem dabei waren die Menschen und die jungen Progressiven, die im zweiten Stock lebten. Sie konnten natürlich nicht im Gebäude bleiben, während es bestrahlt wurde – und sie in die Bunker und wieder zurück zu treiben, war bestenfalls anstrengend. Cedric dachte eine kurze Weile darüber nach. Gerade heute wollten sie eine neue Versuchsreihe anfangen. Und ihm gefiel der Gedanke nicht, das Versuchsobjekt innerhalb der kritischen Phase einer solchen Stresssituation auszusetzen. Sid würde warten müssen.

Cedric warf dem Wächter das Röhrchen mit der Blutprobe zu. »Ende des Jahres«, sagte er. »Bis dahin wirst du es wohl aushalten.«

»So lang! Ich weiß nicht, Doc.« Sid verzog unwillig das Gesicht. »Und wenn uns in der Zwischenzeit eine Horde Bluter überfällt?« Seine Augen blitzten bei den Worten, als wäre das weniger eine Sorge als vielmehr ein dringlicher Wunsch.

Cedric lächelte spöttisch. »Dann wirst du trotzdem mit ihnen fertig werden. Du hast mein vollstes Vertrauen.«

Sid fletschte die Zähne und kicherte. »Boom, Baby«, sagte er und zog seine Hand aus der Liege, um den Probenbehälter zu öffnen. Seine lange Zunge fuhr in das Röhrchen und saugte das Blut auf. Dann streckte er den Arm nach der Deckenlampe aus. »Gibt ja auch so noch genug Energie hier, was, Doc?«

Schnell griff Cedric nach Sids Arm und drückte ihn wieder nach unten. »Die dir aber nur im Notfall zur Verfügung steht.« Er warf dem Wächter einen strengen Blick zu. Eine kaputte Lampe und Scherben auf dem Boden seines Labors waren das letzte, was seine Nerven in dieser Nacht noch hätten ertragen können. »Reiß dich zusammen, Sid.«

»B-O-O-M ...«, flüsterte Sid und grinste, doch er machte keine Anstalten, sich gegen Cedrics Griff zu wehren. Nur seine Augen glommen in ihrem düsteren Blau, als ob er über einen Witz lachte, den nur er hören konnte.

Vorsichtig ließ Cedric ihn wieder los.

Mit versonnenem Blick legte Sid den Kopf schief und lauschte.

»Übrigens, Doc – Kris ist gerade an der Vordertür. Sie müssen wohl doch nicht alleine arbeiten.«

Cedric runzelte die Stirn. Das wurde aber auch Zeit, dachte er. Der junge Progressive, den Katherine am frühen Abend geschaffen hatte, musste bald verrückt werden vor Durst. Aber ohne Kris wollte er mit den Tests von BRA-46 nicht anfangen.

»Sag ihm, ich treffe ihn bei der Nr. 160.« Er stand auf und ging zur Tür. »Und er soll sich beeilen.«

Schon als er aus dem Fahrstuhl stieg, konnte Cedric das Heulen und Toben des jungen Bluters hören. Katherine stand vor der schweren Tür, die unter den Fäusten des hungrigen Vampirs erbebte, und warf von Zeit zu Zeit einen angespannten Blick durch das kleine Fenster.

Mit leisen Schritten trat Cedric neben sie und spähte ebenfalls durch das Panzerglas.

»Kommt er?« Katherine sah ihn nicht an. Ihre Aufmerksamkeit wurde vollständig von dem Bluter in Anspruch genommen, der sich nun jaulend am Boden wand.

Cedric nickte. »Sid schickt ihn her. Er sollte gleich hier sein. Ist der Mensch bereit?«

Katherine verschränkte die Arme vor der Brust und runzelte die Stirn. »Wir sollten uns lieber Sorgen darum machen, wie wir den Jungen lang genug ruhig stellen können, um das BRA zu spritzen.«

Am Ende des Flurs setzte sich der Fahrstuhl in Bewegung.

Cedric hob die Brauen. »Warum Sorgen? Wir lassen Kris für fünf Minuten mit ihm allein. Dann dürften wir keine Probleme haben.«

Katherine schwieg. Aber Cedric konnte sich denken, was sie dachte. Er legte eine Hand auf ihre Schulter – beruhigend, wie er hoffte.

In diesem Moment öffnete sich die Fahrstuhltür mit leisem Klingeln und kündigte Kris' Erscheinen an. Cedric und Katherine wandten sich um.

Und im gleichen Augenblick, als er auch selbst erschreckt nach Luft schnappte, hörte Cedric Katherine scharf einatmen.

Dunkelheit schwappte aus dem Fahrstuhl in den Korridor und schwemmte den jungen Vampir vor sich her. Kris' Gang war unsicher. Schwankend. In den letzten Wochen war er bereits beunruhigend blass gewesen. Jetzt aber wirkten seine Züge eingefallen, und unter seinen Augen lagen schwarze Ringe. Schatten folgten ihm, krochen unkontrolliert über den Boden und die Wände, und Cedric fühlte, wie sie mit langen Fingern nach ihm griffen. *Er hat nicht getrunken*, dachte Cedric. *Und geschlafen vermutlich auch nicht.* Verflucht. Das konnte er nun wirklich nicht gebrauchen. Er schob Katherine hinter sich und machte einen Schritt nach vorn.

»Halt, Kris.«

Beim energischen Klang von Cedrics Stimme blieb Kris augenblicklich stehen. Er starrte ihn aus verschleierten Augen an, als hätte er Schwierigkeiten, seinen Blick zu konzentrieren. Ein verzerrtes Lächeln glitt über die bleichen Lippen und verwandelte es in eine schattenhafte Maske von grotesker Freundlichkeit.

»Es tut mir leid. Ich habe mich ein wenig in der Zeit verschätzt.« Die Worte vibrierten in der schweren Luft. Etwas polterte zu Boden.

Hinter Cedric wich Katherine noch weiter zurück. Er spürte, wie sich seine Miene verfinsterte.

Zwischen ihnen lag ein Mensch. Ein bewusstloser Streuner in zerfetzten Kleidern.

Cedrics Geist zitterte in der Dunkelheit, die sich hartnäckig in seinem Kopf ausbreiten wollte. »Was hat das zu bedeuten?« Er starrte Kris ärgerlich an.

Doch Kris schüttelte nur den Kopf. »Für Blue«, flüsterte er. Sein Blick hing gierig an dem schwach atmenden Menschen zu seinen Füßen. Seine Lippen glänzten feucht.

*Ausgehungert*, dachte Cedric. *Er weiß ja kaum noch, was er tut. Was zur Hölle hat er getrieben?*

Er warf einen Blick über die Schulter zu Katherine, die Kris aus aufgerissenen Augen anstarrte. Er hatte das unbestimmte Gefühl, dass sie zumindest einen Teil der Situation hätte erklären können. Aber zuerst musste er dafür sorgen, dass

Kris sich wieder unter Kontrolle bekam. Um in sein Büro zu gehen und Konserven zu holen, war nicht genug Zeit. Wer wusste, was Kris in der Zeit tun würde? Und Katherine hatte ihm nichts entgegenzusetzen.

Kurz entschlossen packte Cedric den Menschen am Kragen und zerrte ihn in die Höhe.

»Trink.« Er stieß den schlaffen Körper in Kris' Arme, der ihn wie im Reflex auffing. Cedric legte alle Autorität, die er aufbringen konnte, in seine Stimme. »Jetzt.«

Ein erschrockener Laut schlüpfte über Katherines Lippen. »Cedric …!«

Cedric beachtete sie nicht. Natürlich war es verboten. Aber wen kümmerte das in diesem Augenblick?

Kris' Mund öffnete sich wortlos, als wolle er protestieren. Cedrics Kopf begann zu schmerzen.

*»Du sollst trinken, habe ich gesagt.«*

Etwas in Kris' Augen blitzte auf, und Cedric sah, wie sein Widerstand brach. Seine Hand vergrub sich in den Haaren des Menschen und riss den Kopf grob zurück. Dann hieb er die Zähne in den schmutzigen Hals.

Schweigend sah Cedric zu, wie die Schatten zurückwichen, während Kris seinem Opfer das Leben aussaugte.

Als von dem Menschen nichts weiter als eine blutleere Hülle übrig war, lag der Flur wieder in kalter Helligkeit, als sei nichts geschehen.

Schwer atmend ließ Kris den leblosen Körper fallen. Blut tropfte von seinen Zähnen und lief über sein Kinn.

»So.« Cedric sah ihm mit festem Blick in die Augen, von denen allmählich der Schleier verschwand. »Und jetzt erkläre dich.«

Sekundenlang starrte Kris ihn wortlos an. Dann presste er

die Lippen zusammen und senkte den Kopf, den Blick starr auf den Leichnam zu seinen Füßen gerichtet.

»Frag nicht.« Seine Stimme klang mühsam beherrscht. Er schob die Hände in die Taschen seines Kittels, doch Cedric hatte das Zittern bereits gesehen. »Ich müsste dich anlügen. Zwing mich nicht dazu.«

Cedric verschränkte die Arme vor der Brust. Es drängte ihn, auf einer Antwort zu beharren. Aber würde das einen Sinn ergeben? Kris hatte gerade sehr deutlich zu verstehen gegeben, dass er seine wahren Gründe nicht preiszugeben gedachte. Ein erneuter Blick zu Katherine sagte Cedric auch, dass sie sich ebenfalls unwohl in ihrer Haut fühlte. Sie aber wollte er vor Kris nicht ins Verhör nehmen. Er würde später mit ihr sprechen. Und dann auf Kris zurückkommen.

»Es ist persönlich«, sagte in diesem Moment Kris mit unerwartet fester Stimme.

Cedric sah ihn überrascht an. Er hatte nicht mehr mit weiteren Erläuterungen gerechnet. Doch der junge Vampir stand nun aufrecht und begegnete Cedrics Blick, ohne mit der Wimper zu zucken.

»Ich weiß, ich habe dir versprochen, mich zu bessern. Und das werde ich. Nur in dieser Nacht – ist einiges nicht so gelaufen, wie ich gehofft hatte.«

Cedric betrachtete Kris mit einem langen, prüfenden Blick. Er sah wirklich müde aus, dachte er. Und auf eine grimmige Art verzweifelt. Beinahe tat er Cedric leid.

»Nun«, sagte er, »es scheint, als könnten wir für den Moment ohnehin nichts an der Situation ändern.«

Er sah zu der dicken Stahltür hinüber. Der Bluter war ruhig geworden und kauerte leise wimmernd am Boden. Doch

Cedric ahnte, dass sich keiner von ihnen jetzt noch auf die Arbeit würde konzentrieren können.

»Geh schlafen. Wir kümmern uns um alles Weitere. Du bist für heute beurlaubt.« Er nickte Kris zu und hoffte, dass er nicht widersprechen würde. Cedric hasste es, sich Gehorsam erzwingen zu müssen. Aber in diesem Fall konnte er auf seine eigenen Vorlieben kaum Rücksicht nehmen.

Kris jedoch senkte nur folgsam den Kopf. »Danke, Cedric.«

Cedric bemühte sich, keine Miene zu verziehen. »Und nimm diesen Kadaver mit.« Er vertraute darauf, dass Kris umsichtig genug sein würde, die Leiche so zu entsorgen, dass niemand darauf aufmerksam wurde.

Schweigend lud sich der jüngere Vampir den leblosen Körper auf die Schulter. Sein Blick huschte kurz zu Katherine und traf dann wieder Cedric.

»Dann … bis morgen«, sagte er leise und wandte sich ab, um mit langsamen Schritten den Weg zurück zum Fahrstuhl zu nehmen.

Cedric und Katherine sahen ihm nach, bis die Tür ihnen die Sicht versperrte. Cedric atmete tief durch. Das alles gefiel ihm ganz und gar nicht.

Neben ihm verlagerte Katherine unruhig ihr Gewicht von einem Fuß auf den anderen. Doch Cedric sah sie nicht an. Als Erstes mussten sie jetzt für den jungen Bluter sorgen, bevor er wieder zu toben anfing.

»Also dann. An die Arbeit. Ich gehe rein.« Cedric griff nach dem Riegel. »Warte im Versuchsraum auf mich.«

Er wusste, das Katherine gern etwas gesagt hätte. Aber sie tat es nicht, sondern entfernte sich wortlos. Natürlich, auch Cedric war nicht begeistert davon, die Tests nun ohne Kris durchführen zu müssen. Trotzdem wollte er eine weitere Verzögerung vermeiden.

Mit einem letzten Seufzer betrat er den Raum, um den Bluter auf die Versuche vorzubereiten.

Kurze Zeit später beobachtete Cedric gemeinsam mit Katherine durch das verspiegelte Fenster den jungen Progressiven, wie er hungrig über den nackten Körper des Menschenmädchens herfiel.

Aus dem Augenwinkel betrachtete er Katherines angespanntes Gesicht. Ihr Unterkiefer war vorgeschoben, ihre Lippen zu einem schmalen Strich verkniffen, als müsse sie sich mit aller Kraft zwingen, nicht mit dem herauszuplatzen, was ihr so offensichtlich auf der Seele lag.

»Du wolltest mir noch etwas sagen«, bemerkte Cedric schließlich wie beiläufig, als er spürte, dass seine junge Freundin einer Explosion nahe war.

Ruckartig wandte Katherine sich zu ihm um, doch Cedric gab vor, weiterhin ganz von der Beobachtung des Experiments in Anspruch genommen zu sein.

»Schick ihn weg, Cedric!« Katherines Stimme zitterte. »Er wird uns eines Tages alle umbringen!«

Cedric hob überrascht die Brauen. Sicher, Katherine sprach unüberlegt. Sie als progressive Vampirin hatte Kris' Kraftausbruch ohne Zweifel noch viel stärker getroffen als Cedric selbst. Trotzdem konnte er nicht anders, als über die Leidenschaft in ihren Worten ein wenig erschrocken zu sein. Obwohl er sie doch so gut kannte, hatte er nicht geahnt, dass ihre Angst vor Kris so tief saß. Sie alle umbringen? Nein, das glaubte Cedric nicht. Und er musste sich sehr in Acht nehmen, dass er an dieser Stelle kein vorschnelles Urteil über Kris fällte, nur weil ihm die Furcht in Katherines Worten so nahe ging. Er wollte unbedingt vermeiden, dass sie sich unwohl fühlte. Aber er konnte das nicht über den Fortschritt stellen. Dazu war ihr Projekt zu wichtig.

»Verzweifelte Vampire waren schon immer die besten Wissenschaftler«, sagte er daher nur und verschränkte die Arme vor der Brust.

Katherine starrte ihn verständnislos an. »Was meinst du?«

Jetzt endlich wandte Cedric ihr den Blick zu. »Du musst doch gesehen haben, wie verzweifelt er ist. Oder nicht?«

Zwischen Katherines Brauen erschien eine steile Falte. »Hast du etwa Mitleid mit ihm?«

Cedric seufzte und sah wieder durch die Scheibe. Der Bluter saugte noch immer am Hals seines Opfers. Er ging sehr ungeschickt dabei vor. Immer wieder glitt er ab und war selbst schon über und über mit Blut beschmiert – dem des Mädchens ebenso wie seinem eigenen.

»Kein Mitleid«, erwiderte er ruhig. »Verständnis, das ist alles. Sieh mich an.«

Katherine schüttelte ärgerlich den Kopf. »Ich verstehe dich nicht, Cedric.«

Er konnte ihrer Stimme anhören, dass sie sich von seiner Zurückweisung verletzt fühlte. Cedric rieb sich angestrengt über die Stirn. Wie sollte er ihr seine Position nur begreiflich machen? Er versuchte es mit einem Lächeln.

»Ohne ein gewisses Maß an Verzweiflung ist es einfach nicht möglich, vernünftige Wissenschaft zu betreiben.« Er warf einen vielsagenden Blick auf den Vampir hinter der Scheibe. »Nichts ist der Kreativität förderlicher als Leid, das man mit Fassung und Würde erträgt – das habe ich in den letzten vier Jahrhunderten gelernt.«

Cedric wusste, dass sich ein zynischer Unterton in seine Stimme geschlichen hatte, der Katherine nicht gefallen würde. Aber unterdrücken konnte er ihn auch nicht. Er hatte doch wirklich genug Schwierigkeiten. Warum konnte nicht wenigstens innerhalb seiner Forschungsgruppe Frieden herrschen? »Aber glücklicherweise brauche ich mir keine Sorgen zu machen, dass mir das Leid jemals ausgehen könnte.«

Der Bluter hatte sein Mahl beendet. Für längere Gespräche war nun keine Zeit mehr. Cedric drückte auf den Knopf, der Janet herbeirufen würde. Janet, deren Aufgabe es war, den infizierten Menschen zu töten, bevor die Verwandlung zum Unsterblichen abgeschlossen war. »Du musst das so sehen – Beethoven hat auch keine Schmerzmittel genommen, trotz seiner Bleivergiftung. Ich sage nur: Freude, schöner Götterfunken.«

Katherine schwieg. Cedric ahnte, dass sie noch mehr Argumente hatte – die vorzubringen sie sich aber aus irgendeinem Grund nicht traute. Er legte eine Hand auf ihre Schulter. Sie so zu drängen machte ihm keinen Spaß. Aber es half alles nichts, er musste dieser Sache auf den Grund gehen.

»Was war mit dem Menschen, Katherine?«

Sie wandte den Kopf und sah ihn aus großen Augen an. Cedric erkannte sofort, dass er den wunden Punkt getroffen hatte. Also hatte sie davon gewusst. Und ihm wohlweislich nichts davon erzählt.

»Er … die 159 …« Katherine errötete und senkte den Kopf, um Cedrics Blick auszuweichen. »Kris … ich … wir hielten es für besser, wenn sie nicht ausschließlich von Konserven ernährt wird.« Ihre Stimme war zu einem belegten Flüstern gesunken, als wage sie kaum, die Worte auszusprechen.

Cedric runzelte finster die Stirn. Also hatten sie und Kris

vereinbart, in der Stadt nach Menschen für die Nr. 159 zu jagen. Da war es in der Tat klug von ihnen gewesen, ihn nicht einzuweihen. Jagen in freier Wildbahn war bei Strafe verboten, und Cedric hätte es niemals zugelassen. Nicht, solange die Gefahr bestand, dass das Parlament davon erfahren und einen seiner Mitarbeiter für ein ganzes Jahrhundert in eine Wand einmauern könnte: Das ebenso antiquierte wie gefürchtete Urteil der vampirischen Justiz. Cedric bezweifelte nicht, dass dieses Vorgehen Kris' Vorschlag gewesen war. Es konnte für ihn keine große Schwierigkeit gewesen sein, die um ihre Schützlinge besorgte Katherine von seinem Plan zu überzeugen. Auch ohne seine Blutgabe. Aber warum? Warum nur? Welche Verbindung bestand zwischen ihm und der Nr. 159?

Cedric sah Katherine eindringlich an. »So. Und weiter?«

Katherine hielt den Blick noch immer zu Boden gerichtet. »Weiter?«

Cedric legte die Hand unter ihr Kinn und zwang sie, ihn anzusehen. »Es muss doch einen Grund geben, nicht wahr? Die 159 – was ist mit ihr? Ich kann die Rationalität in eurem Handeln nicht sehen, Katherine. Bitte, sei so gut. Hilf mir.«

Katherine schluckte. »Sie ist kein reguläres Versuchsobjekt«, flüsterte sie. »Kris hat sie hergebracht. Er wollte, dass wir sie aufnehmen.«

Cedric ließ sie los. Katherines Unterlippe zitterte. »Ich hätte es dir sagen sollen. Aber … ich konnte nicht …«

Abwehrend hob Cedric eine Hand. Er hatte genug gehört. Er war zu nachsichtig mit Kris gewesen, dachte er ärgerlich. Er hatte ihn unterschätzt. Gewaltig unterschätzt. Und warum hatte Sid ihm nichts davon berichtet?

Katherine schwieg betreten. Sie kannte Cedric gut genug, um zu wissen, wann er ein Gespräch für beendet erklärte.

In diesem Moment öffnete sich die Tür und rettete sie aus der angespannten Stille. Janet stand auf der Schwelle.

»Cedric«, sagte sie, und ihre Stirn legte sich dabei in irritierte Falten, »kannst du kurz in der Biotechnik vorbeischauen?«

Cedric, der sich gerade zur Entspannung hatte zwingen wollen, warf ihr einen alarmierten Blick zu. Biotechnik?

»Ist etwas mit Kris?« Er spürte seine Stimme tief in seiner Kehle grollen. Er hatte genug von diesem Unfug. Mehr als genug.

»Na ja.« Janet verzog ein wenig spöttisch den Mund. »Ich bin nicht sicher. Er … tja, also er liegt dort und schläft.«

Cedric schloss die Augen und atmete tief durch.

»Schläft«, wiederholte er. Er fühlte sich plötzlich selbst furchtbar müde. Die ganze Situation war dabei, ihm aus der Hand zu gleiten, er spürte es deutlich.

Janet grinste. »Wie ein Baby.«

Cedric unterdrückte ein Stöhnen. Dann straffte er entschlossen die Schultern. »Danke, Janet. Ich kümmere mich darum.« Er warf einen Blick auf den Bluter hinter der Scheibe. »Ihr wisst, was zu tun ist. Ich verlasse mich auf euch. Katherine, ich erwarte dich zur gewohnten Zeit in meinem Büro.«

Katherine nickte nur. Sie schien erleichtert, dass er ging. Cedric tat es leid, dass sie sich in seiner Gesellschaft von nun an für eine Weile unwohl fühlen musste. Aber über das, was heute vorgefallen war, konnte er nicht einfach hinwegsehen.

Ohne ein weiteres Wort verließ er den Raum und machte sich auf den Weg, um sich mit Kris zu unterhalten.

# Kapitel Sechs

## Forschungsstation White Chapel, Kenneth, Missouri

Als Kris die Augen aufschlug, starrte er direkt in das weiße Licht einer Neonröhre. Für einen Moment wusste er nicht, wo er war – oder warum sein Rücken so schmerzte. Doch dann brachte das Räuspern einer wohlbekannten Stimme die Erinnerung schneller zurück, als ihm lieb war.

Mit einem verhaltenen Ächzen setzte er sich auf und sah direkt in Dr. Cedric Edwards' strenges Gesicht.

Kris spürte, wie seine Wangen sich röteten. Er hatte gehofft, niemand würde darauf aufmerksam werden, dass er zum Schlafen nicht nach Insomniac Mansion zurückgekehrt war. Er konnte den Gedanken nicht ertragen, schon so bald erneut seiner Schwester gegenübertreten zu müssen. Trotzdem, es war naiv gewesen, zu glauben, Cedric würde nicht davon erfahren. Und nach dem Gesicht des Doktors zu urteilen, würde er ihn dieses Mal nicht mit einer halbherzigen Antwort davonkommen lassen.

Schweigend wartete Cedric, bis Kris sich auf die Füße gemüht hatte. Er war wütend, das konnte Kris deutlich spüren. Wütend, und dabei unheimlich ruhig.

»Ich habe mit Katherine gesprochen«, bemerkte Cedric schließlich und musterte Kris mit eindringlichem Blick. »Über Versuchsobjekt Nr. 159.«

Kris biss sich auf die Lippe. Also war er aufgeflogen. Wenn Cedric Katherine direkt gefragt hatte, würde sie nicht geschwiegen haben. Das war ihm nur zu klar. Auch er selbst würde nicht schweigen. Nicht einmal lügen. So gern er es auch wollte. Es hatte keinen Sinn.

»Ich stelle dir diese Frage nur ein einziges Mal.« Die Stimme des Doktors war noch immer gelassen. So gelassen, dass Kris am liebsten davongelaufen wäre. »Und ich will eine ehrliche, ausführliche Antwort. Eins muss dir klar sein: Das hier ist deine letzte Chance, mich von deinen lauteren Absichten zu überzeugen. Gefällt mir deine Wahrheit nicht, werde ich dich bitten, White Chapel augenblicklich zu verlassen. Entscheidest du dich, zu schweigen, ist unsere Zusammenarbeit ebenfalls beendet. Wenn du aber redest, und ich erwische dich dabei, dass du lügst oder deine Gabe einsetzt, werde ich dich von Sid aus der Station jagen lassen und erteile dir ewiges Hausverbot – solltest du es lebend hinaus schaffen. Und ich werde dich erwischen, Kris. Auch das sollte dir bewusst sein, wenn du deine Entscheidung triffst. Verstehen wir uns?«

Kris schluckte. Es fiel ihm schwer, in Cedrics stechend gelbe Augen zu sehen, ohne den Blick abzuwenden. Natürlich verstand er. Cedric war mehr als viermal so alt wie er. Er konnte die Wahrheit mit seiner Gabe aus seinem Kopf herauszerren, wenn er es für nötig hielt. Kris wusste nur zu gut, dass er im Ernstfall nichts gegen den Doktor ausrichten konnte. Selbst wenn er gewollt hätte.

Doch er wollte es nicht einmal.

Zögernd nickte er.

Cedrics Augen verengten sich prüfend. Dann aber verzogen sich seine Lippen zu einem grimmigen Lächeln. »Warum bist du hier, Kris Saturnine?«

Ein nervöser Klumpen ballte sich in Kris' Magen zusammen, obwohl er keine andere Frage erwartet hatte. Die Wahrheit zu sagen, war so schwer! Es gab so viele Antworten, und keine von ihnen durfte er aussprechen. Was also sollte er tun? Cedric würde ihn höchstwahrscheinlich aus der Forschungsgruppe werfen, egal, welche Antwort er wählte. Wenn er schwieg, musste er ebenfalls gehen. Aber das wollte er auf keinen Fall. War der Versuch den Verrat also wert? Kris dachte an Céleste, und die Wut begann von Neuem in ihm zu brodeln. Wäre es nur um sie gegangen, er hätte nicht einen Augenblick länger gezögert, sie auf der Stelle als seine Auftraggeberin zu nennen und alle Schuld auf sie zu schieben. Cedric würde wissen, wer sie war. Céleste, die jahrzehntelang dem Konsul von Paris vorgesessen hatte und vor dem Bürgerkrieg eine der einflussreichsten Vampirinnen Europas gewesen war. Céleste, die mit ihrem dramatischen Rücktritt aus der Politik gegen das World Parliament protestiert und dadurch Weltberühmtheit erlangt hatte. Céleste, von der niemand wusste, dass sie hier in Kenneth versteckt einen erneuten gesellschaftlichen Umbruch vorantrieb. Das Parlament wäre über jede Information sie betreffend sicher äußerst dankbar. Würde sie durch Kris' Verrat unter Arrest gestellt – nichts hätte ihn weniger kümmern können. Aber es ging nicht mehr nur um sie. Seit gestern Nacht ging es auch um Red. Und ihn würde Kris keinem Risiko aussetzen, wenn er es nur irgendwie vermeiden konnte. Wenn er dafür White Chapel verlassen musste – nun, dann war das nicht zu ändern.

Entschlossen richtete er sich auf. »Ich will das Unmögliche möglich machen«, sagte er so ruhig, wie er konnte. »Ich will Vampire sterblich machen.«

Sekundenlang sagte Cedric gar nichts. Nur seine Augenbrauen hoben sich überrascht.

»So. Und warum das?«

Kris konnte ein Beben in der Stimme des Doktors hören, das ihn ein wenig erstaunte. Seine Worte schienen den älteren Vampir mehr getroffen zu haben, als er erwartet hatte.

»Um die Welt ein für alle Mal von der Seuche der Bluter zu reinigen.« Er starrte Cedric nun gerade in die Augen.

Die gelben Iriden des Doktors funkelten. Er verstand. »Die *Bloodstalkers*«, sagte er leise.

Kris nickte langsam. Mehr wagte er nicht. Jedes weitere Wort würde Red in Gefahr bringen. Vielleicht sogar Blue, auch wenn er insgeheim hoffte, dass der Doktor ein Versuchsobjekt, mit dem sie so gewaltige Fortschritte erzielt hatten, nicht in die Anstalt schicken würde. Red aber war ein Mensch, der aus einer OASIS geflohen war – und genau dorthin würden die Spezialkommandos des World Parlament ihn zurückbringen, falls Insomniac Mansion durchsucht würde. Ihn wegsperren. Seine Erinnerung löschen. Der Gedanke war Kris unerträglich.

Eine ganze Weile schwieg Cedric und musterte Kris mit undeutbarem Blick. Dann plötzlich jedoch wandte er mit einer ruckartigen Bewegung den Kopf zur Seite und unterbrach den Augenkontakt. »Der Fußboden im Labor ist nicht der geeignete Ort, um zu schlafen«, sagte er, und seine Stimme klang seltsam ausdruckslos dabei. »Merk dir das fürs nächste Mal.«

Kris war verblüfft. Hatte er richtig gehört? Ein *nächstes Mal*? »Du wirfst mich nicht raus?«

Cedric rieb sich über die Stirn und lächelte müde. »Nein. Im Gegenteil. Ich werde in Zukunft sehr genau darauf achten, dass du pünktlich zur Arbeit erscheinst. Und nicht nur das. Sid wird dich nicht mehr nur im Auge behalten – er wird jeden einzelnen deiner Handgriffe verfolgen und mir berichten. Keine Streuner mehr, keine irregulären Versuchsobjekte, keine geheimen Übereinkünfte mit Katherine oder anderen Mitarbeitern. Habe ich mich klar ausgedrückt?«

Kris konnte nur nicken. Er wusste nicht, was er davon halten sollte. So schnell sollte das Gespräch also zu Ende sein? Keine weiteren Fragen, die ihn in Bedrängnis brachten? Warum tat Cedric das? Glaubte er, auf diese Weise mehr Informationen über die *Bloodstalkers* erhalten zu können? Und wenn ja – was hatte er mit diesen Informationen vor?

Zu spät bemerkte Kris die feinen Finger, die seine Gedanken abtasteten. Erschrocken biss er sich auf die Zunge, um durch den Schmerz seine Gedankenströme zu unterbrechen.

Cedrics Lächeln verzerrte sich zu einer gequälten Grimasse. »Denk über das nach, was ich dir vor ein paar Tagen gesagt habe. Mein Angebot besteht auch weiterhin. Solltest du irgendwann das Bedürfnis haben, mir etwas mitzuteilen, bist du in meinem Büro herzlich willkommen. Und vielleicht möchtest du mir dann auch eines Tages erklären, warum ein *Bloodstalker* nun schon das zweite progressive Mädchen zu retten versucht.«

Kris zuckte zusammen. Doch Cedric schnaufte nur verächtlich.

»Keine Sorge. Ich werde dieser Sache in nächster Zeit nicht weiter nachgehen. Aber du solltest wissen, dass Janet möglicherweise bald zu mir kommen wird. Sie könnte mich bitten, ihre Erinnerung wiederherzustellen, wie ich es bei Katherine tue. Ich dachte, du könntest wollen, dass ich die Wahrheit über gewisse Zufälle schon vorher erfahre.«

Kris glaubte, nicht mehr atmen zu können. »Ich werde … sicher darauf zurückkommen«, brachte er mühsam hervor.

Cedric nickte ernst. »Das freut mich. Aber jetzt sieh besser zu, dass du nach Hause kommst. Ich meine mich zu erinnern, dir Urlaub gegeben zu haben. Davon abgesehen lohnt es sich wohl kaum, heute noch etwas anzufangen.«

Unwillkürlich wanderte Kris' Blick zu der Uhr über der Tür. Viertel nach vier. Der Morgen war nicht mehr fern.

»Nein«, murmelte er ergeben. »Wohl nicht.«

Cedric schob die Hände in die Taschen seines Kittels und wandte sich ab. »Dann wünsche ich einen entspannten Tag.«

Die Tür schloss sich mit einem Zischen.

Eine Weile noch blieb Kris wie festgewachsen an Ort und Stelle stehen. Er fühlte sich wie erschlagen. Nach Hause. Ja, langsam sollte er wirklich nach Insomniac Mansion zurückkehren. In sein Zimmer, wo er mit etwas Glück ungestört über all das nachdenken konnte, was in der letzten Nacht geschehen war.

Und wo zum ersten Mal seit Jahren eine wahre Quelle auf ihn wartete.

Red September. Kris' Magen kribbelte. Hatte Cedric ihn bereits in seinen Gedanken gesehen? Und wenn ja, was mochte er darüber denken? Was wusste der Doktor wirklich über die *Bloodstalkers*?

Es war gleichgültig, entschied Kris. Zumindest für den Moment. Beinahe hätte er über sich selbst gelacht. Er war so dumm gewesen. Wie hatte er auch nur eine Sekunde lang glauben können, dass er Cedric auf lange Sicht etwas vormachen konnte? Bei Licht betrachtet hatte Kris allen Grund, ihm dankbar zu sein. Jeder andere hätte ihn mit Sicherheit an das Parlament ausgeliefert. Der Doktor aber hatte ihn nicht einmal auf die Straße gesetzt, obwohl das sein gutes Recht gewesen wäre. Und vermutlich hatte er damit eine äußerst kluge Entscheidung getroffen.

Während er das Labor verließ und sich von der Schutzkleidung befreite, klangen Célestes Worte in Kris' Erinnerung wieder.

*»Denkt mein kleiner Bruder etwa niemals daran, sich auf die Seite des verehrungswürdigen Dr. Edwards zu schlagen?«*

Nachdenklich betrachtete er seine Hände. Die Handgelenke mit den Narben, die Gregors Ketten hinterlassen hatten. Narben, denen er niemals ganz zu heilen gestattete, damit er nicht vergaß. Sich auf Cedrics Seite zu schlagen … möglicherweise lohnte es sich tatsächlich. Seine Schwester hatte eindrücklich bewiesen, dass sie seine Loyalität nicht länger verdiente. Ein Lächeln erschien auf Kris' Gesicht, als ein vager Plan in seinem Kopf Gestalt annahm.

Ja, sicher. Es würde sich lohnen. Dieses Mal würde er sich selbst retten.

Und dann für immer frei sein.

Das Labor auf der anderen Seite der Tür war nicht leer, wie er erwartet hatte. Janet saß noch an ihrem Platz, über ihr Mikroskop gebeugt, und betrachtete offenbar konzentriert eine Blutprobe. Bei Kris' Eintreten jedoch hob sie den Kopf und musterte ihn aus schmalen Augen.

»Na, ausgeschlafen?«

Kris bemühte sich um ein unbefangenes Gesicht. »Mehr oder weniger.« Er lächelte. »Und du – hast du nicht schon seit einer halben Stunde Feierabend?«

Janet schaltete das Mikroskop aus und wischte sich eine braune Locke aus der Stirn, die sich aus ihrem Zopf befreit hatte. »Ich wollte noch mit dir reden«, erklärte sie ohne Umschweife.

Kris spürte, wie sein Lächeln verblasste. »Mit mir?«

»Ich habe gehört, was Cedric zu dir gesagt hat.«

Janet redete nie um den heißen Brei herum. Sie kam immer direkt zur Sache – eine Eigenschaft, die Kris bei aller Zuneigung stets als ein wenig unangenehm empfunden hatte.

»Er hat einiges gesagt«, entgegnete er vorsichtig. Er hoffte, das Tempo des Verhörs so ein bisschen drosseln zu können, obwohl er natürlich ahnte, worauf es hinauslaufen würde. Aber er brauchte Zeit, um sich passende Antworten zurechtzulegen.

Doch Janet gab sich völlig unbeeindruckt.

»Denkst du nicht, du bist mir eine Erklärung schuldig?«

Kris seufzte leise. Er hatte immer gehofft, dass es nie zu einem solchen Gespräch kommen würde. Dass es ausgerechnet jetzt soweit war, machte es nur noch schlimmer.

»Wofür, Janet?«

Janet schüttelte ungeduldig den Kopf. Natürlich bemerkte sie, dass er versuchte, Zeit zu schinden.

»Du hast mir damals gesagt, du hättest mich durch Zufall gefunden. Das war gelogen, stimmt's? Du weißt, wer ich als Mensch war.«

Kris zwang seinen Atem zur Ruhe. Ja. Sicher wusste er das. Und er hatte gute Gründe, es ihr nicht zu sagen. Janet konnte niemals zu den *Bloodstalkers* zurückkehren. Janet, die eine der leidenschaftlichsten Vampirjägerinnen gewesen war, die Kris je getroffen hatte, und die als Mensch einen geradezu blinden Hass auf Bluter gehabt hatte – wie sollte sie damit zurechtkommen, nun selbst ein Vampir zu sein?

»Du bist fest entschlossen, es herauszufinden«, stellte er fest.

Janet nickte. »Versteh mich nicht falsch. Ich bin dir dankbar für alles. Dass du mich aufgepäppelt hast und mir geholfen hast, hier eine Anstellung zu bekommen und überhaupt.

Aber dass du mich angelogen hast, das verstehe ich nicht. Und ich will wissen, warum.«

Kris schwieg eine Weile. Das hier war schwierig. Viel schwieriger, als er es im Augenblick ertragen konnte.

»Ich bin schon zu weit gegangen«, sagte er schließlich und musterte sie ernst. »Jedes weitere Wort bringt mich in Gefahr, von White Chapel ausgeschlossen zu werden. Du solltest mich nicht mehr danach fragen. Aber ich verstehe, dass du die Wahrheit wissen willst, und ich kann dir immerhin so viel sagen: Ich habe jemandem versprochen, dafür zu sorgen, dass es dir gut geht. Und deine Vergangenheit zu kennen wird nicht dazu beitragen, glaub mir.«

Janet kniff die Lippen zusammen. Sie war enttäuscht über seine Antwort, das konnte Kris deutlich sehen.

»Ich will nicht, dass Cedric dich rauswirft«, sagte sie endlich langsam. »Darum werde ich nicht weiter fragen. Ich denke, das bin ich dir schuldig.«

Kris atmete auf. »Ich danke dir.« Er rang sich ein Lächeln ab. »Es ist schon spät. Gehen wir nach Hause.«

Janet schüttelte den Kopf. »Geh nur. Ich mache das hier eben fertig.«

»In Ordnung. Dann sehen wir uns morgen.«

»Bis morgen. Schlaf gut.« Sie neigte sich wieder über ihr Mikroskop.

Kris wandte sich ab und verließ mit langsamen Schritten die Forschungsstation. Etwas in Janets Blick beunruhigte ihn, ohne dass er es fassen konnte. Es wäre ihm lieber gewesen, sie hätte ihn sofort begleitet.

Doch als er draußen stand und zusah, wie sich ein goldener Schimmer über den noch dunklen Morgenhimmel zog, war er froh, noch für eine Weile mit seinen Gedanken allein zu sein.

## Kapitel Sieben

46 West Street, Kenneth, Missouri

Das Erste, was Katherine sah, als sie am nächsten Tag in Cedrics Wohnung aus dem Fahrstuhl trat, war die Liege. Er hatte sie in der Mitte seines Wohnraums aufgebaut, ein Metallgestell ähnlich denen, die sie in White Chapel für die Versuchsobjekte benutzten.

»Wir machen es heute etwas anders.«

Cedric nahm Katherine den Mantel ab und legte die Hand auf ihren Rücken, um sie durch den Raum zu der Liege zu führen.

»Anders?« Katherine schluckte. Ihre Stimme klang belegt. Cedric war noch immer ärgerlich, das wusste sie, auch wenn er an diesem Tag bisher weder den Menschen noch Kris erwähnt hatte. Sein distanzierter Tonfall sagte mehr als jede Predigt. Das schlechte Gewissen wühlte in Katherines Magen, während sie auf die Liege kletterte. Blutgabe hin oder her – sie hätte Cedric von Kris' Verbindung zum Versuchsobjekt Nr. 159 erzählen müssen. Er hatte das Recht, zornig zu sein. Aber es tat ihr weh. So sehr, dass sie sich kaum auf das konzentrieren konnte, was nun vor ihr lag.

Cedric nickte ernst und stellte sich am Kopfende der Liege auf. »Ich möchte, dass du versuchst, dich aus eigener Kraft an den Raum zu erinnern, in dem wir beim letzten Mal waren. Vielleicht in Zusammenhang mit einer anderen Situation. Das könnte ein guter Ausgangspunkt sein, um mehr über den Rest des Hauses zu erfahren. Wir beginnen die Sitzung, wenn du dort bist.«

Katherine setzte sich erschreckt wieder auf. Das konnte er nicht ernst meinen! Wenn sie die Erinnerung bewusst rief, dann konnte er sie nicht mehr rechtzeitig lähmen. Das hatte er ihr doch selbst erklärt! Sie schüttelte entsetzt den Kopf. »Cedric, das …«

Cedric hob die Hand, um ihr das Wort abzuschneiden. »Das ist keine Pflicht, Katherine. Wenn du es nicht riskieren willst, dann brich die Sitzung ab. Oder vertrau mir und leg dich wieder hin.« Er griff unter die Liege und zog etwas hervor.

Katherine riss die Augen auf. Stahlfesseln! Also tatsächlich wie bei einem Versuchsobjekt?

Cedric lächelte grimmig. »Ich gebe zu, das sind vielleicht etwas grobe Maßnahmen. Aber du wirst nicht bestreiten können, dass sie funktionieren.«

Katherine kniff die Lippen zusammen. Allerdings würde es funktionieren. Sie hatte die Stahlriemen selbst getestet, bevor sie das erste Mal an einem Versuchsobjekt zum Einsatz kamen. Mit aller Kraft hatte sie daran gerissen und sie nicht einmal leicht erschüttern können. Und Cedric, das wusste sie, verstand etwas davon, einem Vampir Fesseln anzulegen.

»In Ordnung«, murmelte sie und ließ sich zögernd wieder zurücksinken. War das also ihre Strafe? Nein – das würde Cedric nicht tun. Nicht, wenn er auch nur den leisesten Zweifel daran hätte, dass es sie tatsächlich voranbringen konnte. Aber ein Blick in seine Augen sagte ihr dennoch, dass er eine gewisse Befriedigung verspürte, als er die Riemen um ihren Leib und ihre Arme festzog. Katherine biss die Zähne zusammen und bemühte sich, keinen Laut von sich zu geben, als ihre empfindliche Haut unter den Fesseln aufsprang und Blut in ihre Kleidung sickerte.

Dann stand Cedric wieder an ihrem Kopf, und seine Hände legten sich auf ihre Schultern. Als er sie diesmal ansah, wurde seine Miene weicher.

»Bereite dich darauf vor, dass es schmerzhaft sein wird. Das ist wichtig, um dich bei Bewusstsein zu halten. Können wir dann anfangen?«

Katherine nickte stumm.

»Gut.« Sein Blick hielt ihren fest. »Dann versuch jetzt, dich an den Keller zu erinnern, wie du ihn beim letzten Mal gesehen hast.«

Katherine schloss die Augen und suchte in ihrem Kopf nach den Bildern. Es war nicht schwierig. Seit ihrer letzten Sitzung war kaum eine Stunde vergangen, in der sie nicht zumindest kurz daran gedacht hatte. Es war keine angenehme Erinnerung, aber mittlerweile war sie für Katherine so klar, als wäre sie nie verschwunden gewesen. Die zerrissene Matratze. Das zerbrochene Fenster. Die Spuren ihrer blutigen Füße auf dem Betonfußboden. Alles stand ihr sofort deutlich vor Augen.

Ein Blitz zuckte durch ihren Geist, und ein zischender Schmerzenslaut rutschte über ihre Lippen.

»Ganz ruhig«, hörte sie Cedric murmeln. »Alles in Ordnung. Ich kann den Raum jetzt sehen.«

Katherine versuchte, sich zu entspannen, aber es gelang ihr nicht.

»Sieh dir die Tür an«, sagte Cedric.

Im Geist wandte Katherine sich um. Die Tür war alt und aus stabilen Holzbohlen gezimmert. Der dicke Riegel war verrostet und mit einem Vorhängeschloss gesichert. Es sah nicht so aus, als wäre er jemals geöffnet worden.

»Stimmt. Du *hast* den Riegel niemals geöffnet.« Elektrische Ströme flossen von Cedrics Fingern in ihren Kopf. Katherines Nerven brannten und vibrierten. Das Bild zerfloss vor ihren Augen, und es war, als würde sie in die Tür hinein gesaugt. Wären die Hände auf ihren Schultern nicht gewesen, sie hätte sich bereits jetzt gegen die Fesseln zu wehren versucht. Doch Cedric hielt sie unerbittlich fest. »Aber geschlossen hast du ihn, nicht wahr? Nachdem du über die Treppe auf der anderen Seite hereingekommen bist.«

Eine rote Entladung explodierte in Katherines Kopf. Wie von weit entfernt hörte sie sich selbst aufschreien. Eine Treppe? Eine *Treppe*?

*Verbindung hergestellt. Wir sind draußen.* Cedrics Stimme klang nun wieder tonlos in ihr, wie sie es von den Sitzungen gewöhnt war. War er zufrieden? Es machte ganz den Eindruck.

*Was tust du?* Katherines Herz schlug ängstlich schnell. Er hatte nicht untertrieben – es war schmerzhaft. Sie konnte nichts sehen. Wieso behauptete er, sie wären draußen?

*Ich reaktiviere die weichen Synapsen. Siehst du den Keller?*

Katherine schüttelte schwach den Kopf. Doch noch während sie das tat, schälten sich erste Formen aus den roten Schatten. Ein gefliester Gang. Eine weitere Tür, halb geöffnet. Der Geruch nach faulenden Lebensmitteln drang heraus.

Und die Treppe.

*Der Keller – von meinem Haus! Ich habe hier gewohnt!* Die Erkenntnis stand nun ganz klar vor Katherines Augen.

*Das ist der Anfang von einem ziemlich großen neuronalen Netz.* Cedrics Hände drückten sich fest auf ihre Schultern. *Nur noch eine Verbindung, Katherine. Dann haben wir den*

*Zugang.* Er zögerte. *Vielleicht ist es zu viel für heute. Wir können bis nächstes Mal warten.*

Katherine zitterte vor Aufregung. Die Erinnerung war zum Greifen nah, das spürte sie deutlich. Die Erwartung, ihre Vergangenheit wieder klar sehen zu können, erschreckte und faszinierte sie gleichermaßen. Nein, sie konnte nicht warten. Sie konnte hier nicht stehen bleiben.

Entschlossen schüttelte sie den Kopf.

*Nein. Ich will es jetzt.*

Augenblicke lang schwieg Cedric. *Sobald die letzte Verbindung zu dem Netz hergestellt ist, werde ich dich loslassen*, sagte er dann. *Ich will eine Art Traumzustand aktivieren, in dem du dich frei bewegen kannst. Ich werde nur noch beobachten, aber nicht mehr eingreifen. Du bist dann auf dich gestellt. Bist du sicher, dass du das jetzt willst? Wir können noch warten.*

In diesem Moment hätte Katherine gern die Augen geöffnet, um ihn anzusehen. Er sollte begreifen, wie ernst es ihr war. Doch sie wusste, sie war schon zu weit vorgedrungen. Selbst wenn sie die Lider hob, würde sie doch nichts anderes sehen als den muffigen Kellerflur, in dem sie stand. So lange, bis Cedric ihr etwas anderes erlaubte.

*Ich bin mir sicher.* Sie lächelte zaghaft. *Ich vertraue dir.*

Der Druck seiner Hände auf ihren Schultern wurde stärker. *Also gut.* Selbst in ihren Gedanken hörte Katherine die Anspannung in seiner Stimme. *Dann geh jetzt die Treppe nach oben. Dort müsstest du eine Tür finden.*

Mit klopfendem Herzen folgte Katherine seinen Anweisungen. Sie blinzelte. Tatsächlich, da war eine Tür. Aber sie war seltsam verschwommen, sah alt und neu zugleich aus, geschlossen und gleichzeitig offen, ohne dass Katherine hätte sehen können, was dahinter lag.

*Eine ungefestigte Repräsentation. Die Tür ist die letzte Verbindung.* Cedrics Hand legte sich an ihre Wange. *Versuch, sie offen zu sehen.*

Katherine kniff die Augen zusammen und griff nach der Türklinke, konzentrierte sich darauf, zu fühlen, wie sie in ihrer Hand lag. Ungefestigte Repräsentationen waren ihr nichts Neues – Erinnerungen an Dinge, die sie in verschiedenen Zuständen gekannt hatte und die sich nun bei der erzwungenen Betrachtung überlagerten. Sie musste sich nur für einen der Zustände entscheiden, um ihn klar zu sehen. In früheren Sitzungen hatte sie das mit Cedric bis zur totalen Erschöpfung geübt, und mittlerweile fiel es ihr leicht. Die Tür öffnete sich ohne einen Laut – und Katherine stand vor einer undurchdringlichen Wand aus weißem Nebel.

*Ich lasse dich jetzt los.* Sie spürte Cedrics Lippen auf der Haut, als er ihr einen Kuss auf die Stirn gab. *Denk nicht zu viel nach, hörst du? Das ist wichtig. Versuch, nichts zu erzwingen. Handle nur intuitiv. Viel Glück.*

Dann war er fort – und mit ihm das tröstliche Gefühl seiner Hände auf Katherines Schultern. Sie war allein.

Natürlich nicht ganz allein, versuchte sie sich selbst zu beruhigen. Er sah ja weiter zu. Er würde die Sitzung abbrechen, wenn es nötig war. Aber sie konnte nicht verhindern, dass ihr Magen sich beim Anblick dieses weißen Nichts nervös verkrampfte. Wie sollte sie sich dort orientieren? Würde sie überhaupt irgendetwas finden? Doch, etwas musste da sein. Cedric hatte es gesagt. Er wusste, wovon er sprach, ermahnte sich Katherine. Sie warf einen Blick zurück die Treppe hinunter. Der Kellerflur war noch da. Und wenn sie nun zurückging und sich zuerst dort ein wenig umsah?

Nein. Wenn das Sinn machen würde, hätte Cedric entsprechende Anweisungen gegeben. Entschlossen machte Katherine einen Schritt nach vorn. Dann noch einen. Und noch einen, bis der Nebel sie völlig verschluckt hatte. Unsicher blieb sie stehen. Was nun? Wohin sollte sie jetzt gehen? In welche Richtung sie sich auch wandte, überall sah sie nur dicke, weiße Schwaden.

Oder doch nicht? War da nicht etwas?

Katherine blieb stehen, wo sie war, und wartete. Und tatsächlich erkannte sie nach einer Weile, dass der Nebel sich zu lichten begann. Bruchstückhaft traten Einzelheiten ihrer Umgebung aus dem Weiß heraus, nahmen Farben und Formen an, bis schließlich nur noch wenige dünne Schlieren die Details verdeckten.

Sie stand in einem kleinen Vorraum, hinter sich die offene Kellertür. Eine Treppe führte ins obere Stockwerk. Die Tür auf der linken Seite musste die Haustür sein. Eine Fußmatte lag davor, darauf ein Stapel Briefe, der durch den Briefschlitz in der Tür gefallen sein musste. Er wuchs an und schrumpfte immer im Wechsel, so dass Katherine ein wenig schwindelig wurde, als sie zu lange hinsah. Sie schloss kurz die Augen und überlegte. Wie sollte sie nun weiter vorgehen? Sie musste versuchen, irgendwelche Hinweise auf ihre Vergangenheit in diesem Haus zu finden. Da war es wohl am klügsten, alle Räume systematisch zu durchsuchen. Katherine schlug die Augen wieder auf. Vielleicht halfen ihr die Briefe weiter. Sie griff nach dem Stapel und konzentrierte sich darauf, ihn in der Hand zu halten, bis sie die Adresse auf dem obersten Umschlag lesen konnte.

Dr. Susan Harris. 83 Eastpark Avenue. Absender war die Universität von Kenneth, Fakultät für Biologie. Susan Harris … Das war also ihr menschlicher Name gewesen? Er fühlte sich seltsam fremd an. Katherine legte den Brief auf die kleine Kommode neben der Haustür und betrachtete den nächsten Umschlag. Vermutlich eine Rechnung. Natürlich die gleiche Adresse. Aber diesmal stand ein anderer Name in der ersten Adresszeile.

*James Harris.*

Katherine ließ den Brief sinken. James? Ihr Blick fiel auf die Garderobe. Sie war behängt mit Jacken, die verschwanden und wieder auftauchten, mal an diesem Haken hingen und mal an jenem. Durch die Überreste des Nebels wirkten sie unscharf.

Katherine blinzelte und trat näher, um besser sehen zu können. Nein, kein Zweifel. Das waren nicht nur ihre Jacken. Dieser Mantel dort zum Beispiel wäre ihr viel zu groß gewesen. Und ... waren das nicht auch Kinderjacken? Tatsächlich – und dort im Regal standen mehrere Paar Kinderschuhe, die munter ihre Plätze mit Stiefeln und Turnschuhen tauschten.

Ein seltsames Gefühl kribbelte in Katherines Brust. Weit entfernt glaubte sie, das Echo einer Kinderstimme zu hören. Sie hob den Kopf. Kam die Stimme nicht aus dem oberen Stockwerk?

Ohne noch lange nachzudenken, lief sie mit schnellen Schritten die Treppe hinauf. Das Erdgeschoss interessierte sie vorerst nicht mehr. Dort oben waren das Schlafzimmer und das Kinderzimmer, das wusste sie mit plötzlicher Bestimmtheit. Sie hatte eine Familie gehabt! Eine Familie, die im ersten Stock auf sie wartete! Das Ziehen in ihrem Magen fühlte sich nun fast panisch an, während sie den Flur im oberen Stockwerk entlang stürmte.

Doch als sie etwa die Hälfte des Wegs zurückgelegt hatte,

verlangsamten sich ihre Schritte, ohne dass sie sich bewusst dazu entschlossen hätte. Katherine hatte mit einem Mal das eigenartige Gefühl, dass ihr die Kontrolle über ihr Handeln aus den Händen glitt. *Wie in einem Traum*, dachte sie. *Ich kann nur zusehen.*

Wie von selbst bewegten ihre Füße sich weiter. Die Tür zum Zimmer am Ende des Gangs öffnete sich. Auf der Schwelle blieb Katherine stehen.

Ein Mädchen saß mit einem jungen Mann auf dem Fußboden. Sie waren dabei, das Modell eines Dinosaurierskeletts zusammenzubauen. Bei Katherines Eintreten sahen beide auf.

Ein Lächeln ließ das Gesicht des Mädchens aufleuchten. »Hallo, Mum! Guck mal, wir haben einen Tyrannosaurier gemacht!« Sie strahlte vor Stolz.

Katherine spürte, wie ihr die Brust eng wurde. Sie hatte eine Tochter gehabt …?

»Hallo, Jody«, hörte sie sich sagen, während sie auf den Mann und das Kind zuging. »Der ist aber schön geworden.« Sie gab dem Mann einen Kuss. »Hallo, Schatz. Wie war dein Tag?«

Der Mann lächelte, und bei seinem Anblick wurde Katherine warm ums Herz.

»Entspannt. Aber wir waren ein bisschen einsam ohne dich.«

Katherine lachte und öffnete den Mund, um zu antworten. Doch in diesem Moment fiel das Lächeln des Mannes aus seinem Gesicht, so plötzlich, dass es Katherine erschreckte. Gleichzeitig wuchsen seine Haare, und der Schatten eines Bartes erschien auf seinen Wangen. Er sah Katherine mit einer Mischung aus Sorge und Verwirrung an. »Schatz, was ist mit dir? Du bist so blass. Wir sollten einen Arzt holen.«

Ein Schauer lief über Katherines Rückgrat. Sie spürte, wie die Wärme in ihrer Brust sich verflüchtigte und die zurückbleibende Kälte sie daran erinnerte, dass sie sich nicht in der Realität befand. Eine Art Traumzustand. Cedric hatte es sogar gesagt. Dieses Gespräch folgte keinem logischen Verlauf, das war für Träume typisch. Es mussten willkürlich zusammengewürfelte Erinnerungsbruchstücke sein. Schlüsselerlebnisse vermutlich. Katherine versuchte, sich an dem Gedanken festzuhalten. Vielleicht konnte sie so Einfluss darauf nehmen, was sie als Nächstes sehen würde. Doch noch während sie sich darum bemühte, bewegte sich ihre Zunge ganz von selbst. »Ich kann nicht darüber reden, Jim. Bitte.«

Der Mund des Mannes verzog sich schmerzvoll. »Ich habe dein Tagebuch gelesen, Susan. Ich konnte nicht anders.«

Katherine schnappte nach Luft. »Du hast *was*?« Angst ergriff sie wie eine böse Vorahnung dessen, was gleich geschehen würde. Nein, sie wollte das nicht weiter sehen!

*Cedric*, flehte sie stumm, *Cedric, hol mich hier raus! Schnell, bitte!*

Doch sie erhielt keine Antwort, und auch die Bilder verschwanden nicht.

Wieder veränderte sich die Miene des Mannes, verzerrte sich nun zu einer Grimasse aus Entsetzen und Abscheu. »Du Monster!« Sie konnte die Panik in seinen Augen sehen. »Mörderin! Du bist nicht meine Frau!«

Katherine spürte, wie ihr Tränen in die Augen stiegen. Ihr wurde schwindelig. »Aber, Jim!«, rief sie entsetzt. »Was redest du denn da!«

Ein Wimmern ließ sie herumfahren. Das Mädchen, vor wenigen Augenblicken noch munter und gesund, lag unnatürlich verkrümmt auf dem Fußboden. Ihr Hals war aufgerissen, und ihr Blut tränkte den hellen Teppich. Und in diesem Moment bemerkte Katherine, dass auch sie selbst voller Blut war. Blut an ihren Händen. Blut auf ihrer Kleidung. Blut in ihrem Mund.

Sie fiel auf die Knie, zog den schlaffen Körper in ihre Arme und drückte ihn an sich. »Jody! O nein, Jody!«

Der süße Duft des Kinderbluts stieg in ihre Nase. Der altbekannte rote Schleier überzog ihr Sichtfeld. Katherines Körper begann, unkontrolliert zu zittern. Wie aus weiter Ferne hörte sie Jims Stimme.

»Hier ist James Harris, wir haben einen Notfall! Wir brauchen dringend einen Krankenwagen! Ja ... 83 Eastpark Avenue. Beeilen Sie sich!«

»Jim ...«, flüsterte Katherine schwach. Panik schüttelte ihre Glieder, und sie spürte die Knochen ihres toten Kindes unter ihren Händen knacken und brechen. Ein wildes Fauchen brach aus ihrer Kehle. *Nein ... bitte nicht Jim ...*

Ein letztes Mal noch sah sie seine Augen, bevor er starb.

Dann war alles dunkel.

# Kapitel Acht

## Uptown, Kenneth, Missouri

Im Stadtarchiv von Kenneth lag die alte Luft schwer auf den endlosen Regalen. Staubiges Sonnenlicht fiel durch die Ritzen der heruntergelassenen Jalousien.

*Stiller als ein Friedhof*, dachte Cedric, während er zwischen den Regalen hindurchwanderte. Ziellos ließ er seinen Blick über die Bücher schweifen, die Rücken an Rücken aufgereiht standen – Vermächtnis der Menschen, die vor Jahrhunderten damit begonnen hatten, die Geschichte der Stadt in den Räumen dieses alten Gebäudes zusammenzutragen. Eine dicke Kordel trennte die Besucher des Archivs von den Dokumenten. Die meisten der Bücher durften ohne Sondergenehmigung nicht einmal mehr angefasst werden. Cedric hatte keine Sondergenehmigung. Aber er brauchte auch keine. Die Bücher interessierten ihn nicht. Seine Recherchen würden ihn in eine Vergangenheit führen, die wesentlich jünger war. Eine Vergangenheit, in der das Archiv bereits von seinen vampirischen Erben geführt wurde, und in der wichtige Dokumente längst nicht mehr auf so vergänglichen Medien wie Papier archiviert wurden.

Cedric zog die Chipkarte aus der Tasche, die ihn als parlamentarisch geförderten Wissenschaftler auswies, und schob sie in das Lesegerät neben der Tür am Ende des Mittelgangs. Dann legte er seinen Zeigefinger auf das Schloss. Eine grüne Diode blinkte, und die Tür entriegelte sich mit einem Zischen.

Der Raum, den Cedric nun betrat, war von dem gleichen dumpfen Dämmerlicht erfüllt wie die alte Bibliothek. Hier gab es keine Bücher, keine Regale und keine Kordel, die ihn auf einem vorgeschriebenen Weg führte. Die lang gestreckten Wände und die Regale waren bis unter die Decke mit säuberlich beschrifteten Metallschubladen bedeckt, chronologisch geordnet nach Jahrhunderten und Jahren. Nur die Fensterfront war frei gelassen worden. Dort standen Tische, und jeder Arbeitsplatz war mit einem kleinen Bildschirm ausgestattet. Jetzt, am helllichten Tag, arbeitete dort niemand. Cedric war allein. Aber das war ihm nur recht. Er hatte kein Bedürfnis nach Gesellschaft. Er setzte sich an einen der Arbeitsplätze, wo er sich sicher sein konnte, dass ihn auch in ein oder zwei Stunden die Sonne nicht belästigen würde. Die zunehmende Lichtempfindlichkeit war in Cedrics Augen eine der ärgerlichsten Nebenwirkungen des Älterwerdens. Zwar brauchte ein Vampir ab einem gewissen Alter praktisch keinen Schlaf und auch keine Nahrung mehr, und seine Kräfte wuchsen ebenfalls mit jedem Jahrzehnt. Doch gleichzeitig wurde es auch immer schwerer, die Strahlen der Sonne auf der blassen Haut zu ertragen. Zumindest, wenn man nicht schon als Mensch das Glück gehabt hatte, mit dunkler Pigmentierung gesegnet zu sein. Aber Cedric wollte nicht klagen. Die Progressiven hatten es weitaus schwerer. Ihre weiße Haut war von Anfang an kaum pigmentiert, und ein Aufenthalt in der Sonne für sie daher praktisch unmöglich, ohne dass sie sich schwere Verbrennungen zuzogen.

Cedric seufzte und rief das Suchprogramm der archiveigenen Software auf. Im Geiste wiederholte er noch einmal die Stichpunkte, auf die er seine Nachforschungen stützen wollte.

*Bloodstalkers.*

Blutkrieg.

Und: Gregor Laurenti.

Der Name war ihm während seines Gesprächs mit Kris am frühen Morgen schlagartig wieder eingefallen und hatte ihm seither keine Ruhe gelassen. Cedric musste einfach wissen, ob das, an was er sich zu erinnern glaubte, tatsächlich in den Zeitungen gestanden hatte. Damals, vor nun rund hundert Jahren. Und ob es möglich war, dass diese Ereignisse mit Kris in Verbindung standen.

Mit unwillkürlich zitternden Fingern tippte er die Worte in das Eingabefeld und drückte auf den Knopf.

Sekundenbruchteile später erschien eine Liste von Artikeln auf dem Bildschirm. Cedric spürte, wie sein Herz schneller zu schlagen begann, als er die Titel überflog.

Kein Zweifel. Er war auf der richtigen Spur.

Hastig stand er auf und ging zu den Metallschubladen hinüber. Zielsicher zog er die erste heraus: zweiundzwanzigstes Jahrhundert, im Jahr 2159. In der Schublade lagen, in Schaumstoff eingebettet, zwölf kleine Würfel aus Kristall. Cedric zog sich ein Paar der Gummihandschuhe über, die in einem Spender an der Wand hingen, und nahm den ersten Würfel heraus: Sämtliche Zeitungsartikel des Monats Januar im Jahr 2159 waren hier gespeichert. Das würde ihm schon sehr weiterhelfen. Er legte den Kristall in ein Kästchen und öffnete eine zweite Schublade. 2054, im Spätherbst. Cedric platzierte die Datenträger für Oktober und November sorgfältig neben dem für Januar 2159. Dann kehrte er mit dem Kästchen zu seinem Arbeitsplatz zurück und schob die Würfel behutsam in die dafür vorgesehene Fassung des Lesegeräts. Das Gerät schaltete sich mit einem Surren ein, und zwei winzige Lampen scannten die gespeicherten Daten.

*12.376.221 Artikel gefunden*, meldete kurz darauf eine Nachricht auf dem Bildschirm. *Sie können nun einen Suchbegriff eingeben.*

*Laurenti, Gregor*, schrieb Cedric in das Eingabefeld.

*126 Artikel gefunden*, meldete der Computer, und die Liste der Titel erschien auf dem Bildschirm.

Cedric starrte auf die Liste. Das war nur der Anfang, dachte er. Er würde mehr als zwei Stunden brauchen. Vermutlich sollte er sich sogar darauf einrichten, den ganzen Nachmittag hier zu verbringen. Aber dafür würde er hinterher auch um einiges klüger sein. Und er hoffte sehr, dass er dann auch wissen würde, welches Vorgehen in Zukunft das beste war.

Mit einem letzten tiefen Atemzug tippte Cedric auf die Überschrift des ersten Artikels – und begann zu lesen.

Er kehrte erst in seine Wohnung zurück, als es längst dämmerte. Sein erster Weg führte ihn ins Gästezimmer, wo Katherine noch immer schlief. Eine ganze Weile stand Cedric bewegungslos an ihrem Sarg und sah auf sie herunter. Nachdem sie gegen Mittag in ihrer Vision das Bewusstsein verloren hatte, hatte er die Fesseln gelöst und ihre Wunden versorgt. Er hatte sich darum gekümmert, dass die neu entdeckten Erinnerungen sie nicht in ihrer Ruhe stören würden, solange er sich im Archiv aufhielt – und nun konnte er es einfach nicht über sich bringen, sie zu wecken. Dabei war es höchste Zeit, nach White Chapel zurückzukehren.

Cedric rieb sich müde durchs Gesicht. Was für eine Nacht. Was für ein Tag! Erst die Sache mit Kris. Dann die Reaktivierung von Katherines Vergangenheit, die trotz aller zur Schau gestellten Gelassenheit mehr an seinen Nerven gezerrt hatte, als er eingestehen mochte. Und zu guter Letzt die Nachforschungen im Archiv, die ihm so viele Erkenntnisse und Zusammenhänge deutlich gemacht hatten, dass er sich noch immer ganz benommen fühlte. Cedric konnte sich kaum erinnern, wann er zuletzt so viel Aufregung in so kurzer Zeit hatte durchstehen müssen. Zum ersten Mal seit Jahren hatte er das Bedürfnis, ein paar Stunden zu schlafen. Aber bis er dafür Zeit fand, würde es noch mehrmals Morgen und wieder Abend werden.

Er sollte sich nicht beschweren, dachte er und seufzte leise. Die letzten Stunden waren anstrengend, aber überaus lehrreich gewesen. Und auch die Sitzung mit Katherine war zweifellos als Erfolg zu werten. Sicher war es für sie eine unangenehme Erfahrung. Aber dass sie nun ihren wahren Namen hatten, eine Adresse und dazu noch den Hinweis auf ein Tagebuch, das Katherine offenbar geführt hatte – das war mehr, als Cedric je zu hoffen gewagt hätte. Katherine war die älteste Progressive, von der Cedric bisher gehört hatte. Wenn man den geschichtlichen Verlauf der Bluterepidemie betrachtete, vermutlich sogar eine der ältesten Progressiven überhaupt auf der Welt. Und wenn es einen Weg gab, ihre Verwandlung zum Vampir nachzuvollziehen, dann konnte das mit etwas Glück entscheidende Schlussfolgerungen für die Forschung ermöglichen. Der Gedanke ließ beinahe so etwas wie Euphorie in Cedric aufsteigen, obwohl er natürlich wusste, dass es für solchen Enthusiasmus noch viel zu früh war. Es war gut möglich, dass das Tagebuch bereits nicht mehr existierte. Und selbst wenn es existierte, mussten sie es trotzdem zuerst finden – und bergen, was vielleicht die größte Schwierigkeit darstellte. In die Dirty Feet zu kommen war nicht leicht und vor allem nicht ungefährlich. Die Vampire, dort waren ausnahmslos Bluter, die ihren Verstand noch nicht wiedergefunden hatten. Bluter, die sich gegenseitig anfielen und keine Unterschiede zwischen Menschen und Vampiren ausmachen konnten. Und dann – die Bluter, die selbst einmal konservative Vampire gewesen waren, dumm genug, die Dirty Feet ohne entsprechende Vorsichtsmaßnahmen zu betreten. Der Biss eines Progressiven bedeutete Infektion und Wahnsinn. Auch für Vampire.

Gedankenverloren legte Cedric die Hand an seine Schulter, wo der Kittel die Narben verbarg, die Katherines Zähne vor fünf Jahren hinterlassen hatten. Er hatte das Blut, das sie bei dem Biss in seine Adern injiziert hatte, in seinen Augen konzentriert, so dass es sich nicht in seinem Körper ausbreiten konnte. Nur seine Iris hatte ihre ursprünglich grünbraune Färbung verloren, war gelb geworden, ohne Cedric weiter zu beeinträchtigen. So hatte er sich mit Hilfe seiner Gabe retten können. Aber ob ihm das ein zweites Mal gelingen würde, wusste Cedric nicht.

Er seufzte leise. Natürlich würden sie versuchen, in die Dirty Feet vorzudringen, ganz gleich, wie gefährlich es war. Doch selbst wenn sie es schafften, das Tagebuch an sich zu bringen, hieß das noch immer nicht, dass es die ersehnten Erkenntnisse liefern würde.

Aber so lange er nicht den Gegenbeweis in der Hand hielt, dachte Cedric, konnte er sich wohl erlauben, ein bisschen zu träumen.

Mit einem letzten Seufzer wandte er sich ab. Er würde an die Arbeit gehen, bevor er sich Gedanken über die weiteren Schritte machte. Und er würde Katherine schlafen lassen. Sie hatte sich die Ruhe verdient.

Auf dem Weg zu seinem Büro sah er schon von weitem, dass jemand auf dem Gang auf ihn wartete. Die schlanke Gestalt hatte sich an die Wand neben der Tür gelehnt und erweckte den Anschein vollkommener Gelassenheit. Aber Cedric ließ sich davon nicht täuschen. Unwillkürlich straffte er die Schultern, während er die letzten Meter zurücklegte.

»Kris. Was für eine Überraschung.«

Der junge Vampir richtete sich auf, blieb aber dicht an der Wand stehen, als sei er sich nicht sicher, ob er es ungestraft wagen konnte, sich Cedric noch weiter zu nähern.

Cedric runzelte die Stirn und legte den Finger auf das Lesegerät, um die Tür zu entriegeln. Kris sah beunruhigend gesund aus, dachte er. Ausgeschlafen, gesättigt und vor allem beherrscht. Seine Wangen hatten einen geradezu rosigen Farbton angenommen. Cedric warf einen Blick auf seine eigenen Hände mit der blassen, fast bläulichen Haut. Beneidenswert. So menschlich würde er selbst nie wieder aussehen. Zumindest nicht, so lange er kein Wahres Blut trank. Er verkniff sich ein Kopfschütteln. Ob Kris ahnte, wie leicht er zu durchschauen war? Oder war es ihm mittlerweile einfach gleichgültig?

»Ich hatte nicht erwartet, dass du meine Einladung so bald annimmst.« Mit einer betont nachlässigen Handbewegung schob Cedric die Tür auf. »Bitte, komm rein. Und mach die Tür hinter dir zu. Die Zugluft bekommt meinen alten Knochen nicht.« Er verzog spöttisch den Mund und ging voran in den Raum. Stumpfgelbes Licht erhellte das Zimmer und ließ die Ecken in noch tieferen Schatten versinken, als Cedric die Schreibtischlampe einschaltete.

»Ich sehe, du bemühst dich, deine Versprechen zu halten«, bemerkte er trocken, während er sich in seinen Stuhl sinken ließ und Kris ihm gegenüber Platz nahm. Wie beiläufig musterte er das junge Gesicht, das nun keine Spuren von Übermüdung oder Hunger mehr zeigte.

Kris schwieg eine Weile. Doch hinter seiner Stirn arbeitete es. Cedric konnte es sehen.

»Es tut mir leid, was gestern Nacht passiert ist«, sagte Kris schließlich langsam, als hätte er entschieden, den ersten Teil ihrer Unterhaltung einfach zu ignorieren. »Ich hoffe, du verzeihst mir.«

Cedric verschränkte die Arme vor der Brust und lehnte sich in seinem Stuhl zurück. Er wusste, dass seine Miene grimmig war. Vermutlich sah Kris deshalb so wenig hoffnungsfroh aus. Aber zumindest versuchte er keine Tricks. Die deutlichen Worte am frühen Morgen hatten ihre Wirkung offenbar nicht verfehlt. Und Kris war weder dumm noch lebensmüde genug, um zu riskieren, dass Sid die Erlaubnis bekam, ihn auszutreiben. Cedric selbst hätte sich gewünscht, die ganze Angelegenheit mit einer Entschuldigung aus der Welt schaffen zu können. Aber so einfach würde es nicht sein. Denn das hätte geheißen, die Spitze des Eisbergs abzutragen, so dass niemand mehr den unter der Wasseroberfläche verborgenen Teil sehen würde. Den Teil, der die eigentliche Bedrohung darstellte.

»Nun ja, Kris«, sagte er langsam. »Ich fürchte, auf meine Verzeihung wirst du noch eine Weile warten müssen. Wahrscheinlich für immer.« Er verschränkte die Hände, um den wieder aufwallenden Ärger zu unterdrücken. »Und ich will dir auch sagen, warum. Du bittest um Verzeihung für die falschen Dinge. Verstehst du, ich glaube dir, dass es dir leidtut. Ich habe dabei nur das dumme Gefühl, dass es dir nicht für mich leidtut oder auch nur für White Chapel. Du willst, dass ich dir verzeihe, weil ich dich dabei erwischt habe, wie du mich hintergehst. Du willst, dass ich dir verzeihe, weil du nicht clever genug warst, deine Aktivitäten bis zuletzt geheim zu halten. Du willst, dass ich dir deinen Kontrollverlust verzeihe. Und das alles einfach so, bloß weil du den Mut aufgebracht hast, mir in die Augen zu sehen und dich zu entschuldigen.« Cedric hob die Hand, als Kris den Mund öffnete, um zu widersprechen. Er wollte es nicht hören. Nichts davon. Und er war noch längst nicht fertig.

»Damit keine Missverständnisse aufkommen.« Er verengte die Augen und starrte Kris eindringlich an. »Das alles sind deine eigenen Fehler, und es könnte mir nichts gleichgültiger sein als die Schwierigkeiten, in die du dich damit gebracht hast. Ginge es hier nur um dich, wäre eine Entschuldigung nicht einmal nötig. Dein Privatleben geht mich nichts an. Aber du könntest mit deiner Unvernunft sehr schnell auch die Forschungsstation in Schwierigkeiten bringen – uns in der Forschung zurückwerfen oder schlimmeres. Ich habe heute Nachmittag ein wenig recherchiert. Über deinen Vater beispielsweise. Gregor – der Name kam mir bekannt vor, seit du ihn zum ersten Mal erwähnt hast, aber mir fiel der Zusammenhang nicht ein. Dabei waren die Nachrichten jahrzehntelang voll von ihm. Oder besser: Von seinem Verschwinden. Gregor Laurenti, der Uralte, der die *Bloodstalkers* gegründet und den Bürgerkrieg begonnen hat. Als der Krieg beendet war, wurden die *Bloodstalkers* verboten und Gregor vom Parlament verwarnt. Und dann, fünfundzwanzig Jahre später, von einem Tag auf den anderen, war er einfach nicht mehr da – genau wie seine Tochter, Céleste Noire. Und jetzt tauchst du plötzlich auf und verrätst dich als einer der *Bloodstalkers*. Ein interessanter Zufall, nicht wahr? Könnte es etwa sein, dass du Gregor Laurentis Sohn und Céleste Noires Bruder bist?«

Kris war auf einen Schlag kreideweiß geworden. Seine Lippen bewegten sich stumm, als wolle er etwas sagen und könne die Worte nicht finden. Cedric verzog den Mund zu einem verächtlichen Lächeln. Kris' Hilflosigkeit rief eine hässliche Befriedigung in ihm wach, für die er sich an anderen Tagen vielleicht geschämt hätte. Heute genoss er sie.

»Keine Sorge, du brauchst mir nicht zu antworten. Eigentlich will ich es gar nicht wissen. Ich brauche deinen Intellekt für meine Forschung, Kris. Das ist das Einzige, was mich wirklich interessiert.« Cedric stand auf und ging zum Fenster, um die kühle Nachtluft einzulassen. »Aber damit das klar ist: Deine Gedanken und die deiner *Familie* will ich hier nicht. Halte sie von meinen Mitarbeitern fern. Und bitte mich nicht noch einmal um Verzeihung, bevor du mir nicht beweisen kannst, dass du dein Talent bedingungslos für White Chapel einsetzt. Nicht eher, verstanden?«

Kris starrte auf seine Hände, die viel zu ruhig in seinem Schoß lagen, wenn man bedachte, welcher Aufruhr gerade in ihm toben musste. Lange Zeit sagte er kein Wort.

»Ich will es beweisen«, sagte er endlich leise. »Du hast recht, Cedric. Mit allem, was du sagst.«

Er hob den Kopf und sah zu Cedric hinüber. In seinem Blick lag eine grimmige Entschlossenheit, die Cedric ein wenig erstaunte. Einmal mehr spürte er die Versuchung, einfach in Kris' Gedanken hineinzusehen. Aber er tat es nicht. Dies war kein so dringender Notfall, als dass er dieses Vorgehen vor sich selbst hätte rechtfertigen können.

»Aber was du siehst, ist nur eine Seite der Geschichte«, fuhr Kris derweil mit fester Stimme fort. »Ich kann und darf dir die genauen Umstände nicht nennen. Aber ich bin auf deiner Seite, Cedric. Auf White Chaples Seite. Sag mir, was ich tun soll, um es zu beweisen.«

Lange sah Cedric ihn an. Stunden, wie ihm schien. Kris erwiderte den Blick ohne mit der Wimper zu zucken, und Cedric hatte das eigenartige Gefühl, dass diese letzten Worte die ehrlichsten waren, die er von dem jungen Biotechniker je zu hören bekommen hatte. Die Verzweiflung war wieder da, schwang in jeder Silbe mit – die Verzweiflung, die Kris zu dem brillanten Kopf machte, der er nun einmal war. Aber wer hätte auch ahnen können, dachte Cedric zynisch, dass er sich, als Janet ihn vor einem Jahr darum bat, ihren ehemaligen Lehrer in die Forschungsgruppe aufzunehmen, ausgerechnet einen *Bloodstalker* ins Haus holte? Ein *Bloodstalker*, der also der Lehrer einer Progressiven gewesen war. Und der kurz darauf eine weitere junge Bluterin in die Forschungsstation schmuggelte. Wie passte das zusammen? Janet und die 159. Beide waren durch Kris' Zutun hier, auch wenn Cedric die Gründe dafür nicht verstand. Aber bisher, das musste er zugeben, hatten sie der Forschung nicht geschadet. Kris selbst hatte der Forschung nicht geschadet. Im Gegenteil.

Cedric schloss die Augen und rieb sich über die Stirn. Ein Beweis also. Tief in seinem Inneren fragte er sich, ob es überhaupt einen Beweis gab, den Kris erbringen konnte – oder ob Beweise nicht schlicht und ergreifend seinem Naturell zuwider liefen. Vielmehr hatte Cedric das Gefühl, dass er selbst sich jetzt entscheiden musste, ob er das Risiko »Kris« noch länger tragen konnte. Oder ob sein Verlust verschmerzbar war.

Nein, dachte Cedric. Das war er nicht.

Langsam durchquerte er den Raum, bis er direkt vor Kris stand.

»Denk dir etwas aus«, sagte er ruhig. »Sag mir, wie wir sicher in die Dirty Feet und wieder heraus kommen.«

Kris' Augen weiteten sich überrascht. »Die Dirty Feet? Aber ... warum, wenn ich fragen darf?«

Cedric griff nach dem Notizbuch auf seinem Schreibtisch. »83 Eastpark Avenue«, las er vor und klappte das Buch wieder zu. »Dort müssen wir hin, das Gebäude durchsuchen und wieder hierher zurückkehren. Möglichst, ohne als Neo-Progressive zu enden. Glaubst du, dass dir dazu was einfällt?«

Kris' Stirn kräuselte sich. »Ich …« Er stockte.

Cedric lachte stumm. Er würde nicht mehr verraten, und Kris wusste es. Ob der jüngere Vampir trotzdem zur Mitarbeit bereit war oder nicht, würde für ihr weiteres Miteinander von großer Bedeutung sein.

Kris räusperte sich. »Ich fürchte, ich persönlich kann da nicht weiterhelfen. Ich bin gelegentlich in den Dirty Feet, aber ich sehe sie mir für gewöhnlich nur von oben an. Wenn du allerdings bereit wärst, einen etwas gewagten Weg zu gehen, dann wüsste ich jemanden, der dort regelmäßig ein und aus geht. Jemanden, der die Dirty Feet sehr gut kennt.«

Cedric hob überrascht die Brauen. »So jemanden gibt es? Das ist schwer vorstellbar.«

Für einen Moment presste Kris die Lippen zusammen. Dann nickte er knapp. Seine Stimme klang angespannt, als wüsste er, dass seine nächsten Worte fatale Folgen für ihn haben konnten. »Das stimmt. Es sei denn, man zieht in Erwägung, dass er jeden Vampir tötet, der ihm zu nahe kommt.«

Das Notizbuch landete mit einem Knall auf dem Schreibtisch. Kris zuckte zusammen.

»Nein.« Cedric starrte ihn eindringlich an. »Nicht das! Nicht so lange ich die Verantwortung für die Aktion trage. Kein Vampir wird in meinem Auftrag oder für meine Forschungsstation einen anderen töten. Haben wir uns verstanden?«

Kris' dunkler Blick war unverwandt auf Cedrics Gesicht gerichtet.

»Er ist kein Vampir«, sagte er leise. »Er ist ein Mensch.«

Cedric spürte, wie etwas in ihm erstarrte. »Ein Mensch«, murmelte er. Er fühlte sich plötzlich seltsam schwach. So war das also. So umgingen die *Bloodstalkers* das Gesetz. Kein Vampir durfte einen anderen töten – oder er würde für ein ganzes Jahrtausend in eine Wand eingemauert werden. Über Menschen allerdings sagte das Gesetz gar nichts. Nur machte es das moralisch nicht besser. Nicht, wenn man wusste, dass im Zusammenhang mit Vampiren der Tod nur noch ein Wort war.

Vampirzellen konnten nicht sterben. Niemals.

Kris nickte. »Er ist einer unserer Jäger«, fügte er hinzu. »Er hat die Dirty Feet Hunderte von Malen überlebt. Er kann dir alles von dort holen, was du willst.«

Cedric ließ sich auf die Tischkante sinken. Er hatte das unangenehme Gefühl, nicht mehr allein stehen zu können. Ein Mensch. Ein Vampirjäger, der vermutlich unzählige Jungvampire auf dem Gewissen hatte. Alles in Cedric sträubte sich dagegen, dem Vorschlag zuzustimmen. Aber konnte er so überhaupt noch argumentieren, nachdem er sich entschieden hatte, einen *Bloodstalker* in vollem Wissen um seine Identität weiter bei sich zu beschäftigen? Cedric hatte sich niemals ernsthaft mit der Frage auseinandergesetzt, wie weit er für die Forschung zu gehen bereit wäre.

Weiter als er gedacht hatte, so schien es.

Er atmete tief durch und wischte sich die Haare aus der Stirn.

»Ein Mensch also«, wiederholte er mit mühsam gefasster Stimme. »Also schön. Bring ihn her. So bald wie möglich.«

## Kapitel Neun

Insomniac Mansion, Kenneth, Missouri

»Was hast du diesmal Tolles gemacht?«

Chase saß im Schneidersitz auf seinem Bett und starrte dem Vampir, der so unverhofft an diesem Morgen in sein Zimmer eingedrungen war, mit regloser Miene entgegen. Seine Finger strichen leicht über den Rücken des Buches, das er bis eben gelesen hatte.

Kris unterdrückte ein Lächeln. Niemand konnte so überzeugend Gleichgültigkeit heucheln wie Chase. Niemand.

Er schüttelte den Kopf. »Nichts, um ehrlich zu sein. Und ich fürchte, Céleste wird so bald auch keine Belohnungen mehr an mich verteilen. Ich darf bis auf Weiteres nur noch von Red trinken. Tut mir leid.«

Chase hob mäßig interessiert die Brauen.

*Kein Wunder*, dachte Kris. Chase waren Célestes kleine Machtspielchen immer egal gewesen. Ob Kris nun von ihm trank, weil Céleste es ausnahmsweise für besondere Verdienste gestattete, oder ob er es bleiben ließ – das kümmerte ihn keinen Fingerbreit.

»Was willst du dann hier?«

Kris ließ sich auf die Bettkante sinken, ohne den Blick des Menschen loszulassen. »Ich hätte einen Auftrag für dich – falls du interessiert bist.«

Ein Funke flackerte in der hellen Iris. Chase rührte sich nicht, aber Kris sah, wie sich seine Augen ein Stück verengten. »Ach. Das ist ja was ganz Neues. Und lohnt es sich denn?«

Kris zog einen Mundwinkel leicht in die Höhe. »Das würde ich behaupten«, erklärte er ruhig. »Aber am Ende liegt die Entscheidung natürlich bei dir. Grob gesagt wird es darauf hinauslaufen, dass du etwas für mich besorgst. Und zwar aus einem Haus in den Dirty Feet – ohne dass einer der anderen Executives etwas davon bemerkt, versteht sich.«

Eine kleine Falte erschien zwischen Chase' Brauen, und Kris konnte sehen, wie er nachdachte.

»Céleste darf nichts davon wissen, nehme ich an?«

»Selbstverständlich nicht.«

»Klingt nach harter Arbeit.« Chase runzelte die Stirn. »Da musst du mir schon einen verdammt hohen Preis bieten.«

Kris nickte langsam. Er hatte mit dieser Reaktion gerechnet. Aber er war vorbereitet. Dieses Angebot würde Chase nicht ausschlagen. Niemals.

»Den höchsten aller Preise.« Kris machte eine bedeutungsvolle Pause. »Ich biete dir das, was Céleste dir niemals geben wird.«

Chase' Augen weiteten sich. Er verstand.

Und er biss an.

»Unsterblichkeit«, murmelte er wie zu sich selbst. Für einen winzigen Moment senkte sich sein Blick und blieb gedankenverloren an seinen Fingern auf dem Buchrücken hängen. Dann sah er wieder auf. Ein freudloses Grinsen lag in seinen Mundwinkeln, als würde er sich selbst auslachen. »Das ist ein Deal, du mieser Dreckskerl. Wir sind im Geschäft.«

Kris lächelte und stand auf. »Das freut mich zu hören. Gehen wir also. Ich möchte, dass du Dr. Edwards kennen lernst.«

# Kapitel Zehn

## Forschungsstation White Chapel, Kenneth, Missouri

Die Sonne warf ihre ersten schrägen Strahlen durch die halb geschlossenen Jalousien. Sie malte ein Streifenmuster auf das Gesicht des Menschen, der vor Cedrics Schreibtisch stand.

Die hellblauen Augen blinzelten nicht ein einziges Mal.

*Sieh an. Wie unerschrocken*, dachte Cedric wider Willen belustigt. *Er hat überhaupt keinen Respekt.*

»Bitte, macht es euch bequem.« Er stand auf und wies auf die Sitzgruppe am Fenster. »Ich würde gern warten, bis Katherine hier ist. Sid ist unterwegs, um sie zu holen.«

Ein überraschter Blick traf ihn, noch bevor er ganz ausgesprochen hatte. Kris, der sich hinter Chase im Schatten gehalten hatte, hob fragend die Brauen. Ganz offensichtlich hatte er nicht erwartet, dass noch jemand in ihr kleines Zwischenspiel eingeweiht würde.

Cedric lächelte schmal.

Auch Chase hatte Kris' Blick bemerkt. Seine Augen verengten sich kurz. Dann aber schüttelte er fast unmerklich den Kopf und ging zum Fenster hinüber. Mit einer für einen Menschen bemerkenswerten Geschmeidigkeit ließ er sich in einen der Sessel fallen und stützte einen Fuß auf den niedrigen Beistelltisch. »Kein Ding, Doktor. Wenn's nicht zu lange dauert.«

Cedric hob spöttisch einen Mundwinkel. Er konnte Katherines Schritte auf dem Gang längst hören. »Ich glaube, diese Sorge ist unbegründet. – Komm rein, Katherine«, sagte er im gleichen Moment, als es klopfte.

Die Tür öffnete sich lautlos.

Mit vorsichtigen Schritten betrat Katherine den Raum. Ihre gelben Augen huschten von einem zum anderen und blieben schließlich an dem Menschen hängen. Das Misstrauen war ihr deutlich anzusehen.

»Schön, dass du so schnell kommen konntest.« Cedric lächelte. Jetzt galt es, Ruhe zu bewahren und sachlich zu bleiben. Er kannte Katherine lange genug um zu wissen, wie empfindlich sie reagieren konnte, wenn sie sich in die Ecke gedrängt fühlte. Und dieser Mensch, so viel glaubte Cedric auf den ersten Blick erkannt zu haben, war ein Spezialist, wenn es darum ging, andere zu verunsichern.

»Das ist Chase«, fuhr er in möglichst nüchternem Tonfall fort. »Ein guter Bekannter von Kris. Chase – das ist meine persönliche Assistentin Katherine Darleston.«

Die blauen Augen hinter dem Haarvorhang verengten sich kurz. Ansonsten rührte der Mensch sich nicht.

Cedric sah Katherine schlucken. Ihr Blick flog zu Kris, der sich inzwischen am Fenster positioniert hatte – dann zuckte sie zusammen, als ein schiefes Lächeln auf dem Gesicht des Biotechnikers erschien.

Cedric spürte Mitleid in sich aufsteigen. Dies war eine nicht ganz ungefährliche Situation, vor allem wenn man die Vorfälle der letzten Stunden im Hinterkopf behielt. Die Rückführung und der Vorfall mit Kris mussten Katherine immer noch zu schaffen machen. Und Cedric war nur zu klar, dass nichts von dem, was hier geschah, ihr gefallen würde.

Sanft legte er seine Hand auf ihren Rücken und hoffte, dass es sie beruhigte.

»Chase ist hier, weil er uns vielleicht helfen kann.« Er sah ihr fest in die Augen. »Er wird versuchen, dein Tagebuch zu finden.«

Katherine starrte ihn entgeistert an. *»Was?«*

Es war einer der seltenen Momente, in denen Cedric sich beinahe wünschte, die Gabe der Psychischen Manipulation zu besitzen. Zumindest hätte er sich dann sicher sein können, dass seine Worte ihre beruhigende Wirkung nicht verfehlten. »Wir können nicht selbst in die Dirty Feet gehen, Katherine. Das weißt du. Bitte, rede mit ihm. Beschreib ihm, woran du dich erinnerst.«

Katherine atmete mehrmals tief aus und ein. Dann wandte sie sich zu dem Menschen um. Cedric folgte ihrem Blick.

Chase saß noch immer in der gleichen Haltung im Sessel. Und er grinste.

Es war ein blasses Grinsen, kaum mehr als ein verächtliches Verziehen der Mundwinkel.

Aber es genügte, um Katherine zornig zu machen. Ihr Gesicht erstarrte, und Cedric spürte, wie sich unter seiner Hand ihr Herzschlag beschleunigte.

Er musste etwas tun, um eine Eskalation der Situation zu verhindern. Kurz entschlossen legte Cedric mit festem Griff den Arm um Katherines Schultern.

»Setz dich«, murmelte er und führte sie weiter in den Raum hinein, zum Besucherstuhl. Katherine warf ihm einen vorwurfsvollen Blick zu.

Cedric rang sich ein halbes Lächeln ab und bat sie stumm um Verzeihung.

Chase grinste nun nicht mehr. Er wirkte eher ungeduldig.

Katherines Hände schlossen sich fest um die Armlehnen

des Stuhls, und Cedric sah, wie sie mit sich selbst um Fassung rang. Es dauerte eine Weile. Aber am Ende gewann sie den Kampf. Ein letztes Mal atmete sie tief durch. Dann reckte sie das Kinn nach vorn.

»Also schön. Was willst du wissen?«

Chase nahm den Fuß vom Beistelltisch und legte ihn über sein Knie. Seine Finger spielten mit den Schnürsenkeln seiner schweren Stiefel.

»Alles«, sagte er und fixierte Katherine aus seinen hellen Augen.

Dieser Mensch war wirklich ein ungewöhnlich furchtloses Exemplar, dachte Cedric. Und er hatte eine beunruhigend eindringliche Stimme. Eine, die man nicht so schnell wieder vergaß. Rau und ein wenig rauchig. Cedric hoffte, dass Katherine sich durch diese Stimme nicht zu sehr verunsichern lassen würde. Aber sie schien sich für den Moment gut im Griff zu haben.

»Wie komme ich am besten rein? Wo soll ich mit dem Suchen anfangen? Wie sieht dieses Tagebuch aus? Ich kann da nicht ewig rumhängen, wenn du verstehst, was ich meine.«

Katherine kniff für einen winzigen Moment die Lippen zusammen und warf einen kurzen Blick zu Kris hinüber. Dann straffte sie wieder die Schultern.

»Es gibt ein zerbrochenes Kellerfenster, das zur Straße zeigt«, sagte sie mit betont sachlicher Stimme. »Da hindurch kommst du in meinen alten Unterschlupf. Dort kannst du mit der Suche anfangen, wenn du schon einmal da bist – es wäre möglich, dass ich das Buch irgendwann dorthin geschleppt habe. Wenn du es im Keller nicht findest, geh nach oben ins erste Stockwerk, zweite Tür links. Das ist das Arbeitszimmer. Sieh im Schreibtisch nach, der unter dem Fenster steht. Es ist ein Notizbuch von Moleskine, DIN A5, ziemlich mitgenommen. Das Papier hat ... Wasserwellen.«

Katherine verstummte. Trotz aller Selbstbeherrschung war ihre Stimme mit jedem Wort dünner geworden, als läge eine Schlinge um ihren Hals, die sich langsam immer weiter zuzog.

Chase aber schien davon nichts bemerkt zu haben – oder es kümmerte ihn einfach nicht. Er nickte knapp. »Was weißt du noch über das Haus? Wie viele Ausgänge gibt es, und wo sind die?«

Katherine schluckte mühsam. »Hinter dem Haus ist ein großer Garten mit Terrasse. Durch die Terrassentür kommt man ins Wohnzimmer. Ansonsten gibt es noch die Vordertür auf der Veranda, und den Zugang durch die Garage in den Keller.«

»Großartig.« Chase lehnte sich mit einem entspannten Ausatmen im Sessel zurück. Dann ließ er seinen Blick zu Cedric hinüber schweifen. »Morgen Abend haben Sie Ihr Buch, Doktor. Sofern es noch in dem Haus ist, versteht sich.«

Cedric runzelte die Stirn. »Das wäre überaus erfreulich«, sagte er und gab sich kaum Mühe, die Zweifel in seiner Stimme zu verbergen. »Aber vergiss nicht, dass Katherine sich bei ihren Schilderungen auf Erinnerungen beruft, die an die zweihundert Jahre alt sind. Es dürfte fraglich sein, ob sich auch nur ein Bruchteil der Gegebenheiten noch so darstellt, wie es in ihrem Kopf abgespeichert ist.«

Chase zuckte mit unbeeindruckter Miene die Schultern. »Das werde ich dann sehen.« Er richtete sich auf und kam auf die Füße.

»Wie auch immer – Sie hören bald von mir.« Er grinste,

aber es war kein freundliches Grinsen. »Jetzt muss ich gehen. Ich habe heute noch zu arbeiten.«

Cedric hob eine Augenbraue. Das war eine offene Provokation. Vielleicht sogar eine Art Warnung. Dieser Mensch war nicht nur furchtlos. Er war auch skrupellos, wenn es darum ging, zu bekommen, was er wollte. Das war in seinen Worten deutlich zu spüren.

»Dann wünsche ich viel Vergnügen«, sagte Cedric. Doch er hatte das Gefühl, dass sein Sarkasmus steif klang. »Kris begleitet dich wohl nach Hause?«

Kris, der während der ganzen Zeit nicht ein einziges Wort gesprochen hatte, nickte stumm.

Katherines Blick flog inzwischen unruhig zwischen Chase, Kris und Cedric hin und her. Sie begriff noch immer nicht, worum es ging, und Cedric verstand, dass sie das allmählich wahnsinnig machen musste. Schließlich ging es hier um sie.

Er legte eine Hand auf ihre Schulter.

»Dann erwarten wir dich morgen wieder hier.« Er nickte Chase zu. »Kris, wir sehen uns heute Abend.«

Kris neigte zustimmend den Kopf. »Bis später, Katherine«, sagte er und lächelte leise.

»Bis später«, murmelte Katherine und wich Chase' Blick aus, als er an ihr vorbeiging.

Als die Tür hinter den Beiden ins Schloss fiel, hatte Cedric das Gefühl, als wäre eine zentnerschwere Last von seinem Rücken genommen worden.

Katherine, die ein Stück in ihrem Stuhl zusammengesunken war, sah fragend zu ihm auf. »Wer war das?«

Cedric antwortete nicht sofort. Er drückte Katherines Schulter noch einmal und ließ sie dann los. Es war nur verständlich, dass sie diese Frage stellte. Aber er konnte ihr in diesem Fall unmöglich die Hintergründe erklären. Je weniger Personen darüber Bescheid wussten, desto geringer war das Risiko, dass etwas davon an die Öffentlichkeit kam. Und das schloss auch Katherine mit ein, selbst wenn Cedric ihr für gewöhnlich bedingungslos vertraute.

»Ein Bekannter von Kris«, wiederholte er und wusste, dass er sich damit ihren Zorn zuziehen würde. »Das habe ich doch schon gesagt.«

Katherine schüttelte ärgerlich den Kopf. »Das wollte ich auch nicht wissen.«

Cedric ging zu seinem Schreibtisch und faltete die Tageszeitung auf, die er wie jeden Morgen darauf abgelegt hatte. Er sah Katherine nicht mehr an. Natürlich konnte er sie nicht täuschen. Aber er konnte so tun, als ob er das nicht wusste.

»Manchmal ist es besser, wenn man nicht zu genau nachfragt«, sagte er halblaut, während er sich scheinbar in die Lektüre eines Artikels vertiefte.

Katherine stand mit einer ruckartigen Bewegung auf. »Was soll das, Cedric? Es geht hier um mich! Kannst du nicht verstehen, dass ich wissen will, wer in meiner Vergangenheit herumwühlt? Wenn dieser schreckliche Mensch das Tagebuch findet, kann er es lesen, bevor ich es auch nur zu Gesicht bekomme!«

Cedric hob den Kopf. Das war kindisch. Bei allem Verständnis, das er für sie hatte – das war eine alberne und unvernünftige Argumentation. Er spürte, wie sich nun auch in seiner Brust ein Funken Ärger regte. Sie dachte nicht mehr nach, bevor sie sprach. Er musste diese Diskussion beenden, bevor sie völlig aus den Fugen geriet. Cedric starrte Katherine aus funkelnden Augen an.

»Willst du es selbst holen? Willst du ausprobieren, ob du vielleicht noch einmal wahnsinnig wirst?«

Katherine ballte die Fäuste.

»Vielleicht will ich das«, fauchte sie. »Aber du hältst es ja nicht einmal für nötig, mich zu fragen!«

Cedric schnaubte. Sie hörte ihm einfach nicht zu. »Sei doch nicht dumm.«

Katherine klappte den Mund auf und wieder zu – aber die Worte schienen ihr im Hals stecken zu bleiben.

»Du wirst mir also nicht sagen, was du weißt.«

Mit einem angestrengten Seufzer ließ sich Cedric auf seinen Stuhl fallen. »Nein.«

Katherine kniff die Lippen zusammen. »Na gut«, presste sie mühsam beherrscht hervor, »dann eben nicht. Aber dann erwarte du bitte auch keine Hilfe mehr von mir.«

Sie drehte sich auf dem Absatz um und stürmte mit großen Schritten aus dem Raum. Die Tür erbebte in ihren Angeln, als sie sie mit aller Kraft ins Schloss warf.

Wie erschlagen blieb Cedric sitzen, wo er war. Es hatte keinen Sinn, ihr jetzt nachzulaufen. Sie brauchte Zeit, um sich zu beruhigen und noch einmal über das nachzudenken, was gerade geschehen war. Katherine war nicht dumm. Sie würde begreifen, dass er nichts verschwieg, um sie zu verletzen.

Und dann würde er sich bei ihr entschuldigen.

Aber nicht eher.

## Kapitel Elf

Forschungsstation White Chapel, Kenneth, Missouri

Am Abend desselben Tages kehrte Kris etwas früher in die Forschungsstation zurück als gewöhnlich. Red schlief bereits, erschöpft von dem harten Training, das er sich selbst auferlegt hatte. Kris hatte einen guten Teil des Nachmittags damit zugebracht, seinem Schützling auf dem Parcours zuzusehen und ihm schließlich die versprochene Hilfe beim Schießen zu geben. Er war sehr zufrieden. Red lernte außergewöhnlich schnell. Obwohl sie erst den zweiten Nachmittag miteinander übten, zeichneten sich bereits erste Fortschritte ab. Und auch Kris selbst fühlte sich kräftig und lebendig wie noch nie zuvor. Reds Blut schien in seinem Körper wahre Wunder zu bewirken. In Kombination mit den regelmäßigen Ruhezeiten, die er pflichtschuldig seiner Abmachung mit dem Doktor gegenüber einhielt, hatte Kris den Eindruck, stündlich stärker zu werden. Und mit der steigenden Energie wuchs auch die Motivation, seine Forschungen voranzutreiben.

BRA-47.

Das neueste Produkt seiner Arbeit war so gut wie fertig, und Kris brannte darauf, den Wirkstoff an einem geeigneten Versuchsobjekt auszuprobieren. Die neueste Variante des Betarelacin-Blockers unterschied sich nur in einem winzigen Detail von der vorherigen Version. Aber in den In-Vitro-Tests deuteten sich Nebenwirkungen von einer solchen

Durchschlagskraft an, dass Kris geradezu schwindelig wurde, wenn er sich den Effekt auf einen lebenden Organismus vorstellte. Wäre es nach ihm gegangen, er hätte sofort angefangen. Aber er musste sich an das Versuchsprotokoll halten. Fünfzig Labortests vor der ersten Anwendung. Nicht einen weniger. Deshalb war er an diesem Abend früher nach White Chapel aufgebrochen als sonst. Je eher er mit der Arbeit begann, desto schneller würde er mit der Versuchsreihe fertig sein. Außerdem wollte er nach Blue sehen, bevor Katherine ihre Arbeit begann. In den letzten Tagen war er überhaupt nicht dazu gekommen, dabei konnte sie jederzeit ins bewusste Stadium eintreten. Und Kris wollte unbedingt der Erste sein, der dann bei ihr war. Nur so konnte er sicher stellen, dass sie die Informationen über ihr sterbliches Leben erhielt, die er für nötig erachtete – und sie als Geheimnis bewahrte. Seine raschen Schritte hallten von den verlassenen Gängen der Forschungsstation wieder.

Als sich jedoch im zweiten Stock die Fahrstuhltüren öffneten und er auf den Korridor trat, blieb er wie angewurzelt stehen.

Die Tür zu Blues Zelle war offen.

*Die Tür zu Blues Zelle war offen!*

Ein Kribbeln zog von Kris' Brust durch seinen Magen bis hinunter in seine Lenden, als er sich aus seiner Starre löste und den Gang entlangstürmte. Was war hier los? Die Arbeit in White Chapel würde frühestens in zwei Stunden beginnen. Niemand hätte hier sein sollen, außer vielleicht Cedric. Und keiner hatte in den letzten Tagen ein Wort verloren, dass etwas mit Blue geschehen sollte! Sie würden doch nicht …?

»Katherine?«

Nur mühsam beherrschte er seinen Schritt, als er die Zelle erreichte.

Die Frau, die in der Mitte des Raums stand, drehte sich beim Klang seiner Stimme erschreckt um. Starrte ihn aus großen Augen schuldbewusst an.

Und schwieg.

Fassungslos ließ Kris die Luft aus seinen Lungen entweichen. Erst jetzt bemerkte er, dass er vor Aufregung den Atem angehalten hatte.

»Janet.« Verwirrt machte er einen Schritt in die Zelle hinein »Was ... was tust du hier? Wo ist die 159?«

Janet presste die Lippen zu einem schmalen Strich zusammen. Es kostete sie sichtliche Mühe, sich zu einer Antwort durchzuringen.

»Du hast mich gebeten, nicht weiter zu fragen«, erklärte sie schließlich mit dünner Stimme. »Also habe ich versucht, selbst herauszufinden, wer sie ist.«

Kris runzelte die Stirn. Wie schon so oft fühlte er sich von ihrer direkten Ehrlichkeit aus der Bahn geworfen. Jeder andere hätte vermutlich versucht, sich eine plausible Entschuldigung für seine Anwesenheit im zweiten Stock einfallen zu lassen. Aber nicht Janet. Sie hatte das Kinn nach vorn geschoben und blickte ihm fest in die Augen. Die braunen Locken ringelten sich widerspenstig um ihr rundes Gesicht.

»Ich wollte nur kurz vorbeischauen, aber dann konnte ich sie durch das Fenster in der Tür nicht sehen, und ich dachte, vielleicht geht es ihr schlecht, also ...«

Janet stockte und hob die Hand zur Schläfe. Und erst jetzt, wo die dichten Haare den Blick freigaben, sah Kris den Bluterguss über ihrem Wangenknochen.

»Sie hat mich angegriffen. Sie war erwacht«, flüsterte Janet.

Kris spürte, wie es in seiner Brust kalt wurde.

»Erwacht«, wiederholte er fassungslos.

Janet nickte. Kris sah sie mühsam schlucken. Und er erkannte erschrocken, dass sie – die furchtlose Janet – Angst hatte.

»Irgendwas ist mit ihr nicht normal«, wisperte sie. »Sie ist … bösartig.«

Vergeblich versuchte Kris, den Kloß hinunterzuwürgen, der sich in seiner Kehle festsetzen wollte. Wäre es Katherine gewesen oder auch Céleste, die vor ihm stand, er wäre ganz selbstverständlich davon ausgegangen, dass sie die Angelegenheit unnötig dramatisierten.

Aber nicht Janet.

Wenn Janet Angst hatte, dann hatte sie einen guten Grund dazu.

»Wo ist sie jetzt?«, fragte er und bemühte sich, sein eigenes Unbehagen nicht zu offensichtlich werden zu lassen.

Janet sah zur Seite und strich sich fahrig die Haare aus der Stirn.

»Ich weiß es nicht. Sid jagt sie.«

»Sid!«

Janet nickte schwach. »Ich hätte sie nicht aufhalten können«, murmelte sie wie um Verzeihung bittend. »Und ihn erst recht nicht.«

Kris hörte ihr schon kaum noch zu. Das durfte doch nicht wahr sein! Sid jagte Blue! Das konnte nicht gutgehen. Er musste sie finden, bevor …

Er packte Janet an den Schultern. »In welche Richtung ist sie gelaufen?«

Janet schüttelte den Kopf. »Ins Treppenhaus. Mehr weiß ich auch nicht.«

Kris atmete tief durch. »Du sagst Cedric Bescheid«, sagte er noch. Dann rannte er los. Er flog geradezu über den Gang und riss die Tür zum Treppenhaus auf – als er hinter sich Janets Stimme hörte.

*»Ich will nicht, dass du mich hasst!«*

Kris warf einen Blick über die Schulter. Janet stand auf dem Gang und starrte ihm mit verbissenem Gesicht nach. Er konnte ihre zurückgedrängten Tränen riechen. Kurz flammte ein Funke Mitleid in ihm auf. Aber er hatte keine Zeit für ernste Gespräche. Er durfte Blue auf keinen Fall verlieren, oder er selbst würde verlieren. Gegen *Céleste* verlieren.

Die Tür fiel krachend hinter ihm zu.

Für einen Moment blieb er stehen und horchte.

Nichts.

Kris schloss die Augen und zwang sich zur Konzentration. Es würde ihm nichts nützen, kopflos in die falsche Richtung zu rennen. Der Fluchtinstinkt würde Blue nach unten treiben. Aber Sid würde sie nicht bis in die Labors im Erdgeschoss laufen lassen. Also nach oben? Oder ...

Ein ohrenbetäubender Knall unterbrach seine Gedanken. Dann ein langgezogener Klagelaut, gefolgt von einem wilden Lachen, das ihm durch Mark und Bein fuhr.

Kris ließ augenblicklich jeden Gedanken fallen und rannte los. Er hatte recht gehabt. Sie waren nach oben gelaufen.

Sie waren auf dem Dach.

Auf dem Weg die Treppe hinauf sammelte er die Dunkelheit in seiner Stimme. Er hatte sich vorgenommen, seine Gabe hier in White Chapel nicht mehr einzusetzen. Aber jetzt blieb ihm keine andere Wahl. Sid war mehr als doppelt so alt wie er und im Kampf geübt – nicht wie Kris, der seine Fähigkeiten bisher kaum außerhalb der Trainingssituationen gebraucht hatte. Er betete, dass Janet auf ihn hörte und Cedric informierte. Denn wenn der Wächter Blue ernsthaft jagte, dann war es bei weitem nicht sicher, ob Kris allein ihn davon abhalten konnte, Blue auf seine Art endgültig ruhig zu stellen. Sie war erwacht, damit hatte sie ihren Schutz verloren. Und der Einzige, der Sid zum Rückzug bewegen konnte, wenn er erst einmal im Jagdfieber war, war Cedric persönlich. Aber vielleicht konnte Kris ihn immerhin so lange ablenken, bis der Doktor eintraf.

Wenn es nicht bereits zu spät war.

Der Wind trieb ihm Staub in die Augen, als er die Stahltür aufstieß und auf das gewaltige Flachdach hinaustrat. Die feinen Partikel glitzerten im letzten Licht der sinkenden Sonne und wurden vom starken Wind rasch davongetragen. Vergeblich versuchte Kris, durch die Schleier etwas zu erkennen. Wo war Blue? Und wo war Sid?

In diesem Augenblick drang durch den Staub die Stimme des Wächters zu ihm herüber.

»Das Verlassen der Station ist nur mit Passwort gestattet.«

Kris' Herz setzte einen Schlag aus.

Durch den sich lichtenden Nebel konnte er allmählich zwei Gestalten erkennen. Blue lag am Boden. Um sie herum waren in großem Umkreis die Bodenplatten zu einer Trümmerwüste geborsten, aus der noch immer Staub aufstieg. Ihr hagerer Körper war blutüberströmt. Sid hing wie eine Spinne hoch oben in einem der riesigen Antennenmasten, die den Funkempfang auf White Chapel gewährleisteten. Sein ausgestreckter Arm war auf die junge Frau unter ihm gerichtet, die sich verzweifelt bemühte, von ihm fort zu kriechen. Sie keuchte etwas, ein Wort, das Kris nicht verstehen konnte, immer und immer wieder.

Kris holte tief Luft. Jetzt hing alles an ihm.

»Halt, Sid!«

Die Dunkelheit strömte aus seinem Inneren, stark wie selten zuvor. Aber der Wind stand gegen ihn. Er riss die Worte von Kris' Lippen und nahm ihnen die Kraft.

Die Entfernung war zu groß.

Ein bösartiges Grinsen erschien auf Sids Gesicht. Sein funkelnder Blick traf Kris.

Lachte. Lachte ihn aus.

Seine Muskeln spielten unter der hellen Haut, spannten sich …

Kris rannte los, im gleichen Moment, als der Wächter sprang.

Doch er hatte kaum die Hälfte der Strecke hinter sich gebracht, als sich wie aus dem Nichts eine Hand um seinen Knöchel schloss und ihn straucheln ließ. Zu spät bemerkte er, dass Sid bereits dicht bei Blues Beinen hockte – und dass sein Arm bis zum Gelenk im Boden des Flachdachs verschwunden war.

Kris fluchte und zerrte an seinem Fuß.

Vergeblich.

Tränen rannen über Blues Gesicht. Verbissen kämpfte sie sich voran, doch sie kam nur millimeterweise vorwärts. Und nun konnte Kris auch verstehen, was sie sagte.

»Frei«, schluchzte sie. »Frei, frei …«

Sid verzog keine Miene. Seine Augen glitzerten tückisch. »Passwort nicht korrekt. Bitte versuchen Sie es noch einmal.«

Er würde sie umbringen. Kris wusste es plötzlich mit schrecklicher Gewissheit. Sid würde Blue umbringen, wenn er nichts unternahm.

»Lass sie in Ruhe!«, brüllte er und hieb mit aller Kraft nach der Hand, die ihn festhielt. Doch die Finger waren ebenso hart und unnachgiebig wie der Beton, aus dem sie ragten, und Kris viel zu sehr auf seinen Fuß fixiert, als dass seine ziellos herausgeschleuderten Worte irgendeine Wirkung hätten erzielen können. Er ballte die Fäuste und versuchte vergeblich, sich zu beruhigen. Wenn Sid in dieser Stimmung war, war mit ihm nicht vernünftig zu reden. Es gab kein Passwort. Es war ein Spiel, wie das einer Katze mit ihrer Beute, bevor sie zuschlug. Nichts, was Blue sagte oder tat, konnte den Wächter noch aufhalten.

Er musste es tun. *Er* musste Blue retten. Auf diese Entfernung hatte er eine Chance.

*»Lass. Sie. In. Ruhe.«* Er spürte, wie die Schwingungen seiner Stimme in Sids Körper eindrangen. Das Gesicht des Wächters verzerrte sich zu einer Grimasse. Er kämpfte gegen die Macht von Kris' Blutgabe, mit aller Kraft, die er in seinen mehr als zweihundertfünfzig Lebensjahren gesammelt hatte.

»Frei …«, heulte Blue.

»Passwort … nicht korrekt.« Das wilde Grinsen zuckte noch immer um Sids Mundwinkel. Er knirschte mit den Zähnen. »Noch mal … versuchen.«

Kris schloss die Augen und konzentrierte sich. Er hatte dieses Spiel zu oft beobachtet. Einen Versuch hatte er noch, bevor Sid angreifen würde. Er musste sich befreien. Egal, was es ihn kostete. Sid mochte älter sein als er. Aber Kris hatte eine Wahre Quelle.

Kris' Blut brodelte in seinem Inneren. Hitze. Kälte. Sturm und Leere. Ein Schrei brach aus seiner Kehle, als er all seine Kraft in einem einzigen Schlag freisetzte und auf den Wächter losließ. Blue kreischte in wilder Angst. Und für einen winzigen, unwiederbringlichen Moment taumelte Sid.

Der Griff um Kris' Knöchel lockerte sich. Er war frei.

Fauchend stürmte er vorwärts, war mit einem einzigen Satz bei Sid und prallte mit voller Wucht gegen ihn. Gemeinsam stürzten sie zu Boden, überschlugen sich und rutschten etliche Meter über die rauen Steinplatten. Kris spürte, wie Sids Hände sich in seinem Hemd festkrallten. Die langen Fingernägel drangen durch den dünnen Stoff und hinterließen blutige Furchen auf seiner Brust. Kris packte die Kehle des Wächters. Der Wind zerrte an seinen Haaren.

*»Lieg still!«*

Sid zischte wütend. Sein hagerer Körper wand sich und zuckte, wehrte sich gegen das Erschlaffen, das Kris' Stimme ihm aufzwingen wollte. Die dunklen Augen glühten wild.

»Brenne«, keuchte er heiser.

Und im nächsten Moment glaubte Kris, von innen heraus zu explodieren. Eine gewaltige Energie fuhr aus Sids Händen in seine Eingeweide und entlud sich mit einem Krachen. Kris spürte seine Magenwände zerfetzen und seine Rippen bersten. Der Schmerz machte ihn blind. Er schrie, kämpfte darum, die Krallen in seiner Brust loszuwerden. Aber Sid ließ ihn nicht gehen. Sein linker Arm legte sich wie eine Schraubzwinge um Kris' Oberkörper.

»Passwort nicht korrekt«, flüsterte er atemlos.

Das Leben floss aus Kris heraus. Sein Körper sackte in sich zusammen. Wie durch einen Schleier sah er, wie sich die Luft um Sids rechte Hand verdichtete, fühlte, wie die Energie unaufhaltsam aus ihm herausgesaugt wurde und in die Finger des Wächters strömte. Finger, die nun wieder auf Blue gerichtet waren.

»Nein«, krächzte er tonlos. »Nicht ... Blue. Bitte ...«

Sid lachte, keuchend und boshaft. »BOOM Baby ...«

Die Welt glitt Kris aus den Händen. Er konnte sie nicht länger festhalten.

»Nein«, wisperte er und versuchte ein letztes Mal, sich zu befreien. »Nein ...«

Der Ball aus Energie in Sids Hand glühte auf, bereit, Blue ein für alle Mal zu vernichten –

Und in diesem Augenblick krachte auf der anderen Seite des Daches eine Tür gegen die Wand.

»Sofort aufhören!«

Klar und deutlich klangen die Worte, obwohl sie fast untergingen im Heulen des Windes.

Cedric.

Endlich.

Sids Griff löste sich ein wenig, aber er ließ den Arm nicht sinken.

*»Sofort, Sid.«*

Niemand konnte sich dieser Stimme widersetzen. Niemand.

Der Wächter gehorchte. Erleichterung strömte wie ein Seufzer aus Kris' Lungen. Kraftlos sank er in sich zusammen und unterdrückte ein Wimmern, als seine Wunden zu heilen begannen.

»Was ist hier los?« Cedric kam mit raschen Schritten näher. Seine weiße Haut glühte in der untergehenden Sonne. Die gelben Augen blitzten zornig hinter den schwarzen Locken.

Mühsam setzte Kris sich auf. Tausend Gedanken schossen innerhalb von Sekundenbruchteilen durch seinen Kopf. So vieles fiel ihm ein, das er hätte sagen können. Aber er verwarf jede einzelne Möglichkeit unter dem stechenden Blick.

*Die Wahrheit*, dachte er. *Was sonst könnte mich jetzt noch retten?*

»Die 159 ...« Seine Worte klangen in seinen eigenen Ohren brüchig und fremd. »Sid hat sie gejagt, und ich ... habe versucht, ihn aufzuhalten.«

Lange Zeit sagte Cedric nichts. Der Wind peitschte die Haare in sein Gesicht. Doch er blinzelte nicht einmal.

Der Wächter starrte noch immer zu Blue, die zitternd nur wenige Meter von ihnen entfernt liegen geblieben war und sich nicht mehr rührte. Er sah alles andere als zufrieden aus.

Endlich schüttelte Cedric gereizt den Kopf.

»Großartig«, knurrte er. »Das hat mir gerade noch gefehlt. Janet lässt unsere Versuchsobjekte frei, und ihr bringt euch gegenseitig halb um wegen einer wahnsinnigen Erwachten. Wirklich großartig. Macht nur weiter so. Ich habe ja sonst keine Sorgen.« Er schnaufte und warf einen Blick zu Blue hinüber. Dann rieb er sich angestrengt über die Stirn, als könne er damit den Zorn wegwischen. Als er wieder sprach, klang es, als würden ihm seine nächsten Worte ernsthaft schwer fallen. »Glaubst du, dass du dich wenigstens um sie kümmern kannst, bis ich entschieden habe, was ich mit ihr mache?«

Kris nickte mühsam. Er fühlte sich nach dem Kräftemessen mit Sid kaum stark genug, um zu stehen. Aber er wollte auch nicht, dass jetzt jemand anderes für Blue sorgte.

Cedric atmete tief durch. »Gut. Melde dich später in meinem Büro. Ich verlasse mich auf dich – da *Katherine* heute offensichtlich etwas Besseres zu tun hat. Sid, du kommst mit mir.« Er wandte sich zum Gehen. Der Wächter erhob sich schweigend, jedoch nicht, ohne noch einen langen Blick auf seine verlorene Beute zu werfen.

Kris richtete sich überrascht auf. »Katherine ist nicht da?«, fragte er verblüfft. »Wo ist sie denn?«

Cedric blieb noch einmal stehen und warf ihm über die Schulter einen funkelnden Blick zu. »Ich weiß es nicht. Aber ich habe da so eine Ahnung.«

Kris öffnete den Mund, um etwas zu sagen, aber Cedric winkte mit einem Ausdruck düsterer Resignation ab. »Wie auch immer. Sie ist erwachsen, sie muss selbst wissen, was sie tut. Ich wünsche dir viel Vergnügen beim Babysitten. Ich für meinen Teil habe genug zu tun, auch ohne mich um meine offensichtlich neuerdings alle verrückt gewordenen Mitarbeiter zu kümmern. Gehen wir, Sid.«

Und bevor Kris noch etwas erwidern konnte, fiel die Tür zum Treppenhaus mit einem Knall hinter den beiden ins Schloss.

Wie benommen blieb er noch eine Weile sitzen, wo er war. Der Wind flaute allmählich ab, und es wurde dunkel. Was war das bloß für ein Abend? Katherine war verschwunden? Und nicht einmal Cedric wusste, wo sie war? Hatten sie sich gestritten? Katherine hatte heute Morgen, als Kris und Chase das Büro des Doktors verlassen hatten, nicht besonders glücklich ausgesehen. Sie würde doch nicht …

Ein fassungsloses Lachen stieg Kris' Kehle hinauf.

*Katherine*, dachte er und vergrub das Gesicht in den Händen. *Ich hätte dir vieles zugetraut. Aber so eine Dummheit – das nicht. Hat Chase dich so sehr aus der Fassung gebracht?*

Minutenlang, so schien es ihm, saß er da und lachte still in sich hinein, bis er wirklich das Gefühl hatte, wahnsinnig zu werden. Das konnte einfach nicht gutgehen. Aber vermutlich war es zu spät, um sie aufzuhalten. Alles, was ihm blieb, war, Katherine viel Glück zu wünschen. Denn das würde sie wirklich brauchen.

Schwerfällig richtete er sich auf Hände und Knie auf. Seine Verletzungen waren inzwischen geheilt, aber sie schmerzten noch, und er fühlte sich unendlich schwach. Die Blutergüsse würden vermutlich noch tagelang auf seiner Haut zu sehen sein. Langsam kroch er zu Blue hinüber. Um sie musste er sich jetzt sorgen. Nicht um Katherine oder sich selbst.

Als er eine Hand auf ihre Schulter legte, riss sie die Arme vor das Gesicht und rollte sich wimmernd zusammen, als wolle sie sich gegen ihn schützen.

Kris zog augenblicklich die Hand zurück. »Blue«, murmelte er sanft. »Ich bin es doch nur.«

Langsam ließ Blue die Arme sinken. Kris erschrak. Sie sah furchtbar aus. Blutverklebte Locken hingen bis weit in ihre Stirn – doch sie bedeckten nur unzureichend das Loch inmitten von vier tiefen Furchen, die die Krallen des Wächters hinterlassen hatten. Dort, wo das rechte Auge hätte sein sollen. Das linke war unnatürlich geweitet und durchzogen von geplatzten Äderchen. Es zuckte hin und her. Wild. Panisch. Ein riesiger Bluterguss entstellte die linke Gesichtshälfte. Die aufgeplatzten Lippen bewegten sich stumm.

»Wer …?«, flüsterte sie mit zittriger Stimme. »Wo …? Ich …« Ein Schmerzensschrei brach über ihre Lippen. Sie krümmte sich und begann, wie wild auf ihr Bein einzuschlagen, umklammerte es, zerrte daran, als wolle sie es ausreißen.

Das Mitleid stach in Kris' Brust. Was hatte Sid ihr nur angetan?

Er ließ sich neben der jungen Vampirin zu Boden sinken und streckte vorsichtig die Hand nach ihr aus.

»Ganz ruhig«, flüsterte er. »Es ist vorbei. Dir passiert jetzt nichts mehr. Es tut bald nicht mehr weh.«

Blue erschauerte, als seine Finger ihre Haare berührten. Ihr eines Auge fixierte ihn nun starr, aber Kris sah, wie die Angst langsam daraus wich.

Er zog sie behutsam in seine Arme, wo sie sich schließlich bebend an ihn schmiegte.

»… kenne dich«, murmelte sie schwach.

»Natürlich kennst du mich.« Kris strich ihr liebevoll über den Rücken. »Aber mach dir darum jetzt keine Gedanken. Du hast einen langen Weg hinter dir. Du bist müde. Du solltest schlafen, damit du bald wieder ganz gesund wirst.«

Blue sah zu ihm hinauf. »Ich … ich kann nicht …«

»Doch, du kannst.« Er legte seine Hand über ihr Gesicht. »Ich passe so lange auf dich auf. Schlaf!«

Ein trockenes Schluchzen rüttelte an Blues Schultern. »Mach, dass es weggeht«, flüsterte sie heiser. »Mach, dass es aufhört …«

»Das werde ich«, versprach Kris und spürte, wie trotz allem ihr Atem allmählich ruhiger wurde. »Es ist bald vorbei, das verspreche ich dir.«

Ein letztes Mal holte Blue zitternd Luft. »Frei«, murmelte sie matt. »Frei …«

Dann spürte Kris, wie ihr Geist endlich in die Dunkelheit davontrieb und ihr Körper sich entspannte.

Ein erleichterter Seufzer stieg seine Kehle hinauf. Reglos blieb er sitzen und fühlte das Herz in ihrer mageren Brust gleichmäßig gegen seine Rippen klopfen. Vorsichtig ließ er seine Fingerspitzen durch ihre Locken gleiten.

Als er jedoch am Hinterkopf anlangte, stutzte er. Die Haare schienen dort dünner zu sein. Stellenweise spürte er sogar kahle Haut. Er runzelte die Stirn und griff nach ihrer Hand. Blonde Haare hingen an ihren Fingernägeln. Hatte sie sich etwa selbst angegriffen? In der bloßen Haut ihres Unterarms entdeckte er mehrere Bisswunden. Das war sicher nicht Sid gewesen. War Blues Zustand dann vielleicht gar nicht der alleinige Verdienst des Wächters? Janets Worte kamen Kris plötzlich wieder in den Sinn.

*Irgendwas ist mit ihr nicht normal.*

Nicht normal. Kris fröstelte. Wenn er genauer darüber nachdachte, war das natürlich gut möglich. Blue war über Monate hinweg ein Versuchsobjekt gewesen. Sie hatte Dutzende hochtoxische Substanzen gespritzt bekommen, man hatte ihr DNA implantiert und sie mit Drogen vollgepumpt. Und auch wenn all das im Experiment nicht die erhofften Ergebnisse erzielt hatte, so hatten die Substanzen vielleicht an anderer Stelle eine Wirkung entfaltet. Eine Wirkung, an die niemand gedacht und die daher auch niemand überprüft hatte. Was auch immer es war – Blue musste fürchterliche Schmerzen gehabt haben, wenn sie sich selbst so sehr verstümmelt hatte, um ihnen zu entkommen.

Kris schluckte und biss sich schuldbewusst auf die Lippe. Zumindest für den Moment hatte er ihre Qualen vertrieben. Aber was würde sein, wenn sie aufwachte? Er konnte nicht ewig neben ihr sitzen bleiben. Vielleicht hatte er ihr zu viel versprochen. Es war möglich, dass die Schmerzen niemals wieder ganz verschwanden, selbst wenn die Wunden heilten – und das immerhin würden sie. Die oberflächlicheren Schürfwunden schlossen sich bereits, und selbst das Auge würde nach einiger Zeit vollkommen wiederhergestellt sein. Aber welche langfristige Wirkung Blues Zeit als Versuchsobjekt haben würde, das blieb noch zu befürchten. Und was würde Cedric tun, jetzt, wo sie eine erwachte Bluterin und somit als Versuchsobjekt endgültig ungeeignet war? Sie weiter durchfüttern? Sicherlich nicht. Aber wäre Blue auf sich allein gestellt überhaupt lebensfähig? Gesellschaftsfähig?

Kris unterdrückte einen schweren Seufzer, um das Mädchen in seinen Armen nicht zu wecken. Er konnte jetzt nichts anderes tun als warten. Bei ihr sein und hoffen, dass vielleicht doch alles gut würde.

Und Red September noch so lange wie möglich von White Chapel fernhalten.

# Kapitel Zwölf

## Die Altstadt, Kenneth, Missouri

Die Dämmerung war wie ein graues Tuch über die Stadt gefallen. Die Neon-Schriftzüge und Reklametafeln leuchteten in fahlem Licht und übertünchten den Schein der Sterne und des Sichelmondes am stumpfblauen Nachthimmel.

Katherine schlug den Kragen ihrer Sommerjacke hoch, als sie aus der fensterlosen Straßenbahn stieg, die sie von White Chapel ins Stadtzentrum gebracht hatte. Die Luft war warm, wie gewöhnlich in einer Spätsommernacht – und trotzdem konnte sie die Gänsehaut auf ihren Armen und in ihrem Nacken nicht vertreiben.

Die Straßen der Innenstadt erwachten allmählich zum Leben. Geschäftsinhaber brachten Angebotskörbe und Werbeaufsteller vor die Tür, die Blutbars öffneten, und das Pflaster füllte sich mit Passanten. Normalerweise schlenderte Katherine gern durch die Einkaufsstraßen und ließ sich vom Leben treiben. Heute aber hatte sie keinen Blick dafür. Immer wieder sah sie prüfend auf das kleine Navigationsgerät an ihrem Handgelenk, während sie sich zwischen den Fußgängern hindurchschlängelte. Hier in der Altstadt kannte sie sich aus. Aber heute würde sie in Gebiete vordringen, in denen sie noch nie gewesen war – zumindest nicht, seit sie aus dem Wahnsinn erwacht war. Sie ging schnell, um nicht in Versuchung zu geraten, ihr Vorhaben noch einmal zu überdenken.

Sie wusste, sie hätte zu zweifeln begonnen, und das wollte sie sich auf keinen Fall erlauben.

Das hier war ihre Suche. Ihre Vergangenheit. Ihr Tagebuch.

Sie würde es aus den Dirty Feet holen. Und niemand sonst.

An einer Imbissbude am Rand der Innenstadt kaufte sie eine mit Sauerstoff angereicherte Konserve und trank sie noch im Laufen, in der Hoffnung, dadurch etwas klarer im Kopf zu werden. Aber es half nicht viel. Bald lagen die wohlhabenden Gebiete hinter ihr. Und je näher sie dem verbotenen Viertel kam, je stiller und schmutziger die Straßen wurden, desto kräftiger wurde der Griff der kalten Hand, die Katherines Luftröhre zuzudrücken versuchte. Der Gestank der Gosse lastete schwer auf ihren Lungen, süß und faulig zugleich. Sie spürte, dass sie beobachtet wurde. Um diese Zeit lief niemand hier draußen herum, der noch ganz bei Verstand war. Schäbige Gardinen bewegten sich in den Fenstern und gaben vereinzelt den Blick auf weiße, hagere Gesichter frei, die Katherine misstrauisch beäugten.

Ohne, dass sie es wollte, wurden Katherines Schritte langsamer. Sie lauschte. Schnüffelte. Versuchte, die Schatten mit den Augen zu durchdringen, jederzeit darauf gefasst, von einem wildernden Bluter angesprungen zu werden.

Doch nichts geschah.

Schließlich blieb sie stehen. Ein hoher Zaun aus Stacheldraht, durchbrochen von einem verriegelten Tor, kennzeichnete die Grenze zu den Dirty Feet. Zwei rostige Schilder hingen daran, kaum noch lesbar.

*Vorsicht Starkstrom!*

und darunter

*Gefahrenzone! Betreten verboten!*

Mit klopfendem Herzen spähte Katherine in die Dunkelheit jenseits des Zauns. Ein letztes Mal sah sie über die Schulter zurück. Die Sicherheit der Altstadt schien bereits Meilen entfernt zu sein. Hier gab es nichts außer Ratten und streunenden Hunden und Katzen, die im Müll raschelten. Niemanden, der ihr zur Hilfe kommen würde, wenn es nötig war.

Katherine schob die Hände tief in die Taschen ihrer Jacke.

Sie brauchte keine Hilfe, dachte sie. Sie war doch bereits eine Bluterin. Was sollte ihr schon passieren?

*Willst du ausprobieren, ob du vielleicht noch einmal wahnsinnig wirst?*

Cedrics Worte klangen in ihrem Kopf nach, und die von Neuem aufkeimende Wut vertrieb die Angst. Und wenn sie wahnsinnig wurde? Was konnte so schlimm daran sein? Sie hatte es einmal überstanden. Sie hatte nicht einmal eine Erinnerung daran. Zumindest … hatte sie keine gehabt. Bis gestern.

Katherine schüttelte entschlossen den Kopf. Sie weigerte sich, diesen Gedanken weiter nachzuhängen. Mit einer Hand packte sie das Vorhängeschloss, das den Riegel des Tors sicherte, und riss daran, bis der Bügel aufsprang. Es bestand kein Grund, Angst zu haben. Wenn ein junger Bluter versuchen sollte, sie anzugreifen – dann würde sie ihm schon zeigen, was es hieß, sich mit einer Älteren anzulegen.

Quietschend öffnete sich das Tor. Katherine zögerte nicht länger. Mit festen Schritten überquerte sie die Schwelle und tauchte ein in die rötliche Finsternis des verbotenen Viertels. Noch einmal sah sie auf ihr Navigationsgerät. Sehr gut. Vorerst konnte sie einfach dieser Straße folgen. Zügig schritt sie voran. All ihre Sinne waren hellwach wie nie zuvor. Sie ließ den Blick die hohen Fassaden hinaufgleiten, in deren bröckeligem Putz die Aaskäfer krochen, und lauschte auf das

Trippeln von Rattenpfoten, das sich mit dem Flüstern des Windes in den engen Seitengassen mischte. Es roch nach altem Blut und noch älteren Exkrementen, nach verwesenden Tierkadavern und – ganz leicht, so schwach, dass es kaum wahrnehmbar war – nach Menschenblut.

Katherine blieb stehen. Menschen? Hier?

Sie schloss die Augen und atmete tief ein. Der Geruch kam mit dem Wind. Aber das war nicht ihre Richtung. Sollte sie trotzdem nachsehen?

Sie schüttelte den Kopf. Nein. Sie hatte keine Zeit zu verlieren. Es konnte nicht mehr lange dauern, bis auch dieser stille Teil der Stadt aus seinem Dämmerschlaf erwachen würde. Katherine spürte die Präsenz etlicher Vampire auf ihrer Haut prickeln. Sie mussten ganz in der Nähe sein. Sie regten sich. Sie waren hungrig. Bald würden sie zur Jagd aufbrechen …

Jagd. Wie von selbst spannten sich Katherines Muskeln, als ihr das Wort in den Sinn kam. Speichel sammelte sich in ihrem Mund, und unwillkürlich sog sie die Luft tiefer in ihre Lungen, schmeckte den Geruch der Vampire und den weit entfernten der Menschen. Wie lange hatte sie sich nicht mehr diesem Rausch hingegeben? Alles loszulassen, nur noch den Instinkten zu vertrauen. Die Fährte eines Opfers aufzunehmen. Ihm nachzuspüren, es zu scheuchen und zu hetzen, bis die Gier nach Blut nicht mehr länger zu ertragen war. Bis endlich die Zähne in das weiche, süße Fleisch eindrangen und der Lebenssaft hervorquoll …

Erschreckt biss Katherine sich auf die Lippe und zuckte zusammen, als die dünne Haut aufsprang und ihr eigenes Blut in ihren Mund sickerte. Was dachte sie denn da? Jagen in freier Wildbahn war verboten! Und die Jagd auf Vampire … wenn sie *progressives Blut* tränke …!

Katherine beschleunigte ihren Schritt. Sie musste so schnell wie möglich wieder von hier verschwinden.

Je weiter sie in die dunklen Gassen vordrang, desto diffuser wurde das Licht. Aber Katherines scharfen Augen machte das wenig aus. Im Gegenteil schien sie umso besser zu sehen, je schlechter die Sichtverhältnisse wurden. Instinktiv hielt sie sich so dicht an den Häuserwänden wie möglich und bewegte sich fast geräuschlos vorwärts.

An einer Kreuzung blieb sie stehen und warf einen weiteren Blick auf ihr Navigationsgerät. Um dem Straßenverlauf folgen zu können, hätte sie nun scharf nach links abbiegen müssen. Aber vielleicht sollte sie es riskieren, den weniger geschützten Weg über die Dächer zu nehmen, um schneller an ihr Ziel zu kommen? Katherine schnupperte, um den Geruch der Umgebung aufzunehmen – und stutzte. Der Wind hatte sich gedreht, kam nun von vorn statt von der Seite. Doch noch immer trug er den Geruch von Menschenblut mit sich, sogar deutlicher noch als zuvor. Und auch die Witterung der anderen Vampire war jetzt stärker, mischte sich mit dem feinen Duft der Erregung. Katherines Nacken prickelte. Ohne sich dessen ganz bewusst zu sein, hatten sich ihre Füße wieder in Bewegung gesetzt, in die Richtung, aus der der Wind kam.

Menschen. Und Vampire. Sie konnten nicht weit entfernt sein.

Schneller und schneller rannte Katherine, ohne selbst genau zu wissen, was sie antrieb. Ihr Vorhaben, ihr Tagebuch, ihre Vergangenheit schienen ihr in diesem Moment zweitrangig zu sein. Sie konnte sich später darum kümmern. Zuerst musste sie dieser Witterung nachgehen. Sie musste sie sehen. Die Menschen, die in den Dirty Feet herumliefen.

Der Duft wurde stärker. Intensiver, bis Katherine fast schwindelig davon wurde. Süßes, starkes Menschenblut.

Lebendiges Blut.

*Wahres Blut.*

Mit einem großen Sprung gelangte sie auf Höhe der Fenster im ersten Stock eines Hochhauses. Ihre Finger fanden Halt in den Rissen und Poren des alten Putzes, und mit einer schnellen Bewegung streifte sie sich die Sandalen von den nackten Füßen. Ihre Muskeln kribbelten, als sie sich an den Aufstieg machte. Wie lange war sie nicht mehr so geklettert? Ihr war nicht klar gewesen, wie sehr sie es vermisst hatte.

Sie konnte das Blut nun förmlich schmecken, so dicht war sein Geruch in der schweren Luft. Ein erwartungsvolles Zittern rann durch Katherines Körper. Dort hinter dem Fenster. Direkt über ihr …

Mit einem letzten Anspannen der Muskeln drückte sie sich ab und brach durch die Scheibe in den Raum.

Ein erschreckter Aufschrei gellte durch die Nacht.

»Scheiße!«

Dann ein ohrenbetäubendes Krachen.

Es waren zwei. Ein Mann und eine Frau. So viel konnte Katherine noch erkennen, bevor das Geschoss in ihren Bauch eindrang und dort explodierte. Es zerfetzte ihre Nieren und riss Löcher in ihre Lunge. Zischend entwich die Luft aus Katherines Kehle. Ihre Füße verloren den Boden, als die Wucht eines zweiten Schusses sie zurückschleuderte und ihre Schulter zerschmetterte. Japsend versuchte sie zu atmen, während das Blut über ihre Brust lief. Weitere Schüsse krachten, trafen sie in Magen, Arm und Oberschenkel. Röchelnd sank sie zu Boden. Was waren das für Menschen?

Und was waren das für Waffen, mit denen sie sie derart zurichten konnten?

Da hörte sie die Stimme der Frau. »Bruce! Bruce, hör auf! Sie *heilt* sich!«

Das Donnern verstummte. Unheilvolle Stille sank herab. Katherine zitterte am ganzen Leib. Sie spuckte Blut und spürte jede einzelne ihrer Muskelfasern vibrieren. Zorn flammte in ihr auf. Das würden sie büßen!

Die Welt wurde rot.

»Dein Name!«, rief die Frau. Ihre Stimme überschlug sich. Der Geruch ihrer Angst machte Katherine rasend. »Wie ist dein Name?«

Katherine stieß ein wütendes Fauchen aus.

»Katherine«, zischte sie.

Und dann zerfetzte das Geschoss ihr Herz.

Als sie wieder zu sich kam, lag sie in einer Lache aus Blut. Die Menschen waren verschwunden. Jeder einzelne Knochen in ihrem Körper schmerzte, und sie fühlte die Splitter etlicher Geschosse tief in ihrem bereits heilenden Fleisch stecken. Katherine wagte nicht, darüber nachzudenken, wie oft sie getroffen worden war. *Was für Menschen waren das?* Die Frage vibrierte in ihrem noch immer dröhnenden Schädel.

Chase.

Sein Gesicht tauchte vor Katherines innerem Auge auf. Sein zynisches, überlegenes Grinsen. War er auch einer von ihnen? War es das, was er gemeint hatte, als er von Arbeit sprach? Mit zitternden Fingern wischte sich Katherine über die blutverschmierte Stirn. Der Gedanke verursachte ihr Übelkeit. Menschen, die in der Stadt herumliefen und auf Vampire schossen. Das war abartig. Das war krank.

Für sie war es noch einmal gutgegangen. Sie hatte überlebt. Sie hatte sich heilen können. Aber was wäre mit ihr geschehen, wenn sie jünger gewesen wäre? Bei progressiven Vampiren bildete sich die Fähigkeit zur Relacinbildung und somit zur Heilung erst nach dem Erwachen aus. Wenn diese Geschosse also junge Bluter trafen ...

Ein Würgen schnürte Katherine die Kehle zusammen. Ein unsterbliches Leben in einem todesähnlichen Zustand, ohne die geringste Chance, jemals daraus zu erwachen. Wussten diese Menschen denn nicht, was sie taten?

Und so einer sollte ihr Tagebuch bekommen!

*Ein guter Bekannter von Kris ...*

Hatte Cedric davon gewusst?

*Manchmal ist es besser, wenn man nicht zu genau nachfragt.*

Tränen stiegen Katherine in die Augen. Wütende Tränen.

Er hatte es gewusst.

Und er hatte es gebilligt.

Hatte den Menschen in ihre Forschungsstation gelassen, obwohl er ihn besser getötet hätte. Und Kris, der ein Freund dieser Bestien war? Katherine hatte immer geahnt, dass er nichts Gutes plante, und immer wieder hatte Cedric sich geweigert, auf sie zu hören! Für die Forschung! Ein bitteres Lachen schüttelte Katherines schmerzenden Körper. Obwohl jede Bewegung in ihren Muskeln brannte, kämpfte sie sich auf die Füße. Das Blut rauschte in ihren Ohren, und ihr wurde schwarz vor Augen. Niemals. Niemals würde sie diesen Teufeln ihr Tagebuch überlassen. Sie selbst würde es holen. Jetzt gleich.

Auf weichen Knien schwankte sie zum Fenster. Ihr Navigationsgerät zeigte noch immer unbeirrt den Standort ihres alten Hauses an. Es war nicht mehr weit. Entschlossen setzte Katherine den Fuß auf die Fensterbank – als ein leises Fauchen dicht hinter ihr sie herumfahren ließ.

Ein Vampir hockte am Rand der Blutlache, die sie hinterlassen hatte. Speichel troff von seinen langen Zähnen. In seinen geröteten Augen glomm der Wahnsinn. Seine Muskeln waren zum Sprung gespannt.

Katherines Atem stockte.

Sie hatte ihn nicht kommen gehört.

Sie hatte ihn nicht einmal gerochen.

Sie war zu schwach.

In diesem Moment hatte sie das Gefühl, als würde etwas in ihr zerbrechen. Ein verzweifeltes Lachen drang in abgehackten Stößen aus ihrer geschundenen Kehle. Wie dumm sie war! Sie wollte ihr Tagebuch holen? In ihrem Zustand?

Dieser Bluter. Er war so jung.

Und sie konnte ihm doch nicht entkommen. Selbst, wenn sie ihn mit viel Glück besiegte.

Dort unten auf der Straße gab es noch Tausende von seiner Art.

Von *ihrer* Art.

Sie konnte nichts retten, dachte Katherine. Nicht ihr Tagebuch. Nicht ihre Vergangenheit. Und auch nicht sich selbst.

Als der Bluter sie ansprang und sich in ihrem Hals verbiss, versuchte sie nicht einmal mehr, sich zu wehren. Ineinander verschlungen taumelten sie, verloren das Gleichgewicht und stürzten aus dem Fenster dem harten Asphalt entgegen.

Das Gefühl, in ein schwarzes Loch gesogen zu werden, vermischte sich mit einem letzten absurden Gedanken.

*Zu Hause. Ich bin zu Hause.*

Den Aufprall spürte sie bereits nicht mehr.

# Kapitel Dreizehn

## Forschungsstation White Chapel, Kenneth, Missouri

Mit finsterem Blick starrte Cedric auf die Titelseite des Lokalteils der Tageszeitung.

*»Serientäter schlagen wieder zu: 19 Progressive tot aufgefunden«*

Keine große Schlagzeile. Nur eine unscheinbare Überschrift im unteren Drittel der Seite. Dazu ein kurzer Text, der neben den Meldungen über den geplanten Bau eines neuen Einkaufszentrums und der Ansiedlung eines großen Automobilherstellers im Industriegebiet fast unsichtbar wurde. Fünf in Uptown. Sieben im Lester-Park-Wohnviertel. Und weitere sieben im Gewerbegebiet. Nüchterne Zahlen. Keine Angaben über die Dirty Feet. Cedric seufzte. Solche Meldungen waren keine Seltenheit. Die erwähnten »Serientäter« geisterten bereits seit Jahren durch den Lokalteil. Und das einzig Interessante, was Cedric bisher daran hatte finden können, war, dass offenbar niemand ernsthaft bestrebt war, den Fall zu lösen. Junge Progressive gab es in Kenneth, wie in jeder anderen Stadt, genug. Zu viele sogar. Und obwohl es natürlich niemand offen zugab, waren viele der konservativen Bürger vermutlich sogar froh darüber, dass sich jemand ihrer annahm. Cedric selbst hatte der Angelegenheit bisher recht leidenschaftslos gegenüber gestanden. Es betraf ihn nicht, und er hatte ausreichend andere Sorgen, um seine Gedanken damit zu beschäftigen.

Jetzt aber, wo er einen dieser Serientäter für sich arbeiten ließ, sah die Sache natürlich anders aus. Es wäre für Cedric ein Leichtes und zudem seine Pflicht als rechtstreuer Bürger der Vereinigten Staaten gewesen, den Menschen, der dort in seinem Besucherstuhl saß, den Behörden zu übergeben. Genau wie seinen vampirischen Begleiter.

Aber Cedric hatte nichts dergleichen vor.

Bedächtig strichen seine Finger über den fleckigen Einband des Tagebuchs, das vor ihm auf dem Schreibtisch lag. Dann hob er den Blick und sah dem Menschen direkt in die Augen. Chase wartete auf eine Antwort.

»Eine Führung durch die Station. Mehr nicht?« Cedric hob zweifelnd eine Braue.

Chase grinste schief. »Mehr nicht. Sie haben sonst nichts, was mich interessiert, Doktor. Bezahlen Sie Kris, wenn Sie unbedingt wollen.«

Cedric warf einen kurzen Blick zu seinem Biotechniker, doch dessen Gesicht war glatt und undurchschaubar – wie gewöhnlich, wenn er sich darauf konzentrierte, sich zu beherrschen. Nicht, dass Cedric noch einen Hinweis gebraucht hätte. Er hatte von Anfang an geahnt, dass dieses Geschäft sich eher zwischen Kris und Chase abwickelte, als dass er selbst involviert würde. Nun gut. Ihm war es ganz recht so, auch wenn er nicht begriff, warum dieser Mensch Interesse daran haben sollte, White Chapel zu besichtigen. Er wollte auch gar nicht darüber nachdenken. Ihm wären nur zu viele Gründe eingefallen, seine Genehmigung zu verweigern. Und wer wusste schon, ob er Chase' Dienste nicht noch einmal in Anspruch nehmen wollte?

»Also schön.« Er nickte knapp. »Ich würde Katherine bitten, dich herum zu führen, aber …« Bevor er es verhindern konnte, legte sich seine Stirn in düstere Falten. » … sie ist zur Zeit nicht im Haus«, beendete er in möglichst neutralem Tonfall seinen Satz. Weder Chase noch Kris mussten wissen, wie groß seine Sorge um Katherine war. Seit ihrer Auseinandersetzung am Vortag hatte er sie nicht mehr gesehen. Sie war nicht in ihrem Büro gewesen, als er am Abend zu ihr gehen wollte, um sich für sein grobes Verhalten zu entschuldigen. Auch in den Menschenunterkünften oder bei der progressiven Kontrollgruppe, wo sie oft Zuflucht suchte, hatte er sie nicht finden können. Und nachdem er daraufhin auch noch alle Labore und Büros durchsucht hatte, gefolgt vom Keller und sogar den Schutzbunkern, hatte er einsehen müssen, dass Katherine sich nicht mehr in der Forschungsstation aufhielt. Natürlich war es möglich, dass sie einfach nach Hause gegangen war. Aber Cedric hatte eine sehr bestimmte Ahnung, dass es sich anders verhielt – und dass sie bis jetzt, wo der Mensch ihm bereits das Tagebuch auf den Schreibtisch gelegt hatte, immer noch nicht wieder aufgetaucht war, trug nicht eben zu seiner Entspannung bei.

Er konnte ihr nicht folgen. Sie nicht suchen. Bei aller Sorge war ihm so viel Vernunft noch geblieben – und das machte ihn rasend, obwohl er sich weigerte, es sich selbst einzugestehen.

»Kris wird dich begleiten. Er kennt sich hier ebenso gut aus.« Er nickte dem jüngeren Vampir zu und verengte kurz die Augen. »Ich gebe Sid Bescheid, dass er euch in Ruhe lässt.«

Ein Muskel zuckte fast unmerklich in Kris' Kiefer, als der Name des Wächters fiel. Aber er sagte nichts und erwiderte nur das Nicken. Cedric unterdrückte ein resigniertes Kopfschütteln und verkniff sich für den Moment die Frage, wie es der Nr. 159 ging. Es war ihm eigentlich auch egal. Er hatte sich ohnehin noch keine weiteren Gedanken um sie gemacht. Neben Katherines Verschwinden erschien ihm das alles vorerst weniger wichtig.

Chase erhob sich schweigend. Das Grinsen war von seinem Gesicht verschwunden. Er wandte sich zur Tür. Doch auf der Schwelle hielt er noch einmal inne.

»Doktor Edwards ...« Seine Stimme klang vorsichtig. Nachdenklich. Und dabei dennoch merkwürdig nüchtern. Cedrics Nacken begann zu kribbeln.

»Was noch?«

»Ich dachte, es interessiert Sie vielleicht zu hören, dass zwei meiner Kollegen in der letzten Nacht in den Dirty Feet auf eine ältere Bluterin gestoßen sind. Sie hat sie angegriffen, darum haben sie sie vorübergehend außer Gefecht gesetzt, um fliehen zu können.« Chase sah Cedric unverwandt in die Augen. »Ihr Name war Katherine.«

Die Zeitung knisterte, als Cedrics Hand sich zur Faust ballte, bis die Knöchel weiß hervor traten.

»Danke«, sagte er und wunderte sich selbst darüber, dass seine Stimme so ruhig klang. »Das ist eine wertvolle Information. Ich werde später darüber nachdenken, was zu tun ist. Jetzt muss ich mich erst um das Tagebuch kümmern. Viel Vergnügen bei der Besichtigung.«

Sekundenlang blieb Chase noch im Türrahmen stehen. Dann nickte er langsam, wandte sich endgültig ab und verließ hinter Kris das Büro.

Cedric blieb sitzen, wo er war und zog das Tagebuch zu sich heran. Je eher er mit der Arbeit begann, desto besser. Darauf hatte er schließlich lange gewartet.

Aber er konnte sich nicht überwinden, das Buch zu öffnen. Sein Kopf fühlte sich so schwer an, dass er glaubte, ihn selbst nicht halten zu können. Seufzend stützte er ihn in die Hände. Vielleicht sollte er die Lektüre des Tagebuchs doch auf morgen verschieben und sich endlich ein wenig Schlaf gönnen. Er war müde. Überarbeitet, sicherlich ... Dieser ganze Stress ...

Fast hätte er bitter aufgelacht.

Wem wollte er hier etwas vormachen? Sich selbst? Weil er nicht über die schrecklichen Tatsachen nachdenken wollte? Es würde nichts helfen, und er wusste es. Es half nie.

Katherine ...

Cedric schloss kurz die Augen. Das Atmen fiel ihm schwer.

Chase hätte nichts sagen müssen, damit es ihm klar wurde. Aber die Wahrheit in Worte gefasst zu hören, war schlimmer, als er erwartet hatte.

Sie würde nicht zurückkommen. Die Verbindung zwischen ihnen war zu stark, um noch auf etwas anderes hoffen zu können. Er konnte es spüren, mit jeder Faser seines Körpers.

Sie war nicht mehr da. Er würde sie nicht wiedersehen. Nicht als Katherine.

Und es war seine Schuld.

Ein einzelner Tropfen fiel auf den Ledereinband des Tagebuchs.

*Salzwasser. Keine gute Art, mit einem so wichtigen Dokument umzugehen*, dachte Cedric. *Wirklich keine gute Art.*

Aber er wischte den Tropfen nicht weg.

# Kapitel Vierzehn

## Forschungsstation White Chapel, Kenneth, Missouri

*10. Februar 2010*

*Nun bin ich also wirklich hier.*

*Peru. Der Nationalpark Alto Purus. Der Amazonas und Madre de Dios. Ich kann es immer noch nicht richtig fassen. So lange haben wir davon geredet, dass es mir ganz und gar surreal erscheint, wahrhaftig in dieser Forschungsstation zu sitzen.*

*Fast drei Tage ist es her, dass unser Flieger in Lima gelandet ist. Und einen, seit ich das letzte Mal mit Jody und Jim gesprochen habe. Denn hier in der kleinen Feldstation, in der wir vorerst für ein paar Tage leben werden, gibt es keine Telefone. Nicht mal darauf, dass es Strom gibt, kann man sich verlassen. Wenn es zu sehr regnet, fällt er aus – und dann hilft auch die Internet-Satellitenverbindung nicht mehr viel. Es ist wie eine völlig andere Welt. Ein anderer Planet vielleicht sogar. Und unser Vorhaben, mitten im Dschungel die Streifgebiete der Jaguare zu charakterisieren, erscheint mir jetzt, wo der Regenwald direkt vor der Tür beginnt, viel waghalsiger und aufregender, als ich es mir je hätte ausmalen können.*

*Allein schon der Flug hierher war ein Abenteuer. Straßen in dieses Gebiet gibt es keine, denn zwischen Lima und dem Alto Purus liegen die Anden. Also haben wir in Pucallpa ein winziges Motorflugzeug angeheuert, das uns gestern auf dem kleinen Flugfeld bei der Station abgesetzt hat. Der Regenwald sieht von oben aus wie ein grünes Meer, ganz ruhig und friedlich. Was für ein Unterschied zu all den Eindrücken, die auf einen einstürzen, wenn man unter den Bäumen steht! Zu Hause ist es so, man sieht einen recht klaren und aufgeräumten Hintergrund und davor Dinge, die passieren. Hier aber ist schon der Hintergrund so überwältigend, dass man gar nicht in der Lage ist, all die Tiere und Pflanzen wahrzunehmen, für deren Vielfalt der Dschungel so bekannt ist. Und doch sind sie da, die Tiere. Man hört sie Tag und Nacht. Das alles ist gleichzeitig schaurig und wunderschön – sicher wäre es weniger schaurig, wenn ich nicht wüsste, dass wir schon bald für viele Tage mittendrin sein werden in all dem Grün und all den Geräuschen. Ich bin jetzt sehr froh, dass ich daran gedacht habe, dieses Notizbuch mitzunehmen. So kann ich wenigstens all meine kleinen Sorgen und Befürchtungen aufschreiben, ohne mich zu schämen. Kelly, Trevor und George nämlich scheinen bei weitem nicht so ängstlich zu sein wie ich. Sie sind restlos begeistert, und ich habe den Eindruck, sie wären wohl enttäuscht gewesen, wenn uns hier weniger vorsintflutliche Verhältnisse erwartet hätten. Ach, was sag ich, vorsintflutlich. Sintflutlich trifft es eher. Denn es regnet seit heute Vormittag ohne Pause. Die Flüsse und Bäche in der Nähe der Station sind innerhalb von zwei Stunden gute drei Meter gestiegen, weswegen sich unser Aufbruch noch um ein paar Tage verzögern wird. Meine lieben Kollegen sind deshalb ein wenig enttäuscht. Ich aber bin ganz froh, noch ein wenig Zeit zum Eingewöhnen zu haben.*

*11. Februar 2010*

*Heute haben wir den Mann kennengelernt, der uns in den kommenden Wochen durch den Dschungel führen soll. Sein Name ist Angél, er ist zur Hälfte indigener Abstammung und macht auf mich einen sehr freundlichen und zuverlässigen Eindruck. Darüber hinaus ist er ein wirklich drolliges Kerlchen (obwohl ich das in seiner Gegenwart natürlich nie so ausdrücken würde). Das liegt sicher daran, dass er mindestens einen halben Kopf kleiner ist als ich, mit einem wundervollen spanischen Akzent Englisch spricht und dabei ständig lächelt. Er hat uns die geplante Route durch den Regenwald erklärt. Alle drei bis vier Tage sollen wir eines der im Urwald verborgenen Eingeborenendörfer erreichen, um uns mit Nahrungsmitteln zu versorgen. Die dazwischenliegenden Nächte werden wir im Zelt verbringen. Etwa zwei Wochen wird es dauern, bis wir in dem Gebiet ankommen, wo wir die Fotofallen für die Jaguare aufstellen wollen. So wie Angél von der geplanten Unternehmung spricht, klingt es gleich sehr viel mehr nach Abenteuerurlaub als nach Selbstmordkommando. So kann ich dem Aufbruch schon wesentlich entspannter entgegensehen als noch gestern Abend, obwohl die Stromversorgung wegen des Regens immer noch streikt und ein Kontakt zur Außenwelt daher bis auf weiteres nicht möglich ist. Ich habe dem Piloten vom Versorgungsflugzeug einen Brief an meine Lieben mitgegeben. Etwas anderes bleibt mir ja nicht übrig.*

*Viel Zeit, um mir Sorgen zu machen, habe ich ohnehin nicht mehr. Es gibt so viele Vorbereitungen zu treffen! Ich hoffe nur, ich bekomme noch einmal die Gelegenheit, mit Jim zu sprechen, bevor es endgültig losgeht …*

*15. Februar 2010*

*Wir sind unterwegs. In den letzten Tagen ging plötzlich alles sehr schnell, so dass ich nicht einmal Zeit gefunden habe, Einträge in meinem Tagebuch zu verfassen. Wir haben alles vorbereitet, um sofort aufbrechen zu können, wenn der Regen aufhört. Gestern Abend war es soweit, und über Nacht ist das Hochwasser um gute zwei Meter zurückgegangen. Heute früh dann hat Angél uns noch vor Tagesanbruch und noch vor dem Weckerklingeln aus den Federn gescheucht, und mit dem ersten Licht sind wir losmarschiert. Weil wir hier so nah am Äquator sind, gibt es keine Sonnenauf- oder Untergänge, wie wir sie kennen. Es wird ganz plötzlich hell oder dunkel, das dauert keine fünfzehn Minuten. Ganz ohne Farbenspiel und Romantik. Überhaupt scheint es im Urwald niemals richtig hell zu sein, alles ist nur in grüngraues Zwielicht getaucht. Dafür wird es aber um so dunkler. Angél hat uns schon vorgewarnt, dass wir stets rechtzeitig ein Lager aufschlagen müssen. Und er hat recht damit. Denn wenn die Sonne erst weg ist, kann man sprichwörtlich die Hand vor Augen nicht mehr sehen. Jetzt ist es 8.00 Uhr am Abend und bereits stockfinster. Ich bin dankbar für die Stirnlampe, denn so kann ich zumindest noch ein paar Eindrücke festhalten, bevor ich einschlafe. Und das wird sicher bald sein. So ein Tag im Dschungel ist unglaublich anstrengend. Obwohl ich zugeben muss: Er ist auch weitaus schöner, als ich erwartet hatte! Die Begeisterung meiner Kollegen hält an, und mittlerweile hat sie mich bei aller Ängstlichkeit auch gepackt. Es gibt so viel zu sehen, jetzt, da ich mich allmählich an die unruhige Kulisse gewöhne. Ganz unglaublich – da studiert man jahrelang Biologie, wählt sogar den Schwerpunkt tropische Ökologie und glaubt, sich ganz gut auszukennen in der Flora und Fauna des Amazonas. Und dann kommt man her und kennt doch kaum eines der Lebewesen, die man entdeckt. Manchmal kann Angél unsere Fragen beantworten, aber in – zumindest für meine Neugier – bei weitem zu vielen Fällen hilft nicht einmal der Bestimmungsschlüssel weiter. Ich kann nur mit großen Augen durch dieses grüne Paradies wan-*

*dern und muss ständig acht geben, den Mund nicht zu weit aufzusperren. Es könnte sonst zu leicht etwas hineinkriechen oder -fliegen. Kein Scherz, die Gefahr besteht tatsächlich, denn wir sind ständig umgeben von summenden, sirrenden Insekten. Trotz aller Vorsichtsmaßnahmen zähle ich bereits heute siebzehn Mückenstiche. George kommt sogar auf dreiundzwanzig, und Kelly und Trevor geht es kaum besser. Wenn das so weitergeht, wird Jody mich sicher nicht wiedererkennen, wenn ich nach Hause komme. Ach, mein Kind. Ich bin so froh, dass noch ein Ferngespräch per Satellit zustande kam, bevor wir die Station verlassen haben. Aber an ihr trauriges Stimmchen zu denken, bricht mir jedes Mal das Herz. Es dauert noch so furchtbar lang, bis ich sie wiedersehen darf! Zum Glück ist diese Reise so spannend, dass ich tagsüber kaum Zeit habe, an den Trennungsschmerz zu denken. Trotzdem beneide ich Kelly und Trevor, die gemeinsam hier sein können. Ich muss ihnen aber zugutehalten, dass sie sehr rücksichtsvoll und einfühlsam mit meinen Launen umgehen.*

*Mir fallen die Augen zu. Ich glaube, für heute muss ich Schluss machen. Dabei möchte ich noch so viel schreiben. Und morgen wird sicher noch ein ganzer Berg Erwähnenswertes hinzukommen. Wie ich es schaffen soll, alles festzuhalten, was hier an Eindrücken auf mich einstürmt, ist mir ein Rätsel. Aber ich werde mein Bestes tun.*

*18. Februar 2010*

*Die erste Etappe ist geschafft. Heute gegen Mittag haben wir das erste Dorf auf Angéls Route erreicht. Seit drei Tagen habe ich nichts in dieses Buch geschrieben. Und das, obwohl ich mir doch vorgenommen hatte, jeden Abend zumindest ein paar Zeilen zu schreiben, um meinen Lieben daheim so genau wie möglich von meinem Dschungelabenteuer berichten zu können. Aber so ist das nun mal mit guten Vorsätzen: Je besser sie sind, desto schwerer sind sie einzuhalten. Die Wahrheit ist, ich war schlicht und ergreifend zu müde, um abends noch etwas anderes zu tun, als zu schlafen. Darum werde ich jetzt versuchen, die Ereignisse der letzten Tage kurz zusammenzufassen, bevor ich mich zu den anderen auf den Dorfplatz geselle. Die Einwohner des Dorfes haben uns sehr herzlich empfangen und wollen heute Abend extra für uns eine kleine Feier veranstalten. Man darf gespannt sein, aber ich bin mir sicher, dass es schön wird. Diese Menschen sind unglaublich freundlich, und ich mag sie sehr, obwohl sie nur schlecht Spanisch und überhaupt kein Englisch sprechen und die Verständigung entsprechend kompliziert ist. Zum Glück haben wir Angél bei uns.*

*Das Wetter blieb in den letzten Tagen tatsächlich stabil, und es hat seit unserem Aufbruch nur noch zweimal kurz geregnet. Das behauptet zumindest Angél. Ich persönlich hätte darüber keine Aussage treffen können, denn unter dem dichten Blätterdach erreicht uns der Regen sowieso nicht. Stattdessen tropft es ohne Unterbrechung von den Zweigen. Man wird hier niemals richtig trocken, und es ist ein wahres Wunder, dass noch niemand von uns krank geworden ist. Denn wenn man bis auf die Haut durchnässt ist, friert man sogar in den Tropen. Heute Morgen habe ich meine letzten trockenen Hosen und Shirts angezogen, die ich in einer Plastiktüte in meinem Rucksack aufbewahrt hatte. Ich bin heilfroh, dass wir nun das Dorf erreicht haben, wo all unsere Sachen jetzt am großen Dorffeuer zum Trocknen aufgehängt sind. Und ein warmes Bad haben wir nehmen können. So gut hat mir schon lang nichts mehr getan. Auch ein verhältnismäßig festes Dach über dem Kopf zu haben ist eine echte Erleichterung nach drei Nächten im Zelt. Nur sind die Tropfen, die noch immer ununterbrochen von den Bäumen fallen, sehr laut. Auf Dauer würde ich davon vermutlich wahnsinnig werden, wenn ich ständig hier leben müsste. Und wenn nicht davon, dann von den anderen Geräuschen des Waldes, die niemals verstummen. Viele Tiere stoßen Rufe in gleichmäßigen Abständen aus, so dass man sie irgendwann einfach ausblenden kann. Aber andere rufen völlig unberechenbar und schrill, so dass man ständig aufschreckt. Wäre ich in den letzten Nächten nicht so schrecklich müde gewesen, hätten sie mich sicher um meinen Schlaf gebracht. Aber auch heute Abend sehe ich da keine Gefahr.*

*Die Anzahl meiner Mückenstiche ist auf stolze neunundzwanzig gestiegen. Angél rät uns dringend davon ab, sie aufzukratzen. Er hat gut reden, denn er bleibt von diesen Biestern wie durch ein Wunder verschont. Trotzdem halte ich mich an das, was er sagt, obwohl mich der Juckreiz verrückt macht. Ich habe genug Schauergeschichten über offene Stiche gehört, in die andere Insekten dann ihre Eier gelegt haben, dass ich mich recht gut beherrschen kann.*

*So seltsam das klingt, ich habe mich schnell an die wilde Umgebung gewöhnt. Mittlerweile bin ich gar nicht mehr ängstlich, sondern nur noch begeistert. Das liegt wohl auch daran, dass die Tiere im Wald nicht annähernd so aggressiv sind, wie einen Film und Fernsehen glauben machen wollen. Natürlich gibt es hier etliche Arten, die theoretisch gefährlich für Menschen sein können. Aber die Tiere haben keine Angst, ja nicht einmal Interesse an uns. Wir fallen nicht in ihr Beuteschema, hat Angél erklärt. Und solange man nicht auf die giftigen Schlangen, Frösche oder Spinnen tritt, nehmen sie es gleichgültig hin, wenn man an ihnen vorbeigeht oder sie für eine Weile betrachtet. Gestern ist ein Nasenbär so dicht an mir vorüber gelaufen, dass ich ihn mit der Hand berühren konnte. Und das hat ihn nicht einmal gestört.*

*Am meisten fiebern wir alle aber dem Augenblick entgegen, wo wir die ersten Jaguare sehen werden. Morgen Mittag brechen wir zur zweiten Etappe unserer Reise auf. Aber erst einmal möchte ich jetzt einen gemütlichen Abend am Feuer verbringen – und danach ausgiebig ausschlafen. Das haben wir uns wirklich verdient.*

*19. Februar 2010*

*Wir sind wieder unterwegs. Der Urwald hat sich heute von seiner schönsten, trockensten Seite gezeigt, so dass wir gut vorangekommen sind. Nachdem ich bis weit in den Vormittag hinein geschlafen habe, fühle ich mich angenehm ausgeruht.*

*Und trotzdem muss ich zugeben, dass ich seit gestern Nacht wieder ein mulmiges Gefühl in der Magengegend habe.*

*Das kleine Fest am Lagerfeuer, auf das ich mich so gefreut hatte, war zu Anfang wirklich sehr nett und lustig. Die Dorfbewohner haben für uns gekocht, musiziert und getanzt. Aber nach dem Essen hat Angél ihnen unsere weitere Route geschildert. Und das war der Moment, in dem die Stimmung plötzlich kippte. Der Dorfälteste, ein wirklich uralter Mann mit tiefen Schluchten in der Haut, war den ganzen Abend fröhlich und redselig. Doch als Angél ihm erklärte, wohin uns der Weg als Nächstes führen sollte, wurden seine Augen sehr groß – und das ganze Lager plötzlich still. In meinem ganzen Leben habe ich noch nie so ein betroffenes Schweigen erlebt. Auf Angéls Nachfrage hin begann der Älteste, heftig zu gestikulieren und zu reden. Ich habe natürlich kein Wort verstanden. Aber das ganze Dorf schien seiner Meinung, denn alle nickten und murmelten. Niemand lachte oder sang mehr. Angél gefiel nicht, was er hörte, das konnte ich seinem Gesicht deutlich ansehen, aber natürlich widersprach er nicht. Selbst wir als Außenstehende begreifen intuitiv, dass der Älteste eine Respektperson ist, auf deren Rat man hören sollte. Und Angél, der doch zur Hälfte von einem Eingeborenenvolk abstammt, fügte sich erst recht in dieses ungeschriebene Gesetz. Erst später, als wir allein in unserer Hütte waren (was sehr bald war, denn das Fest wollte nach diesem Zwischenfall nicht mehr recht in Schwung kommen), erzählte er uns, was der Älteste gesagt hatte:*

*Wir sollten das Dorf unter keinen Umständen in Richtung Osten verlassen, wie wir es geplant hatten. Zwar läge unser nächstes Etappenziel tatsächlich knappe vier Tagesreisen entfernt. Aber der Wald zwischen hier und dort sei von bösen Geistern heimgesucht, die von leichtsinnigen Menschen Besitz ergriffen und sie in blutrünstige Monster verwandelten. Nur wenige seien von dort zurückgekehrt. Und die wenigen, die es geschafft hätten, seien ohne Verstand gewesen, so dass die Dorfbewohner sie erschlagen und verbrannt hatten, um sich vor ihnen zu schützen. Ich bin nicht abergläubisch. Aber ich gebe zu, mir lief es kalt den Rücken hinunter bei dieser Geschichte.*

*Wir berieten uns noch bis spät in die Nacht. Angél war sehr bedrückt. Natürlich glaubte er nicht an das, was der Älteste gesagt hatte. Auch er ist schließlich Wissenschaftler. Aber solche Legenden haben doch immer einen Ursprung, und deshalb sei Vorsicht geboten, meinte er. Andererseits sei es auch schwierig, einen anderen Weg zu nehmen, ohne weitaus mehr Zeit im Dschungel zu verbringen, als wir geplant hatten – und wir würden die Sicherheit verlieren, in absehbarer Zeit ein Dorf zu fin-*

*den, in dem wir unterkommen und uns neue Verpflegung besorgen könnten.*

*Trevor, der ja ein sehr rationaler Mensch ist, argumentierte energisch dagegen, eine andere Route zu suchen und tat die ganze Geschichte als Schwachsinn ab. Und Kelly, die vor ihrem Mann natürlich keine Schwäche zeigen will, stimmte ihm zu. Aber ich weiß, dass sie sich insgeheim fürchtet. Ich kenne sie lang genug.*

*George wiederum brennt nun erst recht darauf, herauszufinden, was es mit diesem Mythos auf sich hat. Und ich – Feigling, der ich bin – wage nicht, meine ängstlichen Bedenken laut auszusprechen. Zudem finde ich bei aller Faszination die Aussicht, vielleicht mehrere Wochen am Stück im Zelt leben zu müssen, keinesfalls verlockend.*

*Am Ende beschlossen wir also, aller Warnungen zum Trotz, bei unserer geplanten Route zu bleiben. Die Dorfbewohner zeigten sich angesichts dieser Entscheidung gleich viel weniger herzlich, und ich befürchte, auf dem Rückweg werden wir hier auch weitaus weniger willkommen sein. Wenn wir uns überhaupt noch einmal hierherwagen können, ohne Angst zu haben, verbrannt zu werden. Ich wünsche mir mittlerweile, wir hätten uns vielleicht doch anders entschieden. Aber nun ist es zu spät. Wir sind bereits wieder mitten im Urwald.*

*Und ich fürchte, heute werde ich zum ersten Mal Probleme haben, einzuschlafen.*

*23. Februar 2010*

*Ich habe Heimweh.*

*Ich gebe es nicht gern zu, aber vor mir selbst kann ich es nicht leugnen: Ich will nach Hause. Nach zwei weiteren Tagen im Urwald beginnt auch der schillerndste Vogel seine Faszination zu verlieren, und man wünscht sich nichts sehnlicher, als endlich einmal wieder trocken zu sein und in einem richtigen Bett zu schlafen. Die müden Knochen und schmerzenden Muskeln auszuruhen. Selbst bei George beginnt der Enthusiasmus allmählich nachzulassen. Wir alle sind schweigsam und nicht gerade in Hochstimmung. Nicht einmal die Geister, denen wir immer noch nicht begegnet sind, interessieren uns noch besonders. Meine Mückenstiche kann ich mittlerweile schon nicht mehr zählen. Ich habe mich sogar an den Juckreiz gewöhnt. Hoffentlich erreichen wir bald das Dorf, das ist das Einzige, woran ich im Moment denken kann. Wenn wir dort Kraft getankt haben, wird es uns sicher wieder bessergehen.*

*Übermorgen, wenn alles gutgeht, sagt Angél.*

*Und ich bete zu allen indigenen Göttern, die hier vielleicht herumschwirren, dass er Recht behält.*

*25. Februar 2010*

*Ich weiß nicht, wie ich beschreiben soll, was wir heute erlebt haben. Es steckt mir eiskalt in den Knochen, und ich fange sofort wieder an zu zittern, wenn ich daran denke. Aber irgendwie muss ich es loswerden, und wenn es nur auf dem Papier ist.*

*Am späten Nachmittag erreichten wir heute endlich das Dorf. Die Erleichterung, die ich verspürte, als die kleinen Hütten zwischen den Bäumen auftauchten, ist kaum in Worte zu fassen. Den anderen muss es ähnlich gegangen sein, selbst Angél, der all die Widrigkeiten doch viel gelassener erträgt als wir verweichlichten Nordamerikaner. Am liebsten hätte ich einen wilden Freudentanz aufgeführt.*

*Aber da wusste ich ja auch noch nicht, was uns im Dorf erwarten würde. Und jetzt, wo ich wieder im Schein meiner Lampe im Zelt sitze und nervös auf die Geräusche des Dschun-*

*gels lausche, kann ich mich kaum überwinden, es aufzuschreiben.*

*Das Dorf ist tot.*

*Nun steht es da. Allein der Anblick der Worte ruft die Bilder zurück in meinen Kopf. Und das Entsetzen. Ich verstehe nun nur zu gut, warum man uns vor dem Urwald im Osten gewarnt hat, auch wenn ich nicht im Geringsten begreifen kann, was dort in jenem Dorf vorgefallen sein muss. Ich weiß nur, dass ich so schnell wie möglich weit von hier fort will.*

*Geister. Ich könnte fast beginnen, daran zu glauben. Menschen – Menschen, die bei Verstand sind – würden so nicht handeln. Nicht aus freien Stücken.*

*Ich merke, wie meine Hand sich weigert, die Einzelheiten aufzuschreiben. Aber ich muss mich zwingen. Wie sonst soll ich heute Nacht auch nur ein Auge zumachen können?*

*Wir betraten also das Dorf, noch ganz euphorisch, dass wir es endlich bis hierher geschafft hatten. Aber anders als bei den Eingeborenen, die wir zuvor besucht hatten, kam uns niemand entgegen, um uns zu begrüßen. Überhaupt war niemand zu sehen. Und nichts zu hören. Als ob das Dorf verlassen wäre, das war mein erster Gedanke.*

*Aber was wir auf dem Dorfplatz am heruntergebrannten Feuer vorfanden …*

*Der Platz war voller Leichen. Überall Leichen.*

*Es müssen zwanzig oder mehr gewesen sein. Männer und Frauen, verteilt um die noch schwelende Glut. Ihre nackten Körper waren zum Teil seltsam verdreht und über und über mit Wunden bedeckt. Manche der Leichen waren eng aneinander gepresst, ihre Glieder ineinander verschlungen, und –*

*ich schwöre, ich habe es gesehen – sie hatten sich ineinander verbissen, als ob sie versucht hätten, sich gegenseitig bei lebendigem Leib aufzufressen.*

*Ich habe mich übergeben müssen. Mehrmals, bis Angél mich endlich an die Hand nahm, und wir flohen. Wir verließen das Dorf hastig und ohne zurückzusehen, obwohl wir doch alle wissen, dass Tote nicht aufstehen und einem folgen können. Nicht einmal George, der sonst immer alles analysieren muss, wollte versuchen, Näheres über die Todesursache herauszufinden. Ich wäre am liebsten gerannt – nur ist das im Dschungel schwer möglich. Wie wir durch das dichte Unterholz gekommen sind, könnte ich jetzt nicht mehr sagen. Wir sind einfach immer weiter gelaufen, so schnell es der Urwald zuließ, bis das Dorf weit hinter uns lag.*

*Aber die Furcht ist uns gefolgt wie die bösen Geister, vor denen man uns gewarnt hat. Sie lässt mich nicht mehr los. Die ganze Zeit habe ich diese Bilder vor Augen, diese Toten …*

*Ich muss aufhören. Ich ertrage es nicht, länger darüber nachzudenken. Vielleicht lassen mich Kelly und Trevor mit in ihr Zelt, auch wenn es noch so eng ist. Ich kann heute Nacht einfach nicht allein sein.*

Cedric hob den Kopf von den Seiten des Tagebuchs und starrte mit leerem Blick in die Dunkelheit jenseits seines Schreibtischs. Er hatte das Gefühl, ein gewaltiger Felsbrocken würde auf seiner Brust liegen.

Vampire, die voneinander tranken. So war das also. Das verbotene Blut. Immer wieder vermutlich. Eine Art Ritus?

Geister …

*Wohl kaum*, dachte Cedric und schüttelte den Kopf. Aber was sollten die Ureinwohner im peruanischen Regenwald auch von Vampiren wissen? Vermutlich wussten nicht einmal die Vampire selbst, wer oder was sie waren. Oder was verboten war. Tief im Urwald gab es schließlich keine Konsulate und keine Regeln …

Cedric stand auf und ging zu der Truhe im hinteren Teil seines Büros, um eine Blutkonserve herauszunehmen. Er fühlte sich seltsam schwach und brannte doch darauf, weiter zu lesen. Es war, als hätte er einen großen Haufen Puzzleteile in den Schoß geschüttet bekommen, die sich nun ganz von selbst an ihren Platz bewegten. Bald würde er das Bild sehen. Die Erkenntnis war nicht mehr weit.

Cedric stürzte das Blut in einem einzigen Zug hinunter.

Und zum ersten Mal fragte er sich, ob er die Wahrheit überhaupt wissen wollte.

*06. März 2010*

*Seit Tagen habe ich dieses Buch nicht mehr in die Hand genommen. Und auch jetzt traue ich mich kaum, einen Blick auf die letzten Seiten zu werfen. Die Angst sitzt immer noch tief in meinem Bauch.*

*Wir haben einstimmig beschlossen, unsere Expedition abzubrechen. So sehr wir uns auch bemühen, keiner von uns schafft es, seine Vorfreude auf die Jaguare wiederzufinden. So lange wir im Urwald sind, so viel ist mir klar, haben wir keine Chance, die Erinnerungen an das Erlebte beiseitezuschieben. Das werden wir nur zu Hause in vertrauter Umgebung schaffen. Auch die anderen wissen das, scheint mir, denn es ist kein einziges Argument für die Expedition mehr gefallen. Der Weg von hieraus zurück durch den Dschungel ist lang, und es ist fraglich, ob wir durch Zufall auf ein Dorf stoßen, das uns Unterschlupf gewährt. Aber Angél wird uns schon sicher füh-*

*ren. Er weiß, welche Pflanzen uns ernähren können, jetzt, da uns langsam die Verpflegung ausgeht, und an Wasser besteht zum Glück kein Mangel. Nicht einmal die Aussicht, vielleicht Würmer oder andere Parasiten zu bekommen, schreckt mich noch. Ich will nur noch zurück in mein sicheres Leben. Fort aus dem Urwald, der mir mit jedem Tag bedrohlicher scheint. Ich bin ganz unausstehlich, aber da bin ich nicht die Einzige. Wir alle sind gereizt. Wäre nicht die Angst, die uns zusammenschweißt und uns dazu bringt, uns des Nachts eng aneinander zu kuscheln, wären wir uns sicher längst an die Kehle gegangen. Und das meine ich nicht nur im übertragenen Sinne. Ich habe das Gefühl, langsam wahnsinnig zu werden, und manchmal überkommt mich das Bedürfnis, aus lauter Verzweiflung um mich zu schlagen und zu beißen. Aber dann muss ich an die Leichen im Dorf zurückdenken, und ich bekomme Angst vor mir selbst.*

*In vier Tagen etwa können wir zurück in der Feldstation sein, sagt Angél. Das klingt in meinen Ohren unglaublich lang. Aber ich werde es schon aushalten. Ich denke an Jody und Jim, die sich sicher freuen werden, wenn ich früher als erwartet nach Hause komme. Und der Gedanke wird mich hoffentlich besser schlafen lassen.*

*09. März 2010*

*Heute haben sich Kelly und Trevor gestritten. Das habe ich zuvor noch nie erlebt. Bei der angespannten Stimmung, die in unserer Gruppe herrscht, hätte mich das vielleicht nicht wundern dürfen. Aber wie sie stritten! Und um was!*

*Angél hat über Nacht Schlingen ausgelegt und einen Capybara gefangen. Diese Nager sind nicht besonders groß, vor allem nicht, wenn man sie durch fünf teilen muss. Nach zwei*

*Tagen, in denen wir uns hauptsächlich von Früchten ernährt haben, haben wir uns darauf gestürzt wie die Geier. Wir hatten kaum genug Geduld zu warten, bis das Fleisch gar wurde und haben das Tier fast roh zerrissen.*

*Und dann ist es passiert. Kelly, die sich in den letzten Tagen sehr unwohl gefühlt hat und über ständige Kopfschmerzen und Verdauungsprobleme klagte, bat Trevor, ein Stück von seinem Teil des Bratens essen zu dürfen. Und Trevor, der sich sonst rührend um seine Frau kümmert, lehnte ab. Aber in einem Tonfall! So aggressiv habe ich ihn noch nie gehört. Und Kelly, die ruhige, besonnene Kelly, fing an zu schreien und zu – ja, zu fauchen und zu zischen. Hätte nicht George ein Stück seines Fleisches an sie abgetreten, ich hätte schwören können, dass sie ihm an die Gurgel gegangen wäre, um sich den Braten mit Gewalt zu holen. Ich bin immer noch entsetzt. Es ist nicht nur der Stress. Etwas Seltsames passiert mit uns. Ich kann es fühlen, auch wenn ich es nicht benennen kann. Und es macht mir Angst. Ständig muss ich an die Worte des Dorfältesten denken. Böse Geister, die von Menschen Besitz ergreifen. Ist vielleicht doch etwas Wahres an dieser Geschichte? Möglicherweise bin ich inzwischen paranoid, aber ich habe den Eindruck, dass sich auch in meinem Körper etwas verändert. Dass ich empfindsamer werde für Berührungsreize. Oft kann ich das Gefühl der Tropfen auf meiner Haut kaum noch ertragen. Ich schlafe auch wieder in meinem eigenen Zelt und bin froh, es für mich allein zu haben. Und ständig dieser Hunger, selbst während ich esse. Nichts scheint meinen Magen füllen zu können. Vielleicht habe ich mir am Ende doch einen Parasiten eingefangen.*

*Eine gute Nachricht gibt es aber. Obwohl ich persönlich keine Veränderung unserer Umgebung feststellen kann, meint Angél, wir wären nun wieder in ihm bekanntem Gebiet. Mor-*

*gen im Lauf des Tages werden wir die Feldstation erreichen. Ich kann es gar nicht mehr erwarten, zurück in die Zivilisation zu kommen. Ich muss einen Arzt aufsuchen. Nicht, dass ich meine Lieben noch mit etwas anstecke, das ich aus dem Dschungel eingeschleppt habe. Aber dann wird mich nichts mehr davon abhalten, auf schnellstem Weg zurück in die USA zu fliegen.*

*Ach, meine Jody. Mein Jim. Bald bin ich daheim. Und dann wird alles wieder gut.*

*10. März 2010*

*Genau einen Monat – auf den Tag vier Wochen – ist es her, dass ich meinen ersten Eintrag in dieses Buch verfasst habe. Und dieser hier wird nun mein letzter sein. Morgen früh fliegen wir zurück nach Lima. Und von dort aus nach Hause. Ich bin heilfroh darüber.*

*Jetzt, wo wir hier sind, kann ich gar nicht mehr glauben, dass ich mich bei unserer Ankunft so abgeschnitten vom Rest der Welt gefühlt habe. Verglichen mit unseren Erlebnissen der letzten Wochen erscheint mir die Feldstation wie eine blühende Insel der Zivilisation. Ich wage gar nicht daran zu denken, wie groß der Kulturschock sein wird, wenn wir erst in Lima oder später dann zurück in Kenneth sind. Aber ich freue mich darauf.*

*Der Arzt der Station hat uns alle untersucht und nichts feststellen können. Wir sind gesund, soweit er das beurteilen kann. Er rät uns aber, in Lima noch einen Bluttest machen zu lassen. Zur Sicherheit. Sogar einen Termin hat er uns besorgt. Denn das Satellitentelefon funktioniert nun wieder ohne Probleme, auch wenn manchmal leichte Störungen in der Verbindung sind. Heute Nachmittag habe ich endlich wieder mit Jim tele-*

*fonieren können. Wie froh ich war, seine Stimme zu hören! Nur noch zwei Tage, bis ich ihn wiedersehe. Und er muss wirklich nicht befürchten, dass ich noch einmal so lange fortgehe. Von meiner Abenteuerlust bin ich gründlich geheilt. Endgültig, wie ich glaube.*

*Vorerst bin ich aber einfach nur glücklich und zufrieden, mich heute Abend in ein trockenes, sauberes Bett kuscheln zu können. Und so schließe ich dieses Tagebuch mit einem denkbar abgedroschenen Satz:*

*Ende gut, alles gut.*

*11. März 2010*

*Nachtrag: Auch der Bluttest in Lima hat keinerlei bedenkliche Ergebnisse geliefert. Die einzige Auffälligkeit ist ein ungewöhnlich hoher Anteil an Leukozyten. Bei allen von uns. Aber der Arzt sagte, das sei vermutlich eine Abwehrreaktion des Körpers auf die vielen Mückenstiche, was mir recht plausibel erscheint. 102 Stiche habe ich bei mir heute Abend gezählt, und das sind nicht einmal alle! Auf unbestimmte Weise macht mich dieses Ergebnis dennoch unruhig. Aber ich versuche, mir nicht zu viele Sorgen darum zu machen. An erster Stelle steht jetzt die Vorfreude auf Daheim. Und die will ich mir durch nichts verderben lassen.*

*20. März 2010*

*Ich muss mein Tagebuch noch einmal zur Hand nehmen. Ich weiß einfach nicht, wem ich mich sonst anvertrauen soll.*

*Etwas geschieht mit mir. Ich bin mir jetzt ganz sicher. Ich habe nun mehr als eine Woche lang versucht, es zu verdrängen. Aber als ich heute Morgen in den Spiegel geschaut habe – da waren meine Augen gelb. Nicht von einem Tag auf den ande-*

*ren, nein. Ich hatte bereits seit einiger Zeit den Eindruck, dass meine Iris ihre Farbe ändert, aber ich habe es immer auf das Licht geschoben. Jetzt jedoch ist die Veränderung so weit fortgeschritten, dass ich mich nicht mehr selbst belügen kann. In meiner Angst, Jim könnte etwas bemerken, habe ich mir eben in der Stadt farbige Kontaktlinsen besorgt. Vermutlich ist es dumm, zu glauben, dass ich ihn so auf Dauer täuschen kann. Er ahnt etwas, da bin ich mir sicher. Allein die Tatsache, dass ich ihm bis heute nichts von den schrecklichen Erlebnissen im Urwald erzählt habe, bedrückt mich. Ich kann ihm auch dieses Tagebuch unmöglich zeigen, obwohl ich es versprochen hatte. Immer wieder suche ich Ausflüchte und fühle mich furchtbar dabei. Es ist, als würde ich ihn anlügen. Wir hatten nie Geheimnisse voreinander. Aber wie soll ich es ihm erklären? Ich verstehe es ja selbst nicht! Dabei wünsche ich mir nichts mehr, als zu begreifen, was mit mir geschieht. Denn auch die anderen Dinge, die sich in meinem Körper verändern, kann ich nun nicht mehr beiseite schieben. Die Blutergüsse, die neuerdings ständig wie willkürlich auftauchen, obwohl ich dafür nie anfällig war. Die Tatsache, dass zu intensive Berührungen unangenehm, ja geradezu schmerzhaft sind. Das Gefühl, das Licht würde mich verbrennen, wenn ich in der Mittagszeit draußen bin. Und der Hunger. Dieser schreckliche Hunger, der immer stärker wird, begleitet von dieser unbegründeten Wut, die unablässig in mir brodelt. Ich wollte mit Kelly darüber sprechen, aber ich erreiche sie nicht. Sie kommt nicht zur Arbeit, hat sich Urlaub genommen, ebenso wie Trevor. Und auch George scheint wie vom Erdboden verschluckt.*

*Ich habe darüber nachgedacht, auch ein paar Tage frei zu nehmen. Aber ich muss immer an den Bluttest des peruanischen Arztes denken. Vielleicht hat er etwas übersehen?*

*Ich muss selbst Nachforschungen anstellen. Es lässt mir keine Ruhe. Ich m u s s Kelly erreichen, damit sie Professor Graham bittet, sein Labor benutzen zu dürfen. Vielleicht sollte ich einfach bei ihr vorbeifahren.*

*Ich muss wissen, was da in mir geschieht.*

*21. März 2010*

*Was wird nur aus mir? Was soll ich tun?*

*Gestern habe ich Kelly tatsächlich zu Hause angetroffen, und sie war einverstanden, unser Blut noch einmal zu untersuchen. Mit ihrer medizin- und biotechnischen Ausbildung kann sie so etwas doch viel besser und schneller, als ich es könnte. Zuerst war sie recht abweisend. Aber dann hat sie mir anvertraut, dass ihre Befürchtungen den meinen sehr ähnlich sind – nur ist es bei ihr noch weitaus bedrückender, da sich auch Trevor auf die gleiche Weise verändert. Sie waren immer so glücklich. Jetzt fallen sie täglich übereinander her wie wilde Tiere. Kelly hat mir die Wunden gezeigt, die Trevor ihr zugefügt hat. Mir läuft es immer noch kalt den Rücken hinunter, wenn ich daran denke.*

*Der Bluttest hat ein erschreckendes und zugleich auf morbide Art faszinierendes Ergebnis geliefert. Der Doktor in Lima hat tatsächlich etwas übersehen. Etwas Kleines, Unscheinbares – und doch hat es mich völlig kraftlos zurückgelassen: Es befinden sich Viren in unserem Blut. Zumindest glauben wir, dass es Viren sind. Sie sehen ähnlich aus wie die T-Phagen, die man aus der Bakteriologie kennt. Nur, dass sie keine Bakterien befallen. Sondern unser Blut. Ich bin keine Expertin, was Zellbiologie oder Immunologie betrifft, aber unter dem Elektronenmikroskop waren sie deutlich zu sehen. Der Kopf. Die spinnenartigen Beine, die sich an meine weißen Blutkörperchen anheften. Sie sind die bösen Geister, von denen die Dorfbewohner uns gewarnt haben.*

*Der Arzt in Lima hatte recht. Die Mücken sind schuld. So muss es sein. Sie haben die Menschen im toten Dorf gestochen. Und dann uns. Und uns mit einer Krankheit infiziert, die wohl noch niemand hier in der westlichen Welt jemals gesehen hat. Die Erkenntnis ist niederschmetternd, vor allem, da ich fürchte, dass kein Arzt der Welt mir wird helfen können. Ich habe fremde DNA in mir. Sie verändert mich. Meinen Körper. Mein Leben. Zu den zuvor erwähnten Symptomen ist eine überwältigende Müdigkeit gekommen, die mich immer wieder ganz unerwartet überfällt. Und dieser Hunger. Dieser Hunger und die Wut …*

*Wahnsinn, hat der Dorfälteste gesagt. Ist es das, was mir bevorsteht? Mir und auch Kelly, Trevor und George? Werden wir enden wie die Leichen, die wir gesehen haben? Ich habe Angst.*

*Fürchterliche Angst.*

*Ich sollte gehen. Fort von hier, bevor ich jemandem schade, der mir teuer ist.*

*Aber ich kann nicht. Ich kann es einfach nicht.*

*Ich kann sie nicht verlassen.*

*Aber was soll ich sonst tun? Was soll aus mir werden?*

*Rettet mich. Irgendjemand …*

Die restlichen Seiten des Tagebuchs waren leer. Cedrics Hände zitterten, als er es noch einmal durchblätterte und einen Blick in die Dokumententasche am hinteren Buchdeckel warf. Er hatte nichts übersehen. Das war alles, was dieses Tagebuch an Information enthielt.

Aber es war genug. Mehr als genug.

»Sid!«

Seine Stimme klang nach der langen Stille viel zu laut in dem kleinen Zimmer.

Sekundenlang geschah nichts. Ruckartig stand Cedric auf, um zur Wand zu gehen. *»Sid!«*

Der Kopf des Wächters tauchte aus dem Fußboden auf.

»Alles in Ordnung, Doc?« Er klang verwundert.

»Wo bleibst du so lange?« Cedric runzelte gereizt die Stirn.

Sid verdrehte leidgeprüft die Augen. »Ich hab es Ihnen doch gesagt, Doc. Ich kann nicht schneller. Wenn Sie mal endlich den Generator anschmeißen würden …«

Mit einem Knurren winkte Cedric ab. »Schon gut. Wir sprechen später darüber. Sag den anderen Bescheid. Wir halten eine Mitarbeiterbesprechung im Seminarraum ab. So schnell wie möglich.«

# Kapitel Fünfzehn

## Forschungsstation White Chapel, Kenneth, Missouri

Sie hatten sich wirklich eilig versammelt.

Gespannt saßen sie um den runden Tisch im Seminarraum – hatten sich nicht einmal Zeit genommen, die Laborkittel auszuziehen. Janet, Kris und Pei Lin. Sie alle sahen Cedric aus hellwachen Augen an. Und das, obwohl es kurz vor dem Morgengrauen und ebenso kurz vor dem Wochenende war. Die Neugier hatte die Müdigkeit besiegt. Einzig und allein Sid schien gelangweilt zu sein wie immer.

Und Katherines Platz war leer.

Cedric atmete tief durch und legte mit einer bewusst bedächtigen Bewegung das Tagebuch auf den Tisch.

»Danke, dass ihr so schnell gekommen seid. Ich habe euch zusammengerufen, weil ich euch zwei Mitteilungen zu machen habe. Sie betreffen die Organisation unserer Arbeitsgruppe und unser weiteres Vorgehen, was die Forschungsarbeit angeht.« Er ließ seinen Blick über seine Mitarbeiter schweifen. Janet rutschte unruhig auf ihrem Stuhl hin und her. Kris sah unter halb gesenkten Lidern zu ihm herüber. Wäre die Situation nicht so ernst gewesen, Cedric hätte sich darüber amüsiert. Janet hatte gute Gründe, zu befürchten, dass es bei dieser Besprechung um sie gehen würde. Oder zumindest um den Vorfall mit Sid und der 159 auf dem Dach. Kris wiederum musste das Tagebuch erkannt haben. Und er hatte gehört, was Chase über die Bluterin in den Dirty Feet gesagt hatte. Vermutlich fragte er sich, wie Cedric mit dieser Information umgehen würde – und damit, dass er Kris durchaus indirekt die Schuld an dem Vorfall geben konnte. Die Einzige, die mit ruhigem Gewissen an diesem Tisch saß, war Pei Lin. Cedric wagte nicht zu beurteilen, wie viel sie von dem, was in der letzten Zeit in der Station vor sich gegangen war, mitbekommen hatte. Aber in ihrer einzigartig zurückhaltenden Art hatte sie es geschafft, sich von den Ereignissen in keiner Weise berühren zu lassen. Und gerade in diesem Moment machte sie das in Cedrics Augen ungemein sympathisch.

»Wo ist Katherine?«, platzte Janet plötzlich heraus. »Warten wir nicht auf sie?«

Cedric spürte, wie Kris' Blick ihn traf. Aber er bemühte sich, sich nichts anmerken zu lassen.

»Das ist der erste Punkt, über den ich mit euch sprechen möchte«, erklärte er so ruhig wie möglich. »Katherine hat uns gestern Abend verlassen. Aus persönlichen Gründen.«

Betroffenes Schweigen antwortete ihm.

»Die Wahrscheinlichkeit, dass sie zurückkommt, ist sehr gering«, fuhr Cedric fort und wunderte sich selbst, wie nüchtern seine Stimme dabei klang. »Daher müssen ihre Aufgaben neu verteilt werden, bis der Antrag auf eine Neubesetzung der Stelle alle bürokratischen Hürden überwunden hat. Ihr wisst, wie lange so etwas dauert.« Er ließ seinen Blick von einem zum anderen wandern. »Ich schlage also vor, dass sich Kris und Janet bis auf Weiteres um die Versorgung der Menschen und Versuchsobjekte kümmern. Pei Lin, dich würde ich bitten, Katherines Job als meine Assistentin zu übernehmen.«

Pei Lins schmale Augen weiteten sich. »Ich?«

Cedric nickte und rang sich ein Lächeln ab – ermutigend, wie er hoffte. »Sofern du dich davon nicht überfordert fühlst, versteht sich.«

Pei Lin schüttelte den Kopf. Natürlich hatte sie keine Ahnung, was sie erwartete, dachte Cedric. Und bestimmt wäre es fair gewesen, sie vorher in einem Gespräch unter vier Augen darüber zu informieren, wo die asiatische Höflichkeit sie nicht daran hindern konnte, abzulehnen. Aber für Fairness hatte Cedric im Augenblick keine Zeit.

Er sah zu Janet und Kris hinüber, die ähnlich überrascht, aber nicht ganz so entgeistert wirkten wie ihre Kollegin. Cedric war sich bei weitem nicht sicher, ob es eine kluge Entscheidung war, Kris vollen Zugang zu den Unterkünften zu gewähren. Aber ihn stattdessen als seinen Assistenten einzusetzen – oder Janet, die viel zu unbeherrscht und außerdem viel zu jung für so eine Aufgabe war –, das konnte Cedric sich noch weniger vorstellen. Seine Nerven würden das unter keinen Umständen aushalten.

»Kein Widerspruch? Dann ist es beschlossen.« Er nickte knapp. »Kommen wir also zum zweiten – und wichtigeren – Punkt.«

Bei seinen letzten Worten hatte Cedric das Gefühl, als ob sich ein eisernes Band um seinen Brustkorb schlang und ihm die Luft abschnürte. Wichtiger, wiederholte er in Gedanken. Die Forschung war wichtiger als eine Tatsache, die er nicht mehr ändern konnte. Er musste jetzt nach vorn schauen. Und keine Schwäche zeigen.

»Katherine hat uns, als sie ging, etwas hinterlassen.« Er legte eine Hand auf das Tagebuch vor ihm. »Vermutlich habt ihr im Lauf der letzten Jahre mitbekommen, dass sie und ich uns gemeinsam bemüht haben, die Erinnerung an ihr menschliches Leben wiederzufinden. Wir haben nicht viel darüber gesprochen, da diese Suche bis vor wenigen Tagen eine rein persönliche Angelegenheit war, die nur Katherine selbst betraf. Jetzt aber hat sie uns auf eine Spur gebracht, die ihre Erinnerungen zu einem Meilenstein der Forschung machen könnte.«

Cedric hob das Buch in die Höhe, so dass es alle besser sehen konnten.

»Dieses Notizbuch ist ein Tagebuch aus der Zeit, in der Katherine zum Vampir wurde. Und so, wie es aussieht, haben wir es in Katherines Fall nicht nur mit einer sehr alten Progressiven zu tun – sondern mit einer der allerersten Progressiven überhaupt. Dieses Tagebuch berichtet davon, wie die Bluterkrankheit nach Amerika kam.«

Cedric hörte Janet scharf einatmen. Und auch die anderen hatten sich bei seinen Worten unwillkürlich ein Stück aufgerichtet. Selbst Sid hatte aufgehört, an seinen Nägeln zu kauen.

»Katherine war einverstanden, dass der Inhalt des Buches als Grundlage für unser weiteres Vorgehen verwendet wird. Ich werde später Kopien von dem Text anfertigen, so dass ihr die Möglichkeit habt, ihn in aller Ruhe zu studieren. Zunächst möchte ich euch aber kurz über die wichtigsten Inhalte informieren und dann beraten, wie wir mit den Erkenntnissen umgehen.« Cedric spürte, wie seine Finger erneut zu zittern begannen, als er das Tagebuch zurück auf den Tisch legte und es auf der letzten Seite aufschlug. Er würde aufpassen müssen, dass sich die Aufregung nicht auf seine Stimme übertrug.

»Offenbar hat die Bluterkrankheit ihren Ursprung in einem Vampirstamm, der im peruanischen Regenwald lebt.

Ein Vampirstamm, der – so vermute ich zumindest – über Jahrzehnte, vielleicht Jahrhunderte hinweg isoliert war und exzessiven *Inzest* betrieben hat.« Cedric holte angestrengt Luft. Von diesen wahnwitzigen Entdeckungen zu sprechen, war aufwühlender, als er erwartet hatte. »Wenn man sich diese Beobachtung ein paar Mal durch den Kopf gehen lässt, drängt sich natürlich schnell der Gedanke auf, dass demnach für das Blutersyndrom eine durch den Inzest entstandene Mutation im Vampirgenom verantwortlich sein könnte. Vielleicht ist das der Fall. Aber die weitere Lektüre des Tagebuchs deutet noch auf etwas anderes hin. Sie lässt die Vermutung zu, dass gar nicht die Vampire selbst mutiert sind. Sondern das, was den Vampirismus auslöst.«

Unruhiges Murmeln von der anderen Seite des Tisches ließ Cedric verstummen.

»Entschuldige, Cedric.« Kris hob die Hand. Seine Stirn hatte sich in leichte Falten gelegt. »Ich will dich nicht unterbrechen, aber – was meinst du damit? Das, was den Vampirismus auslöst? Nach allem, was ich weiß, ist gar nicht bekannt, wie Vampirismus überhaupt entsteht, abgesehen davon, dass er durch Blutaustausch übertragen wird.«

Cedric lächelte grimmig. Er hatte diese Frage erwartet – sogar auf sie gehofft. Und er war gespannt auf die Reaktionen, die seine nächste Erläuterung auslösen würde.

»Das hast du gut beobachtet, Kris. Bisher war das der Stand der Forschung. Und man muss sich doch fragen – wieso hat bis heute niemand dieses Rätsel gelöst? Viele Forschungsgruppen haben sich daran die Zähne ausgebissen, und warum?« Er machte eine bedeutungsvolle Pause. »Weil wir, die doch sonst immer alles ganz genau wissen müssen, etwas Entscheidendes vergessen haben: Das Blut junger Vampire zu untersuchen, bevor die Verwandlung abgeschlossen ist. Denn sonst …« Cedric sah mit eindringlichem Blick von einem zum anderen, »… hätten wir vermutlich längst die Viren gefunden, die Katherine in ihrem Tagebuch beschreibt. Viren, die üblicherweise in der Bakteriologie als T-Phagen bekannt sind. Nur, dass sie in unserem Fall menschliche Leukozyten befallen.«

Lange Zeit sagte niemand ein Wort.

Cedric sah, wie es hinter den Stirnen seiner Kollegen arbeitete. Wie sie versuchten, die Ungeheuerlichkeit, die er ihnen dargelegt hatte, zu begreifen. Er konnte gut nachvollziehen, wie es in ihren Köpfen aussehen musste, ganz ohne seine Gabe zu bemühen. Ihm war es genauso gegangen.

»Natürlich ist das eine gewagte Theorie«, fuhr er schließlich fort, als niemand Anstalten machte, etwas zu sagen. »Aber wir haben eindeutige Hinweise auf ihre Richtigkeit schwarz auf weiß vorliegen. Uns bleibt jetzt die Aufgabe, weitere Ergebnisse zu sammeln, die diese Vermutungen stützen können. Daher möchte ich heute mögliche Versuchsansätze besprechen. Bitte – eure Fragen und Vorschläge.«

Lange Zeit antwortete ihm nur Schweigen.

Kris war der Erste, der schließlich die Hand hob. Cedric forderte ihn mit einem kurzen Wink zum Sprechen auf.

»Verstehe ich dich richtig«, sagte Kris langsam, »dass du der Ansicht bist, diese Phagen müssten auch in konservativem Blut zu finden sein? Und die Phagen in progressivem Blut wären demnach ein mutierter Stamm?«

Cedric nickte. »Das wäre meiner Meinung nach die logischste Erklärung.«

Pei Lins glatte Stirn kräuselte sich leicht. »Wenn das stimmt«, meinte sie leise, »dann … würde das nicht bedeuten, dass wir alle immer noch Menschen sind? Kranke Menschen? Tut mir leid, das zu sagen, aber … das werden viele nicht hören wollen.«

Cedric betrachtete sie nachdenklich. Sie hatte recht, dachte er. Natürlich war er sich bewusst, dass er, wenn er sich entschloss, seine – Katherines – Theorie zu vertreten, mit Widerstand vor allem von Seiten der Konservativen zu rechnen hatte.

»Und wir haben keine Genehmigung, mit konservativen Versuchsobjekten zu arbeiten«, fuhr Pei Lin fort. »Willst du einen Antrag beim Parlament stellen?«

Cedric spürte, wie sich eine Falte zwischen seinen Brauen bildete. Daran hatte er auch schon gedacht, und allein die Vorstellung löste ein Gefühl tiefen Widerwillens in ihm aus. Aber das wollte er vor seinen Mitarbeitern nicht zu offensichtlich werden lassen.

»Darum werden wir vermutlich nicht herumkommen«, sagte er daher so gelassen wie möglich. »Und was deine anderen Befürchtungen betrifft: Auch Darwins Ansichten sind am Ende akzeptiert worden, obwohl sich die Menschen lange mit Händen und Füßen dagegen gewehrt haben. Warum sollten wir das nicht auch können? Um ehrlich zu sein, ich habe nichts dagegen, ein zweiter Darwin zu werden.« Er versuchte, zu lächeln, aber es missglückte ihm kläglich.

Pei Lin antwortete nicht mehr. Sie schüttelte nur leicht den Kopf, ohne besonders überzeugt zu wirken. Das Widerstreben war ihr am Gesicht abzulesen. Nicht gut. Cedric war sich nun schon gar nicht mehr so sicher, ob es klug gewesen war, Pei Lin als seine neue Assistentin einzusetzen. Möglicherweise war sie zu konservativ. Er würde ein Auge auf sie haben müssen.

»Gehen wir also davon aus, wir bekommen die Genehmigung.« Er warf einen weiteren Blick in die Runde. »Wie gehen wir dann vor?«

Kris räusperte sich verhalten. »Also ... bevor wir darüber nachdenken, hätte ich noch eine andere Idee.«

Cedric hob die Brauen. Natürlich. Von wem auch sonst hätte er das erwarten sollen? »Lass hören.«

»Wir könnten, so lange wir die Genehmigung noch nicht vorliegen haben, versuchen, die Infektion in vitro durchzuführen.« Kris verschränkte die langen Finger ineinander und neigte sich ein Stück vor. »Wenn ich dich richtig verstanden habe, handelt es sich um Viren, die nur im Anfangsstadium der Krankheit im Blut zu sehen sind und sich anschließend latent im Inneren der Zellen verbergen, bis sie in Kontakt mit nicht infizierten Zellen kommen. In diesem Fall müsste es doch aber möglich sein, den Vorgang auch im Reagenzglas zu beobachten. Außerdem werden mit hoher Wahrscheinlichkeit an der Oberfläche der infizierten Leukozyten Rezeptorproteine vorhanden sein, nach denen wir Ausschau halten können. Ich bin mit der Rechtslage nicht hundertprozentig vertraut, aber es sollte doch nichts dagegen sprechen, in steriler Laborumgebung einige Tests zu machen. Zumindest als Übergangslösung.«

Cedric runzelte die Stirn und verschränkte die Arme vor der Brust. Dieser Kris ... er war wirklich beängstigend kreativ, wenn es darum ging, Regeln nach seinen Vorstellungen zu verbiegen. Der Vorschlag klang verlockend einfach. Zu einfach, um ihn beiseitezuschieben. Cedric war sich im Klaren, dass es nicht leicht sein würde, den Zuspruch vom Parlament zu bekommen, wenn er mit konservativen Versuchsobjekten arbeiten wollte – ganz gleich, wie bahnbrechend die

Ergebnisse für die Forschung sein könnten. Er wollte es durchsetzen. Würde es durchsetzen. Irgendwie. Von so einer Entdeckung hatte er schließlich sein ganzes langes Leben geträumt. Und Kris' Idee schien ein zumindest halbwegs legaler Weg zu sein, um so bald wie möglich mit den Experimenten zu beginnen. Aber wenn er in Janets und Pei Lins zweifelnde Gesichter sah, dann war Cedric nicht sicher, ob er zustimmen konnte.

»Was sagt ihr dazu?«

Janet hob unsicher die Schultern, und Cedric sah ein, dass sie zu jung und zu unerfahren war, um an dieser Stelle eine klare Meinung zu haben, denn sonst hätte sie sie ohne Zweifel kundgetan.

Pei Lin jedoch schüttelte erneut den Kopf.

»Entschuldige, Cedric. Aber ich denke, wir sollten die Genehmigung abwarten. Wir haben für den Anfang die progressiven Versuchsobjekte, mit denen wir Tests durchführen können. Und so einen wichtigen Antrag kann die Forschungsförderung doch sicherlich schnell bearbeiten. Bis dahin können wir in aller Ruhe ein Versuchsprotokoll ausarbeiten, nach dem wir dann vorgehen. Wenn du möchtest, kann ich dir über das Wochenende ein paar Entwürfe schreiben.«

Ein Seufzer entwischte Cedric.

Die Stimme der Vernunft. Über all der Aufregung begann sie ihn zu verlassen, er spürte es deutlich. Vielleicht würde die Arbeit mit Pei Lin ihm doch ganz guttun.

»Du hast natürlich recht«, sagte er. »Genau so machen wir es. Jeder von euch entwirft bis zum Ende nächster Woche einen Versuchsplan. Am Freitag gehen wir die Entwürfe gemeinsam durch und entscheiden, was das beste Vorgehen ist. Ich kümmere mich in der Zwischenzeit um den Antrag.«

Cedric griff nach seinem Stift und notierte einige Worte auf einem Zettel.

»Wenn sonst keine Fragen mehr sind, beenden wir die Sitzung für heute. Es versteht sich wohl von selbst, dass nichts von dem, was hier besprochen wurde, diesen Raum verlassen darf?«

Niemand widersprach. Nicht, dass Cedric das erwartet hätte. Er stand auf.

»Dann wünsche ich ein erholsames Wochenende. Wir sehen uns Montagabend wieder. – Sid, sei so gut, komm noch einen Moment mit mir. Guten Tag zusammen.«

Gemurmelte Grüße antworteten ihm.

Der Wächter folgte ihm schweigend, als Cedric den Raum verließ. Hinter sich hörte er Stühle rücken, und die Schritte seiner Mitarbeiter, die sich in ihre Büros zurückzogen, um sich umzuziehen. Janet und Kris unterhielten sich leise, aber Cedric hörte nicht hin. Er wollte gar nicht wissen, worum es ging.

Als sie schließlich die Tür von Cedrics Büro hinter sich geschlossen hatten, und keine Gefahr mehr bestand, dass irgendjemand sie belauschen könnte, räusperte sich der Wächter.

»Werden Sie wirklich auf diese Genehmigung warten, Doc?« Seine Augen funkelten neugierig. Die jüngsten Ereignisse hatten selbst ihn beeindruckt.

Cedric hob eine Augenbraue. »Tja … Was denkst du, Sid? Werde ich?«

Sid grinste breit. »Na, nun geben Sie schon den Brief.«

Cedric seufzte schwer. Er hatte es geahnt. Aber zumindest gab Sid freimütig zu, ihn bespitzelt zu haben. Er reichte dem Wächter das Blatt, auf das er hastig wenige Worte gekritzelt hatte.

»Papier aus dem Schrank im Seminarraum. Du kannst es mitnehmen, ohne zu Fuß zu gehen. Pass ihn ab, bevor er die Station verlässt – aber allein. Niemand sonst darf davon wissen. Nicht Janet und erst recht nicht Pei Lin. Sollte eine von den beiden dabei sein, behältst du den Brief bis Montag.« Cedric sah Sid eindringlich an.

Sid schob den Zettel in seine Hosentasche. »Geht klar, Doc.«

Cedric nickte. »Danke, Sid.«

Der Wächter salutierte grinsend.

Dann war er verschwunden.

Cedric ließ sich schwer in den Sessel am Fenster sinken und rieb sich über die Stirn. Der Inhalt seines kurzen Briefes stand ihm noch immer deutlich vor Augen.

*Kris,*

*mach Deine Tests. Aber sag niemandem etwas davon. Ich verlasse mich auf Dich.*

*C.*

Geheimnisse. Cedric hatte nie welche haben wollen. Nicht in dieser Forschungsgruppe.

Und er konnte nur noch hoffen, dass er mit dieser Entscheidung nicht einen großen Fehler gemacht hatte.

# Kapitel Sechzehn

## Forschungsstation White Chapel, Kenneth, Missouri

Der Abend war herabgefallen und hüllte die Stadt am Fuß des Hügels in mattes Blau.

Blue stand am Fenster, als Kris ihre Zelle betrat. Ihre weißen Finger umklammerten die Gitterstäbe. Sie wandte sich nicht um, obwohl sie ihn bemerkt haben musste. Der Abendwind blähte das Nachthemd um ihre dürre Gestalt. Ihre Wunden waren verheilt, und die Verbände, die Kris ihr angelegt hatte, hingen lose und nutzlos von ihren Armen und Schultern. Doch die kahle Stelle an ihrem Hinterkopf war noch deutlich zu sehen.

»Blue?«

Beim Klang seiner Stimme zuckte sie fast unmerklich zusammen. Sie wandte den Kopf und sah über die Schulter zu ihm herüber. Ihre Augen waren groß, und selbst durch die Schatten konnte Kris die Verzweiflung darin erkennen.

»Wer bist du?« Ihre Worte waren kaum mehr als ein Wispern.

Ein Schauer lief über Kris' Rücken. Seit dem Vorfall auf dem Dach stellte sie ihm diese Frage jedes Mal, wenn sie ihn sah. Es war das Erste, was sie gesagt hatte, als sie in ihrem Bett wieder aufgewacht war, ebenso wie am gestrigen Abend, als er sie besucht hatte. Bisher hatte er versucht, ihre Verwirrung auf die Nachwirkungen des Kampfes mit Sid zu schieben. Aber tief in seinem Inneren hatte Kris bereits auf dem Dach gespürt, dass er dem Wächter damit Unrecht tat.

Sie war körperlich wieder gesund. Aber ihr Geist war krank – auch wenn sie jetzt erwacht war. Und das war nicht Sids Verdienst.

Langsam machte Kris zwei Schritte in den Raum hinein und schloss die Tür hinter sich.

»Ich bin es«, sagte er nur. Gestern hatte das ausgereicht.

Ein blasses Lächeln erschien auf Blues Lippen. »Kris.«

Kris nickte und trat zu ihr ans Fenster.

Blue wandte den Kopf wieder nach vorn und presste das Gesicht zwischen die Gitterstäbe. Kris blieb wortlos neben ihr stehen und folgte ihrem Blick. Kenneth lag unter ihnen, erfüllt vom lebhaften Treiben einer Samstagnacht. Lichter, Gerüche und Geräusche Tausender Vampire trieben mit dem Wind zu ihnen herauf.

»Du bist Kris«, wiederholte Blue halblaut. »Aber wer bin ich?«

Kris schwieg eine Weile. Während der ganzen Zeit, bevor sie erwacht war, hatte er darauf gewartet, ihr die Antwort auf diese Frage geben zu dürfen. In den letzten zwei Tagen nach ihrem Erwachen war sie zu schwach gewesen, um zu fragen. Jetzt also war es endlich soweit. Und trotzdem wagte Kris nun kaum, ihr die Wahrheit zu sagen. Wie würde sie darauf reagieren? Sie war nicht mehr Blue – nicht nur, weil sie ihre Erinnerung verloren hatte.

»Das ist nicht so einfach zu erklären«, sagte er schließlich zögernd. »Wer bist du? Sag du es mir.«

Die Haut spannte sich über Blues Knöcheln, als sie sich fester an die Gitterstäbe klammerte. Sie hob den Blick und sah Kris starr ins Gesicht.

»Ich weiß es nicht«, flüsterte sie. »Aber ich weiß etwas anderes. Ich … will frei sein. Frei.« Ein schmerzvolles Lächeln verzerrte ihre Züge. »Du hast mich geliebt, bevor ich wahnsinnig wurde, nicht wahr? Ich kann es in deinen Augen sehen.«

Kris öffnete sprachlos den Mund.

Was sagte sie da?

Nach einer kleinen Ewigkeit endlich schaffte er es, den Kopf zu schütteln. »Es tut mir leid, du irrst dich. Ich kannte dich kaum. Aber ich … kenne jemanden, der dich liebt.«

Ein leerer Ausdruck trat in Blues Augen. Ihr Blick schien einfach durch Kris hindurch zu gehen.

»Ich bin Frei«, murmelte sie wie zu sich selbst. »Du aber rufst mich mit einem anderen Namen. Warum tut er das? Weiß er etwa, wer ich war? Kennt er mein verlorenes Ich?«

Kris zwang sich, ihrem Blick standzuhalten. Dass sie plötzlich in der dritten Person von ihm sprach, verwirrte ihn. Aber er bemühte sich, es zu ignorieren.

»Ich kann dir erzählen, wer du warst«, sagte er so ruhig wie möglich. »Wenn du das möchtest.«

Blue schüttelte den Kopf. Noch immer sahen ihre Augen in eine unbestimmte Leere. »Nein … nein. Ich bin Frei. Frei. Niemand sonst.«

Völlig unvermittelt lösten sich ihre Hände von dem Gitter und griffen nach Kris' Kragen. Er zuckte zusammen und wich unwillkürlich einen Schritt zurück. Doch Blue ließ nicht los. Der Blick ihrer gelben Augen kehrte zurück und bohrte sich in Kris' Kopf, dass ihm schwindelig wurde.

»Lass mich hier raus. Lass mich frei sein. Wenn du mich damals geliebt hast, dann lass mich jetzt gehen!«

Speichel troff aus ihrem Mund. Sie hatte die wahnsinnige

Stärke der Progressiven. Aber sie war jung und konnte mit dieser Kraft noch nicht umgehen. Kris packte ihre Hände und riss sie von seinem Hemd los.

»Lass das sein, Blue.« Unter den Schwingungen seiner Stimme erschlafften ihre Arme augenblicklich. Kris sah sie eindringlich an.

»Ich habe dir gesagt, ich bin nicht der, der dich geliebt hat. Und ich kann dich hier nicht herauslassen.«

Blue fauchte schwach. Tränen stiegen in ihre Augen.

Kris hielt ihre Hände weiter fest, obwohl sie nur noch schwach zuckten. »Es tut mir leid.«

Sie schwankte auf weichen Knien, als seine Worte sie trafen. Hilfloser Zorn lag in ihrem Blick. Behutsam griff Kris nach ihrem Arm und half ihr zum Bett hinüber. Sie leistete keinen Widerstand mehr.

»Ich kann dir deinen Wunsch nicht erfüllen. Nicht jetzt. Du musst hier bleiben, bis Red September kommt. Glaub mir, es geht nicht anders.« Er strich ihr sanft die Haare aus der Stirn. »Aber wenn es erst soweit ist, wird alles gut. Es wird noch ein paar Wochen dauern, aber ich verspreche, dann seid ihr beide für immer frei. Bitte warte so lange.«

Blue zog die Knie an die Brust und schlang die Arme darum. Sie zitterte nun erbärmlich. »Versprichst du es mir?«

Kris nickte. »Ich schwöre, wenn du das willst.«

Er griff in seine Umhängetasche und zog zwei Blutkonserven daraus hervor.

»Hier. Du musst durstig sein.«

Blues Augen weiteten sich. Von einem Moment zum anderen schien jeder andere Gedanke als der an Nahrung aus ihrem Kopf gelöscht zu sein. Gierig packte sie die Beutel und hieb ihre Zähne hinein.

Kris seufzte und beobachtete sie mit einem besorgten Lächeln. Er wünschte, er hätte länger bleiben können, um sich um Blue zu kümmern. Dass ihre Psyche so instabil war, beunruhigte ihn. Und er fürchtete, auch ihre physischen Schmerzen könnten noch längst nicht ausgestanden sein. Er wollte bei ihr sein, wenn sie wiederkamen. Nur so konnte er Blue daran hindern, sich erneut selbst zu verletzen. Aber er musste zurück nach Insomniac Mansion. Die monatliche Versammlung stand an.

Leise verließ Kris die Zelle und beobachtete noch für einen Moment durch das Fenster, wie Blue über die zweite Konserve herfiel. Kaum genug, um sie zu sättigen. Aber mehr stand ihr laut Rationsplan nicht zu. Eigentlich stand ihr gar nichts mehr zu, da sie ja erwacht und somit kein Versuchsobjekt mehr war. Aber solange Cedric keine anderen Anweisungen gab, würde Kris sicherlich nicht aufhören, Blue zu füttern. Jetzt, wo er offiziell für das Wohl der jungen Progressiven verantwortlich war, erst recht nicht.

Während er sich auf den Weg zum Ausgang der Forschungsstation machte, dachte Kris darüber nach, was er Céleste erzählen sollte. Er hatte ihr schon lange keine Fortschritte mehr präsentieren können, und bald würde sie ungeduldig werden. Natürlich, es *gab* Neuigkeiten. Große Neuigkeiten sogar. Kris wurde immer noch ganz kribbelig im Magen, wenn er an die Mitarbeiterbesprechung vom Vorabend zurück dachte. Cedrics kurzen Brief hatte er sofort vernichtet, nachdem er ihn gelesen hatte, aber er hätte ihn jederzeit Wort für Wort wiedergeben können. Und er hatte sich selten so sehr darauf gefreut, nach dem Wochenende wieder an die Arbeit gehen zu können. Céleste wäre hingerissen von dieser Nachricht, das wusste Kris. Höchstwahrscheinlich würde sie ihn sogar dafür belohnen. Vielleicht dürfte er trotz allem noch einmal von Chase trinken oder etwas in der Art. Doch obwohl die Aussicht auf ein solches Geschenk verlockend war, sträubte sich alles in Kris gegen den Gedanken, seiner Schwester von den neuesten Entdeckungen zu erzählen.

Er hatte ihr nicht verziehen.

Im Gegenteil.

Er würde ihr niemals mehr verzeihen. Er würde sie vernichten. Es war Zeit, mit der Umsetzung seines Plans zu beginnen.

Kris trat auf den Vorplatz der Forschungsstation hinaus. Der kühle Nachtwind strich über sein Gesicht. Er durfte nicht zu schnell vorgehen, damit sie nicht misstrauisch wurde. Zuerst würde er in den nächsten Wochen BRA-47 in größeren Mengen herstellen. Niemand in White Chapel interessierte sich jetzt noch für den Blocker. Als Beruhigungsmittel für Célestes Ungeduld würde er aber gute Dienste leisten. Dazu würde er ein paar Andeutungen fallen lassen, über ein BRA-48, das es niemals geben würde.

Und dann musste er nur noch auf den richtigen Zeitpunkt warten.

# Kapitel Siebzehn

## Forschungsstation White Chapel, Kenneth, Missouri

Die Papiere auf dem Schreibtisch raschelten leicht im Luftzug, der durch das geöffnete Fenster hereindrang.

*Ist kalt heute Nacht*, dachte Cedric, während er einige Zahlen in eine Tabelle eintrug. Mehr als vier Wochen waren seit jener ersten Mitarbeiterbesprechung vergangen. Der Oktober war gekommen, und mit ihm der Herbst.

*Der Sommer ist wohl endgültig vorbei.*

Am Morgen war in seiner Post endlich der lang ersehnte Brief vom Ministerium gewesen. Das Schreiben beinhaltete nicht viel, wenn man von einer fast fünf Seiten langen Aufstellung noch zu erbringender Belege, Erläuterungen und Nachweise absah. Cedric wunderte es nun gar nicht mehr, dass die Herren und Damen Bürokraten für die Antwort so lange gebraucht hatten.

Pei Lin kümmerte sich darum. Mit seiner Hilfe.

Cedric seufzte innerlich. Katherine, dachte er, hätte auch ganz allein gewusst, was die nächsten Schritte sein mussten. Ein einziger Blick auf die Liste hätte ihr genügt.

Der inzwischen vertraute Druck auf seiner Brust machte sich einmal mehr bemerkbar. Er tauchte immer dann auf, wenn Cedric aus irgendeinem Grund an Katherine denken musste – und das war oft genug der Fall. Aber Cedric tat sein Bestes, um ihn zu ignorieren.

In diesem Augenblick klopfte es leise an der Tür.

Cedric hob den Blick von den Formularen. »Herein.«

Kris betrat mit leisen Schritten das Büro.

»Du wolltest mich sprechen?«

Cedric nickte und legte seinen Stift zur Seite.

»Sid«, sagte er und strich leicht mit der Hand über seinen Schreibtisch. »Pass auf, dass niemand lauscht. Wenn Pei Lin vorbeikommt, lenk sie irgendwie ab.«

Ein leichtes Vibrieren antwortete ihm. *Jawohl, Doc. Zu Befehl.*

Kris hob belustigt die Brauen und ließ sich auf den Besucherstuhl sinken. Cedric sah, dass ihm eine spöttische Bemerkung auf der Zunge lag – über Paranoia vermutlich –, die er sich jedoch verkniff. Fast hätte er selbst gelacht. Aber er hatte in den letzten drei Wochen genug Zeit mit Pei Lin verbracht, um zu wissen, dass bei ihr eher zu viel als zu wenig Vorsicht angebracht war. Die zierliche Chinesin war, ganz wie er befürchtet hatte, still, unauffällig – und gleichzeitig streng konservativ. Eine gefährliche Kombination, wenn man wie Cedric und Kris Experimente durchführte, für die noch keine offizielle Genehmigung vorlag. Experimente, deren Ergebnisse das festgefahrene Weltbild der Konservativen wild durcheinanderrütteln konnten. Cedric hoffte, dass es nie soweit kommen würde. Aber wenn Pei Lin ihnen auf die Spur kam und sich entschloss, sie beim Parlament zu melden – dann wäre er mit tödlicher Sicherheit noch vor Ende des Monats nicht mehr der Leiter von White Chapel. Er bewegte sich auf dünnem Eis. Aber er konnte auch nicht mehr zurück.

Cedric trat wieder zum Schreibtisch und lehnte sich gegen die Tischkante, um seinen Biotechniker zu mustern.

Seinen Biotechniker, der ein *Bloodstalker* mit ungeklärter

Motivation war, erinnerte sich Cedric und lachte im Stillen. Wie weit war es nur mit ihm gekommen? Wie viele seiner eigenen Grundsätze hatte er bis zu diesem Punkt schon verraten? Und er war sich nicht einmal sicher, ob er nicht doch unter dem Einfluss dieses ungewöhnlich mächtigen Jungen stand, der da vor ihm saß.

Unwichtig. Es war ganz einfach unwichtig. Er würde Katherines Vermächtnis, ihre Theorie beweisen und an die Öffentlichkeit bringen. Was auch immer er dafür tun musste.

»Wie laufen die Tests?« Cedric schob die Hände in die Taschen seines Laborkittels und betrachtete Kris' Gesicht. »Irgendwelche Neuigkeiten?«

Ein Lächeln erschien in Kris' Mundwinkeln.

»Ich hatte gehofft, dass du das fragen würdest. Ich wollte später ohnehin noch deswegen zu dir kommen. Es gibt tatsächlich Neuigkeiten. Die Rezeptorproteine, die wir auf den progressiven Leukozyten gefunden haben, sind auf den konservativen Zellen wirklich nicht vorhanden. Aber dafür gibt es andere, deren Basensequenz sehr ähnlich ist. Das reaktive Zentrum ist dadurch minimal verändert, so dass die Wirksamkeit zwar nicht beeinträchtigt wird, wohl aber der Farbstoff nicht binden konnte, den ich im progressiven Blut benutzt habe.« Das Lächeln wurde breiter. »Unser Verdacht scheint sich zu bestätigen, wie es aussieht.«

Cedric nickte ernst. »Dann wirst du bald die erste Infektion mit konservativem Blut durchführen? Die progressiven In-Vitro-Infektionen haben ja ganz gut funktioniert.«

Kris neigte zustimmend den Kopf. »So hatte ich es geplant.«

Cedric verschränkte nachdenklich die Arme vor der Brust und sah zum Fenster hinüber. Sein Herz klopfte schnell. Er hatte recht. Katherine hatte recht. Das machte die ganze Angelegenheit noch weitaus aufregender. Und gefährlicher. Mit Gewalt zwang er seine Stimme zur Ruhe. Er durfte sich von der Aufregung nicht so mitreißen lassen. Es war nun um so wichtiger, dass sie den Kampf mit dem Ministerium möglichst schnell gewannen.

»Schön. Dann haben wir immerhin schon einige vorläufige Ergebnisse, wenn wir die Genehmigung bekommen.« Er runzelte die Stirn und wandte seinen Blick wieder Kris zu.

»Allerdings möchte ich dich bitten, dich mit Pei Lin zu treffen, bevor du weitermachst. Heute Morgen kam Post vom Ministerium, und ich fürchte, dass sie mit der Bearbeitung des Antwortschreibens überfordert ist. Vielleicht kannst du ihr helfen – ich möchte, dass das Ganze möglichst schnell über die Bühne geht. Es wäre unangemessen optimistisch, zu glauben, dass es mit dem einen Schreiben getan ist. Aller Erfahrung nach werden noch mindestens zwei weitere Rückfragen kommen, bis wir endlich damit durch sind.«

»Verstehe.« Kris nickte ernst.

Cedric sah ihn eindringlich an. »Sie ist in ihrem Büro. Melde dich am besten gleich bei ihr. Und sei vorsichtig. Pei Lin versteht sich darauf, einen Vampir unauffällig auszuhorchen.«

Kris lächelte und stand auf. »Keine Sorge. Ich passe auf mich auf.«

Cedric hob vielsagend die Brauen. »Das hoffe ich. Schließlich steht auch für dich einiges auf dem Spiel, nicht wahr?«

Für einen winzigen Moment verdüsterte sich das Gesicht des jüngeren Vampirs. Dann aber schüttelte er leicht den Kopf und lächelte erneut. »Das stimmt wohl. Aber selbst wenn nicht, hoffe ich, dass du mir mittlerweile vertraust.«

Cedric antwortete nicht sofort. Eine kleine Ewigkeit lang standen sich die beiden Vampire gegenüber, ohne dass sich einer von ihnen gerührt hätte.

»Darüber denke ich noch nach«, sagte Cedric schließlich. »Aber ich fürchte, mir bleibt keine andere Wahl.«

Ein spöttisches Funkeln erschien in den Tiefen von Kris' Augen. »Dasselbe könnte ich über dich sagen, Cedric.« Er verneigte sich leicht. »Bis später, Dr. Edwards. Ich werde Bericht erstatten.«

Cedric antwortete mit einem Lachen, das sich ein wenig zu trocken in seinem Mund anfühlte.

Leise schloss sich die Tür hinter dem jungen Vampir. Dem *Bloodstalker*, der Cedrics Biotechniker war. Und mit dem er sich, ganz ohne es zu wollen oder es geplant zu haben, in ein Boot gesetzt hatte.

Cedric seufzte und kehrte an seinen Schreibtisch zurück, wo der Antrag noch immer auf ihn wartete.

Jetzt mussten sie im gleichen Takt rudern. Und sehen, wo sie ankamen.

# Kapitel Achtzehn

Insomniac Mansion, Kenneth, Missouri

Die Sonne war längst über die Baumwipfel im Osten hinauf geklettert, als Kris White Chapel am nächsten Morgen verließ. Die Forschungsstation lag still im rotgoldenen Herbstlicht. Und auch die Stadt fiel langsam in ihren trägen Tagesschlaf.

Kris hielt den Kasten mit den Probenröhrchen fest im Arm. Nur ein kleiner Teil der Mengen an BRA-47, die er in den letzten Wochen ohne Cedrics Wissen hergestellt hatte. Heute würde er den Wirkstoff den anderen *Bloodstalkers* vorstellen. Kris' Magen kribbelte vor aufgeregter Erwartung, wenn er daran dachte. Selbst wenn seine eigentlichen Ziele sich längst gewandelt hatten und die Einführung von BRA-47 nicht viel mehr als eine Verschleierungstaktik war – er hatte zu lange daran gearbeitet und sich auf die Tests am lebenden Organismus gefreut, um jetzt nicht aufgeregt zu sein.

Céleste, Tony und Hannah erwarteten ihn bereits, als er das hohe Turmzimmer erreichte. Respektvoll blieb Kris einen Schritt hinter der Schwelle stehen und stellte den Kasten auf den Boden.

»Bitte entschuldigt die Verspätung. Ich habe in der Station Verpflichtungen übertragen bekommen, die keinen Aufschub erlaubt haben.«

Céleste lächelte ihm zu. »Keine Sorge. Wir haben uns auch erst gerade hier versammelt.«

Die Musik in ihrer Stimme streichelte Kris' Nerven. Er hatte lange nicht mit ihr gesprochen, fiel ihm auf. Sie war hinreißend, bezaubernd wie eh und je. Und doch machte sie gerade das in Kris' Augen so abstoßend. Sie hatte ihren Streit nicht vergessen. Und sie setzte ihre Gabe ein, um ihn wieder für sich zu gewinnen.

»Also. Eine neue Waffe, sagst du?« Céleste sah ihn aus neugierigen Augen an. Er liebte sie noch immer, dachte Kris. Er konnte nichts dagegen tun. Und er musste sie loswerden.

Er schluckte und kämpfte darum, einen klaren Kopf zu behalten. »Eine Waffe«, stimmte er zu und registrierte beunruhigt, wie belegt seine Stimme klang. Hannah und Tony schienen nichts bemerkt zu haben. Aber vor Céleste konnte er sich nicht verstellen. »Oder zumindest etwas, das sich als Schlüsselkomponente für eine Waffe verwenden lässt.«

Er ging vor dem Kasten in die Hocke und begann, die Sicherheitsverschlüsse zu öffnen. Er war froh, seine Schwester für eine kurze Weile nicht ansehen zu müssen. Seine Hochstimmung war verflogen. Mit unwillkürlich zitternden Händen hob er den Deckel an und nahm eines der Probenröhrchen aus der Kiste, bevor er sich wieder aufrichtete.

»Bisher haben wir bei der Eliminierung von Blutern auf die fehlende Regenerationsfähigkeit ihrer Jungen gesetzt«, erklärte er und spürte erleichtert, dass seine Nervosität sich wieder etwas legte, während er sprach. Dies war sein Fachgebiet. Niemand konnte ihn hier verunsichern. »Ein junger Bluter, dessen wichtigste Vitalregionen zerrissen sind, wird nie wieder handlungsfähig sein. Sobald aber die Relacinbildung eingesetzt hat, ist eine Heilung möglich. Das heißt, der so verwundete Bluter wird nur temporär außer Gefecht gesetzt.«

Kris hielt das Probenröhrchen in die Höhe, so dass sich die schrägen Strahlen der Herbstsonne in der klaren Flüssigkeit brachen.

»Dies ist der Wirkstoff BRA-47. Der nächste Schritt auf dem Weg zu einer Waffe, die unseren Jägern erlaubt, auch regenerationsfähige Bluter dauerhaft auszuschalten: ein Relacin-Blocker.«

Kris sah von einem zum anderen und nickte Hannah zu, die ihn verständnislos ansah und ganz offensichtlich kurz davor stand, ihm über den Mund zu fahren.

»Lasst mich das kurz erklären. Der progressive Körper ist nicht in der Lage, Relacin zu produzieren, das habe ich ja bereits mehrfach erläutert. Ab einem bestimmten Stadium kann er jedoch Beta-Relacin in Relacin umwandeln, was eine Selbstheilung des Körpers möglich macht – auch, wenn sie deutlich langsamer vonstattengeht als bei den Konservativen. Insgesamt ist im progressiven Blut aber deutlich weniger Relacin vorhanden als im konservativen. Mit Hilfe des Blockers können wir diese wenigen Relacinmoleküle komplett blockieren und so den Körper vorübergehend ins Jungbluter-Stadium zurückversetzen. Natürlich ist auch das nur eine temporäre Lösung«, fügte er schnell hinzu, als Hannah den Mund öffnete. »Aber ich arbeite an einer weiterentwickelten Version des Wirkstoffs, die nicht nur die vorhandenen Relacinmoleküle blockiert, sondern auch die weitere Umwandlung von Beta-Relacin in Relacin verhindert.«

Das war die größte Lüge, die er seit langem ausgesprochen hatte, dachte Kris. Aber niemand schien das bemerkt zu haben. Und was für einen Grund sollten sie auch haben, misstrauisch zu sein? Sie alle glaubten doch, er wäre mit vollem

Herzen bei der Sache. Selbst Hannah, die ihn so gut kannte. Und auch Céleste.

Tony räusperte sich knurrend. »Ist ja alles schön und gut, aber … das hört sich an, als wäre das Zeug auch für uns ziemlich gefährlich.«

Kris nickte ernst. »In zu großen Mengen, sicherlich. Aber keine Sorge. Tödlich ist es meiner Ansicht nach nicht – obwohl ich das natürlich nicht getestet habe. Ich würde also im Fall des Falles kein unnötiges Risiko eingehen. Hannah, glaubst du, du kannst den Wirkstoff sinnvoll in die Patronen der Jäger integrieren?«

Hannah runzelte die Stirn. »Klar. Gar kein Ding. Aber sollen die damit auch im Training auf uns schießen? Klingt nicht besonders spaßig.«

Kris hob die Brauen. »Und so wenig Risikofreude klingt ganz und gar nicht nach dir, Hannah.« Er lächelte. »Wenn du möchtest, kann ich dir die Wirkung gern an mir demonstrieren. Ich habe es in einer stillen Minute schon ausprobiert.«

Hannahs Augen wurden groß. »Krass.«

»Das ist ein großartiger Vorschlag, Kris.« Céleste trat zu ihm und legte federleicht die Hand auf seinen Arm. »Ich wäre auch sehr interessiert daran, die Wirkung zu sehen.«

Kris warf ihr einen langen Blick zu. Er konnte ihre Miene nicht deuten. Das Leuchten in ihren Augen zeugte von einer Begeisterung, die fast an Verehrung grenzte. Aber konnte er ihr das glauben? Was auch immer sie dachte – nun würde er um eine Demonstration nicht mehr herumkommen. Aber das machte nichts. Er hatte es ohnehin eingeplant.

Er bückte sich erneut, um eine Spritze aus der Kiste zu nehmen. Mit vorsichtigen Bewegungen schraubte er das Probenröhrchen an die Kanüle. Zischend wurde die Flüssigkeit in die Spritze gesaugt. Kris ballte die linke Faust, bis die Venen an seinem Unterarm dick hervortraten. Dann stach er die Nadel in seine Haut.

»Der Wirkstoff verteilt sich sehr schnell im Körper«, erklärte er, während er das leere Probenröhrchen und die Spritze zurück in die Kiste legte und stattdessen ein Messer herausnahm. »Daher ist die Wirkung beinahe sofort zu sehen.«

Noch einmal sah Kris von einem zum anderen. Dann drückte er die Klinge tief in das Fleisch seines Unterarms. Dunkelrotes Blut quoll in Stößen hervor, als er die Hauptschlagader traf.

Wie gebannt blickten Céleste, Hannah und Tony auf die Wunde.

»Schließ sie«, sagte Céleste, als das Blut zu Boden tropfte.

Kris lächelte schmal. »Ich kann nicht. Du wirst mit den Flecken auf deinen Dielen leben müssen.«

Er sah auf das unbearbeitete Holz hinunter, das gierig das Blut aufsaugte.

Célestes Augen weiteten sich. Doch noch immer strahlte ihre Iris.

»Ich muss zugeben, Kris – ich bin beeindruckt.«

Tony brummte. Er fühlte sich sichtlich unwohl.

Kris nickte ihm zu. »Ich habe mir diesmal nur eine kleine Dosis verabreicht. Und da mein Körper konservativ ist, fällt es ihm leicht, das blockierte Relacin neu zu bilden. Die Wirkung ist daher nur von kurzer Dauer.« Er hielt demonstrativ den Arm hoch, an dem sich die Wunde langsam wieder schloss. »Aber ihr solltet euch jetzt einigermaßen vorstellen können, wie das BRA auf Bluter wirken wird.«

Die anderen Vampire nickten. Kris nahm den Kasten vom Boden und reichte ihn an Hannah weiter. »Das sollte genug sein für einen Testlauf.« Er zwinkerte ihr kurz zu. Sie war aufgewühlt, er konnte es sehen – und sie brannte darauf, den Wirkstoff an sich selbst auszuprobieren. »Wenn du soweit bist, können wir die ersten Patronen von den Jägern im Training einsetzen lassen. Und wenn das gut läuft, stellst du mehr davon her. Was denkst du?«

Hannah nickte. »Klingt nach 'ner Spitzenidee. Ich denke, ich könnte in drei, vier Tagen soweit sein.« Ihre Stimme schwankte. Aber ihre Augen leuchteten.

Kris wandte sich zu Céleste um. »Ist das auch in deinem Sinne?«

Seine Schwester antwortete nicht sofort. Aber ihr Lächeln sprach Bände. Mit langsamen Schritten kam sie näher, bis sie dicht vor ihm stand. Dann legte sie zärtlich die Arme um seine Brust und zog ihn an sich.

»Ich bin so stolz auf dich, kleiner Bruder«, flüsterte sie.

Ein Kloß bildete sich in Kris' Kehle und erschwerte ihm das Atmen. Es tat weh. Er hatte immer gewollt, dass sie stolz auf ihn war. Vor einem Jahr noch hätte er alles dafür getan.

Aber er war nicht mehr ihr kleiner Bruder.

Es war vorbei. Er war erwachsen geworden. Er hatte ihren Verrat erkannt.

Zögernd legte er eine Hand auf Célestes Schulter. »Danke«, murmelte er und spürte ihre Finger sanft seinen Rücken streicheln. Sie war überzeugt, ihn wieder ganz auf ihrer Seite zu haben.

Auch Kris lächelte nun.

Aber es schmeckte bitter.

Ein paar Tage später saß er verborgen in einem der Bäume am Rand des Sandplatzes. Der Himmel hatte sich zugezogen, und dicke Tropfen fielen dicht an dicht aus den düsteren Wolken. Dort unten lief Red im Team mit Chase über den Parcours. Er war schnell wie nie zuvor. Er würde eine Bestzeit laufen.

Kris starrte mit leerem Blick auf den Platz, ohne den Lauf aufmerksam zu verfolgen.

Es war soweit, dachte er. Red war soweit. Noch ein paar Monate ernsthaftes Training draußen in der Stadt. Dann wäre er so stark, wie Kris ihn sich immer gewünscht hatte.

Und auch stark genug, dass Céleste sich über kurz oder lang wieder für ihn interessieren würde.

Kris musste bald handeln. Er musste Red zu Blue bringen und sie als seinen letzten Trumpf ausspielen. Red musste sich endgültig für ihn entscheiden, noch bevor Kris seinen Plan in die Tat umsetzte.

Das Problem daran war nur: Blue war nicht bereit.

Vielleicht würde sie es niemals sein. Aber noch hatte Kris die Hoffnung nicht aufgegeben, dass sie zumindest ein wenig zu ihrem alten Selbst zurückfinden würde. Ihre Erinnerung war verloren. Aber ihr Charakter musste doch noch vorhanden sein.

Kris seufzte.

Er musste Red die Wahrheit sagen.

Oder wenigstens einen Teil davon.

Und hoffen, dass Red ihm trotz allem weiterhin die Treue hielt.

# Kapitel Neunzehn

## Forschungsstation White Chapel, Kenneth, Missouri

Im Eifer des Gefechts mit dem Parlament rasten die Wochen nur so dahin. Cedric kam es vor, als wäre kaum ein Tag vergangen, seit sich die ersten Blätter herbstlich rot gefärbt hatten, als auch schon der erste Schnee fiel. Sowohl er als auch Pei Lin und Kris hatten alle Hände voll zu tun, die erforderlichen Unterlagen und Informationen zusammenzutragen, die das Ministerium immer wieder anforderte. Ganz gleich, wie viele Antwortschreiben sie verfassten, ganz gleich, wie gewissenhaft sie arbeiteten – jedes Mal fehlte am Ende doch noch etwas, oder ein anderer Stein wurde ihnen in den Weg gelegt. Nach mehr als zwei Monaten schließlich glaubte Cedric manchmal schon nicht mehr daran, jemals die Genehmigung für die Tests zu erhalten. In seinem Kopf ging er Tag für Tag Hunderte von Möglichkeiten durch, wie er die Experimente bei einer Absage dennoch fortführen könnte, ohne zu einem wirklich befriedigenden Ergebnis zu kommen. Und jedes Mal, wenn ein weiterer Tag des Grübelns ohne fruchtbare Einfälle oder eine endgültige Zusage vergangen war, war Cedric ein Stückchen näher am Rand der totalen Verzweiflung.

Doch dann, am Abend eines sonnigen Wintertages, war es schließlich soweit. In der Post, die ihm Pei Lin brachte, befand sich zwischen Rechnungen und Werbung ein großer Umschlag mit dem gefürchteten Logo des Ministeriums.

Darin eine Kopiervorlage für Versuchsprotokolle. Und ein kurzer Brief.

*New York, 13. Dezember 2256*

*Sehr geehrter Dr. Edwards,*

*haben Sie vielen Dank für Ihr letztes Schreiben. Wir freuen uns, Ihnen mitteilen zu können, dass wir nun alle erforderlichen Unterlagen geprüft haben, und erteilen Ihnen hiermit die Genehmigung, Experimente am konservativen Versuchsobjekt durchzuführen. Zu diesem Zweck wird der Parlamentsbeschluss Nr. 03 vom 29. August 2055 zum Verbot der Erschaffung neuer Vampire auch für Konservative bedingt außer Kraft gesetzt. Dieses Schreiben gilt in der Hinsicht als rechtskräftiges Dokument.*

*Wir möchten Sie dennoch noch einmal explizit darauf hinweisen, dass die Regelungen für die Weitergabe konservativen Blutes gemäß Überlieferung aufgrund der Sonderregelung in Ihrem speziellen Falle wieder Gültigkeit erlangen. Es ist also darauf zu achten, dass ausschließlich mit Menschen gearbeitet wird, die das so genannte »Wahre Blut« besitzen. Jegliche Missachtung dieser Regel werden wir strafrechtlich ahnden.*

*Wir wünschen Ihnen und Ihrem Team viel Erfolg bei Ihrer weiteren Arbeit.*

*Mit freundlichen Grüßen,*
*Jeffrey Hanson*
*Referat für Forschungsförderung*

Cedric ließ den Brief sinken und sah zu Pei Lin, die ganz entgegen ihrer Art an diesem Tag nicht den Raum verlassen hatte, um ihn in Ruhe seine Post lesen zu lassen. Ihr Gesicht zeigte einen Ausdruck der Ungeduld, der bei der stoischen Chinesin fast fehl am Platz wirkte.

Ein triumphierendes Lächeln kitzelte in Cedrics Mundwinkeln. Er würde sie nicht länger auf die Folter spannen.

»Pei Lin«, sagte er, »sei so gut – berufe für heute um Mitternacht eine Mitarbeiterversammlung ein. Ich möchte unser Versuchsprotokoll noch einmal besprechen.«

Die Augen seiner Assistentin leuchteten auf. Cedric hielt Mr. Hansons Schreiben in die Höhe. »Wir haben die Genehmigung.«

Ein strahlendes Lächeln erschien auf Pei Lins Gesicht. »O Cedric, das ist großartig! Ich freue mich!«

Cedric lachte still. »Ja, das denke ich mir. Das hat ja nun auch wirklich genug Zeit und Nerven gekostet. Gute Arbeit, Pei Lin. Wirklich gute Arbeit.«

Pei Lin lächelte stolz. »Ich sage sofort den anderen Bescheid. Soll ich in die Stadt gehen und Süßblut besorgen? Dann können wir anstoßen.«

Cedric verkniff sich ein Grinsen. So viel Enthusiasmus an der sonst eher steifen Pei Lin zu sehen, war wirklich ein Anblick, der sich lohnte. »Ja bitte, tu das. Und wenn du schon unterwegs bist, kannst du auch gleich neue Briefumschläge mitbringen.«

Pei Lin nickte. »Natürlich, gern. Ich mache mich gleich auf den Weg. Bis später, Cedric.«

Eilig griff sie nach der Türklinke.

Cedric lächelte. »Bis später.«

Die Tür schloss sich hinter seiner Assistentin. Cedric lehnte sich in seinem Stuhl zurück und las den Brief noch einmal.

Die Genehmigung, schwarz auf weiß.

Endlich.

Sein Herz fühlte sich nun um Zentner erleichtert an als noch wenige Stunden zuvor. Nun musste er nur noch geeignete Menschen finden. Vor einigen Monaten noch hätte er das als knifflige Aufgabe bezeichnet. Inzwischen aber hatte er eine recht genaue Vorstellung davon, wer ihm dabei behilflich sein konnte.

Cedric sah auf die Uhr. Drei Minuten nach elf Uhr am Abend. Kris musste bereits im Labor sein.

Cedric klopfte mit dem Fuß auf den Boden.

»Sid. Ruf mir Kris her. Ich will ihn sprechen. Sofort.«

Es dauerte kaum zehn Minuten, bis es an Cedrics Tür klopfte und der junge Vampir sein Büro betrat.

»Kris.« Cedric stand auf. »Schön, dass du da bist. Ich nehme an, Pei Lin hat dir die große Neuigkeit schon mitgeteilt?«

Ein Lächeln erschien auf Kris' Gesicht. »Die Genehmigung ist da«, sagte er.

Cedric wies auf die Sitzgruppe am Fenster. »Sehr richtig. Und ich habe in dem Zusammenhang etwas Vertrauliches mit dir zu besprechen. Setzen wir uns einen Moment. Willst du etwas trinken?«

Kris schüttelte den Kopf und nahm in einem der Sessel Platz. »Danke. Ich bin satt.«

Cedric verengte kurz die Augen, aber er sagte nichts. Er fragte sich, ob er dem Gedanken, dass Kris von Menschen trank, jemals gleichgültig würde gegenüberstehen können. Vermutlich nicht. Obwohl er zugeben musste, dass er sich schon fast an die Tatsache gewöhnt hatte.

Cedric räusperte sich, als ihm klar wurde, dass Kris ihn beobachtete und ganz offensichtlich darauf wartete, dass er zu sprechen anfing.

»Also. Die Sache ist die«, erklärte er und reichte Kris das Schreiben vom Ministerium. »Unser lieber Mr. Hanson hat uns zwar die Genehmigung erteilt. Aber wie du siehst, hat er sie gleichzeitig an eine Bedingung geknüpft. Und über diese Bedingung würde ich gern mit dir reden.«

Er verstummte, um Kris Zeit zu geben, den Brief zu begutachten.

Der jüngere Vampir überflog die wenigen Zeilen. Während er las, legte sich seine Stirn in leichte Falten.

»Wahres Blut«, sagte er schließlich, und seine Stimme klang tief beeindruckt. »Eine harte Bedingung. Man könnte fast meinen, sie hätten uns die Genehmigung nur erteilt, weil sie glauben, dass wir ohnehin keine Menschen mit Wahrem Blut auftreiben können.«

Cedric zog verächtlich einen Mundwinkel in die Höhe. »Das steht zu vermuten. Aber natürlich haben sie nicht damit gerechnet, dass ich einen *Bloodstalker* kenne, der beteuert, auf meiner Seite zu stehen. Oder täusche ich mich?«

Kris hob die Augenbrauen. Seinem Blick war nicht abzulesen, was er dachte.

»Cedric«, sagte er, und in seinen Worten schwang feiner Spott. »Du versuchst doch nicht etwa, mich zu erpressen?«

Cedric verengte die Augen und verkniff sich ein zynisches Lächeln. »Keineswegs. Um ganz ehrlich zu sein: Ich versuche, dich abzuwerben. Dich – und so viele Menschen mit Wahrem Blut, wie du auftreiben kannst.« Er neigte sich nach vorn und stützte die Unterarme auf die Knie. »Hör zu, Kris. Wir stehen hier vor einem riesigen Durchbruch. Und ich würde lügen, wenn ich behaupte, dass du nicht das wichtigste Mitglied in meinem Team wärst. Du hast mir bis hierher so immens weitergeholfen, dass ich dich trotz allen Wissens, das ich über dich habe, jederzeit unbehelligt ziehen lassen würde. Aber ich will nicht lange darum herum reden: Ich kann dir nicht länger erlauben, Teil dieser Forschungsgruppe zu bleiben, wenn du dich nicht entscheidest, mit den *Bloodstalkers* abzuschließen. Kein Doppelleben mehr. Für White Chapel ist in unserer jetzigen Lage ein solcher Mitarbeiter zu riskant. Ich biete dir an, hier mit Wahrem Blut zu arbeiten – ganz offiziell und legal. Aber nur dann, wenn du ab Beginn der Experimente nicht mehr zu den *Bloodstalkers* zurückkehrst.« Cedric sah Kris eindringlich an. »Diese Entscheidung muss endgültig sein. Unser Antrag hat große Wellen geschlagen beim Ministerium. Ich kann kein Risiko mehr eingehen, jetzt wo wir uns so in den Fokus des Parlaments gedrängt haben. Deshalb werde ich nicht mit dir verhandeln. Aber ich werde deine Entscheidung akzeptieren, wie auch immer sie ausfällt.«

Er lehnte sich wieder in seinem Sessel zurück und musterte Kris' Gesicht, das während seiner Ansprache zu vollkommener Reglosigkeit erstarrt war. Eine tiefe Falte stand zwischen den Brauen des jungen Biotechnikers. Lange Zeit starrte er in die Dunkelheit jenseits des Fensters, ohne sich zu rühren.

»Auf Insomniac Mansion leben zur Zeit sieben Menschen«, sagte er schließlich langsam. »Sechs davon haben Wahres Blut – und davon wiederum sind drei ungewöhnlich stark. Der siebte ist ein gewöhnlicher Sterblicher.« Kris wandte den Kopf und sah Cedric aus unergründlich dunklen Augen an. »Du warst offen zu mir, Cedric. Ich will auch offen zu dir sein. Ich plane meinen Ausstieg bei den *Bloodstalkers* schon seit einiger Zeit. Nicht für dich oder für White Chapel, sondern aus persönlichen Gründen. Und dieser Ausstieg wird Konsequenzen für die anderen Mitglieder der *Bloodstalkers* haben, die sich ganz sicher nicht mit deinen Moralvorstellungen decken. Ich halte es auch für möglich, dass ich danach nicht länger hier arbeiten kann, sondern für unbestimmte Zeit von der Bildfläche verschwinden muss. Das solltest du wissen, bevor wir eine Abmachung treffen. Aber wenn du mich nach meinen Wünschen fragst – dann würde ich gern so lange wie möglich in White Chapel bleiben, um die Experimente weiterzuführen. Und ich wäre bereit, dir im Gegenzug Menschen mit Wahrem Blut zu beschaffen.«

Stille sank zwischen den beiden Vampiren herab. Eine ganze Weile dachte Cedric schweigend über das nach, was er gerade gehört hatte.

»Du bietest mir sechs Menschen mit Wahrem Blut, wenn ich deine Kündigung akzeptiere?« Er runzelte die Stirn. »Entschuldige, aber ich kann nicht anders als mich zu fragen, wo an diesem Angebot der Haken ist.«

Ein feines Lächeln huschte über Kris' Züge. »Kein Haken«, sagte er. »Aber du hast natürlich recht, ganz so nobel sind meine Bedingungen nicht. Zum einen möchte ich den Zeitpunkt bestimmen dürfen. Und zwei der Menschen möchte ich für mich selbst, da sie von meinem Stamm sind.«

»Verstehe.« Cedric nickte. »Da kommen wir der Sache schon näher.«

Kris neigte den Kopf. »Es handelt sich dabei um Chase, den du schon kennst, und um einen zweiten Jungen namens Red. Außerdem«, er holte tief Luft, »möchte ich deine Erlaubnis, Versuchsobjekt Nr. 159 mitzunehmen, wenn ich gehe. Und bitte frag mich nicht nach den Gründen.«

Erneut schwieg Cedric eine Weile. Was tat er hier eigentlich? Hatte er nicht eben noch angekündigt, nicht zu verhandeln? Und dennoch – das Angebot war schwer auszuschlagen. Vier Menschen. Immerhin. Das war ein guter Anfang. Und Kris würde ihn von einem nutzlos gewordenen Versuchsobjekt befreien. Ein Versuchsobjekt, das schon viel zu lange eine ihrer Zellen blockierte, weil Cedric keine Gedanken für sie übrig gehabt hatte.

Er runzelte die Stirn. »Ich gehe vermutlich richtig in der Annahme, dass du schon einen Plan hast, wie du sie hierher bringen willst?«

Kris nickte. »Sie werden kommen. Du brauchst sie dann nur noch von Sid einfangen zu lassen. Gib mir die Erlaubnis, mich mit ihm abzusprechen und ihm Anweisungen zu geben. Dann werde ich dir so bald wie möglich den Termin …«

In diesem Moment ertönte draußen auf dem Gang ein erstickter Schrei.

Cedric sprang alarmiert auf. »Pei Lin!«

Fast im gleichen Augenblick öffnete sich die Tür. Sid betrat den Raum. Die konsterniert dreinschauende Pei Lin zog er am Ohr hinter sich her.

»Ich hab' hier wen gefunden, Doc.« Der Wächter grinste über das ganze Gesicht. »Sie schlich so auf dem Flur herum, da dachte ich, es täte ihr gut, mal ordentlich erschreckt zu werden.«

»Lass mich los!«, zischte Pei Lin wütend und bemühte sich sichtlich, nicht all zu würdelos auszusehen.

Cedric seufzte. »Lass sie los, Sid.«

Sid gehorchte, jedoch offensichtlich mit einigem Bedauern.

»Was gibt's, Pei Lin?«

Pei Lin rieb sich das Ohr, verzog aber sonst keine Miene. »Es ist schon nach Mitternacht«, erklärte sie steif. »Ich wollte gerade klopfen, um dich an die Besprechung zu erinnern. Und dann ist Sid aufgetaucht.«

Ein zufriedenes Glucksen ertönte aus der Richtung des Wächters.

Kris und Cedric wechselten einen Blick. Die Mitarbeiterbesprechung. Die hätte Cedric beinahe vergessen. Er hätte sich ohrfeigen können.

»Wir kommen«, sagte er schließlich. »Geh schon mal vor und pass auf, dass Janet nicht alles allein trinkt.«

»Ist gut«, murmelte Pei Lin, ganz offensichtlich noch immer verstimmt. »Bis gleich.« Geräuschvoll zog sie die Tür hinter sich zu.

Kris sah nachdenklich auf die Stelle, an der die Chinesin bis eben gestanden hatte.

»Glaubst du, sie hat etwas gehört?«

Cedric hob die Schultern und runzelte die Stirn. »Möglich. Ich werde mich später darum kümmern.«

Kris schüttelte mit einem leichten Lächeln den Kopf. »Manchmal machst du mir fast Angst.«

»Ach.« Cedric hob spöttisch die Brauen. »Und warum, wenn ich fragen darf?«

»Ich muss in solchen Situationen immer darüber nachdenken, ob du dich wohl auch um mich schon einmal ›gekümmert‹ hast. Nichts für ungut, aber das ist keine besonders angenehme Vorstellung.«

Ein trockenes Lachen entwischte Cedric. »Keine Sorge. Das wüsstest du. Um unbemerkt dein Gehirn zu manipulieren, bist du leider zu alt.« Er seufzte erneut. »Also. Sind wir dann auch soweit? Ich denke, ich kann deine Bedingungen akzeptieren – bis auf eine. Ich werde dich noch nach deinen Gründen fragen. Aber nicht jetzt. Besprich dich mit Sid, wann du magst.« Er warf einen Blick zu dem Wächter hinüber, der kurz hinter der Schwelle stehen geblieben war und sie neugierig beäugte. »Aber auch das vielleicht nicht gerade jetzt. Jetzt sollten wir endlich darauf anstoßen, dass wir den Papierkrieg gewonnen haben.«

Kris nickte, nun wieder ernst. »Ich denke, damit kann ich leben. Danke, Cedric.«

Cedric lächelte spöttisch und griff nach der Türklinke. »Nicht doch. Ich habe zu danken. Also gehen wir.«

Kris erwiderte das Lächeln und folgte ihm.

»Ja«, sagte er. »Trinken wir. Wie du immer sagst: Auf Zeit und Blut.«

# Kapitel Zwanzig

## Insomniac Mansion, Kenneth, Missouri

Die Menschen waren informiert.

Kris stand am Fenster seines Zimmers in Insomniac Mansion und sah nachdenklich in den Garten hinunter.

Es war alles vorbereitet. Niemand hatte Verdacht geschöpft. In weniger als einer halben Stunde würde er mit Céleste nach Paris aufbrechen. Und wenn er zurückkehrte, würde es die *Bloodstalkers* von Kenneth nicht mehr geben.

Kris spürte kein Bedauern. Und keine Reue.

Er würde die Welt nicht ändern mit seiner Tat. Weder zum Besseren noch zum Schlechteren. Aber das war ihm gleichgültig. Er würde frei sein. Das war alles, was zählte.

Kris wandte sich vom Fenster ab und ging zu seinem Bett hinüber, auf dem der Koffer lag, den er für seine Reise bereits gepackt hatte. Kleidung zum Wechseln. BRA-47 in großen Mengen. Einige Spritzen. Und das Messer.

Célestes Klinge.

Er hatte sie ihr nach dem Vorfall mit Gregor nie zurückgegeben. Aber in Paris würde er das nachholen.

Kris lächelte grimmig. Es war Zeit, aufzubrechen.

Mit einem dumpfen Laut klappte der Deckel des Koffers zu.

# DRITTER TEIL: LEBEN ODER STERBEN

*Wir haben längst definiert, was Leben ist, und nennen unsere Unsterblichkeit einen biologischen Fakt.*
*Aber was ist mit unserer Seele? In all den Jahrhunderten haben wir sie nicht gefunden. Hat es sie nie gegeben? Oder ist sie vielleicht an unserer statt gestorben?*

# Kapitel Eins

## Haywood Forest, Kenneth, Missouri

Es war kalt. Eisig kalt.

Red schob die verfrorenen Hände unter die Achselhöhlen und spähte zwischen den Bäumen hindurch zu dem grauen Klotz, der die Forschungsstation war. Jenseits des Waldrandes trennte nur noch ein kahles Getreidefeld die kleine Menschengruppe von dem Gebäude. Aber hier unter den verschneiten Zweigen waren sie vor Blicken geschützt.

Reds Magen kribbelte in einer Mischung aus Nervosität und freudiger Erwartung. Dies war besser als jeder Außeneinsatz. Dies war der Tag, auf den er so lange gewartet hatte. Dort drüben würden sie bald sein. Dort würden sie das Mittel holen, das sie jedem Vampir überlegen machen würde. Und dort würde er Blue treffen.

Ein leiser Pfiff riss ihn aus seinen Gedanken. Er sah sich um. Chase stand nur wenige Schritte entfernt und winkte seine Kameraden zu sich heran. Red war als Erster bei ihm. Vor ihnen fiel der Boden fast zwei Meter steil ab, um kurz darauf ebenso steil wieder anzusteigen.

»Das muss es sein.« Chase deutete auf ein dickes Rohr, das direkt unter ihnen aus der Böschung ragte. »Sieht ja gemütlich aus.«

Red nickte. Kein Zweifel. Dies war mit Sicherheit das ausgetrocknete Flussbett, in das laut Kris' Plan das Abwasserrohr der Station mündete.

Mit einem leichten Satz sprang er hinter Chase die Böschung hinunter und versank bis zu den Knien im puderigen Schnee. Die anderen Menschen, die ein Stück entfernt die Umgebung erkundet hatten, folgten ihnen kurz darauf.

Chase kniff die Augen zusammen und spähte in das Abwasserrohr, das sich nun fast auf ihrer Augenhöhe befand.

»Nicht viel Platz da drin«, meinte er trocken. »Wird ziemlich eng für dich, Michael.«

Michael knurrte und begutachtete ebenfalls die Mündung des Rohrs. Der Durchmesser konnte kaum mehr als sechzig Zentimeter betragen. »Wenigstens sind bei der Hundekälte die Fäkalien eingefroren«, brummte er.

Sarah schüttelte sich. »Weiter drin bestimmt nicht mehr. Hätte Kris uns keinen besseren Weg suchen können? Das ist ja so was von widerlich.«

Chase lachte spröde. »Halt einfach die Luft an, dann redest du auch nicht so viel.«

»Wir sollten nicht unnötig Zeit hier vertrödeln«, warf Bruce ein, bevor Sarah eine wütende Erwiderung geben konnte, und zog umständlich die Nachtsichtbrille aus seiner Tasche. Seiner dünnen Stimme war unterdrückte Erregung anzuhören. Red wusste, dass Bruce – gleich nach ihm selbst – diesem Einsatz am meisten entgegengefiebert hatte. Er brannte darauf, ihre neue Ausrüstung auszuprobieren, da er Hannah bei ihrer Entwicklung hatte helfen dürfen. »Je eher wir drin sind, desto eher kommen wir auch wieder raus.«

Claire klapperte mit den Zähnen und drängte sich eng an Will. »Ich glaub, wenn ich erst mal drin bin, will ich gar nicht wieder raus.«

Chase stieß ein leises Zischen aus und schüttelte verächtlich den Kopf. »Fangt doch alle an zu heulen«, murmelte er, als er an Red vorbeiging. Entschlossen griff er nach dem Rand des Rohres und war kurz darauf in der Dunkelheit verschwunden. Bruce, Michael, Claire und Will tauschten gereizte Blicke. Aber sie alle kannten Chase schon zu lange, um sich ernsthaft über seinen Tonfall zu ärgern. Einer nach dem anderen folgten sie ihm in den engen Schacht.

Sarah machte noch immer ein widerwilliges Gesicht. Red bemühte sich um ein aufmunterndes Lächeln. »Wird schon nicht so schlimm«, meinte er beruhigend. Dann setzte er ebenfalls seine Nachtsichtbrille auf und kroch hinter Will in das Rohr.

Drinnen war es dunkel und roch nach menschlichen Exkrementen. Ein Stück weiter vorn konnte Red den grünlichen Umriss von Wills Gesäß sehen. Hinter sich hörte er Sarah nun auch ins Rohr hinaufklettern und beeilte sich, vom Eingang fortzukommen.

Kaum hatte er die ersten Meter hinter sich gebracht, als er auch schon erste Feuchtigkeit an Händen und Knien spürte. Sarah hatte recht gehabt, dachte Red. Harmloses Brackwasser wie auf dem Trainingsplatz war das sicher nicht. Aber das machte nichts. Red wäre, ohne zu zögern, durch ein ganzes Becken voller Klärschlamm getaucht, um in die Forschungsstation zu gelangen.

Denn dort drin war Blue. Und heute würde er sie endlich wiedersehen. Was er dann tun wollte, wusste er noch nicht. Aber Kris traute ihm zu, eine Lösung zu finden, das klang aus seinem Brief deutlich heraus. Also traute Red selbst es sich auch zu.

Sie hatten in den letzten zwei Wochen auf einem eigens für diesen Zweck auf dem Schießplatz aufgebauten Trainingsgelände ihren Einsatz geprobt. Der neue Parcours basierte auf den Plänen, die Kris ihnen von der Forschungsstation besorgt hatte. Pläne, die sie in den ruhigen Stunden nach dem Abendessen eingehend studiert hatten. Und so hatte Red das Gefühl, die Station schon genau zu kennen, ohne sie je betreten zu haben. Jeder Schritt, jeder Handgriff auf ihrem Weg durch White Chapels Kanalisations- und Lüftungssystem bis in das Labor, in dem das Mittel gelagert wurde, war akribisch geplant und durchgesprochen. Und sie waren bestens auf den Einsatz vorbereitet. Die neuen Anzüge, die sie trugen, unterdrückten ihren typisch menschlichen Geruch. Die neuen Kletterhandschuhe machten selbst das Erklimmen von glatten, senkrechten Wänden zu einem Kinderspiel. Sie alle hatten sich seit Beginn des Spezialtrainings jeden Abend eine Dosis Relacin gespritzt, um körperlich in Höchstform zu sein. Möglichst leise und möglichst schnell würden sie so viel von dem Wirkstoff an sich bringen, wie sie gefahrlos tragen konnten, und sich dann wieder zurückziehen.

Und auf dem Rückweg würde Blue bei ihnen sein. Dafür würde Red schon sorgen.

Er würde White Chapel auf keinen Fall ohne sie verlassen.

## Kapitel Zwei

Forschungsstation White Chapel, Kenneth, Missouri

Die ganze Sache roch nach Falle.

Der Gedanke drängte sich in Chase' Kopf, kaum dass sie den Abwasserkanal verlassen hatten. Er hatte sich ganz selbstverständlich an die Spitze der Gruppe gesetzt. Schließlich war er schon einmal hier gewesen, auch wenn die anderen nichts davon wussten. Die große Waschküche, in der sie nun standen, hatte er bei seinem Besuch zwar nicht gesehen, aber Chase hatte den Plan der Station so genau im Kopf, dass er sich, ohne nachzudenken, jederzeit zurechtgefunden hätte.

Und dennoch überfiel ihn, noch während er die Nachtsichtbrille abnahm und beobachtete, wie sich seine Kameraden nach und nach aus dem Abflussschacht zwängten, eine seltsame Unruhe.

Etwas stimmte nicht.

Etwas war anders als beim letzten Mal, aber er konnte nicht benennen, was es war. Und an einen Abbruch der Mission war natürlich nicht zu denken.

Chase sah sich um. Mehrere Waschmaschinen und Trockner standen an den Wänden aufgereiht, im gleichen sterilen Weiß wie die Bodenfliesen, der saubere Putz, das Licht der Neonlampen und sogar die Wäschetruhen. Keine der Maschinen war im Augenblick in Betrieb. Aber es roch intensiv nach Waschpulver, Weichspüler und Putzmittel.

Und da, in der Ecke über den Trocknern, war er. Der Eingang zum Lüftungssystem mit den langgestreckten Stahlgittern, genau wie Kris es auf ihrem Plan markiert hatte.

Bruce trat neben Chase. »Wie lange?«, zischte er.

Chase warf einen Blick auf die Uhr an seinem Handgelenk. »Zwei Minuten … vierzig.«

Bruce nickte und gab Claire ein Zeichen. Gleichzeitig sprangen sie auf die Trockner und zogen jeder einen kleinen Stift aus ihrem Werkzeuggürtel – Teil ihrer neuen Ausrüstung. Der Kopf des Stifts war beweglich und rotierte auf Knopfdruck, angetrieben von einem winzigen, aber unglaublich starken Motor. Jede noch so fest angezogene Schraube konnte damit schnell und nahezu geräuschlos gelöst werden. Kaum eine Minute später hoben Claire und Bruce eines der schweren Gitter aus seiner Fassung und reichten es an Will und Michael weiter, die es vorsichtig auf dem Boden ablegten.

Hinter dem Gitter kamen vier Ventilatoren zum Vorschein, die sich rasch drehten. Erneut sah Chase auf seine Uhr. Ein seltsames Gefühl prickelte in seinem Nacken. Als ob er beobachtet würde …

Er zwang sich, sich nicht umzusehen. Hinter ihm war nur die Wand. Das war doch verrückt.

»Noch fünfundzwanzig«, flüsterte er. Das Lüftungssystem von White Chapel war auf einen Fünf-Minuten-Takt eingestellt, um Strom zu sparen. Wenn Kris' Aufzeichnungen also stimmten, dann würden die Ventilatoren gleich für kurze Zeit aufhören, sich zu drehen. Fünf Minuten, in denen Claire und Will sie demontieren mussten, um den Weg in den Schacht frei zu machen. Chase ließ den Blick zwischen seinem Handgelenk und dem Lüftungsschacht hin und her schweifen.

Auch die anderen warteten gespannt.

Das Summen der Lüftung verstummte. Allmählich wurden die Flügel der Ventilatoren langsamer. Auf die Sekunde.

Chase spürte den Druck auf seiner Brust stärker werden. Alles lief glatt. Warum war er so nervös? Es war eine andere Anspannung als die, die ihn antrieb, wenn er in den Dirty Feet unterwegs war. Unangenehm. Beklemmend.

Die Ventilatoren lösten sich mit hässlichem Schaben aus ihren Halterungen. Zwei Minuten und drei Sekunden, bis die Lüftung wieder anspringen würde. Der Weg war frei.

Red trat nah an Chase heran und neigte sich zu seinem Ohr. »Was ist los?«

Chase schüttelte den Kopf und schwang sich zu Claire und Bruce auf die Trockner hinauf, ohne Red anzusehen. Es war nichts. Nichts, was er erklären konnte.

Chase packte den Rand des Lüftungsschachts und zog sich hinauf. Die Decke war so niedrig, dass sie auf dem Bauch kriechen mussten, aber es gab genügend Platz zu den Seiten. Alles, wie sie es geübt hatten. Mit zügigen Bewegungen kroch Chase voran. Die Aktion würde nach Plan laufen. Er würde sich nicht verrückt machen lassen, nur weil sein Nervensystem plötzlich verrückt spielte. Sich nicht und auch die anderen nicht.

Der Boden des Schachts vibrierte leicht unter seinen Händen. Atmete da nicht jemand neben ihm? Chase biss die Zähne zusammen.

Nein.

Da war nichts.

Ein Luftzug kam von vorn und blies ihm die Haare aus dem Gesicht. Das Lüftungssystem war wieder angesprungen.

Der Weg stieg zunächst ein kurzes Stück leicht an und mündete dann in einen Schacht, der senkrecht nach oben führte – und von hier kam auch der Wind. Ein riesiger Ventilator hing weit über ihnen. Darüber konnte Chase ein Gitter und ein winziges Stück bleigrauen Himmel erkennen. Er warf einen Blick über die Schulter zurück. Red war dicht hinter ihm. Die anderen konnte er nicht sehen, aber sie mussten ebenfalls dort sein.

Das Erdgeschoss. Der Raum ganz am anderen Ende der Station. Das war ihr Ziel. Sie mussten nur die dreieinhalb Meter nach oben und dann immer geradeaus. Nicht kompliziert. Aber weit.

Vorsichtig, um in der Enge nicht steckenzubleiben, richtete Chase sich auf und legte die Hände an die Wand. Die winzigen Widerhaken in seinen Kletterhandschuhen fanden Halt im rauen Beton. Langsam zog er sich aufwärts.

Und wieder hatte er das Gefühl, dass jemand ihn beobachtete. Chase fluchte stumm. In all den Jahren als Vampirjäger hatte er gelernt, seinen Instinkten zu vertrauen. Er war doch nicht paranoid! Irgendjemand war dort. Aber wer oder was war das? Chase verwünschte sich nun dafür, dass er Red nicht geantwortet hatte. Gern hätte er jetzt die anderen gewarnt, so dumm es auch klang. Aber Hannah hatte ihnen immer wieder eingeschärft, dass sie kein Wort mehr wechseln durften, sobald sie im Lüftungsschacht waren, da der Schall dort zu weit trug. Und Chase hätte auch nicht gewusst, wovor er eigentlich warnen wollte. Wenn er wenigstens hätte sagen können, was ihm so merkwürdig vorkam …

Der Schacht über den Fluren im Erdgeschoss war etwas höher als der, durch den sie hereingekommen waren, so dass Chase sich auf Hände und Knie aufrichten konnte, sobald er den Aufstieg an der Wand überwunden hatte. In regelmäßigen Abständen fiel durch Gitterroste im Boden weißes Neonlicht herein. Darunter konnte Chase den graublauen Kunststoffbelag des Korridors sehen. Von hier an mussten sie noch vorsichtiger sein als bisher, das hatte Kris in seinen Notizen deutlich hervorgehoben. Auch wenn es unwahrscheinlich war, der Doktor hielt sich manchmal auch tagsüber in White Chapel auf und konnte jederzeit einen der Flure entlang gehen, über die sie nun hinwegkrochen. Vorsichtig setzte Chase eine Hand vor die andere und zog die Knie nach. Das Gefühl der Blicke in seinem Rücken war nun verschwunden. Auch kein Atmen mehr. Kein Vibrieren im Boden. Alles war still. Unheimlich still.

Und in dieser Stille ertönte plötzlich ein Kichern.

Chase zuckte zusammen. Hinter ihm atmete jemand erschreckt ein. *Will*, dachte Chase und spürte, wie nervöser Zorn in ihm aufwallte. Der Einzige von ihnen, der nicht genug Disziplin hatte, sich vollkommen still zu verhalten.

Erneut erklang das Kichern. Chase wandte den Kopf hin und her, um die Richtung zu bestimmen. Aber die Stimme schien von überallher zu kommen. Aus den Wänden. Aus dem Boden. Aus der Luft.

Eine der Lampen unter ihnen flackerte.

Und in diesem Moment wurde Chase klar, was ihm die ganze Zeit so seltsam erschienen war. Die Lampen! Die Station hatte ein stromsparendes Lüftungssystem – warum brannten mitten am Tag die Lampen? Beim letzten Mal, als er tagsüber hier gewesen war, hatten sie das nicht getan, das wusste er genau.

Kurz entschlossen packte Chase das Gitter vor sich und riss daran. Kreischend löste es sich aus seiner Verankerung.

»Raus hier!« Er ließ die Beine durch die Öffnung rutschen und warf den Rost zur Seite. Scheppernd kam er auf dem Beton des Schachts auf, aber Chase kümmerte das nicht. Sie waren längst entdeckt. Es war schiefgelaufen. Und was immer jetzt geschah – er wollte zumindest genug Raum haben, um seine Waffe zu ziehen. Die zweieinhalb Meter bis zum Boden ließ er sich einfach fallen.

Wie ausgestorben lag der Korridor vor ihm. Hier war er mit Kris gewesen. Hinter ihm war der Fahrstuhl. Und dort am Ende des Gangs lag das Labor. So nah schon. Und doch viel zu weit entfernt.

Chase entsicherte gerade seinen Revolver, als Red neben ihm landete. Ihm folgten nacheinander die anderen.

Wieder flackerte die Lampe und erlosch mit einem leisen Knall.

»Was ist das?« Claires Stimme klang dünn und mühsam gefasst.

»Still!«, zischte Chase.

Das Kichern ertönte erneut, lief zitternd durch den Boden und vibrierte unter ihren Füßen. Wie auf ein unhörbares Kommando bezogen die Menschen Rücken an Rücken Stellung und hoben die Waffen – ohne zu wissen, wohin sie zielen sollten.

In diesem Moment verschwamm der Bodenbelag wenige Meter vor ihnen, waberte und schien flüssig zu werden. Und aus dem Kunststoff heraus wuchs eine Gestalt.

Dürr. Mit zottigen, schlohweißen Haaren und funkelnden schwarzen Augen.

Ein Vampir.

»Ein Konservativer«, flüsterte Sarah atemlos.

Der Vampir grinste ein wildes Grinsen. »Willkommen in

White Chapel«, sagte er. »Ich bin der Wächter. Bitte nennen Sie das Passwort.«

Chase hatte mit einem Mal das Gefühl, von innen heraus zu gefrieren. All seine Gedanken waren plötzlich ganz klar.

Ein Wächter.

Und Kris hatte ihn mit keinem Wort erwähnt.

Sein Instinkt hatte ihn nicht getäuscht. Es *war* eine Falle.

Dieser Bastard.

Chase drückte ab.

*Nur ein Vampir.*

Er schoss noch einmal. Ein Vampir. Konservativer oder nicht – BRA-47 würde ihn lahmlegen. Chase hatte gegen zu viele Vampire gekämpft, um jetzt noch Angst zu empfinden. Er würde hier nicht sterben!

Und nun hörte er auch die anderen ihre Waffen abfeuern, Schuss um Schuss um Schuss. Rauch erfüllte den Gang.

Ein Vampir! Nur ein Vampir!

Sechs Schuss. Noch eine im Lauf.

Da packte ihn eine Hand von hinten am Hals und riss ihn zu Boden. Erschreckt brüllte Chase auf, als seine Schulter hart aufschlug. Der Revolver glitt ihm aus den Fingern und schlitterte über den Kunststoffbelag. Außer Reichweite.

Chase fluchte wütend.

Das Donnern war verstummt. Der Rauch legte sich. Mühsam stemmte Chase sich auf die Unterarme.

Der Vampir war verschwunden.

»Passwort nicht korrekt.«

Nein. Nicht verschwunden.

»Bitte versuchen Sie es noch einmal.«

Er klebte unter der Decke wie eine übergroße Fliege. Und

in seinem rechten Arm, schlaff wie eine Marionette ohne Fäden, hing …

»*Will!*«, kreischte Claire entsetzt.

Das Grinsen des Vampirs entblößte die langen Fangzähne.

Chase kam auf die Knie. Auch von seinen Kameraden stand niemand mehr. Er fühlte sich außerstande zu begreifen, was gerade geschehen war. Wer hatte ihn zu Boden gerissen? Noch einmal warf er einen hastigen Blick über die Schulter zu den anderen. Jemand fehlte. Will und … wer?

»Passwort nicht korrekt.« Ein Kichern schüttelte die hagere Brust des Vampirs und riss Chase' Aufmerksamkeit wieder an sich. Er wandte den Kopf gerade rechtzeitig wieder nach vorn, um zu sehen, wie Will aus zweieinhalb Metern Höhe zu Boden fiel. Mit einem dumpfen Laut schlug sein Körper auf und blieb unnatürlich verdreht liegen. Ein ersticktes Wimmern ertönte aus Claires Richtung.

»Letzter Versuch.« Der Vampir landete mit einem weichen Satz neben seinem Opfer. Sein Arm hob sich in Richtung der Menschen.

»Weg hier!«, hörte Chase Michael keuchen.

Ein schallendes Lachen brachte den Gang zum Erzittern, und Chase verspürte mit einem Mal den wahnsinnigen Drang, mitzulachen. Weg hier? Nein. Sie würden hier nicht wegkommen.

Kris. Dieser Dreckskerl.

Die Luft um die Hand des Vampirs verdichtete sich. Flimmerte. Eine Lampe nach der anderen flackerte. Erlosch. Und die Luft begann zu glühen.

»Passwort nicht korrekt.«

Mit einem verzweifelten Satz hechtete Chase zu seiner Waffe. Noch ein Schuss im Lauf. Eine letzte Chance.

»BOOM, Baby …«

Chase' Hand schloss sich um den Griff des Revolvers. Er zielte.

*»Sarah!«*, brüllte Red.

Schoss.

Und dann wurde alles weiß.

## Kapitel Drei

Forschungsstation White Chapel, Kenneth, Missouri

Als Red erwachte, lag er in einem Bett, das er nicht kannte. Sein Kopf schmerzte und seine Glieder fühlten sich seltsam taub an. Wie war er hierher gekommen? War er immer noch in der Forschungsstation?

Mühsam setzte er sich auf. Da war dieser Vampir gewesen. Und dieses Licht. Er hatte geglaubt, zu sterben ... aber ganz offensichtlich war er nicht tot.

Benommen ließ Red seinen Blick durchs Zimmer schweifen – und erstarrte.

Auf einem Stuhl, ein Stück vom Bett entfernt, saß jemand. Ein Vampir, das erkannte er sofort. Aber wie blass er war! Schwarze Locken hingen bis auf seine Schultern. Die gelben Augen beobachteten ihn mit gelassener Neugier. Ein Bluter! Ganz automatisch fuhr Reds Hand zu seiner Hüfte – aber da war kein Revolver. Nur ein leeres Halfter.

Eine Erinnerung zuckte durch seinen Kopf. Sarah, wie sie sich an den Lüftungsschacht klammerte und hineinkletterte, nachdem der Wächter sie durch die Luft geschleudert hatte. Einer plötzlichen Eingebung folgend, hatte Red ihr seine Waffe zugeworfen – nur Augenblicke, bevor das Licht alles verschluckte.

Eine Gänsehaut kroch über seine Arme.

»So. Du bist also Red September«, sagte der Vampir mit einer weichen, melodischen Stimme.

Red nickte verwirrt. Am liebsten wäre er aufgesprungen – aber seltsamerweise hatte er nicht das Gefühl, dass von diesem Bluter eine Gefahr ausging. Und er fühlte sich auch noch viel zu schwach.

Sarah. Hatte sie es geschafft? Und ... die anderen?

Ein schmales Lächeln erschien auf dem Gesicht des Vampirs. »Freut mich. Ich bin Cedric.«

Cedric? Red runzelte verblüfft die Stirn. Für einen Augenblick traten die Gedanken an seine Kameraden in den Hintergrund. Den Namen hatte er doch schon einmal gehört!

»Sie sind Dr. Edwards?«

*Ein konservativer Vampir beeindruckenden Alters*, hatte Kris gesagt. Aber diese Augen ...?

»Aber bitte. Cedric reicht völlig aus.« Der Vampir stand auf. »Es tut mir leid, dass Sid so grob mit dir umgesprungen ist. Aber du scheinst dich ganz gut erholt zu haben. Das sieht bei deinen Freunden ein wenig anders aus.«

Red horchte auf. Erleichterung durchflutete ihn. »Meine Freunde? Dann leben sie?«

Cedric hob die Schultern, als interessiere ihn das nicht sonderlich. »Bis auf einen, ja. Aber das wirst du wohl schon wissen. Es war ja nicht zu übersehen.«

Red schluckte schwer. Er musste Will meinen. »Kann ... kann ich sie sehen?«

Cedric schüttelte den Kopf. »Ich fürchte, das muss warten. Ich habe nicht den ganzen Tag Zeit, dich herumzuführen, wenn du verstehst. Um ehrlich zu sein, sehe ich nur nach dir, weil Kris noch nicht wieder aufgetaucht ist.« Er schüttelte den Kopf, augenscheinlich ein wenig verstimmt über diesen Umstand. »Er sollte allerdings bald hier sein.«

Kris. Red rieb sich den schmerzenden Kopf. Er verstand noch immer nicht, was hier eigentlich vor sich ging.

»Kris weiß, dass wir noch hier sind?«

Cedric seufzte. »Ja. Das weiß er. Wie ist es – kannst du aufstehen?«

Red schlug die Decke zurück und schwang die Beine aus dem Bett. Er fühlte sich noch ein wenig steif, aber das würde sich schon geben. »Ich denke, ja.«

»Gut.« Cedric ging zur Tür. »Dann komm mal mit.«

Noch ein wenig unsicher kam Red auf die Füße. Wenn möglich, war er jetzt noch verwirrter als vorher. »Aber … wohin gehen wir denn?«

Cedric hob die Brauen. »Ehrlich, du verwunderst mich. Kris hat mir sehr glaubwürdig berichtet, du würdest alles dafür tun, ein bestimmtes Mädchen zu sehen. Und jetzt denkst du nicht mal an sie?«

Beinahe wäre Red wieder zurück aufs Bett gefallen.

Blue. Ja, richtig.

Blue.

»Sie … ist wirklich hier?«, flüsterte er. Seine Knie waren mit einem Mal sehr weich.

Cedric nickte nur und öffnete die Tür.

Von einem Moment auf den anderen war jeder Gedanke an seine verletzten Freunde wie ausgelöscht. Reds Herz klopfte wie rasend, als er dem Doktor auf den Gang folgte.

Draußen fand er sich auf einem langen Flur wieder, von dem etliche Stahltüren abgingen. Jede von ihnen hatte ein kleines Fenster im oberen Drittel und war mit einem dicken Riegel gesichert.

Und vor einer dieser Türen, ganz am Ende des Ganges, blieb Cedric schließlich stehen und klopfte.

»Besuch für dich«, sagte er, als er die Tür öffnete. Dann trat er zur Seite, um Red vorbei zu lassen.

Zögernd machte Red einen Schritt über die Schwelle.

Die Frau am Fenster hatte die Hände um die Gitterstäbe gelegt. Ihre blonden Locken bewegten sich leicht im Abendwind.

»Blue«, flüsterte Red.

Beim Klang ihres Namens drehte die Frau sich um.

Und sah ihn aus gelben Augen an.

# Kapitel Vier

Forschungsstation White Chapel, Kenneth, Missouri

Stimmen drangen undeutlich in Chase' Bewusstsein und weckten ihn aus seinem unruhigen Schlaf.

»Das hatten wir so nicht besprochen, Sid.« Kris. Der Verräter. Draußen vor der Tür. Chase versuchte, sich aufzusetzen. Aber er konnte sich nicht rühren. Sein ganzer Körper war wie gelähmt.

»Er hat mich angeschossen.« Eine zweite Stimme. Auch sie erkannte Chase wieder. Der Wächter. »Beschwer dich bei Cedric. Hätte er den Generator angeschaltet, wie er's versprochen hat, wäre ich schneller gewesen und hätte ausweichen können. Dann hätte ich mir auch die Kleine noch holen können. Bin ja froh, dass ich den Rest wegschaffen konnte, bevor sie auch noch angefangen hat, rumzuballern. Was gebt ihr euren Menschen da eigentlich für Teufelszeug?«

Kris zischte ärgerlich. »Er *stirbt*, Sid!«

Chase spürte sein Herz für einen Schlag aussetzen. Sie redeten über ihn, das war ihm klar. Sterben? So fühlte es sich also an, wenn man starb? Chase wollte lachen – aber nicht einmal das gestattete ihm sein tauber Körper noch.

Eine Tür öffnete sich nicht weit von ihm in der Dunkelheit und ließ einen dünnen Lichtstreifen ein. Schritte näherten sich. Schritte, die Chase erkannte.

»Chase … kannst du mich hören?«

Ein heiseres Röcheln drang aus Chase' Mund, als er versuchte, zu antworten.

Leises Lachen drang an sein Ohr. »Du hast dich ja mächtig angestrengt, zu sterben, bevor wir unseren Vertrag zum Abschluss bringen.«

*Als ob das meine Schuld wäre, Arschloch*, dachte Chase müde. Aber er machte sich nicht mehr die Mühe, eine Antwort zu versuchen.

Er spürte, wie Kris sich dicht zu ihm herunterbeugte. »Aber es ist noch nicht zu spät«, flüsterte er. »Du bist jetzt frei. Céleste kommt nicht mehr zurück.«

Ein trockenes Husten kratzte in Chase' Kehle. Was redete dieser Dreckskerl da? Céleste … kam nicht mehr zurück?

»Ich kann nicht lange bleiben«, murmelte Kris. »Man wird mich bald suchen. Überleg es dir. Ich bin gleich zurück. Du kannst mit mir kommen oder sterben. Denk gut darüber nach.«

Er stand auf. Und kurz darauf war Chase wieder in der Dunkelheit allein. Allein mit seinem bewegungslosen Körper, der bald sterben würde.

*Leben oder Sterben? Ist das die Frage?*, dachte er.

*Kris, du Idiot. Warum fragst du überhaupt?*

# Kapitel Fünf

## Forschungsstation White Chapel, Kenneth, Missouri

Unter dem Blick der gelben Augen hatte Red das Gefühl, als würde ihm mit einem Mal der Boden unter den Füßen weggezogen. Er taumelte, schwankte unter der Last der plötzlichen Erkenntnis.

»Blue …«

Die langen Eckzähne der Frau glänzten im Abendlicht.

»Ich bin nicht Blue«, sagte sie. Ihre Augen waren groß und unendlich traurig. »Ich bin Frei. Und du musst Red September sein. Kris hat mir von dir erzählt. Er sagt, du bringst mich hier raus.«

»Frei …?« Red biss sich auf die Unterlippe. Er fühlte sich außerstande, auch nur einen zusammenhängenden Gedanken zu fassen. Es war nicht möglich. So lange … er hatte sie so lange gesucht.

Und nun hatte er eine Fremde gefunden.

Eine Bluterin.

Sie erkannte ihn nicht. Erinnerte sich nicht. Es war, als würde sein Innerstes in Stücke gerissen.

»Red?«

Ihre Stimme war so weit fort. So einsam. So vertraut und doch so fremd. Er konnte Blue nicht länger ansehen. Aber wegsehen konnte er auch nicht.

Die Frau machte einen vorsichtigen Schritt auf ihn zu. »Stimmt es, dass du ein Vampirjäger bist?«

Red nickte stumm. Vampirjäger, das war er. Aber was sollte ihm das noch bringen? Er war zu dem geworden, was er nun war, um Blue finden zu können. Jetzt stand sie vor ihm – und war doch weiter von ihm entfernt als je zuvor.

Etwas blitzte in Blues Augen auf. »Du kannst Vampire töten, ist das wahr?«

Ein Schauer lief Red über den Rücken. Eine Verzweiflung schwang in ihren Worten mit, die ihm Angst machte. Er warf einen Blick zurück zur Tür. War Cedric noch dort?

Eine Hand packte ihn am Kragen und riss ihn herum. Blues Gesicht war plötzlich ganz nah an seinem. Ihre Augen schienen ihn zu durchbohren. »Kannst du es?«

Red keuchte erschreckt auf. Ihre Hand an seinem Hals erwürgte ihn. Er spürte ihren Speichel auf dem Gesicht.

»Blue … Blue bitte, hör auf …«

Blue klammerte sich noch fester an ihn. »Nenn mich nicht so!«, zischte sie. »Siehst du denn nicht, was aus mir geworden ist?«

Ihre Augen glühten wild. Doch in ihren Winkeln sah Red Tränen glitzern.

»Ein Monster …«, flüsterte Blue. Eine der Tränen löste sich und rollte über ihre Wange.

»Red … hilf mir. Bitte …«

Das Atmen fiel Red schwer. Zögernd schloss er seine Finger um Blues Handgelenk. Seine Brust schien vor Schmerz explodieren zu wollen. »Du tust mir weh.«

Der Griff an seinem Hals lockerte sich zitternd. Alle Spannung schien Blues Körper mit einem Mal zu verlassen. Ihr Kopf sank gegen Reds Schulter.

»Hilf mir …«

Ihre Haare kitzelten seine Wange. Die Wärme ihrer Haut

prickelte an seiner. Tränen stiegen Red in die Augen. Sie roch genau wie damals. Er erkannte ihren Geruch, als wäre er nur Stunden und nicht Monate von ihr getrennt gewesen.

Er schluckte hart. Doch der Klumpen in seiner Kehle verschwand nicht. Er schloss den schmalen Körper in seine Arme und drückte ihn an sich. Es konnte nicht wahr sein. Sie konnte nicht fort sein. Der Gedanke glühte verzweifelt in seiner Brust. Irgendwo in diesem Vampirkörper musste doch etwas von seiner Blue geblieben sein! Irgendetwas … und wenn es nur ein Lächeln war.

»Was soll ich tun?« Seine Stimme kratzte in seinem Hals.

Blue hob den Kopf und starrte ihn an. Ihre Augen brannten. Ihre Stimme war nur noch ein tonloses Wispern. »Töte mich!«

Red zuckte zusammen, als hätte jemand ein kaltes Messer in seine Brust gerammt.

»Nein!« Nicht das. Alles, nur nicht das. Er wollte zurückweichen, aber Blues Finger schlossen sich um seine Oberarme und quetschten schmerzhaft Haut und Muskeln. Ihr Atem streifte heiß sein Gesicht. »Du hast es versprochen! Du kannst es doch! Wenn mich liebst, dann befreie mich! Ich ertrage es nicht, begreifst du das? Ich hasse dieses Leben, ich *hasse* es! Ich will frei sein, *frei!*«

»Genug!« Die Stimme des Doktors ertönte schneidend von der Tür her. Blue wich fauchend zurück und fletschte die Zähne. Ihre Muskeln spielten unter der bleichen Haut. Die Menschlichkeit war aus ihrem Gesicht verschwunden und einem wilden, raubtierhaften Ausdruck gewichen.

»Blue!« Red streckte die Hand aus und wollte nach vorn stürmen. Aber Cedric packte ihn an der Schulter und schob sich zwischen ihn und die junge Vampirin. »Raus hier!«, befahl er in einem Ton, der keinen Widerspruch duldete.

*»Nein!«*, kreischte Blue.

Die Tür donnerte ins Schloss, und Cedric schob den Riegel vor – gerade noch rechtzeitig, bevor Blue sich von innen mit voller Wucht gegen den dicken Stahl warf und ihn erbeben ließ. Kurz darauf tauchte ihr verzerrtes Gesicht hinter der Scheibe des kleinen Fensters auf. Sie schrie und kreischte wie von Sinnen und hämmerte mit den Fäusten gegen das Panzerglas, bis ihre Haut aufsprang und blutige Flecken hinterließ. Hinter den anderen Türen antwortete ihr ein Chor von anderen Blutern, bis der ganze Korridor von wildem Heulen und Jaulen erfüllt war.

Red stand da wie versteinert und starrte benommen auf das tobende Wesen hinter der Scheibe.

»Blue ...« Er legte zitternde Hände an das dicke Glas.

Es war nicht möglich. Mehr konnte er nicht denken.

Es durfte einfach nicht wahr sein.

Nicht Blue.

Nicht seine Blue.

Für einen winzigen Moment hielt das Wesen inne und stierte ihn aus blutunterlaufenen Augen an. Geifer tropfte von den gefletschten Zähnen.

Das weiße Gesicht war voller Tränen.

Eine Hand legte sich auf Reds Schulter.

»Sie kann dich nicht mehr sehen.« Eine Stimme. Sanft, dunkel und vertraut. »Tut mir leid, Red.«

Red fuhr herum. Taumelte auf weichen Knien.

Aber Kris fing ihn auf.

»Du kannst sie nicht mitnehmen«, hörte er Cedric wie aus weiter Ferne sagen. »Sie bleibt hier, bis mir eine vernünftige Lösung einfällt. Du solltest den anderen Menschen holen und von hier verschwinden.«

Red konnte seinen Worten kaum folgen. Ein trockenes Schluchzen schüttelte seine Schultern.

Auf dem Flur war es still geworden.

Als Red zu dem Fenster in der Tür sah, war es leer und schwarz.

»Ruhig«, murmelte Kris und strich sanft über Reds Rücken. »Ganz ruhig. Wir gehen nach Hause. Alles wird gut.«

Die Dunkelheit fiel über ihn.

»Alles wird gut«, wiederholte Kris.

Und Red wollte ihm glauben. So gern glauben. Aber er konnte es nicht.

# Kapitel Sechs

## Forschungsstation White Chapel, Kenneth, Missouri

Als Kris zurückkehrte, war Red bei ihm. Chase konnte ihn hastig und unregelmäßig atmen hören. Irgendetwas musste passiert sein. Aber er konnte nicht fragen, was es war. Oder wo die anderen Menschen geblieben waren.

Kräftige Hände packten ihn und hoben ihn vorsichtig hoch.

»Wir gehen nach Hause, Chase«, sagte Kris. Auch seine Stimme klang angespannter als zuvor.

Lautlos öffnete sich die Tür. Für einen kurzen Moment konnte Chase Reds blasses, angespanntes Gesicht sehen. Tränen glänzten darauf.

Dann traten sie in das grelle Weiß hinaus.

## Apokalypse: Ende und Anfang

*Ganz gleich wie lang die Nacht ist. An ihrem Ende steht immer der Morgen.*

Das Licht des Vollmondes tauchte die Nacht in silbriges Weiß.

Kris saß auf dem Dach von Insomniac Mansion und sah mit leeren Augen in die Ferne.

Ein neugeborener Vampir und ein Mensch schliefen Seite an Seite in den verlassenen Räumen unter ihm. Wenn sie erwachten, würde Kris mit ihnen fortgehen. Vielleicht nach Asien. Vielleicht nach Nordeuropa. Irgendwohin, wo man sein Gesicht nicht kannte.

Céleste war nicht mehr hier, ebenso wenig wie Tony und Hannah. Insomniac Mansion schlief. Vielleicht für immer.

Und Kris blieb nun nur noch eins zu tun.

Er stieg vom Dach und wanderte durch die dunklen Gänge des Hauses. Célestes Geist atmete noch immer in der stillen Luft. Im Garten unter den mächtigen Bäumen jedoch war es ruhig.

Kris blieb unter der uralten Eiche an der Mauer stehen und sank auf die Knie. Er fand die richtige Stelle zwischen den Wurzeln mit schlafwandlerischer Sicherheit. Seine bloßen Hände schoben die feuchte Erde mühelos zur Seite.

Die Kiste war noch da.

Bedächtig hob Kris sie aus dem Loch und öffnete die schweren Verschlüsse. Dann griff er in seine Tasche und zog behutsam das stetig pulsierende Herz seiner Schwester hervor.

Eine Weile noch betrachtete er es andächtig. Dann hob er den Deckel der Kiste an und legte es sanft auf das schwarze Tuch, mit dem der Stahl ausgekleidet war.

Zwei Herzen lagen nun dort nebeneinander. Sie würden in der Dunkelheit für alle Ewigkeit schlagen.

Kris verschloss die Kiste sorgfältig und senkte sie wieder in das Loch, bevor er die Erde darüber schob.

Dann stand er auf.

»Lebt wohl«, sagte er leise und lächelte, als ihm der Zynismus in seinen Worten bewusst wurde.

Ohne einen weiteren Blick zu verlieren, wandte Kris sich ab und kehrte ins Haus zurück.

Stille sank herab.

Und nur noch das Mondlicht lag schwer auf dem kleinen Grab.

# Danksagung

Wenn ich mich bei den Menschen bedanken möchte, die geholfen haben, meine Vampire zu ihrem ewigen Leben zu erwecken, muss ich ohne Frage bei meinem guten Freund Benjamin Flottmann anfangen. Eines Tages, beim Fledermäuse-Füttern in der Uni, kam unser Gespräch auf den »Kleinen Vampir« von Angela Sommer-Bodenburg – und einen scheinbaren logischen Bruch in der Geschichte: Wenn doch jeder Mensch, der gebissen wird, sich in einen Vampir verwandelt und alle Vampire jede Nacht einen Menschen beißen, dürfte es dann nicht irgendwann einfach keine Menschen mehr geben? Hätte Benni diese Frage nicht gestellt, so viel ist sicher, hätte es diesen Roman niemals gegeben, und dafür möchte ich ihm an dieser Stelle von ganzem Herzen danken.

Ebenso wichtig wie der Mensch, der den Auslöser zu der Geschichte gab, ist mir aber diejenigen zu erwähnen und ihnen zu danken, die meine Helden auf ihrem weiteren Weg begleitet und das Buch ungemein vorangebracht haben:

Dr. Francesco Bagorda, für wissenschaftlichen und inhaltlichen Rat und seine untrügliche Logik-Spürnase – ebenso wie für den unerschütterlichen Glauben an die Geschichte, auch wenn ich selbst mal gezweifelt habe.

Vladislav Nachev und Arne Jungwirth für ihre lebendigen

Schilderungen des Regenwaldes, und der ganzen AG Winter für wissenschaftliche Diskussionen am Mittagstisch über die theoretische biologische Plausibilität von Hämophagen.

Meiner lieben Familie und meinen Freunden, für ihren Glauben an mich und meine Geschichte, fürs Lesen und Kommentieren und Ehrlichsein.

Maja Ilisch und ihrem Tintenzirkel, dafür dass sie die schönste und beste Schreiberlingsfamilie geschaffen hat, die ich mir je hätte träumen können.

Und natürlich meiner Agentur Thomas Schlück und im Speziellen meiner wundervollen Agentin Tanja Heitmann, dafür, dass sie mir und meinem Baby geholfen hat, die letzten – oder auch ersten – großen Schritte zu tun.

Zu guter Letzt geht mein ganz besonderer Dank an meine einzige und beste Sophie, die einfach immer da ist und ohne die ich das Schreiben vielleicht längst aufgegeben hätte. Danke. Von ganzem Herzen.

Franka Rubus

# Die Blutgabe – Unberührbar

Der zweite Band um Blue und Red
erscheint im Februar 2012

Seit Blue erwacht ist, hat für sie ein neues Leben als Vampirin begonnen. Mit Hilfe des Wissenschaftlers Cedric kämpft sie gegen die Wunden an Körper und Geist – und um die menschliche Vergangenheit, die ihr seither verborgen ist. Trotz ihres Erinnerungsverlustes spürt Blue tief in sich noch immer die starke Verbindung zu ihrem einstigen Gefährten Red. Sie ist fest überzeugt: Der Mensch, der einmal ihr Leben war, ist der Schlüssel, der ihr ihren Frieden zurückgeben kann. Entgegen aller Hindernisse macht Blue sich auf die Suche nach ihrer verlorenen Liebe. Doch sie ahnt nicht, dass Red inzwischen kurz vor einer Entdeckung steht, die sie beide endlich vereinen – oder für immer trennen könnte.

**FRED VARGAS**
**Der Verbotene Ort**
Kriminalroman
Etwa 432 Seiten
ISBN 978-3-7466-2644-4

## *»Großes Kino«* CHRISTINE WESTERMANN, WDR2

Ein Polizeikongress führt Kommissar Adamsberg nach London. Dort macht er einen grausigen Fund: Vor dem Friedhof Highgate stehen ordentlich aufgereiht 17 Schuhe, in denen herrenlos gewordene Füße stecken. Zurück in Paris, wird er zum Schauplatz eines fürchterlichen Verbrechens gerufen; als einziges Indiz verweist ein mysteriöser Brief auf ein serbisches Dörfchen. Adamsberg nimmt die Fährte auf und begibt sich an den Ursprung einer alten Vampirlegende, wo ihn Wagemut und Unbedachtheit an die Grenze von Leben und Tod bringen.

*»Ein Lesevergnügen, in das man sich fallen lässt wie in einen Lieblingssessel«* WELT AM SONNTAG

*»Das ist große europäische Literatur!«* DIE ZEIT, TOBIAS GOHLIS

**Mehr von Fred Vargas:**
Der vierzehnte Stein. Kriminalroman. atb. 2275-0
Die dritte Jungfrau. Kriminalroman. atb. 2455-6
Fliehe weit und schnell. Kriminalroman. atb. 2115-9

**Mehr Informationen erhalten Sie unter www.aufbau-verlag.de oder in Ihrer Buchhandlung**

atb aufbau taschenbuch

**SYRIE JAMES**
**Dracula, my love**
Das geheime Tagebuch der Mina Harker
Roman
Aus dem Amerikanischen
von Ulrike Seeberger
512 Seiten
ISBN 978-3-7466-2625-3

# Diese Liebe hat Biss

Eine Frau und ihre Leidenschaft für den berühmtesten Vampir der Welt.
Mina ist glücklich mit Jonathan Harker verlobt. Da begegnet sie im Urlaub dem charmanten Mr. Wagner aus Wien, in den sie sich sofort verliebt. Bald muss Mina feststellen, dass der geheimnisvolle Fremde und der gefürchtete Graf Dracula ein und dieselbe Person sind. Doch Mr. Wagner beteuert, ein Gentleman-Vampir zu sein … Mina Harkers geheime Memoiren enthüllen ihre gefährliche Leidenschaft für den bissigen Grafen.

atb aufbau taschenbuch

**MARY W. SHELLEY**
**Frankenstein**
Roman
Aus dem Englischen
von Ana Maria Brock
251 Seiten
ISBN 978-3-7466-2647-5

# Der berühmteste englische Schauerroman

Dem Schweizer Naturwissenschaftler Victor Frankenstein gelingt es, aus Leichenteilen einen menschenähnlichen Körper zusammenzusetzen und ihm Leben einzuhauchen. Das so entstandene Monstrum begibt sich auf die Suche nach anderen Menschen und nach Liebe, erregt aber überall nur Abscheu. So wird es zum Dämon und tötet, weil es nicht lieben darf.

*»›Frankenstein‹ ist ein Universalschlüssel zum Unbehagen in der Moderne.«* DIE ZEIT

atb aufbau taschenbuch

**ROBERT LOUIS STEVENSON**
**Der seltsame Fall**
**des Dr. Jekyll und Mr. Hyde**
Drei schaurige Geschichten
Aus dem Englischen
von Barbara Cramer-Nauhaus
192 Seiten
ISBN 978-3-7466-2650-5

# Blick in die Untiefen der menschlichen Seele

Ein angesehener Arzt, der ein grausiges Geheimnis zu verbergen sucht. Der Mord an einem Antiquitätenhändler und seine gespenstischen Folgen. Die Geschichte einer abenteuerlichen Brautwerbung.
Drei Gänsehaut-Garanten, die Robert Louis Stevenson als einen Klassiker der Horror-Literatur ausweisen.

*»Kein Abenteuer-Onkel, sondern ein kritischer, scharfzüngiger Beobachter seiner Zeit.«* DIE WELT

*»Klassische Gruselliteratur.«* DIE ZEIT

atb aufbau taschenbuch